ଈଶ୍ୱର ବି ଜୁଆ ଖେଳନ୍ତି

ଈଶ୍ୱର ବି ଜୁଆ ଖେଳନ୍ତି

ବିଜୟ ପଟ୍ଟନାୟକ

ବ୍ଲାକ୍ ଈଗଲ୍ ବୁକ୍ସ
ଭୁବନେଶ୍ୱର, ଓଡ଼ିଶା

BLACK EAGLE BOOKS
Dublin, USA

ଈଶ୍ୱର ବି ଜୁଆ ଖେଳନ୍ତି / ବିଜୟ ପଟ୍ଟନାୟକ

ବ୍ଲାକ୍ ଈଗଲ୍ ବୁକ୍ସ : ଭୁବନେଶ୍ୱର, ଓଡ଼ିଶା • ଡବ୍ଲିନ୍, ଯୁକ୍ତରାଷ୍ଟ୍ର ଆମେରିକା

BLACK EAGLE BOOKS

USA address:
7464 Wisdom Lane
Dublin, OH 43016

India address:
E/312, Trident Galaxy, Kalinga Nagar,
Bhubaneswar-751003, Odisha, India

E-mail: info@blackeaglebooks.org
Website: www.blackeaglebooks.org

First International Edition Published by
BLACK EAGLE BOOKS, 2025

ISHWAR BI JUA KHELANTI

by **Bijoy Pattanaik**
Z1 Estates, Vyom, Tower-B, Flat No-1302, Nandan Kanan Road,
Bhubaneswar-751024, Mob- 9437025429

Cover & Interior Design: Ezy's Publication

ISBN- 978-1-64560-682-6(Paperback)

Printed in the United States of America

ତୁମପାଇଁ......

ସ୍ନେହର ତମେ !

ପୁଣି ଗୋଟେ ବହି ! ଏଇଟା କିନ୍ତୁ ଗପ ବହି... 'ଈଶ୍ୱର ବି ଜୁଆ ଖେଳନ୍ତି' ।

ବର୍ଷକ ତଳେ ହଠାତ୍ ତୁମ ଆଲମାରୀ ଖୋଲି ଶାଢ଼ୀମାନଙ୍କୁ ଦେଖୁଥିଲି । ଦଲ୍‌କାଏ ପବନ ସହିତ ତମେ ଆସିଗଲ । କାନରେ ଯେମିତି କହୁଥିଲ ସବୁ କଥା । କଲମ କାଗଜ ଧରିଲି । ସମ୍ପୂର୍ଣ୍ଣ ମୋହାଚ୍ଛନ୍ନ ଅବସ୍ଥାରେ ପ୍ରଥମ ଗଳ୍ପଟି ବାହାରି ଆସିଲା ସେଇ ଆଲମାରୀ ଓ ଶାଢ଼ୀମାନଙ୍କ ଭିତରୁ । ଲୁହ ଓ ଲହୁରେ ଭିଜି ଭିଜି ମୁଁ ଲେଖୁଥିଲି । କେହି ଯେମିତି ମୋର ହାତ ଧରି ଲେଖି ଦେଉଥିଲା ! ଲେଖି ସାରିଲା ପରେ ବହୁତ ଭଲ ଲାଗିଲା । ଭାଇଭଉଣୀମାନେ କାନ୍ଦି କାନ୍ଦି ପଢ଼ିଲେ । ଦାଦା ବି ଲୁହ ପୋଛୁଥିଲେ ପଢ଼ିଲା ବେଳକୁ !

କିଛି ଦିନ ପରେ ଓଡ଼ିଶାର ସମ୍ଭ୍ରାନ୍ତ ପତ୍ରିକା କାଦମ୍ବିନୀ ଏହାକୁ ପ୍ରକାଶ କରିଥିଲା । ଆତ୍ମବିଶ୍ୱାସ ମୋର ବଢ଼ିଯାଇଥିଲା । ପରବର୍ତ୍ତୀ ସମୟରେ କୋଉଠୁ କେମିତି ପରୀ, ଲଗ୍ନା, ସାନି, ମିତ୍ରା, ସମ୍ରୁ ଆଦି ସମସ୍ତେ ବାହାରି ଆସିଛନ୍ତି ମୁଁ ଜାଣିନି ।

ଆଜି ଆଉ ଗୋଟେ ଦୁଃସାହସିକ ଅଭିଯାନ ସାହିତ୍ୟ ଭିତରକୁ ତୁମକୁ ସାଥିରେ ନେଇ । ମୋ ପାଇଁ ବି 'ଜୁଆ' କହିପାର । ପଢ଼ିବ ତ ?

(ଇତି)

ତମର 'ତମେ'

'ଈଶ୍ୱର ବି ଜୁଆ ଖେଳନ୍ତି'
ଏକ ଅବଲୋକନ

ଲେଖକ ବିଜୟ ପଟ୍ଟନାୟକଙ୍କର ଆଠଟି କ୍ଷୁଦ୍ର ଗଳ୍ପର ସମାହାର ଏଇ ପୁସ୍ତକଟି- 'ଈଶ୍ୱର ବି ଜୁଆ ଖେଳନ୍ତି'।

ବହିଟି ପଢ଼ିବା ବେଳେ ଯେତିକି ଆନନ୍ଦ ଦେଉଛି, ପରେ ମନେପଡ଼ିଲେ ଚରିତ୍ରମାନେ ଜୀବନ୍ତ ହୋଇ ଉଠୁଛନ୍ତି ଓ ସେ ସ୍ମୃତିର ଆନନ୍ଦକୁ ଦ୍ୱିଗୁଣିତ କରୁଚନ୍ତି। ଯେତେବେଳେ ଗଳ୍ପ ବା ଉପନ୍ୟାସ ପଢ଼ିଲା ବେଳେ ପାଠକର ଇଚ୍ଛା ହୁଏ ବହିଟି ନସରନ୍ତା କି? ସେତେବେଳେ ଜାଣିହେବ ପୁସ୍ତକଟିର ସଫଳତା।

ଏ ପୁସ୍ତକର ପ୍ରଥମ ଗଳ୍ପ 'ତା ଆଲମାରୀ.....' ପଢ଼ିଲା ବେଳେ ସେଇମିତି ଇଚ୍ଛା ହେଲା ମୋର। ତେଣୁ ମୁଁ ପ୍ରଥମରୁ ହିଁ ଯାର ସଫଳତା କାମନା କରୁଛି। ଉକ୍ତ ଗଳ୍ପଟିରେ, ସ୍ତ୍ରୀ-ହରା ଏକ ସ୍ୱାମୀର ବେଦନାର ଯଥାର୍ଥ ଚିତ୍ରଣ କରାଯାଇଛି। ଆଲମାରୀ ଖୋଲି ପ୍ରତିଟି ଶାଢ଼ୀ ସହ କଥାବାର୍ତ୍ତା, ଏକ ଅଦ୍ଭୁତ ଅନୁଭବର କଥା କହେ। ଶାଢ଼ୀମାନଙ୍କ ସହିତ ବିତାଇଥିବା ଅମୂଲ୍ୟ ମୁହୂର୍ତ୍ତ ସବୁ ସ୍ମୃତିର ଗହ୍ୱରରୁ ବାହାରି ଆସିଛନ୍ତି। ନାୟକର ଆଖି ଆଗରେ ଭାସିଉଠେ ସେଇ ଅଭୁଲା ମୁହୂର୍ତ୍ତ ସବୁ। ବହି ଯାଇଥିବା ନଈ ଓ ସରି ଯାଇଥିବା ସମୟ ସିନା ହଜି ଯାଏ, ହାତକୁ ଫେରେନି, କିନ୍ତୁ ସ୍ମୃତିତ ମନତଳ ପଥରରେ ଲେଖା.... ସେଠୁ କ'ଣ ହଜି ପାରିବ ? ସେହିପରି କେତୋଟି ମୁହୂର୍ତ୍ତ ଫୁଟି ଉଠିଛନ୍ତି ଏଇ ଗଳ୍ପଟିରେ। ଚମତ୍କାର କହିଲେ ବି କମ୍ ହେବ! ଏ ଗଳ୍ପ ପଢ଼ି ପ୍ରତ୍ୟେକ ନାରୀ ନିଜକୁ ପଚାରିବ- "ମୁଁ ଏଇ ସବୁ ଗୁଣର ଅଧିକାରିଣୀ ତ? ମୋ ସ୍ୱାମୀଙ୍କୁ ମୁଁ ଏଇ ରୂପରେ ପାଇଚି ତ?" ଗାଳ୍ପିକଙ୍କୁ ଅଶେଷ ଧନ୍ୟବାଦ୍ ବିରହକୁ

ଏକ ନୂତନ ରୂପ ଦେଇଥିବାରୁ। ପ୍ରତିଟି ସ୍ତ୍ରୀ ମନରେ ଶିହରଣ ସୃଷ୍ଟି କରିବ ଏହି ଗଳ୍ପଟି।

ବହିଟିର ଚାରୋଟି ପ୍ରେମ ଗଳ୍ପ ପାଠକ ପାଇଁ ଅନିର୍ବଚନୀୟ ଆନନ୍ଦ ଆଣି ଦେବ ନିଶ୍ଚିତ। ସମ୍ପୂର୍ଣ୍ଣ ଅଲଗା ଧରଣର ପ୍ରେମ କଥା ଗୁଡିକ ଏ ପୁସ୍ତକଟିକୁ ଅଲଗା ପରିଚୟ ଦେବେ ବୋଲି ମୁଁ ନିଃସନ୍ଦେହ।

ଗଳ୍ପ – 'ପଚାଶ ବର୍ଷ....'ରେ ପ୍ରେମକୁ କ୍ୱାଣ୍ଟମ୍ ଫିଜିକ୍ସ ସହିତ ଯୋଡ଼ିବା ଏକ ଦୁଃସାହସିକ କଳ୍ପନା। ମନ ଆଉ ପାର୍ଟିକଲ୍ କୁଆଡେ ଏକା ଜିନିଷ ! ଏମାନେ ପରସ୍ପର ସହିତ Entangle ବା ଜଡ଼ିତ ବି ହୁଅନ୍ତି ! ଏପରି କଳ୍ପନା କରି ଫିଜିକ୍ସ ସହିତ ସାହିତ୍ୟକୁ ଯୋଡ଼ିବା ବୋଧେ ଓଡ଼ିଆ ସାହିତ୍ୟରେ ପ୍ରଥମ ! ବିଜ୍ଞାନ ଓ ଦର୍ଶନକୁ ବି ସେମିତି ଏକାଠି କରିଛନ୍ତି ଲେଖକ। ନାୟିକା ଭାଷାରେ – 'ଦର୍ଶନ ଓ ବିଜ୍ଞାନ କ'ଣ ସତରେ ଅଲଗା ? ଆଜି ଯିଏ ଦର୍ଶନ କାଲି ସିଏ ବିଜ୍ଞାନ ନୁହେଁ କି ? ?' ଏ ପଦଟି ମନରେ ଗଭୀର ରେଖାପାତ କରେ।

ବହିର ନାମ ସହିତ ସମାନ ନାଆଁର ଆଉ ଗୋଟିଏ ଗପ – 'ଈଶ୍ୱର ବି ଜୁଆ ଖେଳନ୍ତି' ଆଇନ୍ ଷ୍ଟାଇନ୍‌ଙ୍କ ପ୍ରସିଦ୍ଧ ଆପ୍ତ ବାକ୍ୟ – 'God does not play dice.' ଉପରେ ଆଧାରିତ। ଜୁଆ ଏକ ନକାରାତ୍ମକ ଶବ୍ଦ। କିନ୍ତୁ ଈଶ୍ୱରଙ୍କ 'ଜୁଆ'ର ଯେ ଏତେ ସୁନ୍ଦର ପରିଣତି ହୁଏ, ଏ ଗପଟି ପଢ଼ିଲେ ହିଁ ବିଶ୍ୱାସ କରି ହେବ।

ଲେଖକଙ୍କର ପ୍ରେମ ଗଳ୍ପ ଗୁଡ଼ିକର ସ୍ୱତନ୍ତ୍ରତା ହେଲା, ଚରିତ୍ରମାନେ ଦୂଷିତ ହୋଇ ନାହାନ୍ତି। ପ୍ରେମ ଶରୀରର ନୁହେଁ, ଆତ୍ମାର ମିଳନ ବୋଲି ଚରିତ୍ରମାନେ ପ୍ରମାଣ କରିଦେଇଛନ୍ତି। ପ୍ରତିଟି ଗଳ୍ପରେ ଏକ ନୂତନ ଭାବର ପ୍ରବାହ ବହି ଚାଲିଛି।

ଆଉ ଏକ ଭିନ୍ନ ସ୍ୱାଦର ଅନୁଭୂତି ମୂଳକ ଗଳ୍ପ – 'ମୋ ସ୍କୁଲ ଓ ମୋର ମୁହୂର୍ତ୍ତ ମାନେ'। ମୁଁ ନିଜେ ଏଇ ଘଟଣାଟିର ପ୍ରତ୍ୟକ୍ଷଦର୍ଶୀ। ୧୬ ଅଗଷ୍ଟ ୨୦୨୩.. ଆମ ପାଇଁ ଏକ ସ୍ମରଣୀୟ ଦିନ। ଓଡ଼ିଆ ସାହିତ୍ୟର ପ୍ରଜ୍ଞା ପୁରୁଷ ଶ୍ରୀ ଶାନ୍ତନୁ ଆଚାର୍ଯ୍ୟଙ୍କ ସହିତ ତାଙ୍କ ସ୍ମୃତିର ଅଶି ବର୍ଷ ପଛକୁ ଯାତ୍ରା। ତାଙ୍କର ପିଲା ଦିନର ସ୍କୁଲ, ସୁବର୍ଣ୍ଣପୁର ମାଇନର ସ୍କୁଲକୁ ଆମକୁ ନେଇ ଯାଇଥିଲେ ଲେଖକ ବିଜୟ ପଟ୍ଟନାୟକ। (ସେ ବି ସେଇ ସ୍କୁଲର ଛାତ୍ର।) ସ୍କୁଲ, ମହାନଦୀ, ଅଂଶୁପା ହ୍ରଦ, ସରଣ୍ଡା ପାହାଡ ସବୁ ତାଙ୍କ ସ୍ମୃତିରେ ଚୀର ଅମଳିନ ହୋଇ ରହିଛି। ଆମର ବିବାହ ଦିନଠୁଁ ମୁଁ ଶୁଣି ଆସୁଚି ତାଙ୍କଠୁଁ ତାଙ୍କ ସ୍ୱପ୍ନର ପୁର, ସୁବର୍ଣ୍ଣପୁର ବିଷୟରେ । ହେଲେ ଦେଖିନଥିଲି ତାଙ୍କ ସ୍ୱପ୍ନର ରାଜ୍ୟ। ସେଦିନ ଏ ସବୁ ଦେଖିସାରିଲା ପରେ ମୁଁ ବୁଝି ପାରିଲି କାହିଁକି ସେ ସପ୍ତମ ଶ୍ରେଣୀର ଛାତ୍ରଟିଏ ପରି ହୁଅନ୍ତି, ସୁବର୍ଣ୍ଣପୁର ଓ ତାଙ୍କ ସ୍କୁଲ କଥା ମନେ ପଡିଗଲେ ?

'ଆଜି ନଈବଢି ପୁଣି ଆସିଚି' ଗଳ୍ପଟି ଆମେରିକାର ପ୍ରବାସୀ ଓଡ଼ିଆମାନଙ୍କ ଉପରେ ଆଧାରିତ। ସେଠି ଲୋକମାନଙ୍କର 'ପେଟ୍' (କୁକୁର, ବିଲେଇ) ମାନଙ୍କ ପ୍ରତି ସ୍ନେହ ଓ ସେମାନଙ୍କ ସହ ଭାବନାତ୍ମକ ବନ୍ଧନ ସହିତ ସେମାନଙ୍କର ଚଳଣୀ ଆମ ଏଠିକା ଅପେକ୍ଷା ଅଲଗା। ଗଳ୍ପଟିରେ ସେଇ କଥା କୁହାଯାଇଛି। ପ୍ରବାସୀ ଓଡ଼ିଆମାନଙ୍କର ମନରେ ନିଜ ଗାଁ, ମାଟି ଓ ବାପା ମା'ଙ୍କ ପାଇଁ ଦୁର୍ବଳତା ଶେଷ ପର୍ଯ୍ୟନ୍ତ ରହିଥାଏ। ପୃଥିବୀର ଆରପଟରେ ରହୁଥିଲେ ବି ଏପଟ ପାଇଁ ସ୍ନେହର ଝରଣାଟିଏ ବହୁଥାଏ। ଚାକିରୀ ଥିଲା ବେଳେ ଜୀବନ ସଂଗ୍ରାମରେ ନିଜ ମାଟି କଥା ଭାବିବାକୁ ସମୟର ଅଭାବ ହୁଏ। ମାତ୍ର, ପିଲାମାନେ ଯେଝା ରାସ୍ତାରେ ଚାଲିଗଲା ପରେ ସେମାନେ ଏକୁଟିଆ ହୋଇ ଯାଆନ୍ତି। ଝୁରୁଥାନ୍ତି ସେମାନେ ପଛରେ ଛାଡି ଦେଇ ଆସିଥିବା ଅତୀତକୁ। ଗାଁ, ସ୍କୁଲ, କଲେଜ, ବନ୍ଧୁମାନେ ସବୁ ମନେ ପଡ଼ିଯାଏ ଫ୍ଲାସ୍ ବ୍ୟାକ୍‌ରେ। ଅବସର ପରେ ଅର୍ଥ ଚିନ୍ତା ତ ନଥାଏ। କିନ୍ତୁ ଏକୁଟିଆ ଥିଲାବେଳେ, ଛାଡି ଆସିଥିବା ପ୍ରତିଟି ମୂହୁର୍ତ୍ତକୁ ଖୋଜୁଥାନ୍ତି। ସେଇ ପରି ଏକ ମୂହୁର୍ତ୍ତ କେବେ କେବେ ମିଳି ଯାଏ। ସେ ଏକ 'ପାଇଛି' (Eureka) ମୁହୂର୍ତ୍ତ .... ସ୍ମୃତିରେ ନଈବଢି ଆସିଯାଏ...

ଲେଖକଙ୍କର କଲମରେ ଫୁଲ ଚନ୍ଦନ ପଡୁ। ତାଙ୍କ ସାହିତ୍ୟିକ ଜୀବନର ଉତ୍ତରୋତ୍ତର ଉନ୍ନତି କାମନା କରୁଛି। ବହିଟି ପାଠକ ପାଇଁ ଅଫୁରନ୍ତ ଆନନ୍ଦ ଆଣିଦେବ ବୋଲି ମୁଁ ନିଶ୍ଚିତ। ବହିଟି ପାଠକୀୟ ଆଦୃତି ଲାଭ କରୁ।

ଶ୍ରୀମତୀ ନିରୁପମା ଆଚାର୍ଯ୍ୟ
୭୮୮, ଶହୀଦ ନଗର,
ଭୁବନେଶ୍ୱର-୭୫୧୦୦୭

ମୋ କଥା...

୨୦୨୨ରେ ମୋର ଭ୍ରମଣ ପୁସ୍ତକ 'ଆମେରିକାରେ ସତୁରି ଦିନ' ପ୍ରକାଶ ପରେ ଭାବୁଥିଲି, ଏଇଟା ଆରମ୍ଭ ଆଉ ଏଇଟା ହିଁ ଶେଷ। ଲେଖକର କୃତୀ ଅପେକ୍ଷା ବହିଟିର ଜନ୍ମ ନକ୍ଷତ୍ର ବୋଧେ ଏହାକୁ ପାଠକୀୟ ଶ୍ରଦ୍ଧା ଓ ଦୁଇ ଦୁଇଟା ପୁରସ୍କାର ପାଇବାରେ ସାହାଯ୍ୟ କରିଚି ବୋଲି ମୁଁ ଭାବେ।

(ଭ୍ରମଣ ସାହିତ୍ୟ ପାଇଁ ୨୦୨୨ ର ରାଜଧାନୀ ପୁସ୍ତକ ମେଳା ପୁରସ୍କାର ଓ ୨୦୨୪ର ବ୍ୟାସ କବି ଫକୀରମୋହନ ସାହିତ୍ୟ ପରିଷଦ ପୁରସ୍କାର)

ଜଣେ ଅନାମଧେୟ, ଅର୍ବାଚୀନ ଲେଖକ ପକ୍ଷରେ ଏତେ ସୌଭାଗ୍ୟ ବହୁତ୍ କମ୍ ମିଳେ। ବହିଟି ପ୍ରକାଶ ପାଇଲା ପରେ ଅନୁଜ ପ୍ରତିମ ବିଶିଷ୍ଟ କବି ଶ୍ରୀ ଅରୁଣ ସାହୁ କହିଲେ- "ଆପଣ ଗପ ଲେଖନ୍ତୁ।"

ମୁଁ ହସିଲି। କହିଲି - "ଆକ୍ସିଡେଣ୍ଟ୍ ବାରମ୍ବାର ହୁଏନି।"

କିନ୍ତୁ ମନରେ ସେଇ ପଦକ ଅନୁରଣିତ ହେଉଥିଲା କିଛିଦିନ। କିଛି ଗଳ୍ପ ଲେଖୁଥିଲା ଭିତରେ, ଅନ୍ୟତମ ସମ୍ଭ୍ରାନ୍ତ ପତ୍ରିକା କାଦମ୍ବିନୀ "ତା' ଶାଢ଼ୀ..." ଗଳ୍ପଟି ପ୍ରକାଶ କରିଥିଲା। ତା'ପରେ କେତୋଟି ଗଳ୍ପ କଥା, ଅପୂର୍ବା, ସମାରୋହ, ଅକ୍ଷାଂଶ, ରନ୍‌ଚିରା ଇତ୍ୟାଦି ଆଗଧାଡ଼ିର ପତ୍ରିକାଗୁଡ଼ିକରେ ପ୍ରକାଶ ପାଇଛି। ସମ୍ପାଦକମାନଙ୍କ ନିକଟରେ ମୁଁ ଏଥି ପାଇଁ ଋଣୀ।

ଗଳ୍ପଗୁଡ଼ିକ ପତ୍ରିକାରେ ପ୍ରକାଶ ପାଇଲା ପରେ ଓଡ଼ିଶାର କୋଣ ଅନୁକୋଣରୁ ପ୍ରଶଂସା ସୂଚକ ଟେଲିଫୋନ୍ ପାଇବା ମୋ ପାଇଁ ଏକ ଅକଳ୍ପନୀୟ ଉପଲବ୍ଧି। ଟିନ୍ ଏଜ୍‌ର ପୁଅ ଝିଅଙ୍କଠାରୁ ଆରମ୍ଭ କରି ସତୁରି ଅଶୀ ବର୍ଷୀୟ ପାଠକ ପାଠିକାଙ୍କଠାରୁ ଟେଲିଫୋନ୍ ମନରେ ଶିହରଣ ଆଣିଦିଏ। ଜଣେ ଅଜଣା ଅଶୁଣା ଲେଖକ ପାଇଁ

ଆଉ କଣ ଆବଶ୍ୟକ ? ? ମୁଁ କୃତଜ୍ଞ ସେଇ ମହାନୁଭବ ପାଠକ ପାଠିକା ମାନଙ୍କ ନିକଟରେ ।

ସାନି, ପରୀ, ଲଗ୍ନା, ସମ୍ରୁ,ସ୍ୱଦେଶ୍.....ସମସ୍ତଙ୍କ ପାଇଁ ଏ ଗଳ୍ପଗୁଚ୍ଛଟି ଉତ୍ସର୍ଗୀତ । ମୋର ହୃଦୟ ସେଇମାନଙ୍କ ପାଇଁ ସ୍ପନ୍ଦିତ ହୁଏ । ମୋ ଆତ୍ମାର ଅଂଶ ସେମାନେ ।

ମୋ ଗଳ୍ପର ଜୀବନ୍ତ ଚରିତ୍ରମାନଙ୍କ ଭିତରୁ ଦୁଇଟି ମହନୀୟ ଚରିତ୍ର ହେଉଛନ୍ତି ଆମ ପୀଢ଼ି ପାଇଁ ପ୍ରେରଣାର ସ୍ରୋତ- ପ୍ରଜ୍ଞା ପୁରୁଷ ଶ୍ରୀ ଶାନ୍ତନୁ କୁମାର ଆଚାର୍ଯ୍ୟ ଓ ତାଙ୍କର ସହଧର୍ମିଣୀ ସୁସାହିତ୍ୟିକା ଶ୍ରୀମତୀ ନିରୂପମା ଆଚାର୍ଯ୍ୟ (ସ୍ନେହଶୀଳା ମାଉସୀ) । ସେମାନଙ୍କ ସହିତ ଇତିହାସର ପଛକୁ ଯାତ୍ରା କରିବା ମୋ ପାଇଁ ଏକ ମହାର୍ଘ ଅନୁଭୂତି । (ଅନୁଭୂତି ଆଧାରିତ ଗଳ୍ପ- ମୋ ସ୍କୁଲ ଓ ମୋର ମୁହୂର୍ତ୍ତମାନେ) ଜୀବନ ସାରା ମନେ ରହିବ ।

ମାଉସୀଙ୍କର ଏ ପୁସ୍ତକ ପାଇଁ ଦୁଇ ଧାଡ଼ି ଲେଖିବା ମୋ ପାଇଁ ତାଙ୍କର ସ୍ନେହର ପରିପ୍ରକାଶ । ଯା'ର କେତୋଟି ଗପ ଏକ ନିଃଶ୍ୱାସରେ ପଢ଼ିଦେଇ ଫୋନ୍‌ରେ ଅଧ ଘଣ୍ଟାକ ଭିତରେ ହୃଦୟ ଛୁଆଁ ମନ୍ତବ୍ୟ ଦେବା ମୋ ଗଳ୍ପ ଓ ଚରିତ୍ରମାନଙ୍କ ପାଇଁ ଅମୂଲ୍ୟ ଆଶୀର୍ବାଦ । ସାରଙ୍କ ଡ୍ରଇଂରୁମ୍‌ରେ ବସି ସାରଙ୍କୁ କେତୋଟି ଗପ ଶୁଣେଇବାର ଅନୁଭୂତି ତ ଅଭୁଲା ସାରା ଜୀବନ ପାଇଁ । ଗଳ୍ପକାର ଶାନ୍ତନୁ ଆଚାର୍ଯ୍ୟଙ୍କୁ ନିଜ ଗଳ୍ପ ଶୁଣେଇବା କେତେ ଜଣଙ୍କ ଭାଗ୍ୟରେ ଆସିଥିବ ? ? ? କେତେ ଜନ୍ମର ପୁଣ୍ୟର ଫଳ ମୋ ପାଇଁ ।

ପରିଶେଷରେ, ଆନ୍ତର୍ଜାତୀୟ ପ୍ରକାଶକ ସତ୍ୟ ପଟ୍ଟନାୟକଙ୍କର 'ବ୍ଲାକ୍ ଇଗଲ୍ ବୁକ୍ସ' 'ଈଶ୍ୱର ବି ଜୁଆ ଖେଳନ୍ତି' ପୁସ୍ତକଟିର ଦରିଆପାରି ପ୍ରକାଶନ ଦାୟିତ୍ୱ ନେଇଥିବାରୁ ତାଙ୍କ ପାଇଁ ଅଶେଷ ଧନ୍ୟବାଦ ।

ବିଜୟ ପଟ୍ଟନାୟକ

ମହାବିଷୁବ ସଂକ୍ରାନ୍ତି,

ତା.୧୪.୦୪.୨୦୨୫

ସୂଚିପତ୍ର

ତା' ଆଲମାରୀ ଓ ଶାଢ଼ୀମାନଙ୍କ ସହିତ କଥାବାର୍ତ୍ତା...

କିଛିଦିନ ହେଲା ମୁଁ ତା' ଆଲମାରୀଟା ଖୋଲିନି ଏପଟ ସେପଟ ବ୍ୟସ୍ତଥାଇ। ଫ୍ଲାଟ୍‌ରେ କେତେବେଳେ କେମିତି ଏକୁଟିଆ ଅନୁଭବ କଲେ, ତା' ଆଲମାରୀ ଖୋଲି ବସେ। ଏଇଟା ତା'ର ରୁମ୍। ସାଇଡ୍ କାନ୍ଥରେ ତା'ର ଫଟୋ। ଆଉ ଆଲମାରୀରେ ତା' ଜିନିଷ ସବୁ- ଶାଢ଼ୀ, ସାୟା, ଫଟୋ ଆଲବମ୍, ବହି ଆଉ ମୋର ତିନିଟା ଚିଠି। ବାହାଘର ପରେ ୨ ମାସ ପାଇଁ ଦିଲ୍ଲୀ ଯାଇଥିଲି ପାଠ ପଢ଼ିବା ପାଇଁ। ପ୍ରଥମ ଦି'ଟା ଚିଠି ସେଇଠୁ। ଆରମ୍ଭ -'ସ୍ନେହର ତମେ', ଶେଷ- ଇତି 'ତମର ତମେ'। ତୃତୀୟ ଚିଠିଟା ସେ ଘରୁ ଜିଦି କରି ଝିଅକୁ ନେଇ ବାପଘରକୁ ଯାଇଥିଲାବେଳେ। ଚିଠିଟା ବର୍ଷକର ଝିଅ ନାଁରେ ଲେଖା ହୋଇଥିଲା। ପନ୍ଦରଦିନ ପରେ ଆଣିବାକୁ ଗଲି। କହିଲା, "ଚିଠିଟା ତମ ଝିଅକୁ ପଢ଼େଇ ଦେଇଛି। ତମେ କାହିଁକି ଆସିଛ? ମୁଁ ତ ନିଜେ ଆସିଛି ନିଜେ ଯାଇଥାନ୍ତି!"

"ହେଲେ ମୁଁ ତ ତମକୁ ନବାକୁ ଆସିନି। ଝିଅକୁ ନେବା ପାଇଁ ଆସିଛି। ତମେ କିନ୍ତୁ ତା' ସହିତ ଗଲେ ଚଳିବ। ନଗଲେ ତା'କୁ କିଏ ଖାଇବାକୁ ଦେବ?" ବେଶୀ ରାଗିଗଲା ସେ।

"ମୁଁ ଖାଲି ତମ ଝିଅକୁ ଖାଇବାକୁ ଦବାକୁ ଅଛି? ମୋର ଆଉ କିଛି କାମ ନାହିଁ?"

"କାମ ତ ତମର ବହୁତ ଅଛି। ବୋଉକୁ ପଥି କିଏ ଦବ, ଔଷଧ କିଏ ଦବ? ଭାଇଭଉଣୀଙ୍କ ବାହାଘର କିଏ କରିବ?"

"ତା'ମାନେ ମୁଁ କେବଳ ତମ ଘର ଲୋକଙ୍କ ସେବା କରିବାକୁ ଅଛି?"

"ସେ ସବୁ ତ ଅଛି । ଆଉଗୋଟେ ବଡ଼ କାମ ଅଛି । ମୋର ପେଟ ଖରାପ ପାଇଁ ଡାକ୍ତର କହିଥିବା ଅନୁସାରେ ଖାଇବାକୁ ଦବ । ସପ୍ତାହେ ହେଲା ମୋର ପୁଣି ସେମିତି ପେଟ ଖରାପ । କାଲି ଅଭିଜିତ୍ (ମୋର ଡାକ୍ତର ସାଂଗ) ଗାଳି କରିଛି । କହିଲା, ଠିକ୍‌ରେ ଖିଆପିଆ କର୍... ତୁମ କଥା ଶୁଣି କହିଲା, କାଲି ଯଦି ସନ୍ଧ୍ୟା ସୁଦ୍ଧା ସାନି ଭାଉଜଙ୍କୁ ନଆଣୁ ପଅରଦିନ ସକାଳୁ ଆମେ ଦି'ଜଣ ଯିବା ।"

"ତା'ହେଲେ ତମେ ନିଜେ ଆସିନ, ଅଭିଜିତ୍‌ଙ୍କ କଥାରେ ଆସିଛ ?"

ଅଳ୍ପ ଟିକେ ହସ ବାହାରିଲା ଏତେ କଥାବାର୍ତ୍ତା ପରେ !

"ଅଭିଜିତ୍ ସିନା କାଲି କହିଲା । ତିନି ଚାରିଦିନ ହେଲା ରାତି ଅନିଦ୍ରା ତୁମ ଦି'ଜଣଙ୍କ ପାଇଁ । ଚାଲ ଏବେ ଯିବା । କାଲିପାଇଁ ଛୁଟୀ ଆଣିନି । ବସ୍ ରାଗିବେ ।"

ରାଗିକରି ବାପଘର ଯିବା ତା'ର ସେଇଟା ପ୍ରଥମ ଓ ଶେଷ । ମଝିରେ ମଝିରେ ଆଲମାରୀ ଖୋଲି ଚିଠି ଦେଖାଇ ମତେ ଚିଡ଼ାଏ ।

"ସପ୍ତାହଟେ ରହିପାରିବନି ! ଫୁଟାଣୀ ବେଶୀ ।"

ଘରେ ଗୋଟେ ଆଲମାରୀ ଥିଲା । ମୋ'ର ଡ୍ରେସ୍, ତା'ର ଶାଢ଼ୀ, ଝିଅର ଜାମାପଟା ୩ /୪ଟା ଥାକରେ ରହିଯାଉଥିଲା । ଝିଅ ବଡ଼ ହୋଇ ଯାଉଥାଏ । ସ୍କୁଲକୁ ଗଲା । ଜାଗା କମ୍ ପଡ଼ିଯାଉଥାଏ ଆଲମାରୀରେ... । ଲୁଗାପଟା ଛଡ଼ା ଛୋଟ ଲକରରେ ଘର ଚଳିବା ପାଇଁ କିଛି ଟଂକା ବି ରହେ । ଲକର ଓ ଆଲମାରୀ ଚାବି ସେମିତି ବାହାରେ ଝୁଲୁଥାଏ । କିନ୍ତୁ ତା'ର ଟଙ୍କା ଦରକାର ହେଲେ ଲକରଟା ସେ ଖୋଲିବନି ।

"ତମର ଖରାପ ଲକରଟା, ମତେ ଖୋଲି ଆସୁନି । ତମେ ନିଜେ ଖୋଲିକି ଦିଅ ।"

ଅଗତ୍ୟା ମତେ ହିଁ ଖୋଲିବା, ବନ୍ଦ କରିବାକୁ ପଡ଼େ । ତେଣୁ ଲକରଟା କେବଳ ମୋ ଟଙ୍କା ପାଇଁ ! ତା' ବାପା ଭାଇ ଦେଇଥିବା ଟଙ୍କା ସହିତ ମୋ'ଠୁ କେବେ କେମିତି ନେଇଥିବା ଟଙ୍କା ବି ସେ ରଖିଥାଏ । କିନ୍ତୁ କେଉଁଠି ରଖେ କେବଳ ଭଗବାନଙ୍କୁ ହିଁ ଜଣାଥାଏ ! ବାରମ୍ବାର କହିଲେ ବି ଲକରରେ ରଖିବନି । ଶାଢ଼ୀ ଭିତରେ, ଝିଅ ଡ୍ରେସ୍ ତଳେ ବା ସବା ତଳେ ପଡ଼ିଥିବା ଖବର କାଗଜ ସନ୍ଧିରେ ହିଁ ରଖିଥିବ । ବେଳେବେଳେ ମିଳେ, ବେଳେବେଳେ ମିଳେନି । ଅଧିକାଂଶ ସମୟରେ କହିବ "ମୁଁ ତ ଏଇଠି ରଖିଥିଲି । ଆଜି ନାହିଁ । ତମକୁ ବିଶ୍ୱାସ ନାହିଁ । ତମ ଛଡ଼ା ଆଉ କିଏ ନବ ?" ମୁହଁ ଫୁଲେଇ ବସିବ ।

ମୁଁ ହିଁ ସବୁଥିପାଇଁ ଦାୟୀ ! "ହେଲେ ମୁଁ ତ ତମ ଟଙ୍କା ଦେଖିନି, ନେଲି କେତେବେଳେ ?" ଯେତେ କହିଲେ ବି ବିଶ୍ୱାସ କରିବନି । ଶେଷରେ ମୁଁ ରାଜି

ହେଇଯାଏ। କିନ୍ତୁ କେତେଟଙ୍କା ହଜିଛି ବି ତା'କୁ ଜଣାନଥିବ! ଶେଷକୁ ଗୋଟେ ଅନୁମାନିକ ସଂଖ୍ୟାରେ କ୍ଷତିପୂରଣ ଧାର୍ଯ୍ୟ ହେବ। ଦେଇଦେଲା ପରେ ମୁଁ କହେ, "ଚା' ପିଇବାନି କି ଆଜି ?" ଲନ୍‌ରେ ବସି ଦି'ଜଣ ଯାକ ଚା' ପିଉ। ଦିନେ କହିଲା, "ଗୋଟେ ଆଲମାରୀରେ ଜାଗା ହେଉନି, ମୋ ପାଇଁ ଆଉ ଗୋଟେ ଆଲମାରୀ ଆଣିଦେବ ?"

ମୁଁ ବି ଭାବୁଥିଲି କିଛିଦିନ ହେଲା। ସେଇଦିନ ସନ୍ଧ୍ୟାବେଳେ ନୂଆ ଆଲମାରୀ ଆସିଲା। ତା' ପରଦିନ ରବିବାରଥାଏ।

"ଆଜି ଆସନା ଟିକେ ଦି'ଟା ଯାକ ଆଲମାରୀ ସଜେଇ ଦବା।" ଡାକିଲା ମତେ। ସାନି, ମୁଁ ଓ ଝିଅ ବସିଲୁ ସଜେଇବା ପାଇଁ।

ତା'ପରେ ଦେଖିବା କଥା ସର୍କସ!!

ବିଭିନ୍ନ ଥାକରୁ ଶାଢ଼ୀମାନଙ୍କ ଭିତରୁ, ଖବର କାଗଜ ତଳୁ, ଝିଅ ଜାମା ଭିତରୁ ନୂଆ ନୂଆ ନୋଟ ସବୁ ଝଡ଼ିବା ଆରମ୍ଭ କଲେ। ହୋ ହୋ କରି ମୁଁ ହସିଲି...।

"ମୁଁ ତ ସବୁ ଠିକ୍ ଜାଗାରେ ରଖିଥିଲି। ତମେ ସବୁ ଏପଟ ସେପଟ କରି ଦେଇଛ। କିନ୍ତୁ କାହିଁକି ରଖିଥିଲି ପଚାରିଲନି ତମେ ?"

"ମୁଁ କାହିଁକି ପଚାରିବି ? ତମ ପଇସା, ତମ ଇଚ୍ଛା। ମୁଁ ତ ଶାଢ଼ୀ କିଣି ଦଉନି। ତମେ ଶାଢ଼ୀ କିଣିବ ତୁମ ପସନ୍ଦର।"

"ବ୍ଲାକ୍ ଆଣ୍ଡ ହ୍ୱାଇଟ୍ ଟିଭିଟା ପୁରୁଣା ହେଇଆସିଲାଣି। କଲୋନୀରେ ସମସ୍ତେ କଲର ଟିଭି ଆଣୁଛନ୍ତି। କେତେ ଅଛି ଦେଖ। ଆମେ ବି ଗୋଟେ ଆଣିବା।"

ସେଇଦିନ ସନ୍ଧ୍ୟାରେ ନୂଆ କଲର ଟିଭି ଆସିଲା। ତା' ନାଁରେ ଥିବା ଟିଭି କ୍ୟାସ୍‌ମେମୋ ଏବେବି ତା' ଆଲମାରୀ ଉପର ଥାକରେ ରହିଛି।

ମଝି ଥାକରେ ହାଙ୍ଗରରେ ତା' ଶାଢ଼ୀ ସବୁ ଝୁଲୁଥାନ୍ତି...।

●

ଏଇଟା ନୀଳ ରଙ୍ଗର ବବି ପ୍ରିଣ୍ଟ ଶାଢ଼ୀ। ବିବାହର ପ୍ରଥମ ବାର୍ଷିକୀ ଦିନ ଏଇଟା ଆଣିଥିଲି। ସେ ଗାଁରେ ଥାଏ। ଛୁଟୀ ନଥାଏ। ଟଙ୍କା ବି ବେଶୀ ନଥାଏ। ପୂର୍ବ ସନ୍ଧ୍ୟାରେ ୩/୪ ଟା ଦୋକାନ ବୁଲି ବୁଲି ଏଇ ଶାଢ଼ୀଟା କିଣିଥିଲି ଶହେ କୋଡ଼ିଏ ଟଙ୍କାରେ। ହଜାରେ ଟଙ୍କା ଦରମାରେ ଶହେ କୋଡ଼ିଏ ଟଙ୍କା ବି କମ୍ ନଥିଲା! ସଫେଦ୍ ରଙ୍ଗର ଶାଢ଼ୀ ଉପରେ ନୀଳ ବବି ପ୍ରିଣ୍ଟର ସିଫନ ଶାଢ଼ୀ ମତେ ବହୁତ ଭଲ ଲାଗିଥିଲା। ଗୋଟେ ଦିନ ଛୁଟୀ ନେଇ ତା'ପରଦିନ ଗାଁରେ ପହଞ୍ଚିଲି। ଶାଢ଼ୀଟାକୁ ପ୍ରଥମେ ବୋଉ ନାପସନ୍ଦ କରିଦେଲା।

କହିଲା, "ପ୍ରଥମ କରି ତା'କୁ ତୁ ଶାଢ଼ୀ ଦଉଛୁ ବାହାଘର ପୁରାଣୀରେ... ମାତ୍ର ଶହେ କୋଡ଼ିଏ ଟଙ୍କା ? ଅଧିକା ପଇସା ଦେଇ ଆଣିଲୁନି ? ସେ କ'ଣ ପସନ୍ଦ କରିବ ? ନେ, ତା'କୁ ଦବୁ। ତା' ଇଚ୍ଛା !"

ମୁଁ ନେଇ ତା'କୁ ଦେଲି। କହିଲି, "ମୁଁ ତ ଖୋଜିଖୋଜି ଆଣିଛି। ବୋଉ ମନକୁ ପାଉନି। ତମକୁ କେମିତି ଲାଗୁଛି ?"

ଶାଢ଼ୀଟାକୁ ମୋ ହାତରୁ ଛଡ଼େଇନେଇ ଖୋଲି ଦେଲା ପୁରା... କହିଲା- "ମତେ ଭଲଲାଗୁଛି। କଲରଟା ଭଲ ହେଇଛି।"

ଆଶ୍ୱସ୍ତିର ନିଃଶ୍ୱାସ ମାରିଲି। ତା'ପରେ ଯେବେ ବି ରାଗରୁଷା ପରେ ବଜାର ବାହାରୁ, ମୁଁ ଏଇ ଶାଢ଼ୀଟାକୁ ପିନ୍ଧିବାକୁ କହେ। ସତକୁ ସତ ଏଇ ଶାଢ଼ୀଟା ପିନ୍ଧିଲେ ତା'ର ମାନ ଅଭିମାନ କୁଆଡ଼େ ମିଳେଇଯାଏ। କହେ- "ତମେ ଗୋଟେ ଭଲ ଟ୍ରିକ୍ ଜାଣିଛ।"

●

ଏଇଟା ନୀଳ ରଙ୍ଗର ବଡ଼ି ଉପରେ ଛୋଟ ଛୋଟ ଫୁଲ ଓ ପଶାପାଲି ଡିଜାଇନ୍ ସହିତ ଓସାରିଆ ପଣତ ଥାଇ ସମ୍ବଲପୁରୀ ଶାଢ଼ୀଟା ଆମେ ସାଙ୍ଗ ହୋଇ କିଣିଥିଲୁ ସମ୍ବଲପୁରରୁ। ଏଇଟା ପିନ୍ଧିଲେ ମୁଁ ତା'କୁ 'ସୁରୁବାଲି' ବୋଲି ଡାକେ।

"ସମ୍ବଲପୁରୀ ଭାଷା ତ ଜାଣିନ ! ଏଠୁ ସେଠୁ ଶୁଣି 'ସୁରୁବାଲି' ଡାକିଲେ କଣ ହବ ?" ହସି ହସି କହିବ ସେ।

କାର୍ କିଣିଲା ପରେ ସମ୍ବଲପୁର ପ୍ରାୟ ଆମେ କାର୍‌ରେ ଯାଉ। ସମ୍ବଲପୁର ରାସ୍ତାରେ ଗୋଟେ ଛୋଟ ନଈର ନାଁ 'ସୁରୁବାଲି'। ଏଇ ନାଁରେ ଗୋଟେ ସମ୍ବଲପୁରୀ ଗୀତ ବି ଥିଲା। ବଡ଼ ରୋମାଣ୍ଟିକ୍ ଲାଗେ ଏଇ ସୁନ୍ଦର ନାଁଟି। ଖୁବ୍ ଖୁସୀ ଥିଲାବେଳେ ମୁଁ ତା'କୁ ଡାକେ- "ଏ ସୁରୁବାଲି ! ସୁନ ଗୋ !"

ତା'କୁ ବି ଏଇଟା ଭଲଲାଗେ। ହସି ହସି କହେ- 'ଏତେ ସୁଆଗ ଡାକ କାହିଁକି ? କଫି ଦରକାର ଥିଲେ ସିଧା କହୁନ।"

ଶେଷ ବେଳକୁ ହସ୍‌ପିଟାଲ୍‌ରେ ଥିଲା ବେଳକୁ ମନ ନିହାତି ଖରାପ ଥିଲେ ମୁଁ ବେଳେବେଳେ ଡାକିଦିଏ "ଏଇ ସୁରୁବାଲି ! ଶୁନୁଛ କାଏଁ ?"

ଏତେ ଯନ୍ତ୍ରଣା ଭିତରେ ବି ତା' ଓଠରେ ହସ ଖେଳିଯାଏ।

ଥରେ କହିଲା, "କେତେଦିନ ଆଉ ଏମିତି ଡାକିବ ?"

କହିଲି, "ଦି'ଜଣ ଜୀବନରେ ଥିଲା ଯାଏ।"

"ତମେ ଥାଅ। ପିଲାଙ୍କ କଥା ବୁଝିବ। 'ସୁରୁବାଲି' ଦିନ ସରି ଆସିଲାଣି। ତା'କୁ ଛାଡ଼ିଦିଅ।"

ଦି'ଜଣ ହାତ ଧରାଧରି ହୋଇ ବସୁ ନୀରବରେ। ଲୁହଧାର ବହିଯାଉଥାଏ ନିଶବ୍ଦରେ...

ସତକୁ ସତ, 'ସୁରୁବାଲି' ମୋ ହାତ ଛାଡ଼ିଦେଲା...

ଏ ଶାଢ଼ୀଟା ଏବେ ପଚାରୁଛି- "ତୁମ 'ସୁରୁବାଲି'କୁ କୁଆଡ଼େ ଛାଡ଼ିଦେଲ ?"

●

ଏଇ ଦୁଇଟା ମାଣିଆଁବନ୍ଧି ଶାଢ଼ୀ। ଗାଁ ପାଖରେ ଆମର ମାଣିଆଁବନ୍ଧ ଗାଁ, ଶାଢ଼ୀ ପାଇଁ ପ୍ରସିଦ୍ଧ। ସାନ ଭାଇ ଓ ତା'ର ସ୍ତ୍ରୀକୁ ନେଇ ସେ ମାଣିଆବନ୍ଧରୁ ଏଇ ଶାଢ଼ୀଟା ଆଣିଥିଲା। ଲାଲ୍ ରଙ୍ଗର ଶାଢ଼ୀରେ ନୀଳଧଡ଼ି ଓ ମାଣିଆଁବନ୍ଧ ଡିଜାଇନ୍‌ର ଓସାରିଆ ପଣତ। ପାଞ୍ଚ ଛଅଟା ଦୋକାନ ବୁଲିବୁଲି ଶେଷରେ ଏଇ ଶାଢ଼ୀଟା ଚଏସ୍ କରି ଆଣିଥିଲା। ସନ୍ଧ୍ୟାବେଳେ ଗାଁରେ ପହଞ୍ଚି ମତେ ପଚାରିଲା- "ଦେଖ ତ କେମିତି ହେଇଛି। ତମ ମନକୁ ପାଉଛି କି ନାଇଁ ?"

ସାନ ଭାଇକୁ ଠାରି ଦେଇ ତା'କୁ ଚିଡ଼େଇବାକୁ କହିଲି, "ଏତେ ପରିଶ୍ରମ ପରେ ଏଇଟା ମିଳିଲା ? ବାଜେ ହେଇଛି।"

ରାଗ ତ ତା' ନାକ ଅଗରେ ଥାଏ !

ରାଗିଯାଇ କହିଲା, "ନିଜେ ତ ଆଣିଦବନି। କେହି ଆଣିଦେଲେ ପ୍ରଶଂସା କରିବା ଶିଖିନ। କାଲି ନେଇ ମୁଁ ଏଇଟାକୁ ଫେରେଇ ଦେଇଆସିବି। ଶାଢ଼ୀ ମୋର ଦରକାର ନାହିଁ।"

"ପରିଶ୍ରମ କରି ଆଣିଛ ବୋଲି ଧନ୍ୟବାଦ୍। କିନ୍ତୁ ମୋର ତ ଚଏସ୍ ହେଉନି।" ପୁଣି ଚିଡ଼େଇଲି।

"ତମର ଚଏସ୍ ଗୁଡ଼ାକ ସବୁ ଏମିତି। ନିହାତି ବାଜେ...।"

"ସତ କଥା ! ପନ୍ଦର ବର୍ଷ ତଳୁ ମୋର ଏମିତି ଭୁଲ୍ ଚଏସ୍ ହେଇଯାଇଛି। କିନ୍ତୁ କ'ଣ କରିବା ? ଯା' ହେଇଛି ହେଇଛି। ଏବେ କିନ୍ତୁ ଆଉ ଫେରେଇବାର ଚଏସ୍ ନାହିଁ।" ଗମ୍ଭୀର ହୋଇ କହିଲି...।

ହଠାତ୍ ସେ ବୁଝି ପାରିଲାନି ! ସାନ ଭାଇ ଟିକେ ହସିଦେଲା। ରାଗରେ ନିଆଁ ଲାଗିଗଲା...

"ତମକୁ କ'ଣ କିଏ ବାଧ୍ୟ କରୁଥିଲା ? ଆମ ଘର ଲୋକ କ'ଣ ତମ ଘରେ ଆସି ଜବରଦସ୍ତି ରଖିଦେଇ ଯାଉଥିଲେ ? ଏବେ ବି ସମୟ ଅଛି। ଫେରେଇ ଦଉନ। ମୁଁ କ'ଣ ତମ ଘରେ ରହିବାକୁ ମରିଯାଉଛି ?"

"ଆରେ ! ମୁଁ ତ ଶାଢ଼ୀ କଥା କହୁଛି। ତମେ ଏସବୁ କଥା କାହିଁକି

କହୁଛ ? ତମକୁ ଛାଡ଼ିକି ମୁଁ କ'ଣ ରହିପାରିବି ? ତମ ବିନା ମୋ ଘର କ'ଣ ଘର ?"

"ମୁଁ ତ ବୋକୀ ହେଇଛି ? କିଛି ଜାଣିପାରୁନି ? ତମ କଟ୍‌କିଆଙ୍କ କଥା ଏମିତି। କେତେ ଅର୍ଥରେ କଥା କହିବ !"

"ଠିକ୍ ଅଛି। ଆମେ କଟ୍‌କିଆ ସବୁ ଖରାପ, ତମେ ସମ୍ବଲପୁରିଆ ସବୁ ଭଲ।" ସେଦିନ ପାଇଁ ସେତିକି। ରାତିରେ କଥାବାର୍ତ୍ତା ବନ୍ଦ। ତା' ପରଦିନ ସକାଳୁ ଅନୁଗୁଳ ଫେରିବାକୁ ପଡ଼ିବ। ଅଧା ଦିନ ଛୁଟୀ ନେଇଛି। ଉପରଓଳି ଅଫିସ। କିନ୍ତୁ କାରକୁ ଅନ୍ୟ ରାସ୍ତାରେ ଦେଖି ପଚାରିଲା- "ଇଆଡ଼େ କୁଆଡ଼େ ଯାଉଛ ? ଗଲେ ପରା ଅଫିସ କରିବ ?"

"ଏପଟେ ଗୋଟେ ସର୍ଟକର୍ଟ ରାସ୍ତା ଅଛି। ଜଲ୍‌ଦି ପହଞ୍ଚିବା।"

ହେଲେ, ପହଞ୍ଚିଲୁ ମାଣିଆବନ୍ଧ। ସାନ ଭାଇଠାରୁ ବୁଝିନେଇଥିଲି, ଆଉ ଗୋଟେ ଶାଢ଼ୀ ତା'ର ପସନ୍ଦ ହୋଇଥିଲା। ଅଧିକା ପଇସା ପାଇଁ ଆଣିନଥିଲା। ସେଇ ଦୋକାନରେ ପୁଣି ଯାଇ ପହଞ୍ଚିଲୁ। ସାନ ଭାଇ ଦୋକାନୀକୁ ସେଇ ଶାଢ଼ୀଟା ରଖିବା ପାଇଁ ଫୋନ୍ କରି ଦେଇଥିଲା।

"ପୁଣି କାହିଁକି ଆଜି ଏଠିକି ଆଣିଲ ?"

"ଚାଲ, ଆଜି କଟ୍‌କିଆ ଚଏସ୍‌ରେ ଶାଢ଼ୀ କିଣିଦେବି।"

ରାଜି ତ ହେଉନଥିଲା। କାଲି କଥା ନେଇ ସତ କଥା କହିଦେଲି।

"ଶାଢ଼ୀଟା ବହୁତ ଭଲ ହେଇଥିଲା। ଖାଲି ତମକୁ ଚିଡ଼େଇବା ପାଇଁ ଏମିତି କହିଲି। ଭୁଲ ହେଇଯାଇଛିରେ ନିନି !" ଟିକେ ସମ୍ବଲପୁରୀ ମିଶେଇ କହିଦେଲି। "କିନ୍ତୁ କାଲି ତମେ ଛାଡ଼ି ଯାଇଥିବା ଶାଢ଼ୀଟା ତୁମ ପାଇଁ ରଖାହୋଇଛି। ମୁନୁ ଆଜି ସକାଳେ ଦୋକାନୀକି ଏକଥା କହିଦେଇଛି। ଚାଲ ନେଇଯିବା।"

"ତା' ମାନେ ତମ ଦି' ଭାଇଙ୍କର ଏତକ କାମ ?"

"ସେଇଆ ହିଁ ଭାବ। ଏବେ କିନ୍ତୁ ଚାଲ ତୁମ ଚଏସ୍‌ର ଶାଢ଼ୀଟାକୁ ନେଇକରି ଯିବା। ଜଲ୍‌ଦି ଗଲେ ଅଫିସ୍ କରିବା।"

ଆଣିଲୁ ସେଇ ଶାଢ଼ୀଟା। ଗୋଟେ ବଦଳରେ ଦି'ଟା ଶାଢ଼ୀ ପାଇ ସେ ବହୁତ ଖୁସୀ ଥିଲା। ବେଳେବେଳେ ମନେ ପକେଇ ଘରେ ଭାଇ ଭଉଣୀ ସମସ୍ତେ ହସୁ।

ଯେତେବେଳେ ସେ ଶାଢ଼ୀ ଦି'ଟା ପିନ୍ଧିଲେ ବି ମତେ କଣେଇ କରି ଚାହେଁ। ମୁଁ କଣ କହୁଛି।

ଥରେ କହିଲି "ସମ୍ବଲପୁରୀଆଙ୍କୁ କଟ୍‌କିଆ ଶାଢ଼ୀ ଭଲମାନେ।"

"ଖାଲି କଥା କହି ଜାଣିଛ ତମେ କଟ୍‌କିଆ ସବୁ।"

ଏବେ ଦି'ଟା ଯାକ ମାଣିଆଁ-ବନ୍ଧି ଶାଢ଼ୀ ପଚାରୁଥିଲେ "ଆଉ ରାଗ ରୁଷା କାହିଁକି ହେଉନ? ସବୁ ମାନ ଅଭିମାନ କୁଆଡ଼େ ଗଲା?"

●

ଏ ଲାଲ ରଂଗର ଛିଟ ପ୍ରିଣ୍ଟ ଥାଇ ବମ୍‌କେଇ ପାଟଟା କଟକରୁ କିଣିଥିଲୁ। ଘଣ୍ଟାଟେ ଦୋକାନର ସବୁ ଶାଢ଼ୀ ଓଲଟ ପାଲଟ ଭିତରେ ମୁଁ ଟିକେ ଦୂରରେ ବସି ଖବର କାଗଜ ପଢୁଥାଏ। ଶେଷକୁ ଏଇ ଶାଢ଼ୀଟା ତା' ମନକୁ ପାଇଲା।

"ଏଇ! ଦେଖତ ଶାଢ଼ୀଟା କେମିତି ହେଇଛି?"

"ଠିକ୍ ଅଛି, ନିଅ।" କିନ୍ତୁ ମୋର ଅସଲ ମନ୍ତବ୍ୟଟାକୁ ମନରେ ରଖିଲି।

ବାହାରକୁ ଆସି କାର୍‌ରେ ବସି ସାରିଲା ପରେ କହିଲା "ତମ ମନକୁ ବୋଧେ ପୁରା ଗଲାନି। ଠିକ୍‌ରେ କାହିଁକି କହୁନ?"

"ଠିକ୍ ତ ଅଛି! ଭଲ ହେଇଛି। କିନ୍ତୁ..."

"କିନ୍ତୁ ପୁଣି କଣ? ସବୁବେଳେ ସେଇ କଟ୍‌କିଆ କଥା! ଠିକ୍ ନଲାଗିଲେ ଫେରେଇ ଆଣିବା। କୁହନା..." ଜିଦ୍ କଲା ସେ।

"କହିଲେ ରାଗିବନି ତ?"

"ସେମିତି ଗ୍ୟାରେଣ୍ଟି ଦେଇପାରିବିନି। ରାଗିବା କଥା ହେଲେ ନିଶ୍ଚୟ ରାଗିବି।"

ବାପ ଘରକୁ ଯିବା ନେଇ ଦି' ଦିନର ମାନ ଅଭିମାନର, ଆସନ୍ତା ସପ୍ତାହରେ ଯିବାର ପ୍ରତିଶ୍ରୁତିରେ ଆଜି ସକାଳେ ଅବସାନ ଘଟିଥାଏ। ସେ ଖୁସୀ ଥାଏ।

ତା'କୁ ଟିକେ ଚିଡ଼େଇବାକୁ ଇଚ୍ଛା ହେଲା।

"ଠିକ୍ ଅଛି! ରାଗିଲେ ରାଗ ପଛେ ସତ କଥାଟା କହୁଛି। ଖୋକା ଭାଇର ସେ ଗୀତଟା ଶୁଣିଛ? ଏଥର ରଜରେ ଆମ କ୍ଲବ୍‌ରେ ବୋଲିଥିଲା।"

"ଖୋକା ଭାଇ ଗୀତ ତ ଚବିଶ ଘଣ୍ଟା ଘରେ ବାଜୁଛି, କାରରେ ବାଜୁଛି। କୋଉ ଗୋଟାକ ମୁଁ କେମିତି ଜାଣିବି?"

"ଶୁଣ ତେବେ। ରଙ୍ଗଲତା ରୁଷିଛି ମୋ ରଙ୍ଗଲତା ରୁଷିଛି...." ପ୍ରଥମ ପଦକ ବୋଲି ଦେଲି ସ୍ୱର କରି। "ଏଇଟା ସେଇ ରଙ୍ଗଲତା ଶାଢ଼ୀ।"

"ତମର ଆଉ କ'ଣକି? ଯେତେ ସବୁ ବଜାରୀ ଗୀତ ମୋରି ପାଇଁ। ହେଲେ ତୁମ ପାଇଁ ଗୋଟେ ଖବର... ରଙ୍ଗଲତା ଆର ସପ୍ତାହରେ ବାପଘର ଯିବନି। ଏଥର ଖୁସୀ ତ?"

"ହଠାତ୍ କଣ ହେଲା? ରାଗିଗଲ ନା କଣ?"

"ମୋ ଇଚ୍ଛା ହେଲେ ଯିବି, ନହେଲେ ଯିବିନି। ତମକୁ କଣ କାରଣ ଜଣେଇବି ? ହେଲେ, ତମେ ମତେ ଷ୍ଟାଡିଅମ୍ ପାଖରୁ ଆଲୁଦମ୍ ଦହିବରା ଦେବତ ?" ଗାଡ଼ି ଫେରେଇଲି ଷ୍ଟାଡିଅମ ଆଡ଼କୁ।

କାର୍‌ରୁ ରଙ୍ଗଲତା କ୍ୟାସେଟ୍ ଖୋଜି ଷ୍ଟିରିଓରେ ବଜେଇ ବଜେଇ ଘରକୁ ଫେରିଲୁ।

ପରେ କେତେବେଳେ କେମିତି କଟକରେ ବଜାର ବାହାରିଲେ ସେ ପଚାରେ "କୋଉ ଶାଢ଼ୀ ପିନ୍ଧିବି ?"

"କଟକ କଥା ତମେ ଜାଣିଛ।"

ସେ ରଙ୍ଗଲତା ଶାଢ଼ୀ ହିଁ ପିନ୍ଧେ।

କଟକ ଗଳିରେ, କାଠଯୋଡ଼ି କୂଳରେ ସ୍କୁଟରରେ ଗଲାବେଳେ ରଙ୍ଗଲତା କାନି ହିଁ ପବନରେ ଉଡୁଥାଏ।

ରଙ୍ଗଲତା ଶାଢ଼ୀ ହଠାତ୍ ମତେ ପଚାରିଲା, "ଖୋକା ଭାଇ ନାହିଁ କି ସାନି ନାହିଁ। କଟକ ଗଲେ ତମେ କଣ କରୁଛ ?"

କହିଲି, "କଟକ ଗଳିରେ ବା ବଜାର ଭିତରେ ଗଲାବେଳେ ଖୋକା ଭାଇ ଓ ସାନି ଦି'ଜଣ ଯାକ ମୋ ଭିତରକୁ ଚାଲି ଆସନ୍ତି।"

●

ମେରୁନ୍ ରଙ୍ଗର ତାଞ୍ଜାଭୁର୍ ସିଲ୍କ ଶାଢ଼ୀଟା ଦିଶିଗଲା ମତେ। ଏଇ ଶାଢ଼ୀଟା ବାଙ୍ଗାଲୋରରୁ କିଣିଥିଲି। ପୁଅକୁ ହଷ୍ଟେଲରେ ଛାଡ଼ି ଫେରୁଥିଲି। ଏଆରପୋର୍ଟ ପାଇଁ ଟିକେ ଡେରୀ ହୋଇଯାଉଥିଲା। MG ରୋଡ୍‌ରେ ହଠାତ୍ ଟାକ୍ସି ଅଟକେଇ ଗୋଟେ ଶାଢ଼ୀ ଦୋକାନରେ ପଶିଗଲି। ୫-୭ ମିନିଟର ବଛାବଛି ପରେ ଏଇ ଶାଢ଼ୀଟା ପସନ୍ଦ ହେଲା। ଦାମ୍ ଟିକିଏ ବେଶୀ ଥିଲା। ପାଞ୍ଚ ହଜାର...। ପ୍ରଥମ ଥର ପାଇଁ ତା' ପାଇଁ ଏତେ ଦାମିକା ଶାଢ଼ୀ କିଣୁଛି ! ତା'ର ପସନ୍ଦ ହବକି ନାହିଁ? ତଥାପି ଧରି ଆସିଲି। ଘରେ ପହଞ୍ଚି ଶାଢ଼ୀଟା ଦେଖେଇଲି। ଶାଢ଼ୀଟା ଆଡ଼େଇଦେଇ କହିଲା... "ପୁଅକୁ ଛାଡ଼ିଦେଇକି ଆସିଲ ଏତେ ବାଟରେ ! ସେ କେମିତି ରହିବ ? ତା' କଲେଜ କେମିତି ? ହଷ୍ଟେଲ କେମିତି ? ଖାଇବା କେମିତି ? ରାଗିଙ୍ଗ୍ ହେଉଛି କି ନାହିଁ? ଛୁଟୀ ତା'ର କେବେ ହେବ ?" ଇତ୍ୟାଦି ଇତ୍ୟାଦି...

ଏତେ ପ୍ରଶ୍ନର ଉତ୍ତର ଦେଇସାରିଲା ପରେ କହିଲି-

"ଶାଢ଼ୀଟା ଟିକେ ଦେଖ। ସବୁବେଳେ କୁହ ମୁଁ ଦାମିକା ଶାଢ଼ୀ ଦେଇନି। ଏଥର ଦେଖ ଦାମିକା ଶାଢ଼ୀ... ପାଞ୍ଚହଜାର ଟଙ୍କା !"

"କ୍ରେଡିଟ୍ କାର୍ଡରେ କିଣିଥିବ। ନହେଲେ ତମେ କଣ ଏତେ ଟଙ୍କାର ଶାଢ଼ୀ କିଣିବା ଲୋକ ?"

"ସତ କଥା। କ୍ରେଡିଟ୍ କାର୍ଡ୍‌ରେ ହିଁ କିଣିଛି। କ୍ରେଡିଟ୍ କାର୍ଡ ନଥିଲେ ମୁଁ ବି ଏତେ ପଇସାରେ କିଣି ନଥାନ୍ତି !"

ଶାଢ଼ୀଟା ଖୋଲି ଧରି କହିଲି- "ଦେଖ, ମେରୁନ୍ ରଂଗର ପିଓର ସିଲ୍‌କ ଶାଢ଼ୀରେ ବଡ଼ି ସାରା ଆଉ ଆଞ୍ଚଲରେ ତାଞ୍ଜାଭୁର ଆର୍ଟର କାମ। କେତେ ଦୋକାନ ଖୋଜି ଖୋଜି ଆଣିଛି। (ପିଓର ସିଲ୍‌କ ଶାଢ଼ୀ ପାଇଁ ପିଓର ମିଛଟେ କହିଦେଲି) ମତେ ତ ଭଲ ଲାଗିଲା। ତୁମକୁ କେମିତି ଲାଗିଲା କୁହନା।"

"ଏତେ ଦିନ ପରେ ଗୋଟେ ଭଲ ଶାଢ଼ୀ ବାଛିଚ। ବହୁତ ଭଲ ହେଇଚି। ଏଇଟା ମୁଁ ରଜରେ ପିନ୍ଧିବି।"

ଝିଅ କିଛିଦିନ ତଳେ ବାହାହୋଇ ଯାଇଥିଲା। ପୁଅ ଆମ ସହ ରହୁଥିଲା। ଶେଷକୁ ତା'ର ବି କଲେଜ ଯିବା ସମୟ ହେଇଗଲା। ବାଙ୍ଗାଲୋରରେ ଆଡମିସନ କରି ଫେରିଥିଲି। ପ୍ରଥମ ଥର ପାଇଁ ଏତେ ବଡ଼ ଘରେ ଆମେ ଦି'ଜଣ ! ପିଲାମାନେ ଛୋଟ ଛୋଟ ଥିଲେ। କ୍ୱାର୍ଟର ଛୋଟ ଥିଲା। ଛୋଟ ଛୋଟ କଥାରେ ରୁଷା ରୁଷି ସାଧାରଣ କଥା। ଅପା ମୋ ପେନସିଲ୍ ନେଇଗଲା, ପୁଅ କାହିଁକି ପାଠପଢୁନି, ଝିଅ କାହିଁକି ଠିକ୍‌ରେ ଖାଉନି, ମୁଁ କାହିଁକି ଖାଲି ଅକ୍ଷୟ ମହାନ୍ତି ଗୀତ ଶୁଣୁଛି, ବହି ଧରି ବସୁଛି, କିଛି ଶୁଣୁନି, କଥା କହୁନି... ଆଜି କିନ୍ତୁ ଏତେ ବଡ଼ ଡି ଟାଇପ୍ ଘରେ ଆମେ ଦି'ଜଣ !

ଶାଢ଼ୀ ତ ଆସିଲା ! କିନ୍ତୁ ତା' ମୁହଁରୁ ହସ ଲିଭିଯାଇଥିଲା। ଘର ପୁରା ଖାଲି....। ମୁଁ ପାଞ୍ଚଟା ବେଳକୁ ଆସିବି ଅଫିସ୍‌ରୁ ଏତେ ବଡ଼ ଘରେ ସେ ଏକା ସାରାଦିନ...

ରଜ ଆସିଲା। ଠାକୁର ପୂଜା କଲୁ। ପିଠା ପଣା ଖାଲି ଭୋଗ ପାଇଁ ଯେତିକି ଦରକାର। ଦୋଳି ବାନ୍ଧିଲି। ସାଦା ପାନ ଆଣିରଖିଲି। ଶାଢ଼ୀଟା ତା'କୁ ଜୋର୍ କରି ପିନ୍ଧେଇଲି। ଦୋଳିରେ ବସେଇଲି। ହେଲେ ଘରୁ ଆମର ଚମକ୍ ଚାଲିଯାଇଥିଲା। ଦି'ଜଣ ବସିଥିଲୁ। ସନ୍ଧ୍ୟାବେଳକୁ ଲୁହ ଓଦା ଆଖିରେ କହିଲା, "ଆଉ ଦୋଳି କରିବାନି, ରଜ କରିବାନି। ପିଲା ନଥିଲେ କି ରଜ ??"

ସତକୁ ସତ, ପରବର୍ତ୍ତୀ ୪-୫ ବର୍ଷ ଆମେ ନାମକୁ ମାତ୍ର ରଜ କରୁ। ଥରେ ଦି'ଥର ପିଲାମାନେ ଆସିଲେ ହିଁ ପୁଣି ଘର ଆମର କୋଳାହଳମୟ ହୋଇଯାଏ।

କିନ୍ତୁ ସବୁ ରଜରେ ମୁଁ ତାକୁ ଜବରଦସ୍ତି ସେଇ ତାଞ୍ଜାଭୁର ସିଲ୍‌କ ଶାଢ଼ୀ ହିଁ ପିନ୍ଧାଏ।

ଏବେ... ରଜ, ପିଲାମାନେ, ସାନି ସବୁ କୁଆଡ଼େ ଗଲେ... ? ?

ଶାଢ଼ୀଟା ମତେ ପଚାରିଲା "ରଜ କରିବନି କି ଆଉ ?"

●

ଏଇଟା କାଶ୍ମୀରର ପଶ୍‌ମିନା ଶାଲ୍... । ଡାଲ୍ ଲେକ୍‌ରୁ ହିଁ କିଣିଥିଲୁ । ସେଥର ଏଲ୍.ଟି.ସିରେ ଆମେ ଦି' ଜଣ କେବଳ ବାହାରିଥିଲୁ ଗୋଟେ ଲମ୍ବା ଟୁର୍‌ରେ । ତୀର୍ଥାଟନ କୁହାଯାଇପାରେ । ବୈଷ୍ଣୋଦେବୀ, ସିରିଡି, ତିରୁପତି, ପ୍ରଶାନ୍ତି ନିଳୟମ୍ ଆଦି ବୁଲିବାରଥିଲା । ପିଲାମାନେ ସବୁ କଲେଜ ହଷ୍ଟେଲରେ ଥିଲେ । ତେଣୁ ଦି' ଜଣଙ୍କର ପ୍ରୋଗ୍ରାମ । କିନ୍ତୁ ଏଥିରେ ଗୋଟେ ସିକ୍ରେଟ ଡେଷ୍ଟିନେସନ ମୋର ଥିଲା... ଶ୍ରୀନଗର... କାଶ୍ମୀର ! ପିଲାଙ୍କୁ, ଘରେ ବା ସାନି କାହାକୁ କହିନଥିଲି । କହିଥିଲେ କେହି ରାଜି ହୋଇନଥାନ୍ତେ ! କିନ୍ତୁ ମନରେ ଡର ବି ଥାଏ । ଦିଲ୍ଲୀ ଏଆରପୋର୍ଟରୁ ଶ୍ରୀନଗର ଫ୍ଲାଇଟ୍ ନେଲା ବେଳକୁ ସାନି ପଚାରିଲା, " ଆମେ ଏ ଫ୍ଲାଇଟ୍‌ରେ କାହିଁକି ଯାଉଛେ ?"

କହିଲି, "ଜାଣିନ କି ଦିଲ୍ଲୀରୁ ଜାମ୍ମୁ ମଝିରେ ଶ୍ରୀନଗର ଗୋଟେ ହପିଙ୍ଗ୍ ଏଆରପୋର୍ଟ । ଶ୍ରୀନଗରରେ କିଛି ଯାତ୍ରୀ ଓହ୍ଲେଇଦେଇ ପ୍ଲେନ୍ ଜାମ୍ମୁ ଯିବ ।"

ସେ ସିନା ଚୁପ୍‌ଚାପ୍ ବସି ପଡ଼ିଲା । ମୋ ଅବସ୍ଥା କିନ୍ତୁ ସିରିଅସ୍ ! ଶ୍ରୀନଗର ଯେତିକି ପାଖେଇ ଆସୁଥାଏ ମୋର ଡର ସେତିକି ବଢ଼ି ବଢ଼ି ଯାଉଥାଏ ! ଆମର କ'ଣ ହେଇଗଲେ, ପିଲାମାନଙ୍କର କ'ଣ ହେବ ?

ଶ୍ରୀନଗରରେ ସବୁ ଯାତ୍ରୀ ଓହ୍ଲେଇ ସାରିଲା ପରେ କହିଲି "ଉଠ ଏଥର ମହାରାଣୀ ! କାଶ୍ମୀର ଦେଖିବା ।"

ଆଶ୍ଚର୍ଯ୍ୟ ହୋଇ ମତେ ଚାହିଁ କହିଲା, "କିଛି ହବନିତ ?"

"ଯା' ହେବ ଦେଖିବା । ଜଣେ ମିଲିଟାରୀ ଅଫିସରଙ୍କୁ କହିଛି । ସେ ଆମକୁ ନେବାକୁ ଆସିବେ । ହାଉସ୍‌ବୋଟ୍ ଇତ୍ୟାଦି ବନ୍ଦୋବସ୍ତ କରିଦେବେ । ଡରନି ତମେ ।"

ତଥାପି ଛାତି ଧଡ଼ଧଡ଼ ଭିତରେ ଓହ୍ଲେଇଲୁ । ବାହାରେ ଝିପିଝିପି ବର୍ଷା ଚାଲିଥାଏ, ଟେମ୍ପରେଚର୍ ୫° ସେଣ୍ଟିଗ୍ରେଡ । ଆର୍ମି ଅଫିସର ଆସିବା ପର୍ଯ୍ୟନ୍ତ ଏଆରପୋର୍ଟରେ ଅପେକ୍ଷା କଲୁ । ଶେଷରେ ସେ ଆସିଲେ । ଡାଲ ଲେକ୍ ପାଖରେ ଗୋଟେ ଛୋଟ କଫି ସପ୍‌ରେ ଆମକୁ ବସେଇ ଦେଇ ହାଉସ୍‌ବୋଟ୍ ଖୋଜି ଗଲେ । ଟିକେ ଡେରି ହେଲା । କଫି ହାଉସ୍ ଭିତରେ, ବାହାରେ ଫିରାନ୍ ପିନ୍ଧା ଦାଢ଼ୀ ରଖିଥିବା ଲୋକ ଗୁଡ଼ାଙ୍କୁ ଦେଖି ଡର ଲାଗୁଥାଏ । ସମସ୍ତେ ଗୋଟେ ଗୋଟେ ଟେରରିଷ୍ଟ ଭଳି ଦେଖାଯାଉଥାନ୍ତି । ଫିରାନ୍ ଭିତରେ ଗରମ ରଖିବା ପାଇଁ 'କାଙ୍ଗଡ଼ି' ରହିଥାଏ । କିନ୍ତୁ

କାହା ଭିତରେ AK47 ନାହିଁ ବୋଲି କଣ ଗ୍ୟାରେଣ୍ଟି ? ତଥାପି ସାହସ ଜୁଟାଇ ସେଇ ଭୟଙ୍କର ଦିଶୁଥିବା ଲୋକଗୁଡ଼ାକ ସହିତ କଥାବାର୍ତ୍ତା, ହସଖୁସୀ ଆରମ୍ଭ କରିଦେଲି। ବେଶ୍ ଆମାୟିକ ବ୍ୟବହାର ସେମାନଙ୍କର। ଦୋକାନୀ ବାଧ୍ୟକରି ଦି'ଦିଥର କଫି ଦେଲା। "କଫି ଲିଜିଏ ସା'ବ୍ ଦିଦିକୋ ଥଣ୍ଡା କମ୍ ଲଗେଗା।" ବାହାରେ ବର୍ଷା ବଢ଼ିଯିବାରୁ ଆମକୁ ଡାକିନେଇ ଦୋକାନ ଭିତରକୁ ବସେଇଦେଲା। ଡର ଆସ୍ତେ ଆସ୍ତେ ଛାଡ଼ି ଆସୁଥାଏ। ଯା' ହେଉ, ଶେଷରେ ଅଫିସ୍‌ର ଜଣକ ଆସି ଆମକୁ ଗୋଟେ ହାଉସ୍‌ବୋଟ୍‌ରେ ଛାଡ଼ି ବିଦାୟ ନେଲେ। ଏବେ ଆମେ ଦି'ଜଣ କାଶ୍ମୀରରେ ଏକା ଏକା ତିନିଦିନ ପାଇଁ।

ହାଉସ୍‌ବୋଟ୍‌ଟି ଡାଲ୍‌ଲେକ୍‌ର ଅପର ପାର୍ଶ୍ୱରେ ଥାଏ। ସାମ୍ନାରେ ଶଙ୍କରାଚାର୍ଯ୍ୟ ପାହାଡ଼ ଉପରେ ଶଙ୍କରାଚାର୍ଯ୍ୟ ମନ୍ଦିର। ପଛପଟେ ଓ ବାମ, ଡାହାଣରେ ଜବରଓ୍ୱାନ୍ ପର୍ବତ ଶୃଙ୍ଖଳା। ଶୀକାରାରେ ଲେକ୍ ବୁଲିବାହାରିଲୁ। ହାଉସ୍‌ବୋଟ୍ ମାଲିକ ଆମକୁ ଫିରାନ୍, କାଙ୍ଗ୍‌ଡ଼ି ଓ କାଶ୍ମୀରୀ ଟୋପି ଦେଇଥାଏ ଶୀତରୁ ରକ୍ଷା ପାଇବା ପାଇଁ। କାଚକେନ୍ଦୁ ପରି ପାଣିରେ ଚାରିପଟର ପାହାଡ଼ର ପ୍ରତିବିମ୍ବ ଡାଲ ୍ଲେକ୍‌ରେ ପଡ଼ିଥାଏ। ଶୀକାରାରେ ବୁଲିବା ସତରେ ମ୍ୟାଜିକ୍ ଅନୁଭବ ଦିଏ। ବାହାରେ ଏତେ ଥଣ୍ଡା ଥିଲେ ବି ଫିରାନ୍ ଓ କାଙ୍ଗ୍‌ଡିର ରଡ଼ନିଆଁ ଦେହକୁ ବେଶ୍ ଗରମ ରଖୁଥାନ୍ତି। ଫେରନ୍ତା ରାସ୍ତାରେ ହାଉସବୋଟ୍‌ମାନଙ୍କ ଭିତରେ କାଶ୍ମୀର ହ୍ୟାଣ୍ଡିକ୍ରାଫ୍ଟର ଦୋକାନ ସବୁ। ଭଲିକି ଭଲି ଶାଲ୍ ଓ ଶୀତ ବସ୍ତ୍ରର ପ୍ରଦର୍ଶନୀ। ସାନି କହିଲା "ଏଠୁ କିଛି ଗୋଟେ ନେବା।" ଦୋକାନ ଭିତରେ ଶାଲ୍, ସାଲଓ୍ୱାର ପଞ୍ଜାବୀ, କମ୍ବଳ ଇତ୍ୟାଦି ଯାବତୀୟ ଶୀତ ବସ୍ତ୍ର। ସାନି କହିଲା "ଗୋଟେ ଶାଲ୍ ନେବା!" ଦୋକାନୀ ଆମକଥା ବୁଝିପାରି ଶାଲ୍‌ର ସମ୍ଭାର ଖୋଲି ଦେଲା ଆମ ସାମ୍ନାରେ। ସବୁତ ସୁନ୍ଦର, କେଉଁଟା ନେବୁ? ଦୋକାନୀ ଆମ କାମ ସହଜ କରିଦେଲା। କହିଲା "କାଶ୍ମୀରକା ପଶ୍‌ମିନା ଶାଲ୍ ଲିଜିଏ ସାବ୍, ବହତ ଫେମସ୍‌ହେ। ଯାଦ୍ ରଖେଙ୍ଗେ।"

ଶେଷରେ ସାନି ଗୋଟେ ପଶ୍‌ମିନା ଶାଲ୍ ବାଛିଲା। ଶାଲ୍ ଦେହ ସାରା କାଶ୍ମୀରୀ ଡିଜାଇନ୍, ରଙ୍ଗବେରଙ୍ଗ ଫୁଲ ଓ ଡାଳି ଲତାର କମକୁଟ କାମ। 'କାଶ୍ମୀରୀ ଟିଲ୍ଲା' ଏମ୍ବ୍ରୋଡରୀ କାମ ତ ଆଖି ଲାଖି ରହିଲା ପରି। ଶାଲ୍ ଆଞ୍ଚଲରେ ଚିନାର୍ ପତ୍ର ଓ ଫୁଲର ଏମ୍ବ୍ରୋଡରୀ ତ ଆହୁରି ଚମତ୍କାର। ଟିକେ ଅଧିକା ଦାମ୍ ହେଲେ ବି କାଶ୍ମୀର ସ୍ମୃତି ତ! କିଣିନେଲୁ। ପୁଣି ଆସି ଶୀକାରାରେ ବସି ଲେକ୍‌ରେ ଆଉ କିଛି ସମୟ ବୁଲିଲୁ ସଂଧ୍ୟା ହେବା ପର୍ଯ୍ୟନ୍ତ। ନୂଆ ଶାଲ୍‌ଟା ଦି'ଜଣ ଘୋଡ଼େଇ ହୋଇ ବସିଥିଲୁ। ଶୀକାରାବାଲା ହସିଲା। କହିଲା, "ଜିନ୍ଦଗୀ ବହତ କିମ୍‌ତି ହେ ସାବ୍। ବହତ କରୀବ୍

ସେ ଦେଖା ହେ। ବିବି ମେରୀ ଆର୍ମି-ଟେରରିଷ୍ଟ କେ ବିଚ୍ ମେଁ ଗୋଲିବାରିମେଁ ଚଲବସି। ଆଚ୍ଛା ଲଗ୍‌ତାହେ ସାବ୍ ଆପକୋ ଦେଖ୍‌କେ। ଐସେ ଖୁସ୍ ରହିୟେ।" ତାର ମନୋବେଦନା ଅନୁଭବ କଲି।

ତା' ପରଦିନ ଆକାଶ ଖୋଲିଯାଇଥାଏ। ଖରା ଆସିଯାଇଥାଏ। ଶଙ୍କରାଚାର୍ଯ୍ୟ ମନ୍ଦିର ଗଲୁ। ଦର୍ଶନ ପରେ ସାନିକୁ କହିଲି "ତୁମେ ଏ ପାହାଚରେ ବସ। ଗୋଟେ ଫଟୋ ନେବା!" କଲେଜ ସମୟରେ 'ଆପ୍‌କି କସମ୍' ଦେଖିଲା ଦିନୁ ମୋର ଏକ ଇଚ୍ଛାଥାଏ ମୁମ୍‌ତାଜ୍ ପରି ମୋ ପ୍ରିୟତମାକୁ ଶଙ୍କରାଚାର୍ଯ୍ୟ ମନ୍ଦିର ପାହାଚରେ ବସେଇ ଗୋଟେ ଫଟୋ ନେବି। ପଶ୍‌ମିନା ଶାଲ୍ ଘୋଡ଼େଇ ହୋଇ ସାନି ପାହାଚରେ ବସିଲା। କୋଡ଼ିଏ ବର୍ଷର ଇଚ୍ଛା ଆଜି ପରିପୂର୍ଣ୍ଣ ହେଲା। ତା'ପରେ ଦି'ଜଣ ଯାକ ପଶ୍‌ମିନା ଶାଲ ଘୋଡ଼େଇ ହୋଇ ଆଉ ଗୋଟେ ଫଟୋ ନେଲୁ।

ଏବେବି ସେ ଫଟୋ ଦେଖିଲେ ମୁଁ ବିହ୍ୱଳିତ ହୁଏ। ପଶ୍‌ମିନା ଶାଲ, ଡାଲ୍ ଲେକ୍ ଓ ଶଙ୍କରାଚାର୍ଯ୍ୟ ମନ୍ଦିର ମୋ ସ୍ମୃତିର କେତୋଟି ସମୁଜ୍ଜଳ ପୃଷ୍ଠା। ଭୁବନେଶ୍ୱରରେ ତ ଶୀତ ନଥାଏ। ତଥାପି ବର୍ଷକୁ ଥରେ ପଶ୍‌ମିନା ଶାଲ୍ ଘୋଡ଼େଇ ହୁଏ ମୁଁ।

ଆଜି ପଶ୍‌ମିନା ଶାଲ୍ କହିଲା, "ମୋ ଭିତରେ ଡାଲ୍ ଲେକ୍, ଶଙ୍କରାଚାର୍ଯ୍ୟ ମନ୍ଦିର ଆଉ ସାନି ସମସ୍ତେ ରହିଛନ୍ତି। ମଝିରେ ମଝିରେ ମତେ ଦେଖୁନ କିଆଁ?"

●

ଏଇଟା ତା'ର ଗୋଟେ ମାକ୍ସି। ହସ୍‌ପିଟାଲ୍-ଘର ଭିତରେ ଯିବା ଆସିବା ଭିତରେ ଅନେକଦିନ ହେଲା ବାହାରକୁ ବୁଲି ଯାଇନଥିଲୁ। ମଝିରେ କେତେ ଦିନ ତା'ର ଦେହ ଟିକିଏ ଭଲଥିଲା।

କହିଲି, "ଚାଲ ଆଜି ମଲ୍ ଯାଇ ବୁଲି ଆସିବା।"

ଖୁସୀରେ ବାହାରିଲା ସେ। ମଲ୍‌ରେ ବୁଲୁ ବୁଲୁ କହିଲା "ହସ୍‌ପିଟାଲ୍‌ରେ ତା'ଙ୍କ ଗାଉନ୍‌ଗୁଡ଼ା ସଦାବେଳେ ପିନ୍ଧିପିନ୍ଧି ଭଲ ଲାଗୁନି। ଗୋଟେ ଭଲ ମାକ୍ସି ନବା।"

ଏଇ ମାକ୍ସିଟା ଆଣିଥିଲୁ। ସେଇଥିପାଇଁ ଏତେ ମାକ୍ସି ଭିତରୁ ଏଇ ଗୋଟିକ ମୁଁ ସାଇତି ରଖିଛି।

ତା'ର ଦିନ ସରିସରି ଆସୁଥାଏ...। ଡାକ୍ତର ହାତଟେକି ଦେଇଥାନ୍ତି। ମତେ ବିଶ୍ୱାସ ହେଉନଥାଏ ଯେ ସେ ସତରେ ମୋ ସହିତ ରହିବନି, ରାଗରୁଷା କରିବନି, ପ୍ରତି ଘଣ୍ଟାରେ ଥରେ ଥରେ ମୋବାଇଲ୍‌ରେ କଲ୍ କରିବନି! ଅସହ୍ୟ ଯନ୍ତ୍ରଣା ପାଇଁ ଦିନକୁ ଦୁଇଟା ଲେଖାଏଁ ମର୍ଫିନ୍ ଇଞ୍ଜେକ୍‌ସନ ନେଉଥାଏ। ଇଞ୍ଜେକସନ୍ ପ୍ରଭାବରେ ଦିନସାରା ଶୋଇରହେ। ପ୍ରଭାବ କମି ଆସିଲେ ଆଖି ଖୋଲି ମତେ ଖୋଜେ। ତିନିପଦ

ପଚାରିଲେ ପଦେ ଉତ୍ତର ଦିଏ । ଅଧା ଆଖି ବୁଜି, ଅଧା ହୋସ୍‌ରେ ଥାଇ ଇଆଡୁ ସିଆଡୁ ପଦେ ପଦେ କହେ । ଆମେ ହସ୍‌ପିଟାଲ୍‌ରେ ରହୁଥାଉ । ଗୋଟେ ଟେଷ୍ଟ ପାଇଁ ଆଉଗୋଟେ ଡାଏଗ୍ନୋଷ୍ଟିକ୍ ସେଣ୍ଟରକୁ ଯିବାକୁ ଥିଲା । ସେଦିନ ସକାଳୁ କାହିଁକି କେଜାଣି ସେଇ ମାକ୍ସିଟା ପିନ୍ଧିବାକୁ କହିଲା । ଷ୍ଟ୍ରେଚ୍‌ର ଟ୍ରଲିରେ ଶୁଆଇକରି ତା'କୁ ତଳକୁ ନେଲୁ । ହସପିଟାଲ୍ ଆମ୍ବୁଲାନ୍ସରେ ତା'କୁ ଭଲ ଲାଗେନି । ତେଣୁ ମୋ କାର୍ ଆଣି ପୋର୍ଟିକୋରେ ରଖିଥିଲି । ଷ୍ଟ୍ରେଚରରୁ ଦୁଇଜଣ ମିଶି ତା'କୁ କାର୍ ଆଗ ସିଟ୍‌ରେ ବସାଇବାକୁ ଚେଷ୍ଟା କରୁଥାନ୍ତି । ମୁଁ ଡ୍ରାଇଭର ସିଟ୍‌ରେ ବସି ଭିତରୁ ତାକୁ ସପୋର୍ଟ ଦେଉଥାଏ । କଷ୍ଟ ତ ତାକୁ ହେଉଥାଏ !

"ଆସ୍ତେ ଆସ୍ତେ ରେ ପିଲେ ! ତା'କୁ କଷ୍ଟ ହେଉଛି ।" କର୍ମଚାରୀମାନଙ୍କୁ କହିଲି ।

"ତମେ ଟିକେ ଗୋଡ଼ ଟେକିଦିଅ । ଆରାମ୍‌ରେ ସିଟ୍‌ରେ ବସିଯିବ ।" ସେ ସିଟ୍‌ରେ ବସିଗଲା । ଦିନ ବାରଟା । ଉଜ୍ଜଳ ସୂର୍ଯ୍ୟାଲୋକରେ ପୋର୍ଟିକୋ ତଳେ ଦଶ ପନ୍ଦର ଜଣ ଦେଖଣାହାରୀ । ସମସ୍ତେ ଆହା ! ଆଖିରେ ଆମକୁ ଦେଖୁଥାନ୍ତି । ନର୍ସ ପଛ ସିଟ୍‌ରେ ବସିଥାଏ । ମୋ ସିଟ୍‌ରେ ବସି ମୁଁ ତା'ର ମାକ୍ସି ସଜାଡ଼ି ଦେଉଥାଏ । ମୁହଁ ଦେହ ଆଉଁଷି ଦେଉଥାଏ । ମୋ ମୁହଁ ତା' ମୁହଁର ପାଖାପାଖି ଥାଏ । ହଠାତ୍ ମୋ ଗାଲରେ ଏକ ଉଷ୍ମ ଚୁମ୍ବନ ଅନୁଭବ କଲି । ତା' ଆଖିକୁ ଦେଖିଲି ଆଶ୍ଚର୍ଯ୍ୟ ହୋଇ !

"ସାନି ! ଠିକ୍ ଅଛ ତ ?" ବ୍ୟସ୍ତ ହୋଇ ପଚାରିଲି । ସେମିତି ଅର୍ଦ୍ଧ ନିମିଳୀତ ନୟନରେ ଅର୍ଦ୍ଧଚେତନ ଅବସ୍ଥାରେ କହିଲା "ତମେ ମୋ ପାଇଁ ଏତେ କଷ୍ଟ କରିପାର ?"

ବିଶ୍ୱାସ କରିପାରିଲିନି । ଜୀବନସାରା ତା'ର ଅଭିମାନ ଅଭିଯୋଗ - "ମତେ ତମେ ଭଲ ପାଅନି, ମୋ ପାଇଁ କିଛି କରିନ, ଖାଲି ବହି ଛଡ଼ା ତୁମକୁ କିଛି ଦିଶେନି ।" ତା'ରି ମୁହଁରୁ ଆଜି ଏତେବଡ଼ କଥା ! ତା' ମୁହଁକୁ ଦି'ହାତରେ ତୋଳି ଧରି କହିଲି, "ସାନି । କଣ କରିଛି ମୁଁ ତୁମ ପାଇଁ ? ଜଲ୍‌ଦି ଭଲ ହେଇଗଲେ ଘରକୁ ଯିବା । ପୁଅର ପରୀକ୍ଷା ସରିଲେ ଆସନ୍ତା ସପ୍ତାହରେ ସେ ଆସିବ । ଘରେ ପୁଣି ଆମର ଖୁସୀ ଆସିଯିବ ।" ଓଡ଼ିଆ ମଧ୍ୟବିତ୍ତ ପରିବାରର ଗୋଟେ ବଧୂ, ପଚାଶବର୍ଷ ବୟସରେ, ବିବାହର ତିରିଶ ବର୍ଷ ପରେ ସ୍ପଷ୍ଟ ଦିବାଲୋକରେ ପନ୍ଦର କୋଡ଼ିଏ ଦେଖଣାହାରୀଙ୍କ ସାମ୍ନାରେ ସ୍ୱାମୀକୁ ଚୁମ୍ବନ ଦେବା ଏକ ଅଲୌକିକ ଘଟଣା । ମୋ ପାଇଁ ଏଇଟା ଜୀବନର ମହାର୍ଘତମ ଉପହାର ।

ଆସନ୍ତା ସପ୍ତାହ ପାଇଁ ସେ ଅପେକ୍ଷା କରିପାରିଲା ନାହିଁ । ପୁଅ ପରୀକ୍ଷା ସାରି

ଆସିବାର ଗୋଟିଏ ଦିନ ଆଗରୁ ସେ ମୋ ହାତ ଛାଡ଼ି ଦେଲା !!

ହାତରେ ଧରିଲି ସେ ମାକ୍ସିକୁ।

ସେ କହିଲା, "ସେ ଦିନ ସେ ଚୁମ୍ବନର ଦେଖଣାହାରୀ ମୁଁ। ସାନିର ସେ ଚୁମ୍ବନର ଉଷ୍ମତା ମୁଁ ଏବେ ବି ଧରି ରଖିଛି ତୁମ ପାଇଁ। ଓଠରେ ଥରେ ଦେଇ ଦେଖ...।"

ମାକ୍ସି କଥା ମାନି ଓଠରେ ପୁଣି ଥରେ ଅନୁଭବ କଲି ସେ ଦିନର ଉଷ୍ମତା ଓ ମୋ ଆଖିର ଆର୍ଦ୍ରତା...।

●

ଖୋଜୁଥିଲି ଆଉଗୋଟେ ଶାଢ଼ୀ, ଆଉ ଏକ ସମୟର ଦସ୍ତଖତ୍। ଶହେ ଦେଢ଼ଶ ଶାଢ଼ୀ ଭିତରୁ ଖୋଜୁଥିଲି। ହଠାତ୍ ଦଲ୍‌କାଏ ପବନ ଘର ଭିତରକୁ ପଶି ଆସିଲା। ହାଙ୍ଗରରେ ଓହଳି ଥିବା ସମସ୍ତ ଶାଢ଼ୀ ଦୋହଲିଗଲେ। ଦିଶିଗଲା ଯା'ର ଆଞ୍ଚଳ ! ବୋଧେ ସେ ମୋତେ ଦେଖିବାକୁ ଚାହୁଁଥିଲା। କହିବାକୁ ଚାହୁଁଥିଲା। "ମୁଁ ଏଇଠି ଅଛି। ମୁଁ ଜାଣେ ତମେ ମତେ ଡରି ଏତେ ଭିତରେ ରଖିଛ !"

ଜୀବନର ସବୁଠୁ ମୂଲ୍ୟବାନ୍ ଅନୁଭବ ଦେଇଥିବା ଶାଢ଼ୀଟିକୁ ଦେଖିବା ସବୁଠୁ କଷ୍ଟଦାୟକ। ସେଥିପାଇଁ ମୁଁ ତା'କୁ ଅନ୍ୟ ଶାଢ଼ୀମାନଙ୍କ ଆଢୁଆଳରେ ରଖିଦେଇଥାଏ। ଯେମିତି ସହଜରେ ଆଖିରେ ପଡ଼ିବନି। ଆଜି କିନ୍ତୁ ମୁଁ ହାରିଗଲି।

ଏଇଟା ଆମ ବାହାଘରର ପାଟ, ବନାରସୀ ପାଟ... ସେ ସମୟରେ ବୋଧେ ପାଞ୍ଚ ହଜାର ଟଙ୍କା ପଡ଼ିଥିଲା। ୩୫ ବର୍ଷ ପରେ ତା'ର ରଂଗ ଟିକେବି ଫିକା ପଡ଼ିନି। ଆଉ ସମସ୍ତ ଶାଢ଼ୀ ସହିତ ସ୍ମୃତି ଜଡ଼ିତ ଥିବାବେଳେ ଯା ସାଙ୍ଗରେ ଜନ୍ମ ଜନ୍ମାନ୍ତରର ବନ୍ଧନ।

ଲାଲ ରଙ୍ଗର ପାଟ ପିନ୍ଧିଲେ, ତା'ର ଗୋଲ ମୁହଁ, କପାଳରେ ସିନ୍ଦୁର ଟୋପା ସହିତ ଗୋରା ଦେହରେ ସେ ସାକ୍ଷାତ ମା' ଦୁର୍ଗାଙ୍କ ପରି ଦିଶେ। କାଶ୍ମୀର, ନୈନିତାଲ, ମାନାଲି, ବୈଷ୍ଣୋଦେବୀ ଆଦି ଦେବୀ ପୀଠକୁ ଗଲେ ଏଇ ଶାଢ଼ୀଟା ପିନ୍ଧିବାକୁ ମୁଁ କହେ। ଏ ଶାଢ଼ୀ ପିନ୍ଧିଥିଲେ ଗାଇଡ୍ ବା ଫେରିବାଲା ମାନେ ବଙ୍ଗଳାରେ କଥାବାର୍ତ୍ତା ଆରମ୍ଭ କରି ଦିଅନ୍ତି। ଡାଲ୍ ଲେକ୍‌ର ନିଶାତ୍ ବାଗ୍‌ର କଥା... ଶୀକାରାରୁ ଓହ୍ଲେଇଲା ମାତ୍ରେ ଗାଇଡ୍‌ମାନେ ଘେରିଗଲେ। ବୌଦି ସମ୍ବୋଧନରୁ ବଂଗଳାରେ କଥାବାର୍ତ୍ତା ଆରମ୍ଭ କରିଦେଲେ। ମୁଁ ହସି ହସି କହିଲି, "ହମ୍ ଓଡ଼ିଶାସେ ହୈ ୟାର୍, ବେଙ୍ଗଲୀ ମେଁ କ୍ୟୁଁ ବାତ୍ କରତେ ହୋ ?"

ଜଣେ ଗାଇଡ୍ କହିଲା, "ସାବ୍ ! ଆପ୍‌କି ବାତ୍ ଚିତ୍ ତୋ କୁଛ୍ କୁଛ୍ ମିଲ୍

ଯାତାହେ। ଲେକିନ୍ ସବ୍‌ସେ ବଡ଼ି ଚିଜ୍‌ହେ ବୌଦିଜୀ କି ଚେହେରା... ବିଲକୁଲ୍ କୋଲକାତା ଦଶହରା 'ଦୁର୍ଗା ମା' ଯୈସି। ବୁରା ମତ୍ ମାନ୍‌ନା ସାର୍। ଦିଲକି ବାତ୍ ବୋଲଦିଆ।"

ମୁଁ ହତବାକ୍ ହୋଇ ଅନେଇଲି ତାକୁ। ପରମୁହୂର୍ତ୍ତରେ କୁଣ୍ଠେଇ ପକେଇ କହିଲି, "ଗଲ୍‌ତି ମେରା ୟାର୍, ଅବ୍ ତୁହ୍ମାରା ମର୍ଜି। ବାଂଲା ବି ଆମି ଏକଟୁ ଏକଟୁ ବୁଝିତେ ପାରି। ବୋଲୁନ୍...।" ସେଇ ଦିନଠୁ ଏଇ ଶାଢ଼ୀ ପିନ୍ଧିଲେ ତାକୁ ମୁଁ କହେ "ଦୁର୍ଗା ମା।"

ନୂଆ ନୂଆ ବାହାଘର ହୋଇଥାଏ। ସେ ଗାଁରେ ବୋଉ ପାଖରେ ରହୁଥାଏ। ଗୋଟେ ରବିବାର ମୁଁ ଆସିପାରିନଥିଲି। ପନ୍ଦର ଦିନ ପରେ ଶନିବାର ରାତିରେ ପହଞ୍ଚିଲି। ନୂଆ ବୋହୂ ହିସାବରେ ସେ ପାହାନ୍ତାରୁ ଉଠି ଗାଧୋଇପଡ଼ି ଠାକୁର ପୂଜା, ବୋଉର ଚା' ଇତ୍ୟାଦିରେ ବ୍ୟସ୍ତ ରହେ। ମୁଁ ସକାଳୁ ଟିକେ ଡେରୀରେ ଉଠି ମହାନଦୀକୁ ଗାଧୋଇଯାଏ। ସକାଳୁ ଖାଇ ସାରିଲା ପରେ ଦଶଟା ବେଳକୁ ଆମ ରୁମ୍‌ରେ ପଢ଼ାପଢ଼ି ପାଇଁ ବସେ। ସେଦିନ ସେମିତି କଣ ଗୋଟେ ପଢୁଥିଲି। ସେ ରୁମ୍‌କୁ ପଶିଆସିଲା। ଲାଲ ବନାରସୀ ପାଟରେ, ସିନ୍ଦୁର ଓ ଅଧା ଓଢ଼ଣା ସହିତ ବାହାଘର ଦିନର ନୂଆ ବୋହୂ ପରି ଦିଶୁଥାଏ।

ଟିକେ ଚିଢ଼େଇବାକୁ ଇଚ୍ଛା ହେଲା। କହିଲି "ଆଜି କଣ ଠାକୁରାଣୀ ବିଜେ ହୋଇଛନ୍ତି ?"

"ତମକୁ ଅସୁବିଧା ହେଲାକି ?"

"ନାଇଁ ଯେ, ସକାଳୁ ସକାଳୁ ଏଡ଼େ ଦାମୀ ଶାଢ଼ୀ କାହିଁକି ପିନ୍ଧିକି ବସିଛ ?"

"ମୋ' ବାପା ଦେଇଛନ୍ତି। ମୋ ଇଚ୍ଛା। ମୁଁ ପିନ୍ଧିଲି ତମର କ'ଣ ଗଲା ?" ନାକ ଫୁଲେଇକି ବସିଲା।

"ମୋର କିଛି ନାହିଁ ଯେ, ଏତେ ଦାମୀ ଶାଢ଼ୀଟା ଘରେ ପିନ୍ଧିଲେ ଖରାପ ହେଇଯିବନି ? ତା'ଛଡ଼ା ଡ୍ରାଏଓ୍ୱାଶ୍ ପାଇଁ କଟକ ନେବାକୁ ପଡ଼ିବ। ତମର ହିଁ କ୍ଷତି। ହେଲେ, ତୁମ ବାପା ଯେତେବେଳେ ଦେଇଛନ୍ତି ତୁମେ ଯେମିତି ରଖୁଛ ରଖ। ମୋର କଣ ଅଛି ?"

"ସକାଳୁ ସକାଳୁ ବୋଉ ବି ସେଇକଥା କହିଲେ। ଯେତେ ଦାମୀ ହେଲେ ବି ପିନ୍ଧିବା ପାଇଁ ହେଇଚିତ ! ମତେ ଭଲ ଲାଗିଲା, ମୁଁ ପିନ୍ଧିଲି। ତମର କେହି ମତେ ଦେଖି ପାରୁନ।" ପୁରା ରାଗିଯାଇଥିଲା ସେ।

"ଓକେ ଓକେ। ପାଞ୍ଚ ହଜାରୀ ପାଟ ପିନ୍ଧି ବସିଥା ମଙ୍ଗଳା ମା', ମୁଁ ଯାଉଛି

ଘଣ୍ଟାଘଣ୍ଟି ଆଣି ବଜେଇବି, ଝୁଣା ପଣା ଆଣି ଭୋଗ ଲଗେଇବି।" ଏଥର ତା'କୁ ଚିଡ଼େଇବା ପାଇଁ କହିଲି...।

ମୁହଁ ଫୁଲେଇକି ବସିଲା। ଖାଇଲାନି ସେଦିନ। ମୁଁ ବି ଉପାସ। ବହୁତ କଷ୍ଟରେ ବୁଝେଇଲି।

କହିଲି, "ଏଇଟା ପିନ୍ଧିଲେ ତମେ ପୁରା ବାହାଘର ଦିନର ନୂଆବୋହୂ ପରି ଦିଶ। ଠିକ୍ ଅଛି, ମଇଳା ହେଲେ କଟକରୁ ସଫା କରି ଆଣିବା। ନୋ ପ୍ରୋବ୍ଲେମ୍।"

ସେଦିନ ମୋର ପାଠ ପଢ଼ିବା ବନ୍ଦ। ଦି' ପହରଟା ଗଲା ମାନଭଞ୍ଜନରେ। ବୋଉ ବୋଧେ ଶୁଣି ଦେଇଥିଲା ଆମ ରାଗରୁଷା। ଉପରଓଳି ବୋଉ ଖାଇବାକୁ ଡାକିବାରୁ ଦୁହେଁ ଖାଇଲୁ। ଖାଇସାରିଲା ପରେ ତା'କୁ ଶୁଣେଇ ମତେ କହିଲା–

"ସେ ବାହାଘର ଦିନଠୁ ଘର ଭିତରଟାରେ ଅଛି। ତୁ ତ ପନ୍ଦର ଦିନରେ ଥରେ ଆସୁଛୁ। ତା' ମନ ଭଲ ନଥିବ। ତା'କୁ ନେଇ ଟିକେ ବାହାର ଆଡ଼େ ବୁଲେଇ ଆଣ। ପିଲା ଲୋକ, ଟାଉନ୍‌ରୁ ଆସିଛି। ଏ ମଫସଲରେ କଣ ତାକୁ ଭଲ ଲାଗୁଥିବ ?"

ଉପରଓଳି ନୂଆ ସ୍କୁଟର ନେଇ ବାହାରିଲୁ। ଅଂଶୁପା, ମହାନଦୀ, ଆମ ଗାଁ ତୋଟା, ଗାଁ ନଈ, ବିଲବାଡ଼ି ସବୁ ବୁଲିଗଲୁ ୨-୩ ଘଣ୍ଟାରେ। ସଂଜବେଳେ ଯାଇ ମହାନଦୀ ବାଲିରେ ବସିଲୁ। ସାମ୍ନାରେ ନଈ ବହି ଯାଉଥାଏ, କେତେ ରଂଗର ଚଢ଼େଇ, ଦୂରରେ ମାଛଧରା ହୁଲିଡଙ୍ଗା, ଦୂର ପାହାଡ଼ ସେପଟେ ସୂର୍ଯ୍ୟ ଅସ୍ତ ହେଇଯିବାର ଉପକ୍ରମ। ଗୋଟେ ମ୍ୟାଜିକାଲ୍ ପରିବେଶ। ସେଦିନ ପରେ, କେତେବେଳେ କେମିତି ମନହେଲେ ଆମେ ସଂଜବେଳେ ମହାନଦୀ କୂଳରେ ବସୁ।

ସମ୍ବଲପୁରର ଝିଅ ସେ। କିନ୍ତୁ ମହାନଦୀ ତୁଠ ସେ ଦେଖିନଥିଲା କି ତା'ର ପାଣି ଛୁଇଁ ନଥିଲା। ଆମ ଗାଁରେ ଆସି ମହାନଦୀ ଦେଖିଲା। ବାଲିରେ ଘର ତୋଳିଲା। ଦିନେ ଦିନେ ସଂଜବେଳେ ଗାଧୋଇବାର ଅନୁଭବ ବି ନେଲା। ସଂଜୁଆ ପବନର ମିଠା ପଣ ଚାଖିଲା।

ମହାନଦୀ ତ ମୋର ନିହାତି ଅନ୍ତରଙ୍ଗ। ସେ ବି ମୋ ସହ ମିଶିଗଲା ମହାନଦୀ ସହିତ। ମହାନଦୀ କୂଳରେ ବସିଥିଲେ, ଅକ୍ଷୟ ମହାନ୍ତିଙ୍କ "ଯା'ରେ ଭାସି ଭାସି ଯା" ଗୀତ ବୋଲିବାକୁ କହେ। ସମ୍ବଲପୁର ନଈର ଗାଧୁଆ ତୁଠ ତ ଦେଖିନଥିଲା। କିନ୍ତୁ ମୁଁ ତାକୁ ଦେଖେଇଦେଲି ଆମ ନଈର ଉପରମୁଣ୍ଡରେ ଥିବା ବାଙ୍କୀ ନଈର 'ମାଇପି ତୁଠ'। (ବାଙ୍କୀ ଆମ ଗାଁ'ଠୁ ପ୍ରାୟ ତିନି ଚାରି କିଲୋମିଟରର ଦୂର, ନଈ ସିଲହଟ୍‌ରେ ଦିଶିଯାଏ।) ପରେ ପରେ କଟକରେ ଦେଖେଇଦେଲି ଗଡ଼ଗଡ଼ିଆ

ଘାଟ। ମହାନଦୀ ସହିତ ତା'ର ନାହି ନାଡ଼ ଯୋଡ଼ି ହୋଇଗଲା। ମୋର ଗୀତ ଶୁଣିଲା ପରେ ଦିନେ କହିଲା, "ତୁମ ଗାଁରେ ମହାନଦୀ ନଦେଖିଥିଲେ, ମହାନଦୀ କଣ ମୁଁ ଜାଣିପାରିନଥାନ୍ତି। ନଈକୂଳରେ ବସିଲା ପରେ ହିଁ ମତେ ଏ ଗୀତଟି ଏତେ ଭଲ ଲାଗିଛି।"

ଆଉ ଦିନେ ନଦୀ କୂଳରେ ବସିଥିଲା ବେଳେ କହିଲା, "ତମ ଗାଁ ଏତେ ସୁନ୍ଦର ହେଇଥିବ ବୋଲି ମୁଁ ଜାଣିନଥିଲି। ମହାନଦୀ ସହିତ ତୁମ ଗାଁ ଆମ୍ବତୋଟା, ଘର ପଛପଟ ଭାଗବତ ମୁଣ୍ଡିଆ, ଅଂଶୁପା ହ୍ରଦ, ବିଲମାଳ ସମସ୍ତଙ୍କ ସହିତ ମୁଁ ଏକାତ୍ମ ହୋଇଯାଇଛି। ହେଲେ ଆଜି ଗୋଟେ କଥା କହୁଛି ମନେ ରଖିଥିବ...।"

"କୁହ...।"

"ମୋର କିଛି ହେଇଗଲେ ଏଇ ମହାନଦୀ କୂଳରେ ହିଁ ସଂସ୍କାର କରିବ।"

"ଫାଲତୁ କଥା କହନି। ମୁଣ୍ଡ ଖରାପ ନାଁ କଣ? ଜୀବନ ତ ଏଇ ଆରମ୍ଭ କରିଛେ। ଏତେ ବଡ଼ କଥା ତୁମ ମନକୁ ଆସିଲା କାହିଁକି?"

"କାହିଁକି ଜାଣିନି। କିନ୍ତୁ ମହାନଦୀ ବନ୍ଧ ଉପରେ ଆସିଲାବେଳେ, ବାଲିରେ ଘର ତିଆରି କଲାବେଳେ, ମତେ କେମିତି ଲାଗିଲା... ଏଇଟା ହିଁ ଆମର ଶେଷ ଆଶ୍ରୟ। ତୁମକୁ ଆଜି କହୁଛି। ଯିଏ ଆଗରେ ଗଲେ ବି, ମନେ ରଖିଥିବା ଏଇ କଥାଟି।"

ତା'ର ଏଇ କଥାଟିକୁ ମୁଁ ପାଳନ କରିଛି ଆଉ ଅପେକ୍ଷା କରିଛି ମୋ ପାଳିକୁ!

ଏତେଦିନ ପରେ ସେଇ କଥା ଦି'ପଦ ମୋ କାନରେ ବାଜି ଯାଉଥିଲା। ଶାଢ଼ୀଟା ବାହାରକୁ ଆଣି ବାରମ୍ବାର ଛୁଉଁଥିଲି। ପଶି ଆସିଲା ଆଉ ଦଲ୍‌କାଏ ପବନ...।

"ଶାଢ଼ୀ କହିଲା... ସେଦିନ ସାନି ସହିତ ମୋ'ରି ପାଇଁ ରାଗରୁଷା ହୋଇଥିଲା ନାଁ?"

ନୀରବରେ ମୁଣ୍ଡ ହଲେଇଲି।

"ବୋକା କୋଉଠିକାର! ଜାଣି ପାରିଲନି ସେଦିନ ସେ ଶାଢ଼ୀ ସକାଳୁ ସକାଳୁ କାହିଁକି ପିନ୍ଧିଥିଲା? ପନ୍ଦରଦିନ ପରେ ତୁମେ ଆସିଥିଲ। ତୁମରି ପାଇଁ... କେବଳ ତୁମରି ପାଇଁ...।"

ଘର ଭିତରେ ଅନୁରଣିତ ହେଉଥିଲା। ଏଇ ଦି'ପଦ...

ଆଶ୍ଚର୍ଯ୍ୟ ଚକିତ ହୋଇ ସାନିର ଫଟୋ ଆଡ଼କୁ ଦେଖିଲି। ସେ'ବି ପବନ ସହିତ ହଲ୍‌ଚଲ୍ ହେଉଥିଲା।

କହୁଥିଲା "ଏଥର ବୁଝିଲ? ତୁମରି ପାଇଁ... ତୁମରି ପାଇଁ।"

ହତବାକ୍ ହୋଇ ବସିଯାଇଥିଲି । ଏତିକି ଜାଣିବାକୁ ମତେ ଚାଳିଶ ବର୍ଷ ଲାଗିଗଲା ! ପୁଣି ତା'ର ଯିବାର ଦଶବର୍ଷ ପରେ !

ଜୀବନ ମତେ ବୋକା ବନେଇଦେଲା... ଜାଣି ପାରିଲିନି ସାନିର ଏତିକି କଥା ? ?

ପୁଣି ସେ କହିଲା, "ଯେତେବେଳେ ଦଲ୍‌କାଏ ପବନ ଘର ଭିତରକୁ ଆସିଯିବ, ମୋର ଫଟୋ ଦୋହଲିଯିବ, ତମେ ଜାଣିବ...

ତୁମରି ପାଇଁ.... କେବଳ ତୁମରି ପାଇଁ... ।"

■

('କାଦମ୍ବିନୀ' ମେ' ୨୦୨୪ ସଂଖ୍ୟାରେ ପ୍ରକାଶିତ)

ପଚାଶ ବର୍ଷ ପରେ ଦେଖା ହେଲେ ତମେ କ'ଣ କହିବ ? ପଚାଶ ବର୍ଷ ପରେ ଦେଖା ହେଲେ ତମେ କ'ଣ କରିବ ?

ଅନେକ ଦିନ ପରେ ସଂଜିତ୍‌ର ଟେଲିଫୋନ୍। ବାଣୀ ବିହାରରେ ମୋର ପାଖ ରୁମ୍‌ରେ ଥିଲା। ଆମ ରୁମ୍‌ରେ ଅଧିକାଂଶ ସମୟ ପଲିଟିକ୍ସ, ଅର୍ଥନୀତି ବା ଗୁଲିଗପ ସହିତ ଲେଡିଜ୍ ହଷ୍ଟେଲ କଥା ବି ଚାଲେ। ତା'ର ହିଷ୍ଟୋରୀ, ମୋର ପଲିଟିକାଲ ସାଇନ୍‌ସ। ୟୁନିଭର୍ସିଟି ଟପ୍ପର ସେ। ପରୀକ୍ଷା ପରେ ପ୍ରଥମ ଚାନ୍‌ସରେ ହିଁ ସେ ଭାରତୀୟ ପ୍ରଶାସନିକ ସେବାରେ ଯୋଗ ଦେଇଥିଲା। କିଛି ଦିନ ପରେ ମୁଁ ବ୍ୟାଙ୍କରେ ପ୍ରୋବେସନର ହିସାବରେ ଜଏନ୍ କଲି। ଏମିତି ଦି'ଜଣ ଯାକ ବାହାର ରାଜ୍ୟକୁ ଛିଟ୍‌କି ଯାଇଥିଲୁ। ସାରା ଭାରତ ବୁଲି ଶେଷ ତିନିବର୍ଷ ଭୁବନେଶ୍ୱର ଆସିଥିଲି ସାନିର ଦେହ ପାଇଁ। ସଂଜିତ୍ ସହ କେବେ କେମିତି ଫୋନ୍‌ରେ କଥାବାର୍ତ୍ତା। କେତେଥର ଏୟାର ପୋର୍ଟରେ ଦେଖା। ଏଥର କିନ୍ତୁ ଫୋନ୍ ପ୍ରାୟ ୧୦ ବର୍ଷ ପରେ।

"ଭାଇ! ସାନ ପୁଅର ବାହାଘର କରୁଛି। ଆରମାସ ୧୫ ତାରିଖରେ। ରିଟାୟାରମେଣ୍ଟ ପରେ ବିଶ୍ୱ ବ୍ୟାଙ୍କର ଗୋଟେ ପ୍ରୋଜେକ୍ଟରେ ସାତ ଆଠ ବର୍ଷ ପାଇଁ ଦିଲ୍ଲୀରେ ହିଁ ରହିଯାଇଥିଲି। ଭୁବନେଶ୍ୱର ଗତ ସପ୍ତାହରେ ପହଞ୍ଚିଲି। ସଂପୂର୍ଣ୍ଣ ଅଜଣା ପରିବେଶ। ଘର ସଜାସଜି ପୁରା ହୋଇନି। ପୁଅ ବୋହୂ ବାହା ହେଲା ପରେ ଆମେରିକା ଚାଲିଯିବେ। ଏତେ କମ୍ ସମୟ ଭିତରେ କେମିତି ଏତେ କାମ କରିବି ଜାଣିପାରୁନି। କେଉଁ ସାଙ୍ଗ କୋଉଠି ଅଛନ୍ତି ଜଣାନାହିଁ। ଖୋଜି ଖୋଜି ଫୋନ୍ କରୁଛି। ତମେ ତ ଜାଣିଛ, ପୁରା ପରିବାରରେ ମୁଁ ଏକା। ଭୁବନେଶ୍ୱରରେ ଥିବା ସବୁ ସାଙ୍ଗ ମାନେ ହିଁ ବାହାଘରଟା କରିଦେବ। କ୍ରିଷ୍ଟାଲ କ୍ରାଉନରେ ବୁକ୍ କରିଛି। ସଜାସଜି, କାଟରିଙ୍ଗ ସବୁ ତମେମାନେ କରିବ। ସଜାସଜିରେ ଅତ୍ୟଧିକ ଆଲୁଅ ବା ରଂଗବେରଙ୍ଗର ପ୍ଲାଷ୍ଟିକ୍

ଫୁଲ ନନେଇ ଇଣ୍ଡିଆନ୍ ବା ଓଡ଼ିଆ କନ୍‌ସେପ୍ଟ ନେଇ କଲେ ଭଲ ହେବ। ତମେ ତ ଆର୍ଟିଷ୍ଟିକ୍ ଧାରଣାର ଲୋକ। ତମ ଉପରେ ଏ ଦାୟିତ୍ୱଟା ରହିଲା। ସ୍ୱୟଂକୁ କାଟରିଙ୍ଗ ଦାୟିତ୍ୱ ଦେଇଛି। ଥରେ କେବେ ସନ୍ଧ୍ୟାରେ ଆମେ ତିନିଜଣ ବସିଗଲେ, ସବୁ ଠିକ୍ କରିଦେବା। ତା'ପରେ ତମ ଦି'ଜଣଙ୍କ କାମ! ହ୍ୱାଟ୍‌ସ୍ଆପ୍‌ରେ ନିମନ୍ତ୍ରଣ ପଠାଉଛି ବୋଲି କିଛି ଭାବିବନି। ବାହାଘର ସରିଲେ ଫୋର୍ଥ ହଷ୍ଟେଲ 'ଓ୍ୱାନ୍‌ସ ଏଗେନ୍'। ଯାହା ଇଚ୍ଛା ତା' ବନ୍ଦୋବସ୍ତ ହେଇଯିବ। ସାନି ଭାଉଜଙ୍କ କଥା ସ୍ୱୟଂ ଠାରୁ ଶୁଣିଥିଲି। ବହୁତ ଦୁଃଖ ଲାଗିଲା। ପିଲାମାନେ କୋଉଠି ? ? ଥାଉ ଥାଉ, ଏସବୁ କଥା ଫୋନ୍‌ରେ ହୁଏନି। ବସିଲେ କଥା ହେବା ସାମ୍ନାସାମ୍ନି। ହେଲେ, ତମେ କରିବକି ନାହିଁ କୁହ।"

"କ'ଣ ଯେ ତମେ କୁହ ସଂଜିତ୍? ଏତେ ଦିନ ପରେ ଆସିଛ, ଫୋନ୍ କରିଛ। ତମ କାମ ମୁଁ ହିଁ କରିଦେବି। ଚିନ୍ତା ଛାଡ଼। ଦେଖାହେଲେ ବାକୀ ସବୁ ପୁଡ଼ିଆ ଖୋଲିବା...।"

"ଆରେ ହଁ, ପରୀ ହେରିକା କିଛି ବର୍ଷ ହେଲା ଆମେରିକାରୁ ଫେରି ଆସିଛନ୍ତି। ନିମନ୍ତ୍ରଣ କରିବା କଥା। ଏଇ ଭୁବନେଶ୍ୱରରେ କୋଉଠି ରହୁଛନ୍ତି। ତୁମ ପାଖରେ ତା'ର ଠିକଣା ଅଛିକି?"

ଚମକି ପଡ଼ି କହିଲି "ନାଁ, ତଥାପି ଖୋଜିଲେ ମିଳିପାରେ।" ମନରେ ଗୋଟେ ବିଜୁଳୀ ମାରିଦେଲା। ୭୩ ରୁ ୨୩- ପଚାଶ ବର୍ଷ!!

"ନୋ ପ୍ରୋବ୍ଲେମ୍, ଉଷା ଖୋଜିଦେବ।"

●

ବାଣୀବିହାର ଛାଡ଼ିବାର କିଛି ଦିନ ପରେ ଜାଣିଲି, ସଂଜିତ୍ ଉଷାକୁ ବିବାହ କରିଥିଲା। ଆମ ତଳ ବ୍ୟାଚ୍‌ର ଝିଅ, ପରୀର ସମ୍ପର୍କୀୟା ଭଉଣୀ। ତା'କୁ ମୁଁ ମଜାରେ ଉଷା ଅପା ବୋଲି ଡାକେ।

ପରୀ....! ତା'ର ଆମେରିକାରୁ ଫେରିବା ମୋ ପାଇଁ ଗୋଟେ ସମ୍ବାଦ। ଜାଣିନଥିଲି। ବାହାଘରକୁ ତ ନିଶ୍ଚିତ ଆସିବ ପାଖ ଆଖରେ ଥିଲେ। ପଚାଶ ବର୍ଷ! ପଚାଶ ବର୍ଷ ପରେ ଏଇ ମୁହୂର୍ତ୍ତ ଆସିବ ବୋଲି କଳ୍ପନାରେ ନଥିଲା। ମୋବାଇଲ ଲଗେଇଲି ସ୍ୱୟଂ ପାଖକୁ। ସ୍ୱୟଂ କହିଲା "Okay, ୟାର୍, ସଂଜିତ ମତେ ବି ଫୋନ୍ କରିଥିଲା ଏବେ ଏବେ। ମୁଁ ଏବେ ବମ୍ବେରେ ରହୁଛି ପୁଅ ପାଖରେ। ୩-୪ ଦିନ ଆଗରୁ ପହଞ୍ଚିବି। Don't wory."

XXXX

ଘରେ ବାପା କହିଲେ- "ସନ୍ଧ୍ୟାବେଳେ ଏଣେତେଣେ ବୁଲୁଛୁ, ଗୋଟେ

କାମ କର। ଅସୀତ୍ ସାର୍‌ଙ୍କ ଝିଅ ଏବର୍ଷ କଲେଜରେ ନାଁ ଲେଖେଇଛି। ଟାଇଫଏଡ୍‌ରେ ପଡ଼ି ମାଟ୍ରିକ୍‌ରେ କମ୍ ମାର୍କ ରଖି ପାଶ୍ କରିଛି। ଗୋଟିଏ ବୋଲି ଝିଅ ତାଙ୍କର। ତୁ ଭଲ ପଢୁ ଶୁଣି ତା'କୁ ସନ୍ଧ୍ୟାବେଳେ ଘଣ୍ଟେ ଘଣ୍ଟେ ପଢ଼େଇ ଦବାକୁ କହିଛନ୍ତି।ପାରିବୁ ତ ?"

ଅସୀତ୍ ସାର୍, ବାପାଙ୍କ ହାକିମ। ଥରେ ଦି'ଥର ଦେଖା ହୋଇଛି। ମନା କେମିତି କରିବି ? ହେଲେ ସନ୍ଧ୍ୟାବେଳେ ଷ୍ଟାଡିଅମ ଛକରେ ଗୁଲି ଗପଟା ହେଇପାରିବନି। ଖେଳ ପରେ ଏଇ କାମଟା ସାରିଦେଲେ ରାତିରେ ମୋ ପଢ଼ାପଢ଼ି। ଚଳିବ। ତା' ଛଡ଼ା ଏଇଟା ଥାର୍ଡ଼ ଇୟର। ମ୍ୟାରେଜ୍ ଇୟର କହନ୍ତି। ୟୁନିଭର୍ସିଟି ପରୀକ୍ଷା ଆରବର୍ଷ। ତେଣୁ ଡ୍ରାମା, ଗେମ୍‌ସ୍, ଡିବେଟ୍ ଆଦି ଯାବତୀୟ କରିକୁଲାର ଆକ୍ଟିଭିଟିରେ ଏଇବର୍ଷ କଲେଜଟାକୁ ଉପଭୋଗ କରାଯାଏ। ହେଲେ ଝିଅ ପିଲାଟାକୁ କେମିତି ପଢ଼େଇବି ? ଲାଜ ଲାଗିବନି ? କଲେଜରେ ଝିଅ ପିଲାଙ୍କୁ ଦେଖିଲେ ବାଟଭାଙ୍ଗି ଚାଲିଯିବା ପିଲା ମୁଁ। ମନା କରିବାର ଉପାୟ ନାହିଁ। ଦେଖିବା !! ଦୁଇତିନି ଦିନ ପରେ ସନ୍ଧ୍ୟାବେଳେ ସାଇକେଲ୍ ନେଇ ବାହାରିଲି ଅସୀତ୍ ସାର୍‌ଙ୍କ ଘରକୁ। ହିପି ରଖିଥାଏ। ହେଲେ ବାପାଙ୍କ ସାର୍‌ଙ୍କ ଘରକୁ ଯିବା ଆଗରୁ ମୁଣ୍ଡ ପାଟେଇକରି କୁଣ୍ଡେଇ ଦେଲି କାନ ପଛକୁ। ସୁନାପିଲା ପରି ତାଙ୍କ ଘରେ ପହଞ୍ଚିଲି। ଗେଟ୍ ଖୋଲୁ ଖୋଲୁ ସାର୍ ଆସି ଡାକି ନେଲେ। ଡ୍ରଇଙ୍ଗ୍ ରୁମ୍‌ରେ ବଡ଼ ବଡ଼ ସୋଫା। କାନ୍ଥରେ କେତେଟା ଫ୍ରେମ୍ କରା ବଡ଼ ବଡ଼ କଳାଧଳା ଫଟୋ (ତାଙ୍କ ଜେଜେବାପା, ଜେଜେମାଙ୍କର ହେଇଥିବ) କେତେଟା ହାତ ଅଙ୍କା ପେଣ୍ଟିଂ। ବଡ଼ ସନ୍ତର୍ପଣରେ ବସିଥାଏ। ସାର୍‌ଙ୍କ ସ୍ତ୍ରୀ ପାଣି ଆଣିଦେଲେ। ମୁଁ କହିଲି "ପାଣି ଦରକାର ନାହିଁ ସାର୍, ଘରୁ ପିଇକି ଆସିଛି।"

ଅଧାରୁ କଥା କାଟି ସାର୍ କହିଲେ... "ହଁ, ତୁମ ବାପାଙ୍କ ସାର୍ ମୁଁ, ତୁମର ନୁହଁ। ତୁମର ଆମେ ମଉସା ମାଉସୀ। ସେମିତି ହିଁ ଡାକିବ। ପରୀ ! ଇଆଡ଼େ ଆସ୍, କିଏ ଆସିଛନ୍ତି ଦେଖ୍ ତ।"

ପତଳା ହୋଇ ଗୋରା ଝିଅଟିଏ ଦି'ଟା ଲମ୍ବା ଲମ୍ବା ବେଣୀ ପକେଇ ଧୀରେ ଆସି ସାମ୍ନାରେ ବସିଲା।

"ଇୟେ ହେଉଛନ୍ତି ଅନୁରାଗ। ଆମ ସରୋଜ ବାବୁଙ୍କ ପୁଅ। ତତେ ପଢ଼େଇଦେବେ, ତୋ'ର ସାର୍। କିନ୍ତୁ ତୁ ଅନୁରାଗ ଭାଇ ବୋଲି ଡାକିବୁ। ଭାରି ଭଲ ଷ୍ଟୁଡେଣ୍ଟ। ସହଜରେ ତତେ ସବୁ ବୁଝେଇ ଦେବେ।"

ମଉସା, ମାଉସୀ ଘର ଭିତରକୁ ଗଲେ। ଆଜି ପଲିଟିକାଲ ସାଇନ୍‌ସରୁ ଆରମ୍ଭ। ଫାର୍ଷ୍ଟ ଇଅର କୋର୍ସ ତ ସବୁ ମନେଥିଲା। ପଢ଼େଇବାରେ ଅସୁବିଧା ହେଲାନି।

ପ୍ରଥମ ଦିନରୁ ଝିଅଟା, କଲେଜର ସବୁ ଝିଅଙ୍କ ଠାରୁ ଅଲଗା ଲାଗିଲା। ମୁଁ ତ ବହିକୁ ଦେଖି ପଢ଼େଇଯାଏ। ସେ ମୁଣ୍ଡ ତଳକୁ କରି ନୋଟ୍ କରୁଥାଏ। କେତେ ବୁଝୁଛି, ନବୁଝୁଛି ଜଣା ପଡ଼େନି। ଚାରି ପାଞ୍ଚ ଦିନ ପରେ କହିଲି "ପରୀ! ମୁଁ କହିଲାବେଳେ ମତେ ଟିକେ ଅନାଅ। ତୁମେ ବୁଝିଲକି ନାହିଁ କେମିତି ଜାଣିବି କୁହତ ? ?"

"ହେଲେ, ତମେ ତ ସବୁ ପ୍ରାଞ୍ଜଳ ଭାବରେ ବୁଝେଇ ଦଉଛ ଅନେଇବି ଆଉ କ'ଣ ? ତଥାପି ଠିକ୍ ଅଛି, ମଝିରେ ମଝିରେ ଅନେଇବି !"

କିଛି ଦିନ ପରେ ଲଜ୍ଜା କଟିଗଲା। ସନ୍ଦେହ ଥିଲେ ପଚାରିଲା। ମତେ କିନ୍ତୁ ଆଉ ଗୋଟେ ଅସୁବିଧା ହେଲା। ସେ ତଳକୁ ମୁହଁ ପୋତି ନୋଟ୍ ଲେଖୁଥିଲେ, ମୁଁ ପଢ଼େଇଚାଲେ, କିନ୍ତୁ ସେ ମୁହଁ ଟେକି ଚାହିଁଦେଲେ ମୋ ମେମୋରୀର ସ୍ନାୟୁ ସବୁ ଯେମିତି ଅଡୁଆ ତଡୁଆ ହେଇଯାନ୍ତି। ତା' ଆଖିରେ ଗୋଟେ ଅଦ୍ଭୁତ ତେଜ ଥାଏ। ଶବ୍ଦ ଗୁଡ଼ାକ ସବୁ ଠିକ୍ ସମୟରେ ମିଳନ୍ତି ନାହିଁ। ଭୁଲ୍ ଭାଲ୍ ହେଇ ଯାଏ ମୋର। ଆଖି ମୋର ଆପେ ଆପେ ତଳକୁ ହେଇଯାଏ।

ଦି'ଦିନ ପରେ ପରୀ ହସି ହସି କହିଲା - "ଅନୁ ଭାଇ! ତମେ ତ ନିଜେ ତଳକୁ ଅନଉଛ, ମୁଁ କେମିତି ବୁଝିବି ଯେ ?"

ସେ ଦିନଠୁ ଗୋଟେ ବୁଝାମଣା ହେଲା। ପଢ଼ିଲାବେଳେ ସେ କେବଳ ପଏଣ୍ଟଗୁଡ଼ାକ ନୋଟ୍ କରିବ। ଆଉ ପଛରେ ମୋର ପୁରୁଣା ନୋଟ୍ ଆଉ ପଢ଼ାକୁ ମିଶେଇ ସେ ତା'ର ନୋଟ୍ ବନେଇବ। ଅନୁଭବ କଲୁ ଏଇଟା ଠିକ୍ ଫରମୁଲା। ଅଳ୍ପ ଦିନରେ ଦେଖିଲି ତା'ର ମେମୋରୀ ଓ ବୋଧଶକ୍ତି (IQ) ବେଶ୍ ଭଲ। ଘଣ୍ଟାଏ ପଢ଼ି ସାରିଲା ପରେ ଇଂଲିଶ, ଜି.କେ ବା ସାହିତ୍ୟ ବିଷୟ ବି ପଚାରି ନିଏ କିଛି ସନ୍ଦେହ ଥିଲେ। କିଛି ଦିନ ପରେ ଦେଖିଲି ତା'ର ପ୍ରଶ୍ନ ସବୁ ତା'ର IQ ସ୍ତରରୁ କମ୍ ସ୍ତରର ହେଉଛି। ଭାବିଲି, ମତେ ପରୀକ୍ଷା କରିବାକୁ ପଚାରୁଛି ବା ଅଧଘଣ୍ଟେ ଗପସପ ପାଇଁ ପଚାରୁଛି। ସେ ଯା' ବି ହେଉ, ଏଇ ଅଧଘଣ୍ଟା ମୁଁ ସଂପୂର୍ଣ୍ଣ ଉପଭୋଗ କରେ। ରାଜେଶ ଖାନ୍ନା-ମୁମତାଜଙ୍କର ଫିଲ୍ମ ଠାରୁ ଆରମ୍ଭ କରି ମନୋଜ ଦାସଙ୍କ ସାହିତ୍ୟ ପର୍ଯ୍ୟନ୍ତ ସବୁ ବିଷୟରେ ତା'ର ଅସୁମାରୀ ପ୍ରଶ୍ନ। ତା'ର ଆଗ୍ରହ ଦେଖି ପାଖ ସରକାରୀ ଲାଇବ୍ରେରୀରେ ତାକୁ ମେମ୍ବର କରାଇଦେଲି। ତା'ପରେ ତା'ର ଅଧଘଣ୍ଟେର ଆଲୋଚନା ପାଇଁ ମତେ ବି ଅଧିକା ପଢ଼ିବାକୁ ପଡ଼ିଲା। ଅସରନ୍ତି ପ୍ରଶ୍ନ ତା'ର କେବଳ ମୋଠୁ ଶୁଣିବା ପାଇଁ... ମୁଁ କହିଲାବେଳେ କଲମ ପାଟିରେ ଧରି ବା କାନିରେ ଗଣ୍ଠି ପକେଇ, ଫିଟେଇ ମତେ ଏକ ନୟନରେ ଚାହିଁଥାଏ। ଏବେ

କିନ୍ତୁ ତା' ଆଖିକୁ ଚାହିଁଦେଲେ ମୋର ମସ୍ତିଷ୍କର ସମସ୍ତ ସ୍ନାୟୁ ଚଳଚଞ୍ଚଳ ହୋଇଯାନ୍ତି ।

ଦିନେ ଦିନେ କିଛି ଅସୁବିଧା ପାଇଁ ନଆସି ପାରିଲେ ତା'ପର ଦିନ ସେ ମୁହଁ ଶୁଖେଇ ବସିଥାଏ । ତା' ଆଖିରେ ଠଳଠଳ ହେଉଥିବା ଲୁହର ଉତ୍ତର ଦେବା ବଡ଼ କଷ୍ଟକର ସତରେ ! ଥରେ ମୋର ୩-୪ ଦିନ ଅନୁପସ୍ଥିତି ପରେ ସେ ଆସି ବସିଲା... କହିବା ସତ୍ତ୍ୱେ ନୋଟ୍ ବା ବହି ଖୋଲିଲାନି...

ଟିକେ ରାଗିଯାଇ କହିଲି, "ପରୀ ! ନୋଟ୍ ଖୋଲ ଏବେ ।"

ସେଦିନ ଦେଖିଲି ତା' ଆଖିରେ ଆଉ ଏକ ଚମକ । ଜଳନ୍ତା ଆଖିରେ ପଲକ ନପକେଇ କହିଲା - "Too cruel ! ମୋ ଦେହ ଭଲ ନାହିଁ, ମୁଁ ଆଜି ପଢ଼ିବିନି ଯା... !" କଲମ, ବହି, ନୋଟ୍ ସବୁ ଗୋଟେଇ ନେଇ ଘର ଭିତରକୁ ଚାଲିଗଲା ।

ମାଉସୀ ଆସି କହିଲେ "ତା' ମୁଣ୍ଡ ବିନ୍ଧୁଛି ଦି'ଦିନ ହେଲା । ଔଷଧ ଦେଉଛି । କାଲିକି ଭଲ ହେଇଯିବ ।"

ତା'ପରଦିନ...

"ଆଜି ପଢ଼ିବା କିରେ ପରୀ... ?" ଅଳ୍ପ ହସି କହିଲି ।

"ନନ୍‌ସେନ୍‌ସ.... ପାଞ୍ଚ ଦିନ ପରେ ପଢ଼ିବା ମନେ ପଡ଼ିଲା ? ?" ଚାପା ସ୍ୱରରେ କହିଲା ମତେ ନ ଶୁଭିବା ପରି... ।

କିନ୍ତୁ ଝାପ୍‌ସା ଶୁଭିଗଲା ମତେ । ମୋ ପ୍ରତି ଅପମାନ ନାଁ ଅଭିମାନ ! କଣ ହେଇପାରେ ? ? ଜାଣିପାରିଲିନି । ଦୃଢ଼ ଗଳାରେ ପଚାରିଲି "କ'ଣ କହିଲ ?"

"ଶୁଭିଲାନିତ ? ଆଉଥରେ କହୁଛି ଶୁଣ ! ନନ୍‌ସେନ୍‌ସ.......ଷ୍ଟୁପିଡ୍ ଫେଲୋ ।"

ହସିଦେଲି । "Ok ଜିନିଅସ୍ ଗାର୍ଲ, Let's start." ବହି ଆଡ଼େଇଲା ସେ ।

ଦି' ବର୍ଷର ରୁଟିନ୍ ବନ୍ଧା ସମୟ... ୫ଟାରୁ ସାଢ଼େ ଛଅଟା- ଦେଢ଼ଘଣ୍ଟା...ବୋଧେ ମୋ ଜୀବନର ସବୁଠୁ ମୂଲ୍ୟବାନ୍ ସମୟ । G.K. ଓଡ଼ିଆ ନଭେଲ ସବୁର ପରିଚର୍ଯ୍ୟା ହିଁ ଆମକୁ ବାନ୍ଧି ଦେଇଥାଏ । କେଇ ଜନ୍ମର ସଂପର୍କ ଯେମିତି । ବିଭୁତି ପଟ୍ଟନାୟକଙ୍କ ନଭେଲ୍ ପଢ଼ିଲା ପରେ ତାର ଅନେକ ଅଭିଯୋଗ ଲେଖକ ଓ ନାୟକଙ୍କ ପ୍ରତି । ବିଭୂତି ପଟ୍ଟନାୟକ ମୋର ପ୍ରିୟ ନଭେଲିଷ୍ଟ । ସେ ତାଙ୍କର ସବୁ ନଭେଲ୍ (ଲାଇବ୍ରେରୀରୁ ଖୋଜି ଆଣି) ପଢ଼ିଲେ ବି, ପଢ଼ିସାରିବା ପରେ ମୋ ସହିତ ଯୁକ୍ତି ତର୍କ ଆରମ୍ଭ କରିଦିଏ । ବିକ୍ଷୁବ୍ଧ ହୋଇ ଉଠେ ନାୟିକାର ଚରିତ୍ର ଚିତ୍ରଣ ପାଇଁ । ମୁଁ ବୁଝେଇବାକୁ ଚେଷ୍ଟା କରେ ।

"ଏଇଟା ଗୋଟେ ଚରିତ୍ର ମାତ୍ର, ତମର ଏତେ ରାଗିବାର କ'ଣ ଅଛି ?"

ତଥାପି ସେ କିଛି ସମୟ ବିଚଳିତ ରହେ। ମନୋଜ ଦାସଙ୍କ ବହି ପଢ଼ିସାରିଲା ଦିନ ତା'ର ଚିକ୍‌ମିକ୍ କରୁଥିବା ଆଖି ଓ ଉଜ୍ଜଳ ମୁହଁରୁ ମୁଁ ଫିଲୋସଫି ଶୁଣେ।

ଆଉ ପ୍ରତିଭା ରାୟ ! 'ବର୍ଷା ବୈଶାଖ ବସନ୍ତ' ପଢ଼ି ସାରିଲା ଦିନ କାନ୍ଦି କାନ୍ଦି ତା'ର ଆଖି ଲାଲ ପଡ଼ିଯାଇଥାଏ...। "କାହିଁକି ଏତେ କଷ୍ଟ ଦିଅନ୍ତି ନାୟିକାକୁ ମାଡାମ୍ କେଜାଣି ? ବଡ଼ ନିଷ୍ଠୁର ତାଙ୍କର ହୃଦୟ।"

ମୁଁ କହିଲି, "ବିଭୂତି ପଟ୍ଟନାୟକଙ୍କ ଚରିତ୍ରପରି ଏଠି ବି ଆଉ ଗୋଟେ ଚରିତ୍ର। ତମେ ଏତେ ସେଣ୍ଟିମେଣ୍ଟାଲ କାହିଁକି ହେଉଛ ?" ଚାରି ପାଞ୍ଚ ମିନିଟର ଯୁକ୍ତି ତର୍କ ପରେ କହିଲି- "You foolish Girl. Can not understand ! ବୋକୀ ଝିଅଟା !!"

"Ok Genious. You are correct." ଅଳ୍ପ ହସି ଦେଲା ସେ।

ସେ ଦିନର ରୁଟିନ୍ ସେଇଠି ଶେଷ...

ଦୁଇବର୍ଷର ପାଠପଢ଼ା କେମିତି ସରିଗଲା ଜଣା ପଡ଼ିଲାନି। ପରୀକ୍ଷା ସରିଲା। ସେ ସେଇଠି ବି.ଏ ପଢ଼ିବ ଓଡ଼ିଆ ଓ ଫିଲୋସଫି ଅନର୍ସ ନେଇ। ରେଜଲ୍‌ଟ ବାହାରିଲା ପରେ ମୋର ବାଣୀ ବିହାରରେ ସିଟ୍ ମିଳିଗଲା। କାଲି ମୋର ଆଡ୍‌ମିଶନ। ସଂଜବେଳେ ବସି କଥା ହେଉଥାଉ।

"ଅନୁଭାଇ ! ତମେ ସତରେ କାଲି ଚାଲିଯିବ ? ହେଲେ ମୁଁ କେମିତି ପଢ଼ିବି ?" ଦି' ଆଖିରେ ତା'ର ଲୁହ ଭର୍ତ୍ତି।

ମୋର କିନ୍ତୁ ଲୁହତକ ଆଖି ଭିତରେ ଜମାଟ ବାନ୍ଧି ଯାଇଥାନ୍ତି। ଦି' ଜଣଙ୍କ କଣ୍ଠ ବାଷ୍ପରୁଦ୍ଧ।

"ତମେ ତ ଭଲ ପଢ଼ିଛ। ଭଲ ରେଜଲ୍‌ଟ ହେବ। ଡରୁଛ କାହିଁକି ? ସବୁ ଠିକ୍ ହେଇଯିବ। ଭଲ ପାଠ ପଢ଼, ଭଲ ଝିଅ ହୁଅ, ଭଲ ଘରେ ବାହା ହୁଅ, ଖୁସୀରେ ରୁହ। ମୁଁ ଦୂରରୁ ଥାଇ ଖୁସୀ ହେବି। ତମକୁ ଏ ଜନ୍ମରେ ଭୁଲିବା ସମ୍ଭବ ନୁହେଁ। ମୁଁ ଯେଉଁଠି ଯେମିତି ଥିଲେ ବି ତୁମେ ମୋ ଭିତରେ ରହିଥିବ। ଜୀବନଟା ଏମିତିରେ ପରୀ ! ସମସ୍ତେ କିଛି କିଛି ଦିନ ପାଇଁ ଏକାଠି ଚାଲନ୍ତି ଗୋଟେ ଛକରେ ପହଞ୍ଚିଲା ପର୍ଯ୍ୟନ୍ତ, ଯୋଉଠି ପୁଣି ବାଟ ଅଲଗା ହୋଇଯାଏ। ତଥାପି ଜୀବନରେ ଅନେକ ଛକ। କୋଉଠି ନା କୋଉଠି ଦେଖା ହୋଇଯିବନି କି ?"

"ହେଲେ ଏତେ ବଡ଼ ଦୁନିଆଁରେ କୁଆଡ଼େ ଆମେ ହଜି ଯିବାନିତ ? ଆଉ ଛକ ନପଡ଼ିଲେ ??" ଶେତା ମୁହଁରେ ଫିକା ହସ ହସି କହିଲା।

"ସେଇଟା ସମୟର ଇଚ୍ଛା।" ମୁଁ କହିଲି।

"ଅନୁଭାଇ ! ତମେ ଏ ଛୋଟ ସହରରୁ ବଡ଼ ସହରକୁ ଚାଲିଯିବ। ବଡ଼

କଲେଜରେ ବହୁତ ସାଙ୍ଗ ମିଳିଯିବେ। ମୋ ପାଇଁ ଯେତିକି ସମୟ ଦେଉଥିଲ, ସେତିକିରେ ତୁମେ ଆହୁରି ବେଶୀ ପଢ଼ିପାରିବ, ବଡ଼ ମଣିଷ ହେବ...। ହେଲେ ମୁଁ ପଢ଼ିବି କେମିତି ?"

"ଏତେ ବୁଝେଇଲି ପରା ! ମୋର ନୋଟ୍ ଗୁଡ଼ା ତୁମକୁ ଦେଇ ଯାଉଛି, ମନ ଦେଲେ ତମେ ନିଶ୍ଚିତ ଭଲ ପଢ଼ି ପାରିବ।"

"ତମକୁ ଥରେ କହିଥିଲି ଷ୍ଟୁପିଡ୍ ବୋଲି। ଏବେ ଆଉଥରେ କହୁଛି। ଷ୍ଟୁପିଡ୍ ! ମୁଁ ବଞ୍ଚିବି କେମିତି ???"

ମୋର ଶତ ଚେଷ୍ଟା ସତ୍ତ୍ୱେ ଲୁହଟୋପା ମାନେ ବାହାରି ଆସୁଥିଲେ। "କିନ୍ତୁ ଭୁବନେଶ୍ୱର ତ ଏଇ ଅଳ୍ପବାଟ। ମୁଁ ମାସକୁ ମାସ ଆସିବିନି କି ? ଡାଉଟ୍ ସବୁ ରଖିଥିବ। ଆସିଲେ ବୁଝେଇଦେବି।"

"ଆସିବତ ? ପ୍ରମିଜ୍..."

"ଓକେ ପ୍ରମିଜ୍..."

ସେଦିନ ମଉସା ମାଉସୀଙ୍କ ଠାରୁ ଆଶୀର୍ବାଦ ସହ ବିଦାୟ ନେଇ ଆସିଲି। ଠିକଣା ଦେଇ ଆସିଥିଲି। ହଷ୍ଟେଲରେ ତୃତୀୟ ଦିନ ଗୋଟେ ଚିଠି ପାଇଲି। ପରୀର ହାତଲେଖା ! ଆଶ୍ଚର୍ଯ୍ୟ ହେଲି। ଖୋଲି ପଢ଼ିଲି... "ତୁମେ ଗଲା ଦିନଠୁ ମୁଁ ଶୋଇନି... କଲେଜ କ୍ଲାସ ଏବେ ଆରମ୍ଭ ହେବ। ଚେଷ୍ଟା କରିବି ଭଲ ପଢ଼ିବା ପାଇଁ। ତମେ ବି ପଢ଼। ମତେ ମନେ ପକେଇବ ନାହିଁ। ତମର ତ ୟୁନିଭର୍ସିଟିରେ, ହଷ୍ଟେଲରେ ବା ଲାଇବ୍ରେରୀରେ ସମୟ ଖୁସୀରେ ଚାଲିଯିବ। ବହୁତ କୋର୍ସ। ତେଣୁ ଅନ୍ୟ କଥା ଭାବିବାକୁ ସମୟ ନଥିବ...। 'ଖୁସୀରେ ରୁହ'। ମୋର ବି କଲେଜରେ ଦିନଟା କଟିଯବ। ହେଲେ ସନ୍ଧ୍ୟା ଆଉ ରାତି ??"

ଏମିତି ଅନେକ ଅନେକ। ଗୋଟେ ଫର୍ଦ୍ଦ କାଗଜରେ ଚାରି ପୃଷ୍ଠାର ଚିଠି। ସେଦିନ ରାତିସାରା ଚିଠିଟାକୁ ପଢୁଥିଲି ବାରମ୍ବାର। ଅବାରିତ ଲୁହ ବହିଯାଉଥାଏ। ଦି' ବର୍ଷ ଭିତରେ ମତେ ଝିଅଟା କ'ଣ କରିଦେଲା ?

ତା'ପରେ ସପ୍ତାହରେ ଚାରିପୃଷ୍ଠାର ଦୁଇଖଣ୍ଡ ଚିଠି ଦି' ପଟରୁ। ଏତେ ଲେଖିସାରିଲା ପରେ ବି ପରୀ ସାଇଡ ମାର୍ଜିନ, ଉପର ମାର୍ଜିନ, ପାରା ଭିତର ଜାଗା ସବୁ ଓଲଟା ଅକ୍ଷରରେ ଭର୍ତ୍ତି କରିଦେଇଥାଏ ଚିଠିଟାକୁ ଅତି କମ୍‌ରେ ୪-୫ ଥର ନପଢ଼ିଲେ ଶାନ୍ତି ଲାଗେନି। ଦୁଃଖ ଲାଗେ, ଖୁସୀ ବି ଲାଗେ।

ଥରେ ଲେଖିଥିଲା... "ତମ ଚିଠିକୁ ଅନେଇଥିଲି। ପଢ଼ାପଢ଼ିରେ ମନ ନଥିଲା। ହଠାତ୍ ତମ ଚିଠି ପାଇ ପଢ଼ିଲା ପରେ ଏତେ ଖୁସୀ ଲାଗିଲା ଯେ ଡାଲି ଆଉ

ତରକାରୀରେ ଦି'ଥର ଲୁଣ ପକେଇ ଦେଲି। ବାପା ହସିଲେ। କହିଲେ, "ହୁଣ୍ଡୀଟା ଘରଦ୍ୱାର କେମିତି କରିବ ?"

ଆଉ ଥରେ ଲେଖିଥିଲା- "ଏଥର ତମ ପାଇଁ ଗୋଟେ ଭଲ ଜିନିଷ ରଖିଛି। ଆସିଲେ ଖାଇବତ ? ?"

ମାସରେ ଥରେ ଅଧେ ଗଲେ ପର୍ବ ପର୍ବାଣୀ ଅନୁସାରେ ମାଉସୀ ପିଠା ପଣା କରି ରଖିଥାନ୍ତି। ତେଣୁ ଘରେ ଅଧା ଖାଇ ପେଟ ଖାଲି ରଖିଥାଏ। ଏଥର କିନ୍ତୁ ପର୍ବପର୍ବାଣୀ କିଛି ନଥିଲା।

ପହଞ୍ଚି କହିଲି "କଣ ଭଲ ଜିନିଷ ରଖିଛ ପରା ? ?"

"ରଇଥା, ଆଣୁଛି।" ଗୋଟେ ପାଛିଆରେ ଅଧକିଲେ ହେବ ସବୁଜ ସବୁଜ ମଟର ଛୁଇଁ!.... ଟେବୁଲ ଉପରେ ରଖୁ ରଖୁ କହିଲା, 'ବାଡ଼ିରେ ନିଜେ ମଟର ଲଗେଇଥିଲି। ବଢ଼ିଆ ଗଛ ସବୁ ହେଇଛି।' କେତେଟା ମଟର ମଞ୍ଜି ମୋ ହାତକୁ ବଢ଼େଇ ଦେଇ ପରୀ କହିଲା- "କେମିତି ଲାଗୁଛି, କହତ ଦେଖି।"

"ପରୀମାନଙ୍କ ହାତରେ କିମିଆଁ ଥାଏ ପରା ! ସେଇଆ ହେଇଥିବ।" ମଟର ଛୁଇଁ ଖାଉ ଖାଉ କହିଲି।

"ବାଣୀ ବିହାରରେ ପଲିଟିକାଲ ସାଇନସ୍ ବଦଳରେ Fairy Tale ପଢ଼ା ହେଉଛି ନାଁ କ'ଣ ?"

ବାଣୀବିହାରରେ ସମୟ ଅଭାବରୁ ପତ୍ରିକା ପଢ଼ିବା ଛାଡ଼ି ଦେଇଥାଏ। ମାସେ ଦି'ମାସର ଗପ ସବୁ ସେ ସାଇତିକି ରଖିଥିବ। ନବରବି, ସହକାର, ଆସନ୍ତା କାଲି, ପୌରୁଷ ଆଦି ନୂଆ ନୂଆ ପତ୍ରିକାର ଗଳ୍ପ ହିଁ ଗପର ବିଷୟ। ଏକାଠି ବସିଲା ବେଳେ ସେ ଗପ କହୁଥିବ ଆଖିକୁ ନଚେଇ ନଚେଇ, ମୁଁ ଶୁଣୁଥିବି ନିର୍ନିମେଷ ନୟନରେ। ଚରିତ୍ର ଚିତ୍ରଣ ଓ ବିଶ୍ଳେଷଣ କରିବାରେ ତା'ର ଦକ୍ଷତା ବଢ଼ି ଯାଇଥିଲା। ବି.ଏରେ ଓଡ଼ିଆ ପଢ଼ିବାର ମହତ୍ତ୍ୱ ମୁଁ ବୁଝି ପାରୁଥିଲି। ବୋଧେ ଗଳ୍ପଗୁଡ଼ିକର ଲେଖକମାନଙ୍କ ବର୍ଣ୍ଣନା ଶୈଳୀ ତା' ମୁହଁରୁ ଏକ ଅପୂର୍ବ ରୂପ ନେଇ ବାହାରି ଆସନ୍ତି। ଗଳ୍ପର ବିଷୟ ବସ୍ତୁ ସହିତ ଦର୍ଶନ ବି ମତେ ବୁଝେଇ ଦିଏ। ପ୍ରାଚ୍ୟ, ପାଶ୍ଚାତ୍ୟର ଦର୍ଶନ ମୁଁ ତା'ଠୁ ଶିଖିଲି। ସେ ମତେ ବୁଝେଇଦେଲା... "ଅନୁଭାଇ ! ମନକୁ ଛାଡ଼ି ଆଉ ତୁମର କିଛି ନୁହେଁ। ଭଲ ଅନୁଭବ, ଭଲ ସ୍ମୃତି ହିଁ ମଣିଷକୁ ମଣିଷ ବନାଏ। ଏ ସବୁକୁ ନିଜ ଭିତରେ ଧରି ରଖିଲେ ହିଁ ବାହାଦୁରୀ।"

ହଠାତ୍ ଦିନେ ମାଉସୀ ଆସି କହିଲେ "ପରୀର ଏଇଟା ଫାଇନାଲ୍ ଇଅର।

ଗୋଟେ ଭଲ ପ୍ରସ୍ତାବ ଆସିଛି। ପିଲାଟା ଆମେରିକାରେ ଅଛି। ମନକୁ ପାଇଲେ ଜଲ୍‌ଦି କରିଦବା।"

ଆଶ୍ଚର୍ଯ୍ୟ ସହ ଗୋଟେ ସକ୍ ଖାଇସାରିଲା ପରେ ହସି ହସି କହିଲି, "ବଢ଼ିଆ ମାଉସୀ! ପରୀକୁ ବାହା କରିଦେବା। ଯେତେବେଳେ ବି ଆସିଲେ ମୋ ସହ ଝଗଡ଼ା କରୁଛି। ହେଲେ ତା ଶାଶୁ ନଣନ୍ଦଙ୍କ ସାଙ୍ଗରେ କେମିତି ଝଗଡ଼ା କରିବ ଦେଖିବା।"

ଏତକ କହିଦେଇ ପରୀ ଆଡ଼କୁ ଚାହିଁଲି।

ଆଖିରୁ ତା'ର ନିଆଁ ଝୁଲ ଝରୁଥିଲା। କବାଟକୁ ଧଡ଼୍ କରି ପକେଇଦେଇ ଭିତରକୁ ଚାଲିଗଲା। କାହିଁକି ତାକୁ ଏମିତି କହିଲି ଭାବି ମନସ୍ତାପ କଲି। ତା' ପରଦିନ କ୍ଷମା ମାଗିଲି। କହିଲି- "ପରୀରେ! ବାପା ମା ତ ଆମ ଭଲ ପାଇଁ ସବୁ କରନ୍ତି। ଆମେ ଖୁସୀରେ ଖୁସୀରେ ସବୁ ଗ୍ରହଣ କରିଯିବା କଥା। ମନୋଜ ଦାସଙ୍କ ବହିରୁ କ'ଣ କିଛି ଶିଖିଲନି? ତା' ଛଡ଼ା ଏସବୁ ତ ପ୍ରପୋଜାଲ ମାତ୍ର। ଏଇମାତ୍ରେ ତ ହେଇଯାଉନି। ମାଉସୀ ତ କହିଲେ ବି.ଏ ସରିଲେ ଦେଖିବା! ବ୍ୟସ୍ତ କାହିଁକି?"

"ପ୍ରପୋଜାଲ ନୁହେଁ, କାଳ ଜାଲ ସବୁ ମୋ ପାଇଁ ଆସୁଛି। ତମର କ'ଣ ଅଛି? ବାଣୀବିହାରରେ ନୂଆ ସାଙ୍ଗ ମିଳିଯାଇଛନ୍ତି କି ନା! ଅନୁଭାଇ! ଗୋଟେ ଦି'ଟା ଝିଅ ସାଙ୍ଗ ଥିବେ ନିଶ୍ଚିତ।"

"ନାଇଁରେ ବୋକୀ! ଝିଅ ସାଙ୍ଗ ମୋର ଗୋଟିକରେ ଆରମ୍ଭ ଆଉ ସେଇଥିରେ ଶେଷ। ତା' ଛଡ଼ା ବାଣୀବିହାରର ଝିଅ ସାଙ୍ଗଙ୍କୁ ଚଳେଇବା କାଠିକର ପାଠ।"

ତା' ମୁହଁ ଟିକେ ଉଜ୍ଜଳ ଦିଶିଲା।

ହଠାତ୍ ଦିନେ ତାର ଚିଠି ପାଇଲି। ଗୋଟେ ଫର୍ଦ୍ଦ କାଗଜରେ ଗୋଟିଏ ଲାଇନ୍- "ଅନୁ ଭାଇ! ସବୁ ଠିକ୍ ହେଇଗଲା। ଆସନ୍ତା ଜାନୁଆରୀ ୧୦। ଆଶା କରେ ତମେ ଖୁସୀ ହେବ। (ଇତି) ତୁମର ବୋକୀ।"

ଫାଇନାଲ ପରୀକ୍ଷା ଆଉ କେଇ ମାସ ଆଗରେ। ମତେ ଦୁନିଆଁଟା ଅନ୍ଧାର ଦିଶିଲା। ଦିନେ ବି ମୁଁ ଭାବିନି ପରୀ ମୋଠୁ ଦୂରକୁ ଚାଲିଯିବ! ଜୀବନରେ ଆଉ ଦେଖା ହେବନି! ସପ୍ତାହକୁ ଦି'ଟା ଫର୍ଦ୍ଦକିଆ ଚିଠି କ'ଣ ଆଉ ସମ୍ଭବ?

ହଠାତ୍ ମୁଁ ନିଜକୁ ପଚାରିଲି, ଆମେ ପରସ୍ପର ପାଇଁ କ'ଣ? କ'ଣ ଆମ ସଂପର୍କର ନାଁ? ପ୍ରେମ ବୋଲି ଭାବିବାକୁ ଅଡୁଆ ଲାଗୁଥାଏ। କିନ୍ତୁ ତା'ର ନାଁ କ'ଣ ହେଇପାରେ? ଦି'ତିନି ଦିନ କ୍ଲାସ୍, ଲାଇବ୍ରେରୀ ମିସ୍ କରି ରୁମ୍‌ରେ ବସିଥାଏ। ହଠାତ୍ ସ୍ୱୟଂ ରୁମ୍‌କୁ ପଶିଆସିଲା। ସ୍ୱୟଂ, କ୍ଲାସ୍‌ରେ ମୋର ସବୁଠୁ ଭଲ ବନ୍ଧୁ। ପରୀ ବିଷୟରେ ତା'ର ଝାପ୍‌ସା ଗୋଟେ ଧାରଣା ଥାଏ। ସେ କେବେ ପଚାରିନି କି ମୁଁ

କହିନି। ଗେଟ୍ ପାଖରୁ କେତେଥର ଚିଠି ଆଣି ରୁମ୍‌ରେ ଦେଇଦିଏ। ଟିକେ ହସି ଦେଇ କହେ, "ଅନୁରାଗ ! ଆଜି ସନ୍ଧ୍ୟାବେଳେ ତମେ ଚା' ଦେବ।"

ସନ୍ଧ୍ୟାରେ ଚା' ପିଉପିଉ ସବୁ ବିଷୟରେ କଥା ହେଉ ଚିଠିକୁ ଛାଡ଼ି। ଆଜି ସେ ରୁମ୍‌ରେ ପହଞ୍ଚିଲା ବେଳକୁ ଗୋଟେ ଲାଇନ୍‌ର ଚିଠିଟା ଟେବୁଲ୍ ଉପରେ ଥାଏ। ତରତର ହୋଇ ଭାଙ୍ଗିଭୁଙ୍ଗି ଡ୍ର ଭିତରେ ରଖିଦେଲି। କିନ୍ତୁ ସେ ବୋଧେ ଚିଠିଟା ଦେଖି ନେଇଥିଲା। ତା' ମୁହଁରେ ଛୋଟ ଏକ ପ୍ରଶ୍ନବାଚୀ।

ତଳକୁ ମୁହଁ ପୋତି କହିଲି, "ସ୍ୱୟଂ ! ଆଜି ଚା' ତମେ ଦେବ। ଚାଲ ଟିକେ କ୍ୟାମ୍ପସରେ ବୁଲି ଆସିବା।"

"କମ୍‌ଅନ୍ ୟାର୍, ମାଇଁ ପ୍ରିଭିଲେଜ- ଚାଲ, ବାହାର ଜଲ୍‌ଦି..."

ଚା' କେବିନ୍ ପାଖ କଲଭର୍ଟରେ ବସି ଚା' ପିଉଥାଉ। ମୋ ପାଟିରୁ ଯେମିତି ଶବ୍ଦ ପ୍ରକ୍ଷେପଣ ବନ୍ଦ ହୋଇ ଯାଇଥିଲା ! ମଝିରେ ମଝିରେ ଗୋଟେ ଗୋଟେ ଅଦରକାରୀ ପ୍ରଶ୍ନ ମୁଁ କରିଦେଉଥାଏ ସ୍ୱୟଂର ସନ୍ଦେହ ପରିସୀମା ଭିତରକୁ ନ ଆସିବା ପାଇଁ।

"ସ୍ୱୟଂ ! ଗୋଟେ ଗୋଲ୍‌ଡ ଫ୍ଲେକ୍ କିଙ୍ଗ୍ ପ୍ଲିଜ୍... ଆଜି ପର୍ସ ଆଣିନି।" ବିନା ଦ୍ୱିଧାରେ ସ୍ୱୟଂ ସିଗ୍ରେଟ ଆଣିଦେଲା। ସାଧାରଣତଃ ଆମେ ଗୋଟେ ସିଗ୍ରେଟ ଦି'ଜଣ ଯାକ ଟାଣୁ। ସେଦିନ କିନ୍ତୁ ପୁରା ସିଗ୍ରେଟଟା ମୁଁ ପିଇଦେଲି। ସେ ମାଗିଲାନି କି ମୁଁ ଯାଚିଲିନି।

ସଂଜ ଗଡ଼ିଯାଉଥିଲା।

ଅଧଘଣ୍ଟାର ଆପାତଃ ନୀରବତା ପରେ ସ୍ୱୟଂ ମୋ ସାମ୍ନାକୁ ଆସି କାନ୍ଧକୁ ଜୋର୍‌ରେ ହଲେଇଦେଇ ପଚାରିଲା... "Don't be a stupid. Tell me. What's the matter."

ହଜିଲା ଆଖିରେ ତାକୁ ଦେଖୁଥିଲି। ତା' ଆଖିରେ ଆକଟ କରିବାର ଭାବ। କେବେ କାହା ସହିତ ଏ ବିଷୟରେ କଥା ହୋଇନଥିଲି। ପରୀ ଆଉ ମୋ ଛଡ଼ା ତୃତୀୟ ବ୍ୟକ୍ତି ବୋଧେ ଜାଣି ନଥିଲେ। ଆମ ଦି' ଜଣକ ପରିବାରରେ ଆମର ସମ୍ପର୍କ ଏକ ନିର୍ଦ୍ଦୋଷ ସ୍ନେହ ଛଡ଼ା ଆଉ କିଛି ନଥିଲା। ଆମେ ବି କେବେ ଏ କଥା ନିଜକୁ ପ୍ରଶ୍ନ କରିନୁ। କେବଳ ନିରୋଳା, ନିରୁତା ସ୍ନେହ ନାଁ ଆଗକୁ ଆଉ କିଛି ? ବନ୍ଧୁ ମାନଙ୍କଠାରୁ, ନଭେଲରୁ ବା ସିନେମାରୁ ପ୍ରେମ ବିଷୟରେ ଜାଣି ସୁଦ୍ଧା, ଏମିତି ଭାବିବାକୁ ସାହସ କରିନଥିଲି। ଦି'ଜଣ ପରସ୍ପରକୁ କହିନଥିଲୁ କି ପରସ୍ପରଠୁ ଶୁଣି ନଥିଲୁ। ବୋଧହୁଏ 'ଅନୁଭାଇ' ଓ 'ପରୀ' ଆକାଶ କାଟି ନିଶବ୍ଦରେ ଉଡୁଥିବା ଦି'ଟା ଚଢ଼େଇର ନାଁ ! ଏ ଶବ୍ଦର ପ୍ରାସଙ୍ଗିକତା ନଥିଲା ଆମପାଇଁ। କେବଳ ଏକାଠି ଉଡ଼ିବାରେ ହିଁ ଆନନ୍ଦ ଥିଲା।

ସବୁ ଶୁଣି ସ୍ୱୟଂ କହିଲା, " 'ଅନୁଭାଇ' ଗୋଟେ ଷ୍ଟୁପିଡ୍ ପିଲାର ନାଁ ଆଉ 'ପରୀ' ଗୋଟେ ଫୁଲିଶ୍ ଝିଅର ନାଁ। ବ୍ଲଡ଼ି, ୟୁ ହାଭ୍ ବିନ୍ ଇନ୍ ଲଭ୍।"

ବଲ୍ ବଲ୍ କରି ମୁଁ ତା' ମୁହଁକୁ ଚାହିଁଥିଲି। କେତେ ସହଜରେ ଏତେ ବଡ଼ କଥାଟେ ସେ କହିଦେଲା? ମୁଁ ତ ଦିନେ ବି ସାହସ କରିନି ଭାବିବାକୁ, କହିବାତ ଦୂରର କଥା!

"ତେବେ ଆମ ଭିତରେ କ'ଣ ଥିଲା ଆଉ ଏବେ କ'ଣ ହେବ?" ବୋକାଙ୍କ ପରି ପଚାରିଲି ତାକୁ।

"କ'ଣ ଥିଲା? ତୁ ଗୋଟେ ନିର୍ମଳ, ନିଷ୍ପାପ, ନିଃଶବ୍ଦ ସ୍ନେହର ରାଜ୍ୟରେ ଥିଲୁ। ଏବେ ପରୀ ବାହା ହେଇଗଲା ପରେ ତୋ'ର ସେଇ ରାଜ୍ୟରେ ରହିବାରେ କିଛି ଅସୁବିଧା ନାହିଁ। ତମ ଦି'ଟା ପରିବାର ଆଉ ତମେ ସବୁ ଗୋଟେ ବିଶ୍ୱାସର ଅଦୃଶ୍ୟ ଡୋରିରେ ବନ୍ଧା। ପରୀକୁ ସେ ଡୋରୀରୁ ମୁକ୍ତ କରିଦେ। ବାକୀ ସମସ୍ତେ ତ ଅଛନ୍ତି। ସେ ତା'ର ନୂଆ ଜୀବନ ଆରମ୍ଭ କରୁ। ଦେଖିବ ତମେ ପରସ୍ପରର ପାଖରେ ନଥିଲେ ବି ହୃଦୟର ପାଖାପାଖି ଥିବ। ଚାରି ପୃଷ୍ଠାର ଚିଠି ନଲେଖିଲେ ବି କାଗଜର ଅଭାବ ହେବନି, ଏଇ ଚାରିବର୍ଷର ଅନୁଭବକୁ ଅନ୍ତରରେ ଛାପି ରଖିବା ପାଇଁ। ତୋ'ର 'ପରୀ' ତୋ'ର ହୋଇ ସାରା ଜୀବନ ରହିଯିବ। ଯେତେବେଳେ ମନେ ପଡ଼ିଲେବି, ଦି' ଟୋପା ଲୁହ ସହ ଛୋଟ ହସଟିଏ ହୋଇ ତୋ ଓଠରେ 'ପରୀ' ଚାଲି ଆସିବ। ପରୀର ବି ସେମିତି ହେବ। ଜୀବନ ସାରା ତୁମେ ଏଇ ଚାରିବର୍ଷ ସମୟର ପରିଧିରେ ବାସ କରୁଥିବ ପରସ୍ପର ପାଇଁ। ସେ ଏକ ନିଶବ୍ଦ ରାଜ୍ୟ। କେବଳ ତୁମ ଦି' ଜଣକର ସେଠି ଯାତାୟାତ। ତୋ ମୁଣ୍ଡ ଉପରେ ଫାଇନାଲ୍। ପଢ଼ାପଢ଼ି କର କିଛି ହେବା ପାଇଁ, ପରୀ ଯେମିତି ତୋ ପାଇଁ ଗର୍ବ ଅନୁଭବ କରିବ। ଗୀତାରେ ଶ୍ରୀକୃଷ୍ଣ କହିଛନ୍ତି, 'ସୃଷ୍ଟି ଓ ବିଲୟ ଏକା ସାଙ୍ଗରେ ଚାଲିଛି। ତମେ ସମସ୍ତେ କିଛି ସମୟ ପାଇଁ ଏକାଠି ରହୁଛ। କିନ୍ତୁ ନିଜ ନିଜ ବାଟରେ ଚାଲିଯାଅ ନିର୍ଦ୍ଧାରିତ ସମୟରେ। ସମସ୍ତ ସଂପର୍କ ମୋର ମାୟା...।' କିନ୍ତୁ ମୁଁ ଏଥିରେ ସମ୍ପୂର୍ଣ୍ଣ ଏକମତ ନୁହେଁ। ମୁଁ କହେ, ସେଇ ମାୟା ଭିତରେ ହିଁ ଜୀବନରେ ଆନନ୍ଦ, ସୃଷ୍ଟିର ସାର୍ଥକତା। ଯେତିକି ଦିନ ଏଇଠି ଥିବା ସେଇ ଈଶ୍ୱର ପ୍ରଦତ୍ତ ସ୍ନେହ, ପ୍ରେମର ଶାଶ୍ୱତ ଆନନ୍ଦ ନେବାନି କାହିଁକି? ତାକୁଇ ନେଇ ତ ସୃଷ୍ଟି ତାଙ୍କର ଏତେ ସୁନ୍ଦର! ହୁଏତ ପର ଜନ୍ମରେ ପରସ୍ପରକୁ ଅଧିକ ସ୍ନେହ ସହ ଭେଟିବା! ସହଜ ହେଇଯା'ରେ ଅନୁଭାଇ! ତୁମ ରାଜ୍ୟରେ ଯେତେବେଳେ ବି କିଛି ଅସୁବିଧା ହୁଏ, ସ୍ୱୟଂକୁ ମନେ ପକେଇବୁ। କେବଳ ତୋ'ର ଠିକଣା ଥାଇ ପୋଷ୍ଟକାର୍ଡ଼ଟେ, ଅଲେଖା ହେଲେ ବି ଚଳିବ। ଦେଖିବୁ ତୋ'ର ସ୍ୱୟଂ ତୋ

ପାଖେପାଖେ ପହଞ୍ଚିଯିବ। କେବଳ ମୋରି ପାଖରେ ତୁମ ଅଦୃଶ୍ୟ ରାଜ୍ୟର ଠିକଣା ଥିବ। ଯାହା ବି ଅସୁବିଧା ହେଲେ ଦି'ଜଣ ଯାକ ଠିକ୍ କରିଦେବାନି??"

ଘଣ୍ଟାଏ କାଳ କେବଳ ସ୍ୱୟଂ କହୁଥାଏ। ମୁଁ ଶୁଣୁଥାଏ। ପ୍ରତିଟି ଶବ୍ଦ ମୋର ଅଦୃଶ୍ୟ ଦୁନିଆଁର ରୂପରେଖ ଆଙ୍କି ଦେଉଥାନ୍ତି। ଘଣ୍ଟାଏ ପରେ ଦେଖିଲି, ସତକୁ ସତ ମୋ 'ପରୀର' ଦୁନିଆଁ କେତେ ସୁନ୍ଦର! ଖାଲି ସବୁଜ ସତେଜ ମଟର ଛୁଇଁ ଲତାରେ ଭର୍ତ୍ତି। ଲତାରେ କେରୀ କେରୀ ଫୁଲ ଓ ପେଛ୍ଟାକୁ ପେଛ୍ଟା ମଟର ଛୁଇଁ। ପ୍ରତିଟି ଫୁଲରେ ତା'ରି ଆଖି। ସ୍ୱୟଂ ମତେ ଏତେ ବଡ଼ ଦୁଃଖ ରାଜ୍ୟରୁ ଗୋଟେ ନୂଆ ରାଜ୍ୟକୁ ନେଇଆସିଲା।

ଶେଷ କେଇ ବୁନ୍ଦା ଲୁହ ପୋଛି ଦେଇ କହିଲି- "ଆଉ ଗୋଟେ ସିଗ୍ରେଟ୍ ପ୍ଲିଜ୍, ଏଥର ଦି' ଜଣ ଯାକ ପିଇବା...।"

"ଦାଟ୍‌ସ ଲାଇକ୍ ଏ ଗୁଡ୍ ଅନୁଭାଇ!"

ଦି' ଦମ୍ ନେଲା ପରେ ସେ କହିଲା "ଜୀବନ ବହୁତ ବଡ଼ ରେ ଅନୁରାଗ! ଚାରିବର୍ଷର ସମୟ ପୁରା ଜୀବନ ପାଇଁ ଗୋଟେ ଛୋଟ ଅଂଶ, କିନ୍ତୁ ଅନୁଭବ ଛୋଟ ନୁହଁ। ଆହୁରି କେତେ ଛୋଟ ବଡ଼ ଘଟଣା ଦୁର୍ଘଟଣାରେ ଜୀବନ ଭରିଯିବ। ସବୁ ଛୋଟ ବଡ଼ ଅନୁଭବକୁ ନେଇ ଜୀବନ ବଞ୍ଚିବାକୁ ପଡ଼ିବ। କିନ୍ତୁ ଦେଖିବୁ, ଏଇ ଚାରିବର୍ଷର ଅନୁଭବ ହିଁ ତତେ ଜୀବନରେ ବଂଚିବାର ରାହା ଦେଖେଇଦେବ। ପରୀ ତୋ ଜୀବନରେ ଏକ ବତୀଘର ପରି ଜାଜ୍ଜଲ୍ୟମାନ ହୋଇ ରହିଥିବ। ବାଟ ହୁଡ଼ିଗଲେ ମୁହୂର୍ତ୍ତେ ତା' ଆଡ଼କୁ ଅନେଇଦେଲେ, ତତେ ବାଟ ଦେଖେଇଦବ ତା'ର ସ୍ନେହ ଓ ଭଲ ପାଇବାର ଆଲୋକରେ। ହଁ, ଏଇଟା ହିଁ ପ୍ରେମ। ଏତେ ବଡ଼ ଅନୁଭବ ହୃଦୟରେ ସାଇତିକରି ରଖିଥା। ସମସ୍ତଙ୍କ ଭାଗ୍ୟରେ ଏତେ ବଡ଼ ଜିନିଷ ନଥାଏ ରେ ଅନୁଭାଇ! ତୁ ଭାଗ୍ୟବାନ୍- ଚାଲ୍ ହଷ୍ଟେଲ ଏଥର। ଦେହ ମୁଣ୍ଡ ଥଣ୍ଡା ପାଣିରେ ଗାଧୋଇପଡ଼। ମନ ଥଣ୍ଡା ହୋଇଯିବ। ସବୁ ବିଭ୍ରାନ୍ତି ଦୂର ହୋଇଯିବ।"

ରୁମ୍‌କୁ ଆସି ସ୍ୱୟଂ କଥା ମାନି ଥଣ୍ଡା ପାଣିରେ ଗାଧୋଇ ପଡ଼ିଲି। କ୍ୟାଣ୍ଟିନ୍‌ରୁ ସେ ଖାଇବା ମଗେଇ ଦେଇଥିଲା। ଦୁହେଁ ଖାଇ ଦେଇ ଶୋଇ ପଡ଼ିଲୁ।

ତା' ପରଦିନ ଗୋଟେ ନୂଆ ସକାଳ। 'ପରୀ' କେଉଁ ଏକ 'ପରୀ ରାଇଜ' ପାଇଁ ତିଆରି ବୋଲି ମନକୁ କହିଦେଲି।

ଏବେବି ଘରକୁ ଗଲେ ଏକାଠି ବସି ଗପୁ।

ଦିନେ ଗୋଟେ ବହୁତ ବଡ଼ କଥା କହିଲା...

"ଏବେ ପଢ଼ିଛି ଗୋଟେ ବହିରୁ... ଆଟମ୍, ଇଲେକ୍ଟ୍ରନ୍ ପ୍ରୋଟନ ନିଉଟ୍ରନ୍

ଛଡ଼ା ଆହୁରୀ ଅନେକ ଛୋଟ ଛୋଟ Particleରେ ତିଆରି । ଏମାନଙ୍କୁ କହନ୍ତି 'କ୍ୱାଣ୍ଟମ୍ ପାର୍ଟିକ୍‌ଲ' । ଏଇ ପାର୍ଟିକ୍‌ଲ ମାନେ ସଦା ଅସ୍ଥିର । ସେମାନଙ୍କ ଗତି ବା ପ୍ରବୃତ୍ତିର କୌଣସି ପୂର୍ବାନୁମାନ କରିହୁଏ ନାହିଁ, ସେମାନଙ୍କୁ ଦେଖିହୁଏନି ବା କଳି ହୁଏନି । କେବଳ ତାଙ୍କର ସକ୍ରିୟତାକୁ ନେଇ ସେମାନଙ୍କର ସ୍ଥିତି ବା ପ୍ରକୃତିର ଅନୁମାନ କରିହୁଏ । ସାଧାରଣ ଦୁନିଆଁର ଫିଜିକ୍ସର କୌଣସି ନିୟମ ତାଙ୍କୁ ଲାଗୁ ହୁଏନି । ସେମାନଙ୍କର ଦୁନିଆଁ ଆଉ ଗୋଟେ... 'କ୍ୱାଣ୍ଟମ୍‌ର ଦୁନିଆଁ' । ସେମାନଙ୍କ କ୍ରିୟା କଳାପ ଦେଖିଲେ ଗୋଟେ, ନଦେଖିଲେ ଆଉ ଗୋଟେ ।"

"କିନ୍ତୁ ମତେ ଏସବୁ କ୍ଲିଷ୍ଟ ଫିଜିକ୍ସ କଥା ଗୁଡ଼ାକ କାହିଁକି କହୁଛ ?" ଆଶ୍ଚର୍ଯ୍ୟ ହୋଇ ପଚାରିଲି ।

"ଶୁଣ ତେବେ ପାର୍ଟିକ୍‌ଲର ମଜା କଥା । ଦି'ଟା ପାର୍ଟିକଲ୍ କୌଣସି କାରଣରୁ କୌଣସି ଗାଲାକ୍ସିରେ Entangle ବା ଜଡ଼ିତ ହୋଇଗଲେ ସେମାନେ ସବୁଦିନ ପାଇଁ Entangle ହୋଇ ରହନ୍ତି ଯେତେ ଦୂରରେ ଥିଲେବି ! ପରବର୍ତ୍ତୀ ସମୟରେ ଦି'ଟା Entangled Particle ଦି'ଟା ଗାଲାକ୍ସିରେ ପହଞ୍ଚି ଯାଇଥିଲେ ବି ସେମାନେ ଏକାବେଳେ Vibrate (ସ୍ପନ୍ଦିତ) ହୁଅନ୍ତି । ସମୟ ବା ଦୂରତାର କୌଣସି ମାନେ ନାହିଁ ଏମାନଙ୍କ ପାଇଁ । ଜଣକର ସ୍ପନ୍ଦନ ଅନ୍ୟଠାରେ ତତ୍‌କ୍ଷଣାତ୍ ପ୍ରତିଫଳିତ ହୁଏ । ଆଲୋକ ଠାରୁ କାହିଁ କେତେ ଗୁଣରେ କ୍ୱାଣ୍ଟମ୍‌ର ଗତି । ଏଇଟା ହେଉଛି କ୍ୱାଣ୍ଟମ୍ ଥିଓରୀ ।"

ତା'ଠୁ ମୁଁ ଏଇଟା ଶୁଣି ସ୍ତବ୍ଧ ହୋଇ ରହିଗଲି । କ'ଣ କହୁଛି ଝିଅଟା ??

"ହେଲେ ଅନୁ ଭାଇ ! ଏଥିରୁ କ'ଣ ବୁଝିଲ ?" ପଚାରିଲା ସେ ମୋ ଆଖି ଭିତରକୁ ଦେଖି । ବୋଧେ X-ray କରୁଥାଏ ମୋ ମନ ଆଉ ମସ୍ତିଷ୍କର ।

"କିଛି ବୁଝିପାରିଲିନି । ବିଶ୍ୱାସଯୋଗ୍ୟ ନୁହଁ । ଦୂରତାର କିଛି ମାନେ ତ ଅଛି ! ଅଲଗା ଅଲଗା ଗାଲାକ୍ସିରେ ରହି ଦି'ଟା ଜିନିଷ ଏକାଥରେ ସ୍ପନ୍ଦିତ ହେବା ସମ୍ଭବ ନୁହେଁ । ପରୀ ! ତମେ ବୋଧେ ଆଜିକାଲିର କିଛି ଦୁର୍ବୋଧ କବିତା ବା ଉଦ୍‌ଭଟ ନାଟକ ବହି ପଢ଼ିଦେଇଛ । ସେଥିରେ ଯେତେ ସବୁ ଅବୁଝା କଥା... ଖାଲି ନୂଆ ନାଁ ଦେଇ ସାହିତ୍ୟରେ ଚହଲ ପକେଇ ଦେଇଛନ୍ତି । ସେ କବିତା ବା ନାଟକ ମୋର ପସନ୍ଦ ନୁହେଁ । ଆଜିକାଲିର ମାଗାଜିନ୍‌ରେ ଏଇଥିରୁ ଗୁଡ଼ାଏ ଆଜେବାଜେ କଥା ଆଧୁନିକ ସାହିତ୍ୟ ହିସାବରେ ଚାଲିଛି । ଏଇଟା ବିଜ୍ଞାନ ନୁହେଁ ପରୀ ! ଅବିଜ୍ଞାନ... ।"

ଯୋର୍‌ରେ ହସି ଦେଇ କହିଲା- "ଏଇଟା ହିଁ ବିଜ୍ଞାନ ଷ୍ଟୁପିଡ୍ ! କ୍ୱାଣ୍ଟମ୍ ବିଜ୍ଞାନ । ଏତିକି ବୁଝିପାରୁନ ? ଦି'ଟା Entangled Particle ହେଉଛନ୍ତି ଦି'ଟା ମିଶି ଯାଇଥିବା ମନ, Entangled Mind. କ୍ୱାଣ୍ଟମ୍ ଥିଓରୀ ବା ଓ୍ୱେଷ୍ଟର୍ଣ୍ଣ ଫିଲୋସଫିକୁ

ଛାଡ଼, ଆମ ଇଣ୍ଡିଆନ୍ ଫିଲୋସଫି କ'ଣ କହୁଛି ? ସେ ତ ମନର କଥା କହେ ! ମନର ଗତି ବା ସ୍ଥିତି କ'ଣ କେହି ମାପିପାରେ ? କ୍ୱାଣ୍ଟମ୍ ପାର୍ଟିକଲ୍ ପରି ମନର ବି ନିର୍ଦ୍ଦିଷ୍ଟ ସ୍ୱରୂପ ନଥାଏ। ତେଣୁ ଦି'ଟା ମନ ଦି'ଟା ଗାଲାକ୍ସିରେ ଥିଲେ ବି, ଯଦି ପ୍ରକୃତ ସ୍ନେହରେ ଜଡ଼ିତ (Entangled) ହୋଇଥାଆନ୍ତି, ଏକା ସାଂଗରେ ସ୍ପନ୍ଦିତ ହେବା ଅସମ୍ଭବ କାହିଁକି ? ? ସାଧାରଣ କଥାରେ ତ ଯାକୁ ଟେଲିପାଥି କହନ୍ତି। ଏଇ କଥାଟା ଏବେ କ୍ୱାଣ୍ଟମ୍ ଥିଓରୀ ବିଜ୍ଞାନର ଭାଷାରେ କହୁଛି। ଦର୍ଶନ ଆଉ ବିଜ୍ଞାନ କ'ଣ ସତରେ ଅଲଗା ଅଲଗା ? ଆଜିର ଦର୍ଶନ, କାଲିର ବିଜ୍ଞାନ ନୁହେଁ କି ? ଅବିଶ୍ୱାସ କାହିଁକି କରିବା ?"

ମୁଣ୍ଡ ମୋର ନଇଁ ଯାଉଥିଲା ପରୀ ସାମ୍ନାରେ। ଏଇ ଦି' ବର୍ଷରେ ସେ କେତେ ବଡ଼ ହେଇଯାଇଛି ? ମୋ ସାମ୍ନାରେ ଘଣ୍ଟା ଘଣ୍ଟା ଧରି ମୋ କଥା ଶୁଣିବା ପରିବର୍ତ୍ତେ ମତେ ଏବେ ଏତେବଡ଼ ଦର୍ଶନର ଧାରଣା ଦେଉଛି ! ! କାହିଁ କେତେ ଉପରକୁ ଉଠି ଯାଇଛି ସେ ! ! ତା'ର Entangled ଥିଓରୀରେ ମୁଁ ଜୁବୁବୁବୁ ହୋଇ ସାରିଥାଏ।

"ପରୀ ତୁମେ ଗୋଟେ ଅଲଗା ଗାଲାକ୍ସିର। ଅକସ୍ମାତ୍ କେମିତି ଆମେ ଏଇଠି Entangle ହୋଇ ଯାଇଥିଲେ। ଏବେ ମୋ ମନରେ ତିଳେ ବି ଦୁଃଖ ନାହିଁ। ଯେଉଁ ଗାଲାକ୍ସିରେ ଥିଲେ ବି ଏକା ସାଙ୍ଗେ ତ ସ୍ପନ୍ଦିତ ହେବା ! ବିଶ୍ୱାସ କରୁଛି ମୁଁ ତୁମ ବିଜ୍ଞାନର କଥାକୁ। ଥ୍ୟାଙ୍କ୍ସ ଜିନିଅସ୍ ଗାର୍ଲ ! ମତେ କିନ୍ତୁ ତୁମର ଷ୍ଟୁପିଡ୍ ହୋଇ ରହିବାରେ ଆନନ୍ଦ।"

ଆଜି ସ୍ୱୟଂର ଗୀତା ଓ ପରୀର କ୍ୱାଣ୍ଟମ୍‌ର ଅଦ୍‌ଭୁତ ଏକୀକରଣ ଅନୁଭବ କରୁଥିଲି। ସେଦିନ ସନ୍ଧ୍ୟାରେ ସ୍ୱୟଂ ପରେ ଯାହାବି ଦ୍ୱନ୍ଦ୍ୱ ଥିଲା, ଆଜିର ସନ୍ଧ୍ୟାରେ ସେତକ ମିଳେଇଗଲା।

ପରୀର ବାହାଘର ଆଉ ପନ୍ଦର ଦିନ ! ବହୁତ ଦିନ ହେଲା ଗାଁ ଆଡ଼େ ଯାଇନଥିଲି। ଗାଁ ଦେଇ ଘରକୁ ଯିବି ବୋଲି ଭାବିଲି। ଗାଁରେ ସେଦିନ ସୂର୍ଯ୍ୟାସ୍ତର କିଛି ଆଗରୁ ମହାନଦୀ କୂଳରେ ଏକା ଏକା ବସିଥିଲି। ଲେଖିଦେଲି ପରୀର ନାଁ ବାଲିରେ। ଦେଖୁଥାଏ ଏକ ଧ୍ୟାନରେ...। ବାଲିରେ ନାଁ ? ? କେତେ ସମୟ ବା ରହିବ ? ମୁଁ, ତା' ନାଁ ଓ ତା' ପରେ ମହାନଦୀ ପାଣି। ବହିଲା ପାଣିର ସର୍‌ସର୍ ଶବ୍ଦ, ଡିସେମ୍ବରର ସିର୍‌ସିର୍ ଥଣ୍ଡା ପବନ ଦେହ ମନରେ ଭେଦି ଯାଉଥାନ୍ତି। କାଇଁ ଏମିତି ତ କେବେ ଅନୁଭବ କରି ନଥିଲି ମହାନଦୀ କୂଳରେ ଏ ପର୍ଯ୍ୟନ୍ତ ! ପରୀରେ ! ତମେ ମୋ ଜୀବନଟାକୁ ଓଲଟ ପାଲଟ କରିଦେଲ !

ହଠାତ୍ ଟିକେ ଜୋର୍‌ରେ ପବନଟେ ପଛପଟୁ ଆସିଗଲା। ବାଲି ଉଡ଼ିବାକୁ

ଆରମ୍ଭ କଲେ ନଦୀ ଆଡ଼କୁ। ପରୀ ନାଁଟା ତ ମୋ'ରି ଆଖି ଆଗରେ ଦେଖୁ ଦେଖୁ ଲିଭିଯିବ ! ତା' ସାମ୍ନାରେ ବସିପଡ଼ି ଦି' ପାପୁଲିରେ ତା' ନାଁ ସାମ୍ନାରେ ବନ୍ଧ କରି ପବନକୁ ଅଟକେଇବାକୁ ଚେଷ୍ଟା କଲି। କିଛି ସମୟ ପରେ ପବନ ତା' ରାସ୍ତାରେ ଚାଲିଗଲା। ପରୀର ରେଖାତକ ଅକ୍ଷୁର୍ଣ୍ଣ ଥାନ୍ତି ! ସଂଜ ଗଡ଼ିଲା ପରେ ଘରକୁ ଆସିଲି। ତା' ପରଦିନ ସୂର୍ଯ୍ୟୋଦୟ ପୂର୍ବରୁ ଅନ୍ୟ କେହି ଦେଖିବା ଆଗରୁ ମହାନଦୀକୁ ଗାଧୋଇ ବାହାରିଲି। ବାଲିରେ ପାଦ ଦେଇ ଦେଖିଲି କାଲି ରାତିରେ କେତେ ଠୋପା ବର୍ଷା ଝରିଯାଇଛି। କ'ଣ ହେଇଥିବ ପରୀର ନାଁ ? ନାଁ, ସେ ଆଉ ନଥିଲା ! ଗତକାଲିର ତା' ନାଁ ସହ ମୋର ପାଦଚିହ୍ନ ସବୁ ମହାନଦୀ ବାଲିରେ ହଜି ଯାଇଥିଲେ। ମୋ ଆଖିରୁ ସମ୍ପୂର୍ଣ୍ଣ ମହାନଦୀର ପାଣିତକ ବହିଯିବାର ଅନୁଭବ କଲି। ଲୁହ ତକ ମହାନଦୀରେ ଭସେଇ ଦେଇ ଚାଲିଆସିଲି।

ପରଦିନ ପରୀ ପାଖରେ ପହଞ୍ଚି ଏକଥା କହିଲି। ଏଥର କିନ୍ତୁ ତା' ଆଖି ନୀରବ ହୋଇଯାଇଥିଲା। କୌଣସି ନୂଆ ଗପ କହିଲାନି କି କୌଣସି ଦର୍ଶନର ଆଲୋଚନା ହେଲାନି। ଦିହେଁ ବସିଥାଉ ନିଶ୍ଚୁପ ହୋଇ। ନୀରବତାର ଛାଇ ଆମକୁ ବେଢ଼ି କରିଥାଏ। ଅଧ ଘଣ୍ଟାକ ପରେ ସେ କହିଲା "ଅନୁ ଭାଇ ! ସତରେ ତମେ ଗୋଟେ ଷ୍ଟୁପିଡ୍। କିନ୍ତୁ ଯେମିତି ଅଛ ସେମିତି ରହ। ମୋ ନାଁଟା ସିନା ମହାନଦୀ ବାଲିରୁ ପବନ ଲିଭେଇଦେଲା, ତମ ହୃଦୟରୁ କିଏ ଲିଭେଇବ ? ମୁଁ ସେମିତି ଥିବି। ତମେ ବି ମୋ ଭିତରେ ରହିଯିବ ସେଇ ପ୍ରଥମ ଦିନର ଅନୁଭାଇ ହୋଇ।"

"ତୁମେ କିନ୍ତୁ ଗୋଟେ ବୋକୀ ଝିଅ ନୁହଁ। ଗୋଟେ ନୂଆ ଧାରଣା ମତେ ଦେଇଛ। Entangled mind କୁ ମୁଁ ବିଶ୍ୱାସ କରିନେଇଛି, ତୁମଠୁ ଶୁଣିଲା ଦିନଠୁ। ଅଲଗା ଅଲଗା ଗାଲାକ୍ସିରେ ଥିଲେ ବି ଅସୁବିଧା ନାହିଁ। ଦେଖିବା ଜୀବନ କୋଉଠାଏ ନେଉଛି ! ହେଲେ ଗୋଟେ କଥା- ଆଜିଠୁ ପଚାଶ ବର୍ଷପରେ ଦେଖା ହେଲେ ତମେ କ'ଣ କହିବ ?"

ପରୀ ବଡ଼ ବଡ଼ ଆଖି କରି ମତେ ଅନେଇଥିଲା। ଭାଷା ବୋଧେ ନଥିଲା ତା' ପାଖରେ।

"Ok ଗୁଡନାଇଟ୍।" କହି ଉଠିଲି...

XXXX

ସକାଳୁ ମୋବାଇଲଟା ବାରମ୍ବାର ବାଜୁଥିଲା। କିଚିନ୍‌ରେ ବ୍ରେକ୍‌ଫାଷ୍ଟ କରୁଥିଲି। ବୋହୂ ପ୍ରତୀତୀ ମତେ ସାହାଯ୍ୟ କରୁଥିଲା। ଶୂନ୍ୟ ସୀତମ୍‌କୁ ଗାଧୋଇ ଦେଉଥିଲା। ତିନିଜଣ ଯାକ ଅଫିସ ଓ ସ୍କୁଲ ଚାଲିଯିବେ ୯ଟା ବେଳକୁ। ତା'ପରେ ଅନେଇଥା'

ଦି'ଟା ପର୍ଯ୍ୟନ୍ତ ! ସୀତମ୍ ଆସିବ ସ୍କୁଲରୁ। ତା'ର ଖିଆ ପିଆ ଶୁଆରେ ଚାରି ବାଜିବ। ସନ୍ଧ୍ୟା ପୂର୍ବରୁ ଶୂନ୍ୟ ଓ ପ୍ରତୀତୀ ଅଫିସରୁ ଫେରନ୍ତି। ତା'ପରେ ଘଣ୍ଟେ ଦି'ଘଣ୍ଟା ଗପସପ, ରୋଷେଇ ଆଉ ଶୋଇବାବେଳେ ସୀତମ୍ ପାଇଁ ଗପ...। ଏଇଟା ମୋର ଛୋଟ ସଂସାର...। ତିନି ବର୍ଷ ହେଲା ଇଏ ଗଲା ଦିନଠୁ ଖୁସୀରେ ରହିବା ପାଇଁ ଚେଷ୍ଟା କରୁଛି। ସକାଳ ଦଶଟାରୁ ଦୁଇଟା ହିଁ ମୋର ନିଜର ସମୟ। ଟିଭି ଦେଖିବାକୁ ଇଚ୍ଛା ହୁଏନି।

ଶୂନ୍ୟ ଜନ୍ମ ହେଲା ପରେ ବହି ପଢ଼ିବା ଗୋଟେ ଯୁଗ ହେଲା ଛାଡ଼ି ଦେଇଥିଲି। ତା'ର କଲେଜ ଗଲାପରେ ପୁଣି କିଛି କିଛି ପଢୁଥିଲି। ଏବେ କିନ୍ତୁ ମନ ଲାଗେନା। କଲେଜରେ ପଢ଼ିଲାବେଳେ ଗୋଟେ ଦିନରେ ଗୋଟେ ଉପନ୍ୟାସ ସାରିଦିଏ। ଏବେ କିନ୍ତୁ ତିନି ଚାରିଦିନ ବା ସପ୍ତାହେ ଲାଗିଯାଉଛି। ବେଳେ ବେଳେ ମାସେ..। ଅଧଘଣ୍ଟେ, ଘଣ୍ଟେ ପଢ଼ିବା ଭିତରେ ବେଳେବେଳେ ନିଜ ଜୀବନର କିଛି ପ୍ରତିଛବି ଗଳ୍ପ ଭିତରୁ ବାହାରି ଆସନ୍ତି। ଲୁହ ଅଟକେଇ ହୁଏନି। ଜାଲୁ ଜାଲୁଆ ଦିଶେ। ସେଦିନ ସେଇଠି ବନ୍ଦ। କାଲି ଦେଖିବା ପୁଣି ସମୟ ହେଲେ ! ବାଡ଼ିରେ ଫୁଟୁଥିବା ଗଙ୍ଗଶୀଉଳୀ ଫୁଲ ପୃଷ୍ଠା ମଝିରେ ଚିହ୍ନ ଦେଇ ରଖିଦିଏ। ଏବେ ଏବେ ସୀତମ୍‌ଠୁ ହ୍ୱାଟ୍‌ସଆପ୍ ଶିଖୁଛି...।

ଏଗାରଟା ବେଳକୁ ମିସ୍‌କଲ୍ ଦେଖିଲି। ଏତେଦିନ ପରେ ଉଷା ଅପା ଫୋନ୍ କରିଛି। ତିନି ଚାରିମାସ ତଳେ ଭୁବନେଶ୍ୱର ଆସିବ ବୋଲି ଫୋନ୍ କରିଥିଲା। ତା'କୁ ଫୋନ୍ ଲଗେଇଲି। କହିଲା, "ଏବେ ଦି'ଦିନ ହେଲା ଆସିଛୁ। ଜିନିଷ ଟ୍ରାନ୍‌ସପୋର୍ଟରୁ ଅନ୍‌ଲୋଡ ହୋଇ ଘର ସାରା ପଡ଼ିଛି। ଭୁବନେଶ୍ୱରରେ ଆମକୁ କିଏ ଚିହ୍ନେ ? ଘର ଜିନିଷ ଚିହ୍ନା ପରିଚ ଲୋକ ନହେଲେ ସଜାଡ଼ିବୁ କେମିତି ? ୟାଙ୍କର ଦି' ତିନି ଜଣ ସଂପର୍କୀୟ ଭାଇ ଆସି ସଜାଡ଼ି ଦେଉଛନ୍ତି। ସମୟ ତ ଲାଗୁଛି। ହଁ, ଅସଲ କଥା କହୁଛି। ଆସନ୍ତା ମାସରେ ସୁନୁର ବାହାଘର। ତୁ ତ ନିହାତି ଆସିବୁ। ଗୋଟେ ଯୁଗ ହେଲା ତତେ ଦେଖିନି ରେ ପରୀ। ଦେଖିଲେ ବହୁତ ଖୁସୀ ହେବି। ହ୍ୱାଟ୍‌ସ ଆପ୍‌ରେ ନିମନ୍ତ୍ରଣ ପଠାଉଛି ବୋଲି ଖରାପ ଭାବିବୁନି ତୋ ଉଷା ଅପାକୁ। ସେ ତାଙ୍କର ସାଙ୍ଗମାନଙ୍କୁ ଖୋଜିଖୋଜି ଫୋନ୍ କରୁଛନ୍ତି। ଅଧିକାଂଶ ସାଙ୍ଗ ମିଳିଗଲେଣି। ସେଇମାନଙ୍କୁ ହିଁ ବାହାଘରର ଦାୟିତ୍ୱ ଦେଇଛନ୍ତି। ହଁ, ତାଙ୍କ ଫୋର୍ଥ ହଷ୍ଟେଲର ପ୍ରାୟ ସବୁ ସାଙ୍ଗ ମିଳିଯାଇଛନ୍ତି। ସମସ୍ତେ ଆସିବେ...।"

ମୋ ଛାତି ଦିକ୍‌କିନା ହେଲା। ପଚାଶ ବର୍ଷ ପରେ ପୁଣି ଫୋର୍ଥ ହଷ୍ଟେଲ ? ସେ ହଷ୍ଟେଲ ମୁଁ କେମିତି ଦେଖିନି। କିନ୍ତୁ ମନରେ ଗୋଟେ ଛାପ ରହିଯାଇଛି। ଫୋର୍ଥ ହଷ୍ଟେଲ, ମୋ ପାଇଁ ଦୂରଦିଗ୍‌ବଳୟର ତୀର୍ଥସ୍ଥାନ। ହଠାତ୍ ହାତ ଥରି ଉଠିଲା କଲମ

ଧରିଲା ପରି... ଆଖି ବୁଜି ହୋଇ ଆସୁଥିଲା......ଲଫାପାରେ ଠିକଣା ଲେଖିବାର ଅନୁଭବ ପଚାଶ ବର୍ଷ ପରେ ପୁଣିଥରେ ! ହେଲେ ସେ କ'ଣ ସତରେ ବାହାଘରକୁ ଆସିବେ ? ଆସିଲେ ବି କେମିତି ଭେଟିବି ଏଇ ବେଶରେ ? ଭଗବାନ୍ କେତେ ନିଷ୍ଠୁର ? ?

ଚାରି ବର୍ଷର ସଂପର୍କ ଓ ସ୍ମୃତି ! ପଚାଶ ବର୍ଷ ପରେ ବି ଅମଳିନ । ତମର ସେ ପ୍ରଥମ ଦିନରୁ ଆରମ୍ଭ କରି ଶେଷଦିନ ପର୍ଯ୍ୟନ୍ତ ପ୍ରତିଟି ମୁହୂର୍ତ୍ତ ମୋ ମନରେ ଖୋଦେଇ ହୋଇ ରହିଛନ୍ତି । ପାଠ ତ ତୁମଠାରୁ ପଢ଼ିଲି । କିନ୍ତୁ ଜୀବନକୁ ବି ଜାଣିଲି ଏତେ ନିବିଡ଼ ଭାବରେ । ଗୋଟେ ପୁଅ ମୋ ମନର ମାନଚିତ୍ର ବଦଳାଇ ଦେଲା ! ବିଶ୍ୱାସ ଜିନିଷଟା କ'ଣ ସେଇଟା ମୁଁ ତୁମରିଠାରୁ ଦେଖିଛି । ଘଣ୍ଟା ଘଣ୍ଟା ଧରି ଗପ କଲାବେଳେ ସମୟର କଣ୍ଟା ବନ୍ଦ ହୋଇଯାଏ । ଦି' ଜଣକ ଭିତରେ କେବଳ ଗୋଟାଏ ଟେବୁଲ ! ସେଇତକ ଦୂରତା ଆମ ସଂପର୍କର କଷଟି ପଥର...

କେବେ କେବେ ତୁମ ପାଇଁ ପାଣି ଆଣିଦେଲା ବେଳେ ମନରେ ଛୋଟ ଗୋଟେ ଇଚ୍ଛା ଥାଏ ତୁମକୁ ଟିକେ ଛୁଇଁବା ପାଇଁ । ତେଣୁ ପାଣିଗ୍ଲାସ୍‌ଟା ମୁଁ ବଢ଼େଇଦିଏ କେବଳ ତୁମ ଆଙ୍ଗୁଳୀ ସହ କେଇ ସେକେଣ୍ଡର ସ୍ପର୍ଶ ପାଇଁ । ତମେ କିନ୍ତୁ ଗ୍ଲାସ୍ ମୋ ହାତରୁ ନନେଇ ଟେବୁଲ୍‌ରେ ରଖିଲା ପରେ ନିଅ । ମତେ ସେଥର ଜ୍ୱର ହୋଇଥିଲା । ଦୁଇତିନି ଦିନ ଧରି ଭଲ ହେଲାନି । ତମେ ସବୁଦିନ ଆସି କବାଟ ପାଖରେ "Get well soon little Girl" କହି ହସିଦେଇ ଚାଲିଯାଅ । ଚତୁର୍ଥ ଦିନ ସୁଦ୍ଧା ଜ୍ୱର କମିଲାନି... ମୁଁ ଅବଶ ହୋଇ ପଡ଼ିଥାଏ ଶେଯରେ । ବାପା ବୋଉ ବ୍ୟସ୍ତ ହେଇଗଲେ । ତମେ ଆଜି କିନ୍ତୁ ବେଡ୍ ପାଖକୁ ଆସିଲ । ଆଶା କରୁଥିଲି, ମୋ ଦେହରେ ହାତ ଛୁଆଁଇ ଉତ୍ତାପ ଦେଖିବ । ତୁମକୁ ପାଖରେ ପାଇ ଜ୍ୱର କମିଗଲା ପରି ଲାଗୁଥାଏ । ତମେ କିନ୍ତୁ ବେଡ୍ ପାଖରେ ରହି ମୋ ମୁହଁକୁ ନିରେଖି କହିଲ, "୧୦୨°!" ସତରେ ଯେତିକି ଥାଏ । ନିରାଶ ତ ଲାଗିଲା । କିନ୍ତୁ ଜାଣିଲି ସେଦିନ, ସ୍ପର୍ଶଟା କିଛି ନୁହଁ । ଦୂରରେ ଥିଲେ ବି ମନରେ ଉତ୍ତାପ ମପାଯାଇପାରେ ! ଥର୍ମୋମିଟରଟା ମନରେ ବି ଥାଏ ! ଏକ ମଜବୁତ ବିଶ୍ୱାସର ନିଅଁ ପଡ଼ିଗଲା ସେଦିନ ।

ତୁମର ତ ରୁଟିନ୍ ଥାଏ, ଘଣ୍ଟେ ଟେକ୍ସଟ୍ ବୁକ୍ ଆଉ ଅଧଘଣ୍ଟେ ଆମ ଚାରିପଟର ବିଷୟ । ଖବର କାଗଜ ପଢ଼ିଲା ପରେ ପଲିଟିକାଲ୍ ସାଇନ୍‌ସ ସହଜ ହେଇଗଲା । ଉପନ୍ୟାସ ପଢ଼ିଲା ପରେ ସାହିତ୍ୟକୁ ଘୋଷିବାକୁ ପଡ଼ିଲାନି ! ଓଡ଼ିଆ ସାହିତ୍ୟର ପ୍ରଖ୍ୟାତ ଲେଖକ, କବିମାନଙ୍କର ନଭେଲ ବା କବିତା ମୋର ଓଡ଼ିଆ ସାହିତ୍ୟକୁ ଏକ ସହଜ ପ୍ରବେଶ ଦ୍ୱାର ଖୋଲିଦେଲେ । ତୁମେ ଦେଖେଇ ଦେଇଥିବା ଲାଇବ୍ରେରୀ ହିଁ ମୋର

ଆଖି ଖୋଲିଦେଲା। ବି.ଏ ରେ ଫିଲୋସଫି ପଢ଼ିବା ପାଇଁ ଏଇଥିପାଇଁ ସୁବିଧା ହୋଇଗଲା।

ଅନୁଭାଇ! ଗୋଟେ କଥା ତୁମକୁ କହିନି। ଅବହେଳା କହିପାର। ଆଜି ଶୁଣ! ତୁମେ ସବୁଦିନ ଗୋଟେ ଗୋଟେ ଗଙ୍ଗଶୀଉଳୀ ଫୁଲ ଆଣିଥାଅ। ସାର୍ଟ ପକେଟରୁ ବାହାର କରି ମତେ ଦେଲା ବେଳକୁ କହ, "ଖୁସୀରେ ରହ"। ପ୍ରତିଦିନ ସେ ଫୁଲ କ'ଣ ହୁଏ ଜାଣିଛ? ଯେଉଁ ପୃଷ୍ଠାରେ ତୁମର ପଢ଼ା ଅଟକି ଥାଏ, ସେଇଠି ସେ ରହେ ସଯତ୍ନରେ। ଏମିତି ମୋ ବହିରେ ଅନେକ ପୃଷ୍ଠାରେ ତୁମ ଗଙ୍ଗଶୀଉଳୀ ଫୁଲର ଦାଗ ଓ ବାସ୍ନା ଭରି ରହିଥାଏ। ସବୁ ବହି ଓ ତୁମ ନୋଟ୍ ଭିତରେ ହିଁ ତୁମ ଗଙ୍ଗଶୀଉଳୀ ଫୁଲମାନଙ୍କରେ ଶେଷ ଠିକଣା। ବାଡ଼ିରେ କିଛି ଗଙ୍ଗଶୀଉଳୀ ଗଛ ଲଗେଇଛି। ସକାଳୁ ବାସୀ ଫୁଲ ଆଣେ ଠାକୁରଙ୍କ ପାଇଁ। ମାଟିରେ ନ ପଡ଼ିବାକୁ ରାତିରୁ ଗଛ ତଳେ ତଳେ ପଲିଥିନ ପକେଇ ଦେଇଥାଏ। କେବେ କେମିତି ବହି ପଢୁଥିଲେ..... ଅସମାପ୍ତ ପୃଷ୍ଠାରେ ଦାଗ ରଖିଦିଏ ଗଙ୍ଗଶୀଉଳୀ ଫୁଲ। ଇଏ ଓ ପିଲାମାନେ ବିରକ୍ତ ହୁଅନ୍ତି କାଗଜରେ ଦାଗ ହୋଇଯିବାରୁ। କିନ୍ତୁ ସେମାନେ କ'ଣ ଜାଣନ୍ତି, ଗଙ୍ଗଶୀଉଳୀ ଫୁଲର ବର୍ଣ୍ଣ, ବିଭା ଅବା ବାସ୍ନାର ମହତ୍ତ୍ୱ? ହସିଦିଏ। ତାଙ୍କୁ ବୁଝେଇଦିଏ, ବହିସବୁ ଗୋଟେ ଗୋଟେ ଫୁଲ ବଗିଚା। ସବୁ ବଗିଚାରେ ମୋ ପସନ୍ଦର ଫୁଲ ତ ରଖିବି ନାଁ!

ଅନୁଭାଇ! ମୋ ଗାଲାକ୍ସିରେ କେବଳ ଗଙ୍ଗଶୀଉଳୀ ଗଛର ଶୋଭାଯାତ୍ରା! ସକାଳୁ ସକାଳୁ ସାରା ଗାଲାକ୍ସି, ଝରି ଯାଇଥିବା ଫୁଲର ଚାଦରରେ ଆଚ୍ଛାଦିତ ହୋଇଯାଇଥାଏ। ଦିନ ସାରା ତା'ର ମହକ ଲାଗି ରହିଥାଏ। ତୁମ ଗାଲାକ୍ସିରେ କ'ଣ ରଖିଛ? Entangled Mind ସତ ହୋଇଥିଲେ ତୁମେ ବି ଗଙ୍ଗଶୀଉଳୀ ଫୁଲର ବାସ୍ନା ପାଇଯାଉଥିବ!

ଏବେ ବି ବଜାରରୁ ମଟର ଛୁଇଁ ଆସିଲେ ମୁଁ ନିଜେ ହିଁ ମଞ୍ଜି ଛଡ଼ାଏ। ସାମ୍ନାରେ ବସିଥିବା ଶୂନ୍ୟ ଓ ସୀତମ୍‌ଙ୍କୁ ମଞ୍ଜି ବଢ଼େଇଦେଲା ବେଳେ କେବେ କେମିତି ଆଖି ବୁଜି ହୋଇ ଆସେ। ଅନ୍ୟମନସ୍କ ହୋଇ ହାତ ଥରିଯାଏ। ସୀତମ୍ କହେ "ଜେଜେମା! ମୋ ହାତକୁ ଦିଅ। ଅଧା ମଞ୍ଜି ଟେବୁଲ୍ ଉପରେ ପକେଇ ଦେଲଣି ଯେ!" ଜାଣେନା କାହିଁକି ଏମିତି ହୁଏ??? ହଁ, ସେଦିନ ଶେଷ ଦେଖା... Entangled Mind ର ଥିଓରୀକୁ ଶେଷକୁ ତମେ ଗ୍ରହଣ କରିନେଲ। ହଠାତ୍ ମୋ ଜୀବନର ସବୁଠୁ ଆଶ୍ଚର୍ଯ୍ୟତମ ପ୍ରଶ୍ନ ତମେ ପଚାରିଦେଲ। "ପଚାଶ ବର୍ଷ ପରେ ଦେଖାହେଲେ ତୁମେ କ'ଣ କହିବ?"

ମୁଁ ନିର୍ବାକ୍ ହୋଇଗଲି। ଉତ୍ତର କ'ଣ ଦେବି?

"ଗୁଡ୍‌ନାଇଟ୍" କହି ଉଠି ପଡ଼ିଲ।

କବାଟ ପାଖରେ ହେଲା ବେଳକୁ କହିଲି, "ଅନୁଭାଇ! ଟିକେ ଶୁଣ!"

ତମେ ଫେରିପଡ଼ି ପଛକୁ ଅନେଇଲ।

ଭୀରୁ ସ୍ୱରରେ ପଚାରିଲି, "ପଚାଶ ବର୍ଷ ପରେ ଦେଖା ହେଲେ ତମେ କ'ଣ କରିବ ?"

ଏଥର ଆଶ୍ଚର୍ଯ୍ୟ ହେବା ପାଳି ତୁମର। ନିଃଶବ୍ଦରେ କବାଟ ଆଉଜାଇ ଚାଲିଗଲ...। ଗାଲାକ୍ସି ଆମର ଅଲଗା ଅଲଗା ହେଇଗଲା।

ବାହାଘରରେ ତମେ ଗୋଟେ ପ୍ୟାକେଟ ପ୍ରେଜେଣ୍ଟ କରିଥିଲ। ବାହାଘରର ଘୋ' ଘା ଭିତରେ ସେଇଟାକୁ ବୋଉକୁ ଦେଇ କହିଲି, "ଏଇଟା ମୁଁ ଆସିଲେ ଖୋଲିବି।" ଅଷ୍ଟ ମଙ୍ଗଳାକୁ ଘରକୁ ଫେରି ପ୍ୟାକେଟ୍ ଖୋଲିଲି। ଗୋଟେ ମଡର୍ଣ୍ଣ ଆର୍ଟ। ନଦୀ ଧାରରେ ବାଲି ଉପରେ ଦୁଇଟି ପାପୁଲି ଘେରା ଦୁଇଟି ଗଙ୍ଗଶୀଉଳୀ ଫୁଲ। ତା' ଉପରେ ଗୋଟିଏ ବୃନ୍ତରେ ଦି'ଟା ସତ ସତ ଗଙ୍ଗ ଶୀଉଳୀ। ତଳେ ଲେଖା ହୋଇଛି 'ଖୁସୀରେ ରହ'। ସେ ପ୍ୟାକେଟ୍‌ଟି ମୁଁ କିନ୍ତୁ ମୋ ଆଲମୀରାରେ ଛାଡ଼ିଦେଇ ଆସିଲି। ନ ଖୋଲିବାକୁ ତାଗିଦ୍ କରିଦେଇ ଆସିଥିଲି ବୋଉକୁ। ପରେ ଯେତେବେଳେ ଗଲେ ବି ଖୋଲି ଦେଖେ। ଗଙ୍ଗଶୀଉଳୀ ଫୁଲ ଦିଓଟି କେବେଠୁଁ ଶୁଖି ଗଲେଣି। ଆର୍ଟ ପେପର୍‌ଟି ହଳଦିଆ ପଡ଼ି ଆସିଲାଣି। ଚିତ୍ରଟିର ରଂଗ ଫିକା ପଡ଼ି ଆସୁଥିଲେ ବି ଗଙ୍ଗଶୀଉଳୀ ଫୁଲ ଦୁଇଟିର ରଂଗ ପୂର୍ବପରି ରହିଛି। ବୋଧହୁଏ ତୁମ ପାପୁଲି ସୁରକ୍ଷାରେ ସେମାନେ ସଂରକ୍ଷିତ। ତୁମର ପାପୁଲି ଆଢୁଆଳରେ ମୋର ଗଙ୍ଗଶୀଉଳୀର ଗାଲାକ୍ସି ବି ସୁରକ୍ଷିତ। ବାପା, ବୋଉ ଗଲାପରେ ଘରଦ୍ୱାର ତାଲା ପଡ଼ିଛି। ମୋ ଆଲମୀରା ବି ସେମିତି ଅଛି। ଆଲମୀରା ଚାବି ମୋ ପାଖରେ, ମୋ ସୁଟ୍‌କେଶ୍‌ର ସବାତଳେ। ଆଖି ଝାପ୍‌ସା ଝାପ୍‌ସା ଦିଶିଲାଣି। ଆଖିପତା ଓଦା ଓଦା! ତାକୁ ଆଖିରେ ହିଁ ଶୁଖିବାକୁ ଦେଲି।

ଉଷା ଅପା ହ୍ୱାଟ୍‌ସଆପ୍ ମେସେଜ ଖୋଲିଲି ନିମନ୍ତ୍ରଣ ପତ୍ର ଦେଖିବା ପାଇଁ... ସେପ୍ଟେମ୍ବର ପନ୍ଦର ତାରିଖ। ମଝିରେ ଆଉ ସାତଟା ଦିନ! ପଚାଶ ବର୍ଷ ପୁରି ଗଲାଣି କିଛି ଦିନ ହେଲା। କିନ୍ତୁ ଦେଖା ହେଲେ କ'ଣ କହିବି ? ଅନୁଭାଇ ସାମ୍ନାକୁ କେମିତି ଯିବି ? ମନକୁ ବୁଝେଇଲି। Entangled Mind ସତ ନା ମିଛ ଜଣା ପଡ଼ିଯିବ! ସାତ ଦିନ ମୋ ପାଇଁ ସାତ ବର୍ଷ ପରି ଲାଗୁଥାଏ। ଅନୁଭାଇଙ୍କର କେତେଟା ନୋଟ୍ ଆଉଥରେ ଓଲଟେଇ ନେଲି। ଶୁଖିଲା ଫୁଲ ତକ କାଗଜରେ ଛପି ଯାଇଛନ୍ତି। ଗଙ୍ଗଶୀଉଳୀର ବାସ୍ନା ଏବେବି ତାଙ୍କ ହସ୍ତାକ୍ଷର ଭିତରେ ମିଶିକରି ଅଛି। ବାରମ୍ବାର ଶୋଷି ନେବାକୁ ଇଚ୍ଛା ହେଉଥାଏ।

ଆଜି ସନ୍ଧ୍ୟାରେ ବାହାଘର। ଭାବି ପାରୁନଥାଏ କ'ଣ କହିବି ? କୋଉ ବିଷୟରେ କଥା ହେବି ? ତାଙ୍କ ପରିବାର ବିଷୟରେ, ନାଁ କୋଉ ଗଳ୍ପ ଉପନ୍ୟାସ ବିଷୟରେ ବା Entangle Particle ର ପ୍ରମାଣ ସିଦ୍ଧ ପାଇଁ ୨୦୨୨ ନୋବେଲପ୍ରାଇଜ୍ ବିଷୟରେ ? ?

XXXX

ୟା ଭିତରେ ସ୍ୱୟଂ ଆସି ପହଞ୍ଚି ଯାଇଥିଲା। ଭେନ୍ୟୁ ଡିଜାଇନିଂର କନ୍‌ସେପ୍ଟ ପ୍ଲାନିଂ କରୁଥିଲୁ। ସଂଜିତ୍‌ର ତାଗିଦ୍। ଅଲଗା ହେବା ଦରକାର। ଅନେକ ଭାବିଚିନ୍ତି ଗୋଟେ ସଂପୂର୍ଣ୍ଣ ନିଆରା କନ୍‌ସେପ୍ଟ ନେଲୁ। 'ଇଣ୍ଡିଆନ୍ ମ୍ୟାରେଜ୍'... ପୁରାଣ, ଇତିହାସ ପୃଷ୍ଠାରୁ ଭାରତୀୟ ବିବାହ ଉତ୍ସବର କ୍ରମ ବିକାଶ। ପୁରାଣ ଇତିହାସ ପୃଷ୍ଠାରୁ ନେଲୁ, ଶିବ-ପାର୍ବତୀ, ରାମ-ସୀତା, ଶ୍ରୀକୃଷ୍ଣ- ରୁକ୍ମିଣୀ, ପୃଥ୍ୱୀରାଜ-ସଂଯୁକ୍ତା ଓ ଜବାହାର-କମଳା ନେହେରୁଙ୍କ ବିବାହ... ଇତ୍ୟାଦି। ନିକଟ ଅତୀତରୁ ନେଲୁ ଅଭିଷେକ-ଐଶ୍ୱର୍ଯ୍ୟା ବଚ୍ଚନ ଆଉ ଅମ୍ବାନୀ ପରିବାରର ବିବାହ ଉତ୍ସବ ସବୁ। ଏସବୁ ସହ ସଂଜିତ୍-ଉଷାଙ୍କ ବିବାହ ବି ରହିଲା। ପୌରାଣିକ ବିବାହର ପଟ୍ଟଚିତ୍ର, ଇତିହାସର କଳାଧଳା ଫଟୋ ସହିତ ଆଜିକାର ରଂଗୀନ୍ ଫଟୋ ଓ ଭିଡିଓ ସବୁ ଟାଇମ୍‌ଲାଇନ୍‌ରେ ସଜେଇ ଦିଆଯିବ। ବିବାହ ହଲର ପ୍ରବେଶ ଦ୍ୱାର ଓ ରିସିପ୍‌ସନ୍ ଷ୍ଟେଜ୍‌ର ଡିଜାଇନିଂ ମୁଁ ଏକା କରିବି ବୋଲି ଦାୟିତ୍ୱ ନେଲି।

ଗୋଟେ ଦୁଷ୍ଟ ହସ ହସି ସ୍ୱୟଂ କହିଲା, "ମୁଁ କିନ୍ତୁ ଅନୁଭାଇ, ତମ ବେଷ୍ଟ ଷ୍ଟୁପିଡିଟିର ପ୍ରମାଣ ଦେଖିବାକୁ ଚାହେଁ। ବେଷ୍ଟ ଅଫ୍ ଲକ୍ ଡିଜାଇନର ଅନୁଭାଇ !"

ଆମ ସମୟର ପ୍ରଖ୍ୟାତ ଚିତ୍ରଶିଳ୍ପୀ ସତ୍ୟ ପାଣିଗ୍ରାହୀଙ୍କ ଘରେ ପହଞ୍ଚିଲି। ମନେ ପକେଇଦେଲି ପଚାଶ ବର୍ଷ ତଳର ତାଙ୍କର ଅଙ୍କା ଗଙ୍ଗଶୀଉଳୀ ଓ ପାପୁଲିର ଚିତ୍ର। ନବେ ବର୍ଷର ଆଖି ତାଙ୍କର ଉଜ୍ଜଳ ହୋଇ ଉଠିଲା। "ମନେ ଅଛି... ମୋର ଦୁଇ ନମ୍ବର ସରକାରୀ କ୍ୱାର୍ଟର ବାରଣ୍ଡାରେ ବସି ତୁମ ପାଇଁ ସେ ଚିତ୍ରଟି ଆଙ୍କିଥିଲି। ତମ ପ୍ରେମର ନୂଆ ପରିଭାଷା ଶୁଣି ହିଁ ମୁଁ ସେ ଚିତ୍ରଟିକୁ ବିନା ପାରିଶ୍ରମିକରେ କରିଦେଇଥିଲି। ସେଇଟା ମୋର ପ୍ରଥମ ଓ ଶେଷ ଚିତ୍ର ଏଇପରି ବରାଦରେ। ହେଲେ, ଏବେ ପୁଣି କ'ଣ ହେଲା ?"

ମୋର କନ୍‌ସେପ୍ଟ ତାଙ୍କୁ ଶୁଣାଇଲି...।

"ମୁଁ ତ ଆଉ ଚିତ୍ର କରିପାରୁନି। ହେଲେ, ଏବେ ଆର୍ଟର ସଂଜ୍ଞା ବଦଳି ଯାଇଛି। ନୂଆ ସମୟରେ ନୂଆ ଆର୍ଟ। ମୋ ନାତି ନୀତିନ୍ ଏବେ ରାଜ୍ୟର ଆଗଧାଡ଼ିର ଆର୍ଟ ଫଟୋଗ୍ରାଫର। ତା' ସହିତ କଥା ହୁଅ।"

୩୦-୩୫ ବର୍ଷର ଯୁବ ଫଟୋଗ୍ରାଫର ନୀତିନ୍ ପାଣିଗ୍ରାହୀଙ୍କ ସହିତ ୧୦-୧୫ ମିନିଟରେ କଥାବାର୍ତ୍ତା। ଡିଜାଇନ୍ ଠିକ୍ ହୋଇଗଲା।

ଦି'ଦିନ ପରେ ବାହାଘର। ଭେନ୍ୟୁ ଡିଜାଇନିଂ ମୁଣ୍ଡରେ ଥିଲା ପର୍ଯ୍ୟନ୍ତ ଅନ୍ୟ କିଛି ମନରେ ଆସିନଥିଲା। ଆର୍ଟ ଟିମ୍‌କୁ ଡିଜାଇନ୍ ହସ୍ତାନ୍ତର କରି ସାରିଲା ପରେ ଶାନ୍ତି ! ଏବେ କିନ୍ତୁ କ'ଣ କରିବି ପଚାଶ ବର୍ଷ ପରେ ? କେମିତି ସାମ୍ନା କରିବି ତାକୁ ? ସେ କ'ଣ ପଚାରିବ, ମୁଁ କ'ଣ କହିବି ? Entangled Mindର ପ୍ରମାଣ ମିଳିବକି ନାହିଁ ? ଏମିତି ଅସୁମାରୀ ପ୍ରଶ୍ନ ! ଅସ୍ତବ୍ୟସ୍ତ ହୋଇ ଦୁଇ ମିନିଟ୍ ଆଖି ବୁଜିଦେଲି। ଦେଖିନେଲି ମୋର ମଟର ଛୁଇଁର ଗାଲାକ୍ସି। ଲତା ଗୁଡ଼ିକରେ ଫୁଲ ଫଳ ଲଦି ହୋଇଛନ୍ତି। ମନରେ ଥଣ୍ଡାଥଣ୍ଡା ପବନ ବହିବାକୁ ଲାଗିଲା। ଦେଖିବା ଯାହାହେବ...।

XXXX

ଶୂନ୍ୟ ଓ ପ୍ରତୀତୀ ମତେ ଗେଟ୍ ପାଖରେ ଛାଡ଼ିଦେଲେ। "ରାତି ଦଶଟା ବେଳକୁ ଆମେ ତମକୁ ପିକ୍ କରିନେବୁ ମାମା ! ଅପେକ୍ଷା କରିଥିବ। ବାଏ।" କହି ଦିହେଁ ବାହାରିଗଲେ ତା' ବସ୍‌ଙ୍କର ଝିଅ ବାହାଘରକୁ।

ସଂଜିତ୍ ଭାଇ ଗେଟ୍ ପାଖରେ ରିସିଭ୍ କରୁଥିଲେ।

"ୱେଲକମ୍ ପରୀ ! ଯାଅ, ଉଷା ଭିତରେ ଅଛି।"

ନମସ୍କାର କରି ଛାତିରେ ମେଞ୍ଚେ ଉଦ୍‌ବେଗ ଓ ମନରେ ଅଳ୍ପ ଭୟ ନେଇ ଚାଲିଲି ମଣ୍ଡପ ଆଡ଼କୁ। ନୂଆ ପ୍ରକାରର ସାଜସଜ୍ଜା। ଭାରତୀୟ ବିବାହ ଉତ୍ସବର କ୍ରମବିକାଶ। ପେଣ୍ଟିଂ, ଫଟୋ, ଭିଡିଓ ଆଉ ଆଲୋକର ଚମତ୍କାର ସିନ୍ଥେସିସ। ସଂଜିତ୍ ଭାଇ ଗୋଟେ ପ୍ରଫେସନାଲ୍ ଆର୍ଟ ଟିମ୍ ଲଗେଇଦେଇଛନ୍ତି !

ବିବାହ ହଲ୍‌ର ପ୍ରବେଶ ଦ୍ୱାର ଆସିଗଲା... ଥମ୍ କରି ରହିଗଲି। ସ୍ନାୟୁମାନେ ଯେମିତି ଶିଥିଳ ହୋଇଗଲେ ! କିଛି ସେକେଣ୍ଡପରେ ହଠାତ୍ ଚତୁର୍ପାର୍ଶ୍ୱ ଉଜ୍ଜ୍ୱଳ ହୋଇ ଉଠିଲା। 'ମହାନଦୀ ବହୁଥିବାର ସରସର୍ ଶବ୍ଦ ସହିତ ସିରସିର୍ ଥଣ୍ଡା ପବନ' ମୋ ମନର କେତେଟା ଝରକା ଖୋଲିଦେଲେ।

ଦ୍ୱାର ପାଖରେ ଦୁଇଫୁଟ X ଦୁଇଫୁଟର ଗୋଟେ ଫଟୋ ଆର୍ଟ। ନଦୀ ଧାରରେ ସଫେଦ୍ ବାଲୁକା ଉପରେ ଦୁଇଟି ପାପୁଲି ଘେରା ଗଂଗଶୀଉଳୀ ଫୁଲର ଯୋଡ଼ି। ତଳକୁ ଗୋଟେ ଛୋଟ LED Chip ର ଆଲୁଅ। ତା'ଛଡ଼ା ଫଟୋ ଉପରେ ସତ ସତ ଗୋଟିଏ ଡେମ୍ଫରେ ଦୁଇଟି ଗଙ୍ଗଶୀଉଳୀ ଫୁଲ। ତଳେ ଲେଖା ହୋଇଛି। 'ଖୁସୀରେ ରୁହ।' ଅଧିକାଂଶ ଲୋକ ମୋବାଇଲ୍‌ରେ ଫଟୋ ଉଠାଉଥାନ୍ତି ଓ ପ୍ରଶଂସା କରୁଥାନ୍ତି। ମୁଁ କିନ୍ତୁ ଫଟୋ ଉଠାଇଲିନି।

Entangled Mindର ପ୍ରମାଣ ଖୋଜିବାର ଆଉ ଆବଶ୍ୟକତା ନଥିଲା । କିଛି ମିନିଟ୍ ଠିଆ ହୋଇ ଦେଖୁଥାଏ । ଅଜାଣତରେ ହାତ ଉଠିଗଲା, ମୁଣ୍ଡ ନଇଁଗଲା । ସମସ୍ତଙ୍କୁ ଲୁଚେଇ କାନିରେ ମୁହଁ ପୋଛିଦେଇ ହଲ୍ ଭିତରକୁ ପଶିଲି । ସଂପର୍କୀୟ ଭାଇଭଉଣୀମାନଙ୍କ ସହିତ ଦେଖା ଓ ଗପରେ କିଛି ସମୟ ଚାଲିଗଲା । କଥାବାର୍ତ୍ତା ଭିତରେ ହିଁ ମୋ ଆଖି ବାରମ୍ବାର ପହଁରି ଯାଉଥାଏ ହଲ୍‌ର ଏ ମୁଣ୍ଡରୁ ସେ ମୁଣ୍ଡ । ଷ୍ଟେଜ୍ ପାଖରେ ପହଞ୍ଚିଲି । ଉପରୁ ଉଷା ଅପା ଦେଖି ଡାକି ନେଲା । ଷ୍ଟେଜ୍‌ର ବ୍ୟାକ୍‌ଗ୍ରାଉଣ୍ଡରେ ସେଇ ଫଟୋର ବ୍ଲୋ ଅପ୍ । ବେଶ୍ ମନଛୁଆଁ କନ୍‌ସେପ୍ଟ ବୋଲି ସମସ୍ତେ ଉଷା ଅପାକୁ ପ୍ରଶଂସା କରୁଥାଆନ୍ତି ।

"ସବୁ ଯାଙ୍କ ସାଙ୍ଗମାନଙ୍କ କାମ ।"

ଷ୍ଟେଜ୍ ଉପରେ ଛିଡ଼ା ହୋଇ ଫଟୋ ଉଠିଲାବେଳେ ମୁଁ ପୁରା ହଲଟାକୁ ଚାହୁଁଥାଏ । କେତେ ଲୋକ, କେତେ ଚେହେରା ! ପଚାଶ ବର୍ଷ ପରେ ଚେହେରା କ'ଣ ସମାନ ଥିବ ? ପ୍ରଥମ ଦିନର ପତଳା, ତୋଫା ଗୋରା, ଡେଙ୍ଗା, ହିପ୍ପି ରଖିଥିବା, ନୀଳ ବବି ପ୍ରିଣ୍ଟର ଉଚ୍ଚା କଲାର ଥାଇ ସାର୍ଟ ଓ ଚଷମା ପିନ୍ଧା ପିଲାଟିକୁ ମୁଁ ଖୋଜୁଥିଲି । ହଠାତ୍ ଦୂରରୁ ଦେଖିଲି ଟିକେ ମୋଟେଇ ଯାଇଥିବା ରଙ୍ଗ କମି ଯାଇଥିବା ଭଦ୍ରବ୍ୟକ୍ତିଙ୍କୁ । ନୀଳ ବବି ପ୍ରିଣ୍ଟର ସାର୍ଟ ପିନ୍ଧି ମକ୍‌ଟେଲ୍ କାଉଣ୍ଟର ପାଖରେ ଛିଡ଼ା ହୋଇ କାହା ସାଙ୍ଗରେ କଥା ହେଉଥିଲେ । କିନ୍ତୁ ମୁହଁରେ ଥିଲା ମାସ୍କ । ତଳକୁ ଓହ୍ଲେଇ ଆସି ଟିକେ ଦୂରରେ ଥାଇ ତାଙ୍କୁ ଦେଖୁଥିଲି । ମାସ୍କ ଉପରୁ ଆଖି ଦି'ଟାକୁ ଚିହ୍ନିବାରେ ଅସୁବିଧା ହେଲାନି । ଭିଡ଼ କାଟି ମକ୍‌ଟେଲ କାଉଣ୍ଟର ପାଖରେ ପହଞ୍ଚି ଦେଖେତ ସେ ନାହାନ୍ତି । ଆଉ ଜଣେ ସୌମ୍ୟ ଦର୍ଶନ ଭଦ୍ରବ୍ୟକ୍ତି ଆଗେଇ ଆସି କହିଲେ, "କ'ଣ ଦେବି ମା'ମ୍, କୋଲା ନାଁ ଫାଣ୍ଟା ?" ମୁଁ କହିଲି 'ଜଲ୍‌ଜୀରା' । ଝିଅ ସର୍ଭରମାନଙ୍କୁ ଜଲ୍‌ଜୀରାର ସ୍ପେଶାଲ କିଛି ରେସିପି ସେ ବତେଇ ଦେଉଥାନ୍ତି । କେଇ ମିନିଟ ପରେ ଜଲ୍‌ଜୀରା ଗ୍ଲାସଟା ମୋ ହାତକୁ ବଢ଼େଇ ଦେଇ କହିଲେ, "ଆମ କାଉଣ୍ଟରରେ ପାଦ ଦେଇଥିବାରୁ ଧନ୍ୟବାଦ୍ । ଜଲ୍‌ଜୀରା ଆପଣଙ୍କୁ ଭଲ ଲାଗିବ ନିଶ୍ଚିତ ।"

ଗୋଟେ ସିପ୍ ନେଇ କହିଲି, "ବହୁତ ଭଲ ହୋଇଛି, ଧନ୍ୟବାଦ ।"

"କ୍ଷମା କରିବେ, ଅନ୍ୟଆଡ଼େ ଟିକେ କାମ ଅଛି ।"କହି କୁଆଡ଼େ କାଉଣ୍ଟରରୁ ବାହାରିଗଲେ ସେ ।

ଜଲ୍‌ଜୀରା ପିଇସାରି ପୁରୁଣା ଚିହ୍ନା ପରିଚଙ୍କ ସହିତ କଥା ହେଉଥାଏ । ସାଢ଼େ ନ'ଟା ବାଜିଲାଣି । ହଲ୍‌ର ଭିଡ଼ ପତଳା ହୋଇ ଆସିଲାଣି । ଡିନର ପାଇଁ ଭୋକ

ନଥାଏ କି ଇଚ୍ଛା ନଥାଏ। ବସିଥିଲି ଏମିତି ଏକାଏକା। ଦୂରରୁ ଉଷା ଅପା ମତେ ଏକୁଟିଆ ଦେଖି ଦୌଡ଼ି ଆସିଲା।

"ଆଲୋ ପରୀ! ଏକୁଟିଆ କାହିଁକି ବସିଛୁ? ମୁଁ ଜାଣିଛି ତୁ ଏ ପର୍ଯ୍ୟନ୍ତ ଖାଇନୁ। ମତେ ବି ଭୋକ ହେଲାଣି। ଚାଲ ଖାଇଦବା!" ସାଂଗ ହେଇ ଖାଇଲୁ...

"ଯା' ହେଉ, ଯାଙ୍କ ଫୋର୍ଥ ହଷ୍ଟେଲ ସାଂଗମାନଙ୍କ ପାଇଁ ହିଁ ଏତେ ବଡ଼ କାମ ସହଜରେ ହେଇଗଲା। ସ୍ୱୟଂ ଆଉ ଅନୁରାଗ ଦି' ଜଣହିଁ ଏସବୁର ପ୍ରାୟୋଜକ। ବାହାଘର ପରେ ଟ୍ରିଟ୍ ନେବେ ବୋଲି କଥା ହୋଇଛି। ସକାଳୁ ତ ଦି'ଜଣ ଯାକ ଲାଗିଛନ୍ତି। ଏଇ ମକ୍‌ଟେଲ୍ କାଉଣ୍ଟର ପାଖରେ ତ ଦି'ଜଣ ଥିଲେ। କୁଆଡ଼େ ଗଲେ କେଜାଣି? ଖାଇଲେଣିକି ନାଇଁ? ଇଏ ତା'ଙ୍କ କଥା ବୁଝନ୍ତୁ।"

ଦଶଟା ବାଜିବାକୁ ଆଉ ଅଳ୍ପ ସମୟ। ଶୂନ୍ୟର ଫୋନ୍ ଆସିଲା। "ଠିକ୍ ଦଶଟା ବେଳେ ଆମେ ଗେଟ୍ ପାଖରେ ପହଞ୍ଚିବୁ ମାମା! ତମେ ରେଡି ହୋଇଥିବ। ପହଞ୍ଚିଲା ମାତ୍ରେ ପଳେଇବା। ରାସ୍ତା ବହୁତ ଭିଡ଼ ହୋଇଛି। ଗାଡ଼ି ବେଶୀ ସମୟ ସେଠି ରଖିହବନି।"

"ଠିକ୍ ଅଛି। ତୁ ଆ...।"ମୋର ସ୍ୱର ଭାରି ହୋଇଆସୁଥିଲା।

ଉଷା ଅପାଠୁ ବିଦାୟ ନେଲି। ମକ୍‌ଟେଲ୍ କାଉଣ୍ଟର ପଛରେ ରହିଗଲା। ଚୋର ପରି ସେ ଆଡ଼କୁ କଣେଇ ଚାହିଁଲି। ଖାଲି ଝିଅମାନେ ଅଛନ୍ତି। ଲମ୍ବା ଲମ୍ବା ପାଦ ପକେଇ ବାହାରକୁ ଚାଲି ଆସିଲି। ଯିଏ ଯାହା ଭାବିବା କଥା ଭାବନ୍ତୁ...! ଲନ୍‌ର ଗୋଟେ କୋଣରେ ଛିଡ଼ା ହୋଇ ପଛକୁ ହଲ୍ ଆଡ଼େ ଅନେଇଲି।

ଅନୁଭାଇ! ପଚାଶ ବର୍ଷ ପରେ ଦେଖାହେଲେ କ'ଣ କହିବି ବୋଲି ପଚାରି ଥିଲନା? ଶୁଣ ତେବେ। ତୁମକୁ ଦେଖି ବି ଦେଖି ପାରିଲିନି। ସାଧା ସୁନ୍ଥା ନେଇ ତୁମ ସାମ୍ନାକୁ ଯିବାକୁ ଯଥେଷ୍ଟ ସାହସ ସଞ୍ଚୟ କରିଥିଲି। ତଥାପି ହେଲାନି! ପଚାଶ ବର୍ଷ ପରେ ଆଉ ଥରେ କହୁଛି- କ୍ୱାଣ୍ଟମ୍ ଦୁନିଆଁରେ ଦେଖିଲେ ଦିଶେନି, ନ ଦେଖିଲେ ଦିଶିଯାଏ। Entangled Particle ପରି Entangled ଗାଲାକ୍‌ସି ବା Entangled ମନ ବି ନିଛକ ସତ୍ୟ। ଆଖି ବୁଜିଲେ ଦେଖିବ। କାନ ବୁଜିଲେ ଶୁଣିବ। ଗଙ୍ଗଶୀଉଳୀର ବାସ୍ନା ତୁମକୁ ଘେରି କରି ରହୁ। ପୁଣି କହୁଛି, "ଭଲରେ ରୁହ ଷ୍ଟୁପିଡ୍!"

XXXX

ସଂଜିତ୍ ଆମ ବନ୍ଧୁମାନଙ୍କ ପାଇଁ ନୂଆ ଡ୍ରେସ୍ କରିଦେଇଥିଲା। ସ୍ୱୟଂ ମୋ ପାଇଁ ମୋ ଫେବରିଟ୍ ନୀଳ ବବି ପ୍ରିଣ୍ଟର ସାର୍ଟ କିଣି ପିନ୍ଧେଇ ଦେଇଥିଲା। ସେ

କହିଲା "ତୁ କାଟରିଙ୍ଗ ଦେଖ୍ ଭିତରେ, ଆଉ ମୁଁ ବାହାରେ ଗେଟ୍ ପାଖରେ ରହିଛି ତୁମ ଗଙ୍ଗଶୀଉଳୀ ପାଖରେ । ଗୋଟେ ଦି'ଟା ଫଟୋ ବି ନେଉଥିବି ।"

ହଠାତ୍ ସେ ଅସ୍ତବ୍ୟସ୍ତ ହୋଇ ଆସିଲା । "ଅନୁରାଗ ! ଦେଖ୍ ଇଏ ପରୀ ନୁହେଁ ତ ? ତୁମ ଗଙ୍ଗ ଶୀଉଳୀ ଫୁଲ ପାଖରେ ଆଶ୍ଚର୍ଯ୍ୟ ଚକିତ ହୋଇ ଅଟକି ଯିବା ମହିଳା ଇଏ । ହାତଯୋଡ଼ି ମୁଣ୍ଡ ନୋଇଁଲେ ବି ସେଠି ।" ମୋବାଇଲ୍‌ରେ ସେ ମହିଳାଙ୍କର ଫଟୋ ଉଠାଇ ନେଇଥିଲା ବୁଲିବୁଲି ଫଟୋ ଉଠାଉଥିବା ଆଳରେ । ମୋବାଇଲ ଦେଖିଲି । କିନ୍ତୁ ପରୀର ଏ କି ରୂପ ? ଏଇଥିପାଇଁ ଭଗବାନ୍ ମତେ ପଚାଶ ବର୍ଷ ରଖିଛି ?

ଶ୍ୱାସରୁଦ୍ଧ ଅବସ୍ଥାରେ କହିଲି, "ଏ ଫଟୋ ଡିଲିଟ୍ କରିଦିଅ ସ୍ୱୟଂ ! ଆବଶ୍ୟକ ନାହିଁ । ତାକୁ ଦେଖା କରି ପାରିବିନି । କ'ଣ ତାକୁ କହିବି ? କେମିତି ତା ଆଖିକୁ ଦେଖିବି ରେ ସ୍ୱୟଂ ? ସେ ମୋ 'ପରୀ' ନୁହଁ ।"

ହଲ୍‌ର ଗୋଟେ କୋଣରେ ଥିଲୁ ମକ୍‌ଟେଲ୍ କାଉଣ୍ଟରରେ । ମଝିରେ ମଝିରେ ଅଳ୍ପ ଅଳ୍ପ ସ୍ନାକ୍‌ସ ସହିତ ସୋଡ଼ାଲାଇମ୍ ନେଉଥିଲୁ । ହଠାତ୍ ପକେଟ୍‌ରୁ ମାସ୍କଟା ବାହାର କରି ମୁହଁରେ ଲଗେଇଦେଲି ।

"You Coward." ସ୍ୱୟଂ ଚାପା ଗଳାରେ କହିଲା ।

"ଛାଡ଼୍ ୟାର୍ ! ପଚାଶ ବର୍ଷର ତପସ୍ୟା ମୋର ଆଜି ନିଷ୍ଫଳ ହେଇଗଲା । ଭଗବାନ୍ ନାହାନ୍ତି... ।"

ଅଧଘଣ୍ଟେ କାଳ ମତେ ସ୍ୱୟଂ ବୁଝାଉଥାଏ ।

ସ୍ୱୟଂ କହିଲା, "ଦେଖ୍ ! ଷ୍ଟେଜ୍ ଉପରୁ ଓହ୍ଲାଇ ଟିକେ ଦୂରରେ ସେ ଆମକୁ ଦେଖୁଛି । ଏବେ କୁଆଡ଼େ ଯିବୁ ତୁ ?"

ଦେଖିଲି ପରୀ ଭିଡ଼ ଆଡ଼େଇ ଆମ ଆଡ଼କୁ ଆସିବାକୁ ଉପକ୍ରମ କରୁଛି ।

"ସ୍ୱୟଂ ! ତମେ ଏଇଠି ରୁହ । ମୁଁ ରୁଫ୍‌ଟପ୍ ଗାର୍ଡେନ୍‌ରେ ଅଛି । Take care of her, ଆମ କଥା ସେ ଯେମିତି ନ ଜାଣେ ।" କାଉଣ୍ଟର ପାଖ ଡୋର ଦେଇ ବାହାରକୁ ଚାଲି ଆସିଲି । ଛାତ ଉପରକୁ ଯାଇ ଅଳ୍ପ ଆଲୁଅ ଥିବା ଜାଗାରେ ଗୋଟେ ଚେୟାର ଟାଣି ବସିଗଲି । ଆକାଶକୁ ଦେଖୁଥିଲି । କୋଉଦି'ଟା ଆମ ଗାଲାକ୍ସି ?

ଦଶ ମିନିଟ୍ ପରେ ସ୍ୱୟଂ ଆସିଲା । କହିଲା- " ତୁ ତ ତା'ର ମଥା ଦେଖିଲୁ । ମୁଁ ତା'ର ଆଖିକୁ ଦେଖିଛି ରେ ଅନୁଭାଇ ! ଶୁଖିଲା ଆଖି ତା'ର ତତେ ହିଁ ଖୋଜୁଥିଲା । ଓଠ ଥରୁଥିଲା ବୋଧେ କିଛି ପଚାରିବ ବୋଲି । ମୁଁ ଆଉ ସହ୍ୟ କରିପାରିଲିନି । ଜଲ୍‌ଜୀରା ଗ୍ଲାସଟା ଧରେଇ ଦେଇ ପଳେଇ ଆସିଲି । ସିଗ୍ରେଟ ପିଇବା କିରେ ଅନୁଭାଇ ?"

ହାତ ବଢ଼େଇଦେଲି। ଗୋଟେ ଗୋଲ୍ଡ ଫ୍ଲେକ୍ କିଙ୍ଗ୍ ଦି'ଜଣ ଯାକ ପିଇଲୁ। ମଝିରେ ମଝିରେ ସ୍ୱୟଂ ଯାଇ କାଟରିଙ୍ଗ୍ ଦେଖିଦେଇ ଆସୁଥାଏ। ସାଢ଼େ ଦଶଟା-ଲୋକ ପ୍ରାୟ ଚାଲିଗଲେଣି। ସ୍ୱୟଂ ଆସି ମୋ ସାମ୍ନାରେ ଥମ୍ କରି ବସି ପଡ଼ିଲା। ଗାର୍ଡେନ୍ ଟେବୁଲ୍ ଉପରେ ସଫେଦ ରଂଗର ମିଠା ପ୍ୟାକେଟ୍ ପରି ଏକ ଛୋଟ ପ୍ୟାକେଟ୍ ରଖିଦେଲା। କେବଳ ଦି'ଟା ଇଲାଷ୍ଟିକ୍‌ରେ ଛନ୍ଦା ହୋଇଥିଲା।

କହିଲା- "ଦେଖ୍, ପରୀ ମକ୍‌ଟେଲ୍ କାଉଣ୍ଟରର ସେ ଝିଅ ପାଖରେ ଏ ପ୍ୟାକେଟ୍‌ଟା ରଖିବାକୁ ଦେଇଥିଲା। କିନ୍ତୁ ନନେଇ ଚାଲିଗଲା। ଝିଅମାନେ ମତେ କହିଲେ, " ସାର୍ ! ଆପଣଙ୍କର ସେ ପରିଚିତା ମହିଳା ବୋଧେ ଭୁଲରେ ଏ ପ୍ୟାକେଟ୍‌ଟା ଛାଡ଼ି ଯାଇଛନ୍ତି। ଆପଣ ନେଇଯାନ୍ତୁ।' ମୁଁ ଖୋଲିନି ଏ ପର୍ଯ୍ୟନ୍ତ। ତୁ ଖୋଲ୍ ତ ଦେଖି।"

ହେ ଭଗବାନ୍ ! ଇଏ ପୁଣି କି ପରୀକ୍ଷା ? ପ୍ୟାକେଟ୍ ଖୋଲିଲି... କିଛି ମଟର ଛୁଇଁ...। ଛୋଟ କାଗଜରେ ଛୋଟ ଲେଖାଟିଏ- "ପଚାଶ ବର୍ଷ ପରେ ମୋ ବଗିଚାର ପଚାଶଟି ମଟର ଛୁଇଁ। ଗଙ୍ଗଶୀଉଳୀ ଫୁଲର ଗାଲାକ୍ସି ଆଜିବି Entangled ରହିଛି।"

କଇଁ କଇଁ ହୋଇ କାନ୍ଦୁଥିଲି...। ସ୍ୱୟଂ ବି କାନ୍ଦିଲା। ଆକାଶରୁ ମୋ ଗାଲାକ୍ସିଟା ଖସି ପଡୁଥିଲା ଯେମିତି। ବସିଥିଲୁ ଦି'ଜଣ ଲାଇଟ୍ ଲିଭେଇ ଦେଇ ଖୋଲା ଆକାଶ ତଳେ। ସାମ୍ନାରେ ସୋଡ଼ା ଲାଇମ୍‌ର ଗ୍ଲାସ୍। ସିଗ୍ରେଟ୍ ଧୂଆଁ ଉପରକୁ ଉଠୁଥାଏ।

ସମସ୍ତେ ଯିବା ପରେ ସଂଜିତ୍ ଖୋଜି ଖୋଜି ଆସି ପହଞ୍ଚିଲା। "ତମେ ଦି' ଜଣ ତ ଖାଇନ ! ଘରକୁ ଯିବନି କିରେ ?" ମୁଁ କହିଲି "ଖାଇବା ସରିଯାଇଛି ଭାଇ !"

ସ୍ୱୟଂ କହିଲା, "ଏବେ ଆରଟାର ପାଳି। ଆଜି ରାତିରେ ଏଠି କିଛି ସମୟ ଏମିତି ବସିବୁ ଫୋର୍ଥ ହଷ୍ଟେଲର ପଚାଶ ବର୍ଷ ପରେ। ତମେ ଯାଅ। ଉଷା ଅପେକ୍ଷା କରିଥିବ। We are comfortable."

"ଠିକ୍ ଅଛି। କକ୍‌ଟେଲ କାଉଣ୍ଟରରେ କହି ଦେଇ ଯାଉଛି। ଗୋଟେ ପିଲା ରଖି ଦେଇଥିବ। ତା'ପରେ ରାତ୍ରି ତୁମର। ଗୁଡ୍ ନାଇଟ୍ ବଏଜ୍।"

ଟ୍ୱେଣ୍ଟି ପ୍ୟାକ୍‌ର ଗୋଲ୍ଡ ଫ୍ଲେକ୍ କିଙ୍ଗ୍ ପ୍ୟାକେଟଟା ସରି ଆସିଲାଣି। ସଂଜିତ୍‌କୁ ଠକି ଦେଇଥିଲୁ। ଗ୍ଲାସରେ କେବଳ ସୋଡ଼ା ଲାଇମ୍ ଥିଲା। ତା'କୁ ଅନ୍ଧାରରେ ରଙ୍ଗ ଜଣା ପଡ଼ିନଥିଲା।

ସ୍ୱୟଂ କହିଲା। "ଅନୁରାଗ ! ମୁଁ ପରୀ ବିଷୟରେ କେତେ ବା ଜାଣିଛି ? ସେଦିନ ସେଇ ଧାଡ଼ିକିଆ ଚିଠିଟା ନଦେଖିଥିଲେ ମୋର ତୁମ ସଂପର୍କରେ ଅନୁପ୍ରବେଶ ହୋଇ ନଥାନ୍ତା। ଆମେ ଦିହେଁ ଏତେ ନିକଟତର ହୋଇ ପାରିନଥାନ୍ତେ ! ଅନେକ

ଓଡ଼ିଆ, ଇଂଲିଶ ନଭେଲ, କ୍ଷୁଦ୍ର ଗଳ୍ପ ଇତ୍ୟାଦି ପଢ଼ିଛି। ହେଲେ ତୁମ ଦି' ଜଣଙ୍କ ପରି ଷ୍ଟୋରୀ ମୁଁ ପଢ଼ିନି କି ଜାଣିନି। ନିଜେ ଅଙ୍ଗେ ନ ନିଭେଇଥିଲେ ବିଶ୍ୱାସ ବି କରିନଥାନ୍ତି। ତମ ଦି'ଜଣଙ୍କ ପାଇଁ ମୋର ସମ୍ମାନ ବୋଧେ ଆଜି ସାରା ଆକାଶଠୁଁ ବଡ଼ ହୋଇଗଲା। ତୁମ ପରି ଷ୍ଟୁପିଡ୍ ଆଉ ଫୁଲିଶ୍, ଦୁନିଆଁରେ ନଥିବେ ରେ...! ଜୀବନର ଅନେକ ଉତ୍ଥାନ ପତନ ଭିତରେ ତୁମେ ଅତ୍ୟନ୍ତ ଭାଗ୍ୟବାନ୍, ତୁମ ଦି'ଜଣଙ୍କର ଗାଲାକ୍ସିକୁ ନେଇ। କହିବୁକି ମତେ ତୁମ ମଟର ଛୁଇଁ ଓ ଗଙ୍ଗଶୀଉଳୀ ଫୁଲ ଗାଲାକ୍ସିର କାହାଣୀ ?"

ସ୍ୱୟଂ ହିଁ ଆମ ଗାଲାକ୍ସିର ଫ୍ରେମ୍ ତିଆରି କରି ଦେଇଥିଲା। କିନ୍ତୁ ତା'ର ସ୍ୱରୂପ ଆଜି ହିଁ ଦେଖି ପାରିଲା !

"ପାହାନ୍ତା ହୋଇ ଆସିଲାଣି। ଗୋଟେ କଥା ପଚାରିବି ସ୍ୱୟଂ ? ସେଦିନ ପରି ବୁଝେଇଦିଅ।"

"କୁହ ଭାଇ...!"

"ସେ ପଚାରିଥିଲା, ପଚାଶ ବର୍ଷ ପରେ ଦେଖାହେଲେ ତୁମେ କ'ଣ କରିବ ? ହେଲେ ମୁଁ ଆଜି କ'ଣ କଲି ? କ'ଣ ମୋର କରିବାର ଥିଲା ?"

ଗୋଟେ ଗଭୀର ନିଃଶ୍ୱାସ ନେଇ ସ୍ୱୟଂ କହିଲା...

"ଅନୁରାଗ ! ଏ ମଟର ଛୁଇଁକୁ ଦେଖ। ସେଦିନର ମଟର ଛୁଇଁ ସହିତ ଆଜିବି ତୁମକୁ ସେ ହୃଦୟରେ ବଞ୍ଚେଇ ରଖିଛି। ପୂଜା କରୁଛି। ତମେ ତ ତା' ପାଇଁ ଦେବତାମାନଙ୍କଠାରୁ ଉପରକୁ ଉଠିଗଲ। ଦେବତାମାନେ କେବଳ ଦିଅନ୍ତି, କିଛି ନିଅନ୍ତିନି। ଏବେ ବାକୀତକ ସମୟ ତୁମ ମଟର ଛୁଇଁ ଓ ଗଙ୍ଗଶୀଉଳୀର ଗାଲାକ୍ସିରେ ରୁହ। ସତୁରୀ / ବାସ୍ତରୀ ବର୍ଷ ବୟସରେ ବହୁତ୍ କମ୍ ସମୟ ଆମ ହାତରେ ଅଛି ରେ ଅନୁଭାଇ ! ଖୁସୀରେ ରୁହ। ହେଇପାରେ ଆର ଜନ୍ମରେ ଗୋଟେ ଗାଲାକ୍ସିରେ ଦି'ଟା Entangled Mind ମିଶି ଯିବେ ! କ୍ୱାଣ୍ଟମ୍ ପାର୍ଟିକ୍‌ଲର ଫ୍ୟୁଜନ୍ ତ ସମ୍ଭବ ! ରାତି ପାହି ଆସିଲାଣି। ଚାଲ୍ ଥଣ୍ଡା ପାଣିରେ ଗାଧୋଇପଡ଼ି ଶୋଇପଡ଼ିବା ସୂର୍ଯ୍ୟୋଦୟ ପୂର୍ବରୁ।"

ଆକାଶରୁ ଗାଲାକ୍ସିମାନେ ଲିଭିଲିଭି ଆସୁଥିଲେ।

ମଟର ଛୁଇଁ ପ୍ୟାକେଟଟା ହାତରେ ଧରି ଉଠିଲି।

"ପରୀରେ ! ପଚାଶ ବର୍ଷ ପରେ ଦେଖା ହେବାରେ କ'ଣ କଲି ମୁଁ, ନିଜକୁ ପଚାରୁଛି !!...."

■

('କଥା' ଅଗଷ୍ଟ'୨୦୨୪ ସଂଖ୍ୟାରେ ପ୍ରକାଶିତ)

ହଜିଲା ଆକାଶ

ଅନୁଭାଇରେ !

ଆଜି ଗୋଟେ ଦୁଃସାହସିକ ଅଭିଯାନ କରୁଛି । ଏମିତି ବସିଥିଲି । ଲୁବ୍‌ନା ଶୋଇଛି । ଇଏ ଅଫିସରେ । ଫ୍ଲାଟ୍‌ରେ ମୁଁ ଏକା । ହଠାତ୍ କାହିଁକି ମନହେଲା ହଜେଇ ଦେଇଥିବା ଦିନଗୁଡ଼ାକୁ ଖୋଜିବାକୁ । ବର୍ତ୍ତମାନ ଖୋଜିବାକୁ ଆରମ୍ଭ କରିଛି । ଆଖିବୁଜି ସାଉଣ୍ଟିବାକୁ ଚେଷ୍ଟା କରୁଛି । ଆଖି ଖୋଲିବାକୁ ସାହସ ହେଉନି । କାଳେ କିଏ ଦେଖିନେବ ! ହସୁଛୁ କି ? ମତେ ଏମିତି ଲାଗୁଛି । ଆଖି ବୁଜିଲେ ମୁଁ ଭାବୁଛି ମୁଁ ସମସ୍ତଙ୍କର ଦୃଷ୍ଟି ଅନ୍ତରାଳରେ । କିଛି କିଛି ଦିନ ମିଳିଯାଉଛନ୍ତି, କିନ୍ତୁ ସେମାନେ ହାତରେ ରହିବା ପାଇଁ ନାରାଜ । ପରମୁହୂର୍ତ୍ତରେ ଡିଆଁ ମାରି ପାର୍... ।

ମନେ ପକାତ ଦେଖି ସେ ପ୍ରଥମ ପ୍ରଥମ ଦିନର କଥା ସବୁ ! ଏବେ ବି ମନେ ପଡ଼ିଲେ ମୁଁ ଚୁପ୍‌କିନା ହସିଦିଏ । ଇଏ ଦିନେ ପଚାରିଲେ- 'କାହିଁକି ହସିଲ ?' ଗୋଟେ ମିଛ କହି ଦେଲି ତାଙ୍କୁ । ତୁମ ପୁଅ ଗୁଡ଼ାଙ୍କୁ ତ ଠକି ଦେବା ନିହାତି ସହଜ ।

ମୋର କଲେଜରେ ସେକେଣ୍ଡ ଇୟର । ଲୋରୀ ଅପାର ଫାଇନାଲ୍ ଇୟର । ସେ କଲେଜର ଅପ୍ରତିଦ୍ୱନ୍ଦୀ ଭାବେ ନିର୍ବାଚିତ କଲ୍‌ଚରାଲ୍ ସେକ୍ରେଟାରୀ । ପଦାର୍ଥ ବିଜ୍ଞାନର ଛାତ୍ରୀ । ମାତ୍ର ସାହିତ୍ୟ, ଡ୍ରାମା, ଡିବେଟ୍, ଡ୍ୟାନ୍‌ସ ସବୁଥିରେ ତାର ନିପୁଣତା । କଲେଜରେ ଲୋରୀ ଶତପଥୀ ଏକ ସମ୍ମାନଜନକ ନାଁ । ପ୍ରଫେସରମାନଙ୍କର ତା' ଉପରେ ଅନେକ ଆଶା । ୟୁନିଭର୍ସିଟିରେ ପୋଜିସନ୍ ରଖିବ । ବାପାଙ୍କର ବି ସମସ୍ତ ଆଶା, ଆକାଙ୍‌କ୍ଷା ତା'ରି ଉପରେ ନ୍ୟସ୍ତ । ଦେଖିବାକୁ ଗଲେ ସାରା କଲେଜ ଆଉ ଆମ ଛୋଟ ସହର, ଲୋରୀ ଶତ୍‌ପଥୀ ଠାରେ ଭବିଷ୍ୟତର ସମ୍ଭାବନା ଦେଖନ୍ତି । କଲ୍‌ଚରାଲ୍ ସେକ୍ରେଟାରୀ ହିସାବରେ କଲେଜର ସବୁ କ୍ଲାସର ପୁଅ ଓ ଝିଅମାନଙ୍କ

ସହିତ ତା'ର ସ୍ନେହର ସଂପର୍କ। ସମସ୍ତଙ୍କର ସେ ଲୋରୀ ଅପା। ଅଧିକାଂଶ ସମୟ ଆମ ଘରେ କଲେଜଯାକର ପିଲାମାନଙ୍କର ଭିଡ଼।

କଲ୍‌ଚରାଲ୍ ସେକ୍ରେଟାରୀ ସାଙ୍ଗକୁ ଥାର୍ଡ଼ ଇଅର କମର୍ସର ଗୋଟେ ପୁଅ ଆସିଷ୍ଟାଣ୍ଟ କଲ୍‌ଚରାଲ ସେକ୍ରେଟାରୀ ହୋଇ ନିର୍ବାଚିତ ହୋଇଥାଏ। ସେ ଅନୁରାଗ ମହାପାତ୍ର, ଲୋରୀ ଅପାର ଡାହାଣ ହାତ। ଅପାକୁ ସେ ବଡ଼ ଭଉଣୀର ସମ୍ମାନ ଦିଏ। ଅପା ବି ତା'କୁ ଅନ୍ୟମାନଙ୍କ ଅପେକ୍ଷା ଟିକେ ଅଧିକା ଆଦର କଲା ପରି ମତେ ଲାଗେ। ତା'କୁ ଘରେ ପ୍ରଶଂସା କରେ। ପ୍ରଥମେ ଆମେ ତିନି ଭଉଣୀ ଅନୁରାଗକୁ ଅପାର ଚାମ୍‌ଚା ବୋଲି ଥଟ୍ଟା କରୁଥିଲୁ। ଅପା କିନ୍ତୁ ରାଗିଯାଏ। କହେ- "ଅନୁରାଗ ପରି ପିଲାଟେ ମିଳିବା ମୁସ୍କିଲ୍। କେତେ ବଡ଼ ଘରର ପୁଅ! ହେଲେ, ଇଗୋ ବୋଲି ଜିନିଷଟା ତା' ମନରେ ନଥାଏ। ଟିକେ ଦୁଷ୍ଟ ହେଲେ ବି ଭାରୀ ସ୍ନେହୀ। କଲେଜ କଲ୍‌ଚରାଲ ଆକ୍ଟିଭିଟି ତ ତା' ବ୍ୟତୀତ ମୋ ପକ୍ଷରେ କରିବା ସମ୍ଭବ ହୁଅନ୍ତାନି।"

ଘରେ ଆମେ ଚାରି ଭଉଣୀ। ଲୋରୀ ଅପା, ମୁଁ, ନୁରୀ ଓ ଶାରୀ। ନୁରୀ ଓ ଶାରୀ ଏବେ ବି ହାଇସ୍କୁଲରେ ଅଛନ୍ତି। ସବୁଦିନ ଅନୁରାଗର ଅପା ସହ କିଛି ନା କିଛି କାମ ଥାଏ। କ୍ରମେ କ୍ରମେ ସେ ଆମ ପରିବାର ସହିତ ମିଶିଗଲା। ଘରେ ପୁଅ ନଥିବାର ଅଭାବ ବାପା, ବୋଉଙ୍କ ମନରେ ଥିଲା। ଆମେ ଚାରି ଭଉଣୀ ବି ଗୋଟେ ଭାଇର ଅନୁପସ୍ଥିତି ବେଳେବେଳେ ଅନୁଭବ କରୁ। ବୋଧହୁଏ ଅନୁରାଗ ସେ ଜାଗାଟା ସେ ପୁରଣ କରିଦେଲା। ବାପା, ବୋଉ, ନୁରୀ ଓ ଶାରୀ ସମସ୍ତଙ୍କ ସହିତ ସେ ବହୁତ ମିଶିଯାଏ। ନୁରୀ ଆଉ ଶାରୀ ତ ଅନୁଭାଇ, ଅନୁଭାଇ କହି ତା' ପଛରେ ଲାଗିଥା'ନ୍ତି। କ୍ୟାରମ୍ ଖେଳଠୁ, ପର୍ବ ପର୍ବାଣୀ ପର୍ଯ୍ୟନ୍ତ ସବୁଥିରେ ତା'ର ଅବାଧ ପ୍ରବେଶ। ତା'ର ବ୍ୟବହାର ଓ କଥା କହିବା ଷ୍ଟାଇଲ୍ ପରକୁ ଆପଣାର କରିନେବା ପାଇଁ ଯଥେଷ୍ଟ ବୋଲି ସମସ୍ତେ କହନ୍ତି। କଲେଜରେ ବି ସେ ଅପା ପରି ପପୁଲାର। କିନ୍ତୁ ମତେ କେମିତି ଟିକେ ଅଲଗା ଲାଗେ। ସହଜେ ତ ମୁଁ ବାହାରେ କାହା ସାଂଗେ ମିଶେନି। ମୋର ସାଂଗ- ବୋଉ ଓ ତିନି ଭଉଣୀ। ଏତେ ସହଜରେ ମୋ'ର କାହା ସହିତ ମନ ମିଶିବା ହେଇପାରେନି। ମୋ'ର ଏଇଟା ଗୋଟେ ଦୋଷ ବୋଲି ଲୋରୀ ଅପା ସଦାବେଳେ କହେ। ହେଲେ, ପରୀ ତ ଲୋରୀ ହୋଇ ପାରିବନି! ସେ ଅଲଗା...! ତେଣୁ ମୁଁ ଅନୁରାଗ ସହିତ ସହଜ ହୋଇପାରୁନଥାଏ। ସେ ବି ମୋ ସହିତ କଥା ହୁଏନି।

ନୂଆକରି କଲେଜରେ ପାଦଦେଇଥିବା ପୁଅ ଝିଅଙ୍କ ମନରେ ପ୍ରଜାପତିର ପର ଲାଗିଯାଇଥାଏ। ଖାଲି ରଂଗବେରଂଗର ସ୍ୱପ୍ନ। ହାଇସ୍କୁଲରୁ ଗୋଟେ ଧାରଣା

ଥାଏ କି କଲେଜଟା ପ୍ରେମ କରିବା ପାଇଁ ଏକ ସ୍ୱର୍ଗ। ଆଖିରେ ଆଖି ମିଶିଲା ମାତ୍ରେ ପ୍ରେମ! ତା' ପରେ ଖାଲି ଉଡ଼ିବା ଆଉ ଉଡ଼ିବା। ସବୁ ଝିଅ ଆମର ବ୍ୟସ୍ତ ରହିଲେ ଗୋଟେ ଗୋଟେ ପ୍ରେମିକର ଅନୁସନ୍ଧାନରେ। କିଏ କେତେ ଶୀଘ୍ର ବଏଫ୍ରେଣ୍ଡ ଯୋଗାଡ଼ କରିପାରିଲା, ବାହାଦୁରୀ ନେବା ପାଇଁ ଗୋଟେ ବଡ଼ ଯୋଗ୍ୟତା ହେଲା। ମୁଁ କିନ୍ତୁ ଏଥିରେ ସାହସର ଅଭାବ ଅନୁଭବ କଲି। କାଇଁ କେହି ବି ଆଗେଇ ଆସିଲେନି ମୋ ଆଡ଼କୁ! ଭାବିଲି ଏସବୁ ବେକାର କଥା। ପଢ଼ାପଢ଼ିରେ ମନ ଦେଲି।

ହଁ, କଲେଜ କଥା। ସାଇନ୍‌ସ୍, ଆର୍ଟସ୍ ଓ କମର୍ସ ବ୍ଲକ ସବୁ ଅଲଗା ଅଲଗା। କିନ୍ତୁ ଆମ ଆର୍ଟସ୍ ବ୍ଲକ୍‌କୁ ଲାଗି କମର୍ସ ବ୍ଲକ୍‌ର କିଛି କ୍ଲାସ୍ ହୁଏ। କମର୍ସରେ ତ ଝିଅ ନଥାନ୍ତି। ତେଣୁ କମର୍ସ ପିଲାମାନେ ପ୍ରାୟ ଦୁଷ୍ଟାମୀ କରନ୍ତି ଆଉ ଅନ୍ୟ କ୍ଲାସର ଝିଅମାନଙ୍କୁ କମେଣ୍ଟ କରନ୍ତି। ଅନୁରାଗର ଆଠ ଦଶଜଣିଆ ଗୋଟେ ଗ୍ରୁପ୍ ଥାଏ। ସେମାନେ ଏକାଠି ବୁଲନ୍ତି ଓ ଏକାଠି ଝିଅମାନଙ୍କୁ କମେଣ୍ଟ କରନ୍ତି। ହେଲେ, ସେମାନଙ୍କ କମେଣ୍ଟରେ ଆଜେବାଜେ କଥା ନଥାଏ। କାହା ମନକୁ ଆହତ ନହେଲା ପରି କହନ୍ତି। କୌଣସି ଝିଅ ଭଲ ଡ୍ରେସ୍ ପିନ୍ଧିଥିଲେ କମ୍ପ୍ଲିମେଣ୍ଟ୍‌ସ ଦିଅନ୍ତି। କାହାର ଜନ୍ମଦିନ ଥିଲେ ହାପି ବାର୍ଥଡେ କହନ୍ତି। କେହି କ୍ଲାସ୍ ପରୀକ୍ଷାରେ ବେଶି ନମ୍ବର ରଖିଥିଲେ ତା'କୁ Topper Girl କହନ୍ତି। ଲେଡିଜ୍ କମନ୍ ରୁମ୍‌ରେ ପ୍ରାୟ କମର୍ସ ପିଲାଙ୍କ କଥା ନେଇ ହସଖୁସୀ ହୁଏ। ଉପରେ ଉପରେ ବିରକ୍ତ ହେଲେ ବି, ଲୁଚେଇ ଲୁଚେଇ ସମସ୍ତେ କମର୍ସ ବ୍ଲକ୍ ଆଡ଼େ ନଜର ପକାନ୍ତି। କିଛି ଗୋଟେ କାମ ଥିବାର ବାହାନା କରି ତୁମମାନଙ୍କ ସାମ୍ନାରେ ବେଣୀ ହଲେଇ ଚାଲିଯାଆନ୍ତି। ତୁମ ମହଲର ଚାପା ହସର ତରଙ୍ଗ ଆମ ଭିତରେ ଖେଳିଯାଏ। କଲେଜ୍‌ରେ ଏତେ ପୁଅ କମେଣ୍ଟ କରନ୍ତି। ମାତ୍ର ତୁମ କମେଣ୍ଟରେ କେମିତି ଗୋଟେ ମିଠା ଆକର୍ଷଣ ଥାଏ। ଚକୋଲେଟ୍ ଖାଇଲା ପରି ଲାଗେ। ଏଇଟା ମୁଁ କହୁନି। ସମସ୍ତେ ଏମିତି କହନ୍ତି। ଏତେ ମଜା ଲାଗେ, କ'ଣ କହିବି ତତେ ? କିନ୍ତୁ ଲୋରୀ ଶତପଥୀର ଭଉଣୀ ହିସାବରେ ମତେ କେହି ବି କମେଣ୍ଟ କରନ୍ତିନି।

ଅନାମିକାକୁ ତୁ ତ ଜାଣୁ! କେତେ ଚୁପ୍ ଚାପ୍ ଝିଅ! ଦିନେ ସେ ଗୋଟେ ସୁନ୍ଦର ଫୁଲପକା ଶାଢ଼ୀ ପିନ୍ଧି କଲେଜ ଆସିଥିଲା। ତୁ ସେଦିନ ତା'କୁ 'ଫୁଲ୍‌ଝରୀ' ବୋଲି କମେଣ୍ଟ କଲୁ। ତୋ' ସାଙ୍ଗମାନେ ତ ସବୁ ହସିଲେ। ଆମ ଝିଅମାନଙ୍କ ଭିତରେ ହସର ଲହରୀ ଖେଳିଗଲା କମନ୍ ରୁମ୍‌ରେ ପହଞ୍ଚିଲା ପରେ। ତା' ନାଁ ସେଇଦିନଠୁ ଆମ ଭିତରେ 'ଫୁଲ୍‌ଝରୀ' ହେଇଗଲା। ସେଇ ଦିନଠୁ ତତେ ଦେଖିଲେ ହିଁ ସିଏ ଆମମାନଙ୍କ ଆଗରେ ଧୁମ୍ ଗାଳିଦିଏ। କହେ ବଜାରୀ, ଛତରା, ଲୋଫର।

ହେଲେ- ତୁ ଯେଉଁଦିନ କମେଣ୍ଟ ନକରୁ ତା' ମୁହଁ ଫିକା ପଡ଼ିଯାଏ। ତତେ ଯେଉଁଦିନ ନଦେଖେ ତା'କୁ ଭଲ ଲାଗେନି। ମତେ ବାରମ୍ବାର ପଚାରେ- "କିଲୋ ପରୀ! ଆମ ବ୍ଲକ୍‌ଟା କାହିଁକି ଆଜି ଖାଲି ଖାଲି ଲାଗୁଛି? କମର୍ସ ପିଲାଙ୍କର ଆଜି କ୍ଲାସ୍ ନାହିଁ ବୋଧେ!" ମୁଁ ତ ପ୍ରଥମେ କିଛି ବୁଝି ପାରୁନଥିଲି। ଦିନେ ଦେଖିଲି ତା' ଖାତାରେ ତୋ' ନାଁଟା ଟିକି ଟିକି ଅକ୍ଷରରେ। ତା'କୁ ପଚାରିଲି ତୁନି ତୁନି। ସେ କିଛି କହିଲାନି। ଖାଲି ହସିଦେଲା। ପଚାରିଲା- "ଏଇ! ଅନୁରାଗ ତୁମ ଘରକୁ ଆସେ ନାଁ ?" ମୁଁ 'ହଁ' କହିଲି। ଅନୁଭାଇରେ! କ'ଣ କହିବି? ସେଇ ମୁହୂର୍ତ୍ତରେ ମୋ ଛାତି ଭିତରେ ଟିକ୍ କରି କ'ଣ ଗୋଟେ ଆବାଜ୍ ହେଲା। କ'ଣ ହେଲା କେଜାଣି? ତା' ପ୍ରତି ମୋର ଗୋଟେ ପ୍ରତିଦ୍ୱନ୍ଦ୍ୱୀ ମନୋଭାବ ଆସିଗଲା।

ହଠାତ୍ ସେଇ ମୁହୂର୍ତ୍ତରେ ଭାବିଲି ତୋ' କଥା। ତୁ' ତ ଏତେ ପାଖରେ ଥିଲୁ! ଅନାମିକା ଆଉ ଅନ୍ୟ ଝିଅଙ୍କ ଠାରୁ ଶୁଣି ଭାବୁଥିଲି- "ତୁ ଗୋଟେ ଲୋଫର ହୋଇଥିବୁ।" କିନ୍ତୁ ଘରେ ତ ତୋ'ର ଗୋଟେ ସଂପୂର୍ଣ୍ଣ ଅଲଗା ଇମେଜ୍। ଘରେ ସମସ୍ତଙ୍କ ସହିତ ହସ ଖୁସୀ ହେଲେବି, ମୋ ସାମ୍ନାରେ ତୋ'ର ସବୁ ଚଞ୍ଚଳତା କୁଆଡ଼େ ମିଳେଇଯାଏ। ସାମ୍ନା ସାମ୍ନି ଦେଖାହେଲେ ତଳକୁ ମୁହଁ ପୋତି ଚାଲିଯାଉ! କିଛିଦିନ ପରେ ମୁଁ ଦେଖେ ତ, ମୋ ମନ ସାରା ତୋ'ର ଛବି। ମୋ ଅଜାଣତରେ ଧୀରେ ଧୀରେ କେମିତି ମୋ ଭିତରେ ପ୍ରବେଶ କରିଯାଇଥିଲୁ। ସେଇ କେତେଦିନ ମୁଁ ପାଠ ପଢିପାରିଲିନି, ନଭେଲ ପଢିପାରିଲିନି କି ଏକୁଟିଆ ବସି ପାରିଲିନି । ବହି ଭିତରେ ଖାଲି ତୋ'ରି ମୁହଁ, ତୋ'ରି କଥା । ତୋ' ସହିତ କଥା ହେବାର ଚାନ୍ସ୍ ତ ନଥିଲା! ତଥାପି ସନ୍ଦେହ ଟିକେ ଟିକେ ଥାଏ। ଦିନେ ସାହସ କରି ଲୋରୀ ଅପାକୁ ପଚାରିଲି- "ଅନୁରାଗ କେମିତିକା ପିଲା?" ସେ ବୋଧେ ଆମ ଦି'ଜଣଙ୍କୁ ନେଇ କିଛି ଅନୁଭବ କରୁଥିଲା। ମତେ ଅନେଇକି କହିଲା- "He is very safe."

ଅପା କଥାର ପ୍ରମାଣ ପାଇଲି ସେଦିନ। ଘରେ କେହି ନଥିଲେ। ତୁ ଅପା ପାଖକୁ କ'ଣ ଗୋଟେ କାମରେ ଆସିଥିଲୁ। କବାଟ ଫିଟେଇଦେଇ ତତେ ଦେଖି ମୁଁ ପୁରା ଛାନିଆଁ ହୋଇଗଲି। କିନ୍ତୁ ମତେ ଦେଖି ତୁ ବୋଧେ ବେଶୀ ଛାନିଆଁ ହୋଇଯାଇଥିଲୁ। ବସିବାକୁ କହିଲେ ବି ବସିଲୁନି। ପଚାରିଲେ ପଦକରୁ ଦି'ପଦ ଉତ୍ତର ଦେଲୁନି। ବାସ୍, ସେଇ ମୁହୂର୍ତ୍ତରେ ମୁଁ ତୋ ମନଟାକୁ ଏକ୍ସରେ କରିଦେଲି। ଦୁଷ୍ଟ ଅନୁରାଗ ମହାପାତ୍ର ଭିତରେ ବି ଗୋଟେ ଶାନ୍ତ ସରଳ ଅନୁଭାଇ ଅଛି ବୋଲି ମୁଁ ସେଇଦିନ ଜାଣିଦେଲି। ବାରମ୍ବାର କହିଲା ପରେ ତୁ ବସିଲୁ... ମତେ ଆଶ୍ଚର୍ଯ୍ୟ କଲାଭଳି ତୁ ଗୋଟେ ପ୍ରଶ୍ନ ପଚାରିଦେଲୁ- "ସହର ବତୀ ଗଲାଣି ଲିଭି, ସରିନି ମୋ ପତ୍ର

ଲେଖା"... ବିଷୟରେ। ଏଇ ଗୀତଟା ମୁଁ ମୋ ରୁମ୍‌ରେ ଥାଇ ବୋଲିଲାବେଳକୁ ତୁ ଦିନେ ଶୁଣିଦେଇଥିଲୁ। ତୁ ମତେ ତା'ର ଲିରିକ୍‌ସ ମାଗିଲୁ...। ସେଇ ପଦେ କଥାରେ ମୋ' ସହରର ସମସ୍ତ ବତୀ ଉଦ୍‌ଭାସିତ ହୋଇଉଠିଲେ। ମୁଁ ହୋଇଗଲି ତୋ'ର ଚିତ୍ରଲେଖା। ଇସ୍... ଏତେ ଖୁସୀ... ଜୀବନରେ ପ୍ରଥମଥର ପାଇଁ ଗୋଟେ ପୁଅଠାରୁ ମୁଁ ପ୍ରଶଂସା ଶୁଣିଲି। ତା'ପରେ, ମଝିରେ ମଝିରେ ତୋ ସହ ଦେଖା ଲୋରୀ ଅପା ସୌଜନ୍ୟରୁ। କଲେଜ ବା ଏଣୁତେଣୁ ବିଷୟରେ ଗୋଟେ ଦି'ଟା ପ୍ରଶ୍ନ ମୋ' ତରଫରୁ ବା ତୋ' ତରଫରୁ। ଚାରିଟା ବେଳେ ସେଇ ପଦେ ଦି'ପଦ କଥା ମତେ ପାଗଳୀ କରି ଦେଉଥିଲା। ଅନେଇ ରହୁଥିଲି ତୋ'ରି ବାଟକୁ ସାରାଦିନ। କେମିତି କେଜାଣି, ଆମ ଝିଅ ମହଲରେ ଜାଣି ଦେଲେ- 'ମୁଁ ତତେ କୁଆଡ଼େ ପ୍ରେମ କରୁଛି!' ମତେ ଖୁସୀ ଯେତିକି ଲାଗିଲା, ଦୁଃଖ ତା'ଠୁ ବେଶୀ। ପ୍ରେମ ବୋଲି ଜିନିଷଟାର ସ୍ୱରୂପ ମୁଁ ତୋ'ଠୁ ଦେଖି ପାରିନଥିଲି ସେ ପର୍ଯ୍ୟନ୍ତ। ଖାଲି କଲେଜ ଓ ପାଣିପାଗ ବିଷୟରେ ଦି'ପଦ କଥାବାର୍ତ୍ତା କ'ଣ ଯଥେଷ୍ଟ? ଅନାମିକା ମତେ କହେ- "ତୁ ବହୁତ ଲକ୍ଲି ରେ ପରୀ!"

କିଛିଦିନ ପରେ ମୁଁ ଲକ୍ଷ୍ୟ କଲି, ତୁ କ୍ରମଶଃ ମୋ ପ୍ରତି ସଚେତନ ହୋଇପଡୁଛୁ। କଥାବାର୍ତ୍ତାରେ ପୂର୍ବର ପ୍ରଗଲ୍‌ଭତା ଆଉ ନାହିଁ। ମାପିଚୁପି କଥାବାର୍ତ୍ତା କରୁଛୁ। ତୋ' ଶବ୍ଦ ଗୁଡ଼ାକର ଗଭୀରତା ମାପିବା ପାଇଁ ମୁଁ ଅକ୍ଷମ ହେଉଥିଲି। ମୁଁ କିନ୍ତୁ ସଫା ଜାଣିଦେଲି ତୋ'ର ଦୁର୍ବଳତା। ହେଲେ, ତୁ' ତ ନୀରବ ରହିଲୁ। ମୁଁ କେମିତି ମୁହଁ ଖୋଲିଥାଆନ୍ତି? ପୁଅମାନେ ତ ପ୍ରଥମେ ମୁହଁ ଖୋଲନ୍ତି। ଏଇଟା ଫରମୁଲା। ମୁଁ କେମିତି ବ୍ୟତିକ୍ରମ ହେଇଥାଆନ୍ତି? ତା' ଛଡ଼ା, ମୁଁ ତ ଟିକିଏ ଚୁପ୍‌ଚାପ୍। ଚାଲିଲା କିଛିଦିନ ଅନ୍ତଃସ୍ରୋତ ଆମ ଭିତରେ।

ଲୋରୀ ଅପା ୟୁନିଭର୍ସିଟିରେ ପୋଜିସନ ରଖି ପାଶ କଲା। International Studies ପଢ଼ିବାକୁ JNU ଚାଲିଗଲା। ତୋ'ର ବି ଯିବା ଆସିବା ବନ୍ଦ ହୋଇଗଲା। ବହୁତ କଷ୍ଟ ରେ! ସେଇ ୧୫-୨୦ ଦିନ। ମୁଁ ଭାବୁଥିଲି ତୁ ବି ଏମିତି ଯନ୍ତ୍ରଣା ଭୋଗୁଥିବୁ। ଦିନେ ଡକେଇଦେଲି ତତେ ଲୋରୀ ଅପାର ଗୋଟେ ବହିପାଇଁ। ତତେ ବି ସେ ଏ ବିଷୟରେ ଚିଠି ଲେଖିଥିଲା। ଦୀର୍ଘ ଗୋଟିଏ ବର୍ଷର ପ୍ରତୀକ୍ଷା! ସେ'ଦିନ ସନ୍ଧ୍ୟା ପରେ ତତେ କେବେ ଏକା ଭେଟି ନଥିଲି। ତୁ ଅନୁଭବ କରି ପାରିବୁନିରେ ଅନୁଭାଇ! କି ଉଦ୍‌ବିଗ୍ନତାର ସହ ମୁଁ ସେଦିନ ତୋ' ବାଟକୁ ଅନେଇ ବସିଥିଲି। ଶେଷରେ ତୁ ଆସିଲୁ। ପ୍ରଥମ କରି ତତେ ଏକୁଟିଆ ଭେଟୁଛି ଏତେ ଦିନ ପରେ! ଗୁଡ଼ାଏ ରୁଦ୍ଧ ବେଦନା ହାଲୁକା ହୋଇଗଲା ତତେ ସେଦିନ ଏତେ ପାଖରେ ଦେଖି।

ପ୍ରତି ମୁହୂର୍ତ୍ତରେ ଇଚ୍ଛା ହେଉଥିଲା ତତେ ଚାପି ଧରିବାକୁ। ଜମା ଛାଡ଼ିବାକୁ ଇଚ୍ଛା ହେଉନଥିଲା। କେତେ କଣ ଭାବିଥିଲି ତତେ କହିବା ପାଇଁ। ହେଲେ ସବୁ ଭୁଲିଗଲି ତତେ ଦେଖିନେଇ। ତୋ ମୁହଁଟାକୁ ମୁଁ ସେମିତି ଚାହିଁ ରହିଥିଲି ନିର୍ନିମେଷ ନୟନରେ। ତୋ' ଛାତି ଭିତରର ଟିକ୍‌ଟିକ୍, ମୋ ଛାତି ଭିତରେ ଅନୁଭବ କରିପାରୁଥିଲି। ବହୁତ ମଜ୍ଜା ମଜ୍ଜା କଥା ତୁ କହିଲୁ। ମୋ ଓଠ ଦି'ଟା କିନ୍ତୁ ଚିପି ହୋଇ ରହି ଯାଇଥିଲେ। ତୁ'ତ ମୋ କଥାଗୁଡ଼ା ସବୁ କହି ଦେଉଥିଲୁ। ମୁଁ ଅଧିକାଟା କ'ଣ କହିଥାନ୍ତି ଯେ? ଦୁଇ ତିନି ଘଣ୍ଟା ସେଦିନ କେମିତି ଚାଲିଗଲା ମୁଁ ଜାଣିପାରିଲିନି। ରାତି ସାରା କେବଳ ସ୍ୱପ୍ନ ଆଉ ସ୍ୱପ୍ନ। ତୁ ମତେ ଯେମିତି ମନ୍ତ୍ର କରିଦେଲୁ। ମନ ରାଇଜଟା ମୋ'ର ତୋ'ର ହୋଇଗଲା। ଆମେ ଦି'ଜଣ ବହୁତ ପାଖାପାଖି ହୋଇଗଲେ। ତୋ ବିନା ମୋର ସତ୍ତା ଖୋଜିପାଇଲିନି। ଦି'ଜଣ ଏକା ଏକା ବସି ଗପିବାରେ କେତେ ଆନନ୍ଦ ସତରେ? ଜାଣିଛୁ? ତୋ ପୂର୍ବରୁ କୌଣସି ପୁଅର ଛାଇ ମୋ ମନର ପରିଧି ଛୁଇଁ ନଥିଲା। ତୋ'ର ବି ସେୟା ବୋଲି ଯେଉଁ ଦିନ କହିଲୁ, ଏତେ ଖୁସୀ ହୋଇଗଲି ଯେ ରାତିସାରା ଶୋଇ ପାରିଲିନି।

ମନେ ଅଛି କିରେ! ତୋ'ର ସେଇ କବିତାଟା କଥା? ଗୋଟେ ଗପ ବହି ଭିତରେ ଦେଇଥିଲୁ। ତୁ ଗୋଟେ କବି ବୋଲି ମୁଁ ଜାଣି ନଥିଲି। ମତେ ତୁଳନା କରିଥିଲୁ କେଉଁ ରୂପରାଇଜର 'ଲାଲ୍ ପରୀ' ସହିତ! କେଉଁ ଏକ ନିର୍ଜନ ଦ୍ୱୀପର ନିର୍ବାସିତ ଦର୍ପଣରେ ତୁ ମୋର ପ୍ରତିଛବି ଆବିଷ୍କାର କରିଥିଲୁ । ମୁଁ ନିଜକୁ ବିଶ୍ୱାସ କରିପାରୁନଥାଏ ଯେ ସେଇ କବିତାଟା ମୁଁ ନିଜେ! ତୁ' ତ ସିଧା ଦେଇପାରିଥାନ୍ତୁ, ଲୁଚେଇ କରି କାହିଁକି ଦେଲୁ? ତୁ କ'ଣ ସେ ପର୍ଯ୍ୟନ୍ତ ସନ୍ଦେହ କରୁଥିଲୁ ମୋ ଭଲପାଇବାକୁ? ମୋ ନାଁଟା ସିଧା ନଥିଲେ ବି ମତେ ଟିକେ ଟିକେ ଖୁସୀ ଲାଗୁଥାଏ- ଯା'ହେଉ ମୁଁ ଅନୁଭାଇର କବିତା ହୋଇଗଲି! ଏମିତି କେତେଦିନ ଗଲା ତୁ ଜାଣିଥିବୁ। ମୋ ମନର ସବୁ ପୃଷ୍ଠା ଗୁଡ଼ା ତୋ ଆଗରେ ଖୋଲି ସାରିଲା ପରେ ବି ତୁ ମତେ 'I Love You' କହିପାରିଲୁନି? ତୁ କ'ଣ ସତରେ ମୋ ହୃଦୟ ତନ୍ତ୍ରୀର ଝଙ୍କାର ଶୁଣି ପାରିନଥିଲୁ? ମୁଁ କିନ୍ତୁ ତୋ' ହୃଦୟର ପ୍ରତିଟି ରାଗିଣୀ ଅନୁଭବ କରି ପାରୁଥିଲି। ତୋ' ପାଟିରୁ ଏଇ ତିନିଟା ଶବ୍ଦ ଶୁଣିବା ପାଇଁ ମୁଁ କେତେ ଉତ୍ସୁକ ଥିଲି ତତେ କେମିତି ବୁଝେଇବି ଯେ?

କିଛିଦିନ ପରେ ତୁ ହଠାତ୍ ଆଉ ଗୋଟେ ଅନୁଭାଇ ହୋଇଗଲୁ। ଏତେ ଗମ୍ଭୀର, ଏତେ ଉଦାସ, ଏତେ ଚୁପ୍‌ଚାପ୍ ମୁଁ ତତେ କେବେ ଦେଖିନଥିଲି। ତୁ ସଦାବେଳେ ମଉଜ ମଜଲିସ୍ କରୁ, ଏଇ ଗୁଣଟା ମୋର ସବୁଠୁ ପସନ୍ଦ ଥିଲା। ସେଥିପାଇଁ

ମୁଁ ତୋ ପାଖକୁ ଟାଣି ହୋଇ ଯାଇଥିଲି। ତୋ'ର ଏଇ ଉଦାସୀନତା ମୁଁ କେମିତି ସହ୍ୟ କରିପାରିଥାଆନ୍ତି ?

ପ୍ରାୟ ଗୋଟେ ମାସ ତୁ ଆମ ଘରକୁ ଆସିଲୁନି। ନୁରୀ, ଶାରୀ ବଜାରରେ କେତେ ଥର ଦେଖି ଡାକିଲେ ବି ତୁ ଆସିଲୁନି। ଦୁଇ ତିନି ମାସ ପରେ ପୂଜା ଛୁଟୀରେ ଲୋରୀ ଅପା ଆସିଲା। ତା'କୁ ବି ତୁ ଦେଖା କରିବାକୁ ଆସିଲୁନି। ସେ ତୁମ ଘରକୁ ଯାଇ ଜବରଦସ୍ତି ତତେ ଡାକି ଆଣିଲା। ଯେତେ ପଚାରିଲେ ବି ତୁ ତା'କୁ କିଛି କହିଲୁନି। ଶେଷରେ ସେ ତୋ ସାଂଗ ସଂପଦ୍ ଠାରୁ ଶୁଣିଲା ଯେ... ତୁ ଗୋଟେ ଅଜଣା ଅଚିହ୍ନା ଚିନ୍ତାରେ ଘାରି ହେଉଛୁ। କାହାକୁ କିଛି କହୁନୁ କି ଶୋଇ ବି ପାରୁନୁ କୁଆଡ଼େ ! ଯୋଉ ଯନ୍ତ୍ରଣା ମୁଁ ଅନୁଭବ କଲି କଣ କହିବି ? ସେ ପର୍ଯ୍ୟନ୍ତ ମୋର ସେମିତିକା ଅନୁଭବ ନଥିଲା। ତୋ'ର ଖୁସୀ ପାଇଁ ମୁଁ ସବୁ କିଛି ଜଳାଞ୍ଜଳୀ ଦେଇ ଦେବାକୁ ପ୍ରସ୍ତୁତ ହୋଇଗଲି। ମୋ'ର ବିଶ୍ୱାସ ଥିଲା, ତୁ ମତେ ନିଶ୍ଚୟ କହିବୁ ତୋ' ମନର କଥା। ପନ୍ଦର କୋଡ଼ିଏ ଦିନ ତୋ ସହିତ କଥା ହେଇ ପାରିଲିନି। ଦେଖାହେଲେ ବି ତୁ ମୁହଁ ଫେରାଇନେଇ ଚାଲିଗଲୁ। ଲୋରୀ ଅପା JNU ଫେରିଗଲା। କ'ଣ ତୋ'ର ହେଉଥିଲା ମୁଁ କେମିତି ଜାଣନ୍ତି ? ଅନେକ ଚେଷ୍ଟା ପରେ ତୋ'ଠୁ ପାଇଲି କାଗଜ ଖଣ୍ଡେ। ପଢ଼ିଲି ତା'କୁ କାନ୍ଦି କାନ୍ଦି। ମୋ ପରି ଗୋଟେ ଝିଅ ପାଇଁ ତୁ ଏତେ କଷ୍ଟ ସହୁଛୁ ଜାଣି ମୁଁ ଆଶ୍ଚର୍ଯ୍ୟ ହେଲି। ମୁଁ ବୁଝି ପାରୁନଥିଲି ତୁ ମତେ ଅବିଶ୍ୱାସ କରିବାର କାରଣ କ'ଣ ? ମୁଁ ତତେ ଜୀବନରୁ ବେଶୀ ଭଲପାଏ ବୋଲି ତୁ କ'ଣ ଅନୁଭବ କରିପାରିନଥିଲୁ ? ତୁ ବୋକାଟେ ରେ !.... ଝିଅପିଲା କ'ଣ ଏମିତି କହନ୍ତି ମୁହଁ ଖୋଲି ? ସେମାନଙ୍କ ମୁହଁ ଖୋଲିବାକୁ ହୁଏ ଚେଷ୍ଟା କରି। ତୁ' ତ ସାମାନ୍ୟ ଚେଷ୍ଟା କରିଥିଲେ ମୋ ଓଠରେ ସେଇ ତିନିଟା ଶବ୍ଦ ଭରି ଦେଇ ପାରିଥାନ୍ତୁ। ଯାତ୍ରା ପାର୍ଟିର ତୃତୀୟ ଶ୍ରେଣୀର ନାୟିକା ପରି କ'ଣ ମତେ କହିବାକୁ ପଡ଼ିଥାନ୍ତା– "ଅନୁଭାଇ ! ମୁଁ ତୁମକୁ ପ୍ରାଣଭରି ଭଲପାଏ। ଛାତି ଚିରି ଦେଖାଇଦେବି।" କିନ୍ତୁ ଏପରି କହିବାରେ ମୋର ବିଶ୍ୱାସ ନଥିଲା। ତୁ କ'ଣ ଏତିକି ବୁଝି ପାରି ନଥିଲୁ ଯେ ମୁଁ କହିଥାନ୍ତି ? ପୁଅ ପିଲା ତୁ। ଏତେ ଡରୁଆ ହେଲେ ଚଳିବ ?

ଏଇରେ... ! ତୁ ତ ବାହାରକୁ ଏତେ ଖେଲୁଆଡ଼ ପରି ଜଣାପଡୁ। ଭିତରେ ଏତେ ନରମ କେମିତି ? ମୁଁ କେବେ ଭାବି ନଥିଲି ତୁ ଏତେ କୋମଳ ହୋଇଥିବୁ ବୋଲି। ଦଶଟା ଝିଅଙ୍କୁ ସାମ୍ନା ସାମ୍ନି କମେଣ୍ଟ କରୁଥିଲୁ, ଅଥଚ ଗୋଟାଏ ଝିଅ ଆଗରେ ମନର କେତେଟା ପୃଷ୍ଠା ଖୋଲି ଦେବା ପାଇଁ ସାହସ ତୋ'ର ନଥିଲା ? ତତେ ଆଉ କ'ଣ କହିଥାନ୍ତି ଯେ ? ଚିଠିଟା ପଢ଼ି ଡରିଗଲି। ମୋ ଛାତିରେ ସାହସର

ଏକାନ୍ତ ଅଭାବ ଅନୁଭବ କଲି । କ'ଣ ତତେ ଉତ୍ତର ଦେବି ଠିକ୍ କରିପାରିଲିନି । ତତେ ଏତେ ବେଶୀ ଭଲପାଇ ବସିଥିଲି ଯେ ତୁ ମତେ ଛାଡ଼ି ଦେଲେ ମୁଁ ବଞ୍ଚିପାରିବି କି ନାହିଁ ସନ୍ଦେହ ଥିଲା । କିନ୍ତୁ ତୋ'ର କଥା ଯଦି ଗ୍ରହଣ କରିନେଉଛି ଅନେକ ଝଡ଼ର ସମ୍ମୁଖୀନ ହେବାକୁ ପଡ଼ିବ । ଅବଶ୍ୟ ତୁ ମୋ'ଠୁ କୌଣସି ନିର୍ଦ୍ଦିଷ୍ଟ ପ୍ରତିଶ୍ରୁତି ମାଗି ନଥିଲୁ । ତୋ'ର କେବଳ ଦରକାର ଥିଲା ମୋର ସବୁତକ ସ୍ନେହ । ତଥାପି ଭବିଷ୍ୟତରେ ଯଦି ସେପରି ପରିସ୍ଥିତି ଆସେ, ତାକୁ ଭେଟିବା ଭଳି ସାହସୀ ଝିଅ ମୁଁ ନୁହେଁ । ତା'ଛଡ଼ା ଆମେ ଯଦି ଭାବ ପ୍ରବଣତାର ବଶବର୍ତ୍ତୀ ହୋଇ କୌଣସି ଚରମ ପଦକ୍ଷେପ ନେବା, ଆମ ଦି'ଟା ପରିବାର ତା'କୁ କାହିଁକି ଏତେ ସହଜରେ ଗ୍ରହଣ କରିନେବେ ? ସେଥିପାଇଁ ଇଚ୍ଛା କଲି ଆମ ଭଲପାଇବାରେ କୌଣସି ସର୍ତ୍ତ ବା ସମ୍ଭାବନା ନରହୁ । ତୁ ବି ଏଇଟାକୁ କେମିତି ଏତେ ସହଜରେ ଗ୍ରହଣ କରିନେଲୁ ମୁଁ ଆଶ୍ଚର୍ଯ୍ୟ ହୁଏ । ମୋ'ର ଧାରଣା ଥିଲା ଯେ, କୌଣସି ପୁଅ କେବେ ବିନା ସ୍ୱାର୍ଥରେ ପ୍ରେମ କରନ୍ତିନି । ତୁ ସତରେ ଏକ ବ୍ୟତିକ୍ରମ ଏଇ ନିୟମର ।

ଅନୁଭାଇରେ ! ଗୋଟିଏ ଜିନିଷ ତୋ'ର ମୋ ପାଇଁ ଅନ୍ଧକାରରେ ରହିଗଲା । ଏତେ ମିଳାମିଶା, ଘଣ୍ଟା ଘଣ୍ଟା ଧରି ଗପିଲା ମଧ୍ୟରେ ତୁ କେବେ କାଇଁ ତ ମୋ ଦେହ ବିଷୟରେ ଅନୁସନ୍ଧିତ୍ସୁ ହୋଇନୁ । ସତ କହତ ଦେଖି, କେବେ କଣ ତୁ ମନତଳେ ଅନୁଭବ କରିନୁ ଉଷ୍ମତା ? ଗୋଟେ ଝିଅ ସହ ଏତେ ଘନିଷ୍ଠ ହୋଇସାରିଲା ପରେ, ତା' ମନର ପ୍ରତିଟି ତରଙ୍ଗରେ ତୋ' ମୁହଁ ପ୍ରତିବିମ୍ବିତ ହୋଇସାରିଲା ପରେ ବି ତୁ ସେମିତି ଅନାକର୍ଷିତ ରହିଗଲୁ ?

ମନେ ପଡ଼େ ମୋ'ର ବେଳେବେଳେ ସେ ସବୁ ମୁହୂର୍ତ୍ତ । ଦି'ଜଣ ବସି ଗପିଲାବେଳେ କରେଣ୍ଟ ଚାଲିଯାଏ । ତୁ ସଙ୍ଗେ ସଙ୍ଗେ ପାଟିକରୁ "ଏଇରେ ପରୀ । କ୍ୟାଣ୍ଡଲ ଜଳା ତ ଶୀଘ୍ର ।" ମୁଁ କିନ୍ତୁ ସେମିତି ଅନ୍ଧାରରେ ବସି ତୋ ମନର ପୃଷ୍ଠାଗୁଡ଼ା ଚୁପ୍‌ଚାପ୍ ଖୋଲୁଥାଏ । ଟିକିଏ ଡେରୀ ହେଲେ ରାଗୁ । ସତରେ କ'ଣ ତତେ ଅନ୍ଧାରରେ ଏତେ ଡରଲାଗେ ? ମତେ କିନ୍ତୁ ଜମା ଲାଗେନା । ବରଂ ଇଣ୍ଟରେଷ୍ଟିଙ୍ଗ୍ ଲାଗେ । ତୋ' ସହିତ ଥିଲେ ମୋ'ର ଆଫ୍ରିକା ଜଙ୍ଗଲକୁ ବି ଭୟ ନଥିଲା ।

ଆଉ ଥରକର କଥା । ମତେ ତୁ କଣ ଗୋଟେ ଅଜଣା ଜିନିଷ ପାଇଁ ପ୍ରତିଶ୍ରୁତି ମାଗିଲୁ । ମୁଁ ନିର୍ଦ୍ୱନ୍ଦ୍ୱରେ ରାଜି ହୋଇଗଲି । ତୋ'ର ଦରକାର ବେଳେ ମାଗିନବୁ ବୋଲି କହିଲୁ । ମୁଁ ତ ବିନ୍ଦୁ ବିସର୍ଗ ବି ବୁଝିପାରିଲିନି । କ'ଣ ସେ ଜିନିଷଟା ଅନୁଭାଇ ମାଗୁଛି ? ପରେ କିନ୍ତୁ ଜାଣିଦେଲି । ହସିଲି । ଭାବିଲି, ଦେଖିବା ଅନୁଭାଇ କେତେ ସାହସୀ ? ସତରେ, ତୁ ଡରୁଆଟା । ସେଥର ଯାଉଥିଲୁନା ଦିଲ୍ଲୀ ଦୁଇ ତିନି

ମାସ ପାଇଁ କ'ଣ ଗୋଟେ ପଢ଼ିବା ପାଇଁ? ମତେ କହିଲୁ ମାଗିବୁ ବୋଲି ପୂର୍ବଦିନ ସନ୍ଧ୍ୟାରେ। ହେଲେ ହଜାରେ ଥର ପଚାରିଲା ପରେ ବି ସେ ଜିନିଷଟାର ନାଁ ତୋ ଜିଭରେ ଲେଉଟିଲା ନାହିଁ। ମୋ ହାତଟାକୁ ଦି'ହାତରେ ନେଇ ବି ଓଠରେ ଲଗେଇ ପାରିଲୁନି। ଡରୁଆ ନମ୍ବର ଓ୍ୱାନ୍। ମୋ ବାହାଘର ପୂର୍ବରୁ ଚିଠିରେ ଲେଖିଥିଲୁ ସେ ଜିନିଷଟାର ନାଁ- 11.9.19². ହସି ହସି ମୁଁ ବେଦମ୍। ସିଧା ସିଧା କହିଦେଇପାରିଲୁନି KISS ବୋଲି? ସେଥିପାଇଁ ଏତେ ବଡ଼ କୋଡ଼ ଓ୍ୱାର୍ଡ଼! ତୁ ବୋଧେ ଜାଣିନୁ, ପ୍ରତି ଝିଅ ନିଜ ପ୍ରେମିକଠାରୁ କିଛି ନ ହେଲେ ବି ଅତି କମ୍‌ରେ ଗୋଟେ ଚୁମା ଆଶା କରନ୍ତି। ତୁ ଏଇ ଚିରନ୍ତନ ସତ୍ୟଟାକୁ ଜାଣି ପାରିଲୁନି! ତୋ' ଚିଠି ପାଇଲା ପରେ ଅନେକ ସୁଯୋଗ ମୁଁ ତତେ ଦେଇଛି ତୋ ପ୍ରାପ୍ୟଟା ମୋଠୁ ଆଦାୟ କରିନେବା ପାଇଁ। ହେଲେ ତୁ ପାରିଲୁନି। ମୋ'ର ବି ଗୋଟେ ଅବଶୋଷ ରହିଗଲା। ଏଥିପାଇଁ ଯେ, ତୁ' ତ ସିଗ୍ରେଟ୍ ଖାଉନି (ଇଏ କିନ୍ତୁ ପ୍ରଚୁର ଖାଆନ୍ତି) ତେଣୁ ତୋ ଓଠ ଦି'ଟା ୟାଙ୍କ ଅପେକ୍ଷା ବେଶୀ ମିଠା ହୋଇଥିବ ନିଶ୍ଚିତ! ସତ କହୁଛି ରେ! ୟାଙ୍କୁ ଲୁଚେଇବି ବରଂ ତତେ ଲୁଚେଇବି କାହିଁକି? ଛୋଟ ଗୋଟେ ଅପ୍ରାପ୍ତିର ଅଶ୍ୱସ୍ତି ମନରେ ରହିଗଲା।

ଲୋରୀ ଅପାର ତ ଆହୁରି ଅନେକ ପାଠ ପଢ଼ିବାର ଥିଲା। ତା'ର ଆକାଶ ଛୁଇଁବାର ଇଚ୍ଛାକୁ ବାପା ସୀମିତ କରିଦେବାକୁ ଚାହୁଁ ନଥିଲେ। ଏଣେ ତାଙ୍କ ରିଟାୟାରମେଣ୍ଟ ପାଖେଇ ଆସୁଥାଏ। ଆମ ତିନି ଭଉଣୀଙ୍କ ଦାୟିତ୍ୱ ଅପା ପାଇଁ ରଖିବାକୁ ବାପାଙ୍କର ଇଚ୍ଛା ନଥାଏ। ମୋ'ର ବି.ଏ ପରୀକ୍ଷା ଅଳ୍ପ ଦିନଥାଏ। ଗୋଟେ ବାହାଘରରେ ଜିତେନ୍‌ଙ୍କ ସହିତ ଦେଖା ହୋଇଗଲା। ପଦେ ଦି'ପଦ କଥା ତା'ଙ୍କ ସହିତ। ସପ୍ତାହକ ଭିତରେ ତା'ଙ୍କ ଘରୁ ପ୍ରସ୍ତାବ ଆସିଗଲା। ଭଲ ଘର, ଭଲ ପିଲା, ଭଲ ଚାକିରୀ, ବାପାଙ୍କର ଅରାଜି ହେବାର କିଛି ନଥିଲା। ତେଣୁ ପରୀକ୍ଷା ପରେ ହିଁ ବାହାଘର ପାଇଁ ବାପା ରାଜି ହୋଇଗଲେ। ହଠାତ୍ ଗୋଟେ ଘୂର୍ଣ୍ଣିଝଡ଼ ଭିତରକୁ ମୁଁ ଶୋଷି ହୋଇଗଲି। ଏତେ ଅକସ୍ମାତ୍ ଆସିଲା ଯେ ମୁଁ କିଂକର୍ତ୍ତବ୍ୟ ବିମୂଢ଼ ହୋଇରହିଗଲି। ଅପା ପରି ବ୍ରିଲିଆଣ୍ଟ ନହେଲେ ବି ଆଉ କିଛି ପାଠ ପଢ଼ିବାର ଆଶା ଥିଲା। ଜାଣି ପାରିଲିନି କ'ଣ କରିବି? ତୁ'ତ ପାଠ ପଢ଼ିବା ପାଇଁ ଅନ୍ୟ ସହରକୁ ଚାଲିଯାଇଥିଲୁ। ଅପାଠୁ ଗୋଟେ ଚିଠି ପାଇଲି। ଲେଖିଥିଲା- "ପରୀ! ବାପାଙ୍କ କଥା ମାନିବା ଆମର କର୍ତ୍ତବ୍ୟ। ଚାରି ଝିଅ ଆମେ। ତା'ଙ୍କ ମନରେ ଆଘାତ ନଦେବା ପାଇଁ ଚେଷ୍ଟା କରିବା। ତୋ' ମନରେ କିଛି ପ୍ରଶ୍ନ ଥିଲେ ମତେ କହିବୁ। ଚେଷ୍ଟା କରିବି ସମାଧାନ ପାଇଁ।" ବୋଧେ ଆମ ବିଷୟରେ ତା'ର ଗୋଟେ ଫିକା ଧାରଣା ଥିଲା।

ମତେ କିନ୍ତୁ ଗୋଟେ ନିଷ୍ପତ୍ତି ନେବାର ଥିଲା । ଗୋଟେ ପଟେ ବାପା, ବୋଉ, ଆରପଟେ ତୁ ! ତୋ' ଉପରେ ତ ମୋର ପ୍ରଗାଢ଼ ବିଶ୍ୱାସ ଥିଲା । ଲୋରୀ ଅପାଙ୍କୁ ଚିଠି ଲେଖିଲି- "ପ୍ରଶ୍ନ ତ କିଛି କିଛି ଅଛି । କିନ୍ତୁ ସହଜ ଉତ୍ତର କିଛି ନାହିଁ । ବାପାଙ୍କ ପାଇଁ ମତେ ସବୁକୁ ଜଳାଞ୍ଜଳି ଦେବାକୁ ପଡ଼ିବ ଯେତେ କଷ୍ଟ ହେଲେବି । ଆଶାକରେ ତୁ ବୁଝିଯିବୁ । You know, I am safe."

ବାହାଘର ଆଉ ଅଳ୍ପଦିନ ଥାଏ । ତୁ ଲେଖିଥିଲୁ ଜିତେନ୍‌ଙ୍କ ବିଷୟରେ ଜାଣିବାକୁ । ମୋର ଇଚ୍ଛା ହେଉଥିଲା ଜଣାଇ ଦେବା ପାଇଁ ସେ କେତେ ଭଲ । ହେଲେ, ରହିଗଲି । ଭାବିଲି ତୋ' ମନଟା ସେମିତି ସତେଜ ସୁନ୍ଦର ହୋଇ ରହିଥାଉ । ମୁଁ ଥରେ କହିଥିଲି ନାଁ, ମୁଁ ଯେଉଁଠି ଥିଲେ ବି ତତେ ଭଲପାଇବି ଆଉ ମୋର ମନଟା ତୋ'ରି ପାଖେ ପାଖେ ଥିବ । ଏ ପଦଟାରେ ମୁଁ କୌଣସି ପରିବର୍ତ୍ତନ ଇଚ୍ଛା କରିନି । ନିହାତି ସତ ଏ ପଦଟା । ତତେ ମୁଁ କେବେ ଭୁଲି ପାରିବିନି । ଜିତେନ୍‌ଙ୍କୁ ବାହାହେଲା ପରେ ଘରକାମ କରିବା ଭିତରେ, ଲୁବ୍‌ନା ସହିତ ଖେଳିବା ସମୟରେ, ତାଙ୍କ ଛାତି ଉପରେ ଶୋଇ ରହିଥିଲାବେଳେ ବି ତୁ ମୋ ମନରେ ଆସୁ । ନାରୀ ତା' ପ୍ରଥମ ପ୍ରେମିକକୁ ମଲାଯାଏ ମନେ ରଖେ । ତମେ ପୁରୁଷଗୁଡ଼ା ସବୁ ଧୋକାବାଜ୍... ଏ ମା'- ଭୁଲ୍ କହିଦେଲି । ଅନ୍ତତଃ ତୋ' ଜାତିର ପୁଅଗୁଡ଼ା ସେମିତି ନୁହଁନ୍ତି । ମୁଁ ଭଲକରି ଜାଣେ, ତୁ ଏବେ ବି ମତେ ନିଶ୍ଚୟ ପୂର୍ବପରି ଭାବୁଥିବୁ । ଖାତାରେ ମୋ ନାଁ ଲେଖୁଥିବୁ ଅବସର ବେଳେ । ବୁଝିଲୁ ? ମୁଁ ମନେ ମନେ ଗର୍ବ କରେ ଯେ ମୋର ପ୍ରଥମ ପ୍ରେମ ଗୋଟେ ପୁଅ ସାଂଗେ ହୋଇଥିଲା, ଯେ ସମସ୍ତଙ୍କ ଠାରୁ ଅଲଗା । ହଁ, ତୁ କହିଥିଲୁ ନାଁ, ବାହାଘର ପୂର୍ବରୁ ମୁଁ ତତେ ଅବହେଳା କରୁଛି । ଆଉ ଚିଠି ଦେବାରେ ଆଗ୍ରହୀ ନୁହେଁ । ସତ କଥାଟା ତତେ କହୁଛି ଶୁଣ୍ ! ନିର୍ବନ୍ଧ ପରେ ଜିତେନ୍‌ଙ୍କଠାରୁ ପ୍ରତିଦିନ ଚିଠି ଓ ଫୋନ୍ ମତେ ଅସ୍ତବ୍ୟସ୍ତ କରି ରଖିଥିଲା । ମୋର ଚିଠି କି ଫୋନ୍ ପାଇଁ ଇଚ୍ଛା ଥିଲା କି ନାହିଁ ଠିକ୍‌ରେ କହିପାରିବିନି । କିନ୍ତୁ ଆଉ କିଛି ରାସ୍ତା ନଥିଲା । ସଂପୂର୍ଣ୍ଣ ଜୀବନଟା ଯାହା ସହିତ ବନ୍ଧା ହୋଇଗଲା, କେମିତି ଇଗ୍‌ନୋର କରିଥାନ୍ତି ତା'ଙ୍କୁ? ଶତଇଚ୍ଛା ସତ୍ତ୍ୱେ ବି ମତେ ସମୟ ମିଳେନି ତୋ' ପାଖକୁ ଦି'ଧାଡ଼ି ଲେଖିଦେବା ପାଇଁ । ତୋ ପାଖକୁ ଚିଠି ଲେଖିବା ପାଇଁ ତ ଅଲଗା ଗୋଟେ ମାନସିକ ପ୍ରସ୍ତୁତି ଦରକାର ! ସେତିକି ହେଇପାରୁନଥିଲା । ଅନେକ ଅନୁତପ୍ତ ମୁଁ ଏ ଅବହେଳା ପାଇଁ । ମୁଁ ଜାଣିଛି ତୁ ନିଶ୍ଚୟ ମୋ ଚିଠିକୁ ଅପେକ୍ଷା କରୁଥିବୁ । କିନ୍ତୁ ଉପାୟ ନଥିଲା ରେ ! କ୍ଷମା କରିଦେବୁ । ଏହା ସତ୍ତ୍ୱେ ବି ତୁ ନିୟମିତ ଚିଠି ଦେଉଥିଲୁ । ସେଇଥିପାଇଁ ତ 'ତୁ', 'ତୁ' !

ଆରେ ଅନୁଭାଇ ! ଶେଷ ବେଳକୁ ତୁ ମତେ ଘୃଣା କରିନୁ ତ ? ଜିତେନ୍‌ଙ୍କୁ ଈର୍ଷା କରିନୁ ତ ? କାଇଁ ଦିନେ ହେଲେ ତ ଏ ପ୍ରକାର ଭାବନାର ଛାଇ ମୁଁ ତୋ ମୁହଁରେ ଲକ୍ଷ୍ୟ କରିପାରିଲିନି । ତତେ କେମିତି ଲାଜ ଲାଗେନା କେଜାଣି, ଜିତେନ୍‌ଙ୍କ କଥା କହି ମତେ ଚିଡ଼ାଉ ! ତା'ଙ୍କ ସହିତ ରୋମାନସ୍ କରୁଛି ଜାଣି ବି ତୁ ଅପରିବର୍ତ୍ତିତ ରହିଗଲୁ । କିନ୍ତୁ କାହିଁକି ? ତୋ ପ୍ରେମିକାକୁ ଆଉ ଜଣେ ଛଡ଼େଇ ନେଉଛି । ଅଥଚ ତୁ ତା'କୁ ସ୍ୱାଗତ ସମ୍ବର୍ଦ୍ଧନା ଜଣାଉଛୁ ? ଆଉ ତତେ ଯିଏ କହିଥିଲା- "ଅନୁଭାଇ ! ଆମ ଦି'ଜଣକ ଭିତରେ ତୃତୀୟ ବ୍ୟକ୍ତିର ଅନୁପ୍ରବେଶ ଘଟିବନି । (ମୋର ବାହାଘର ପୂର୍ବରୁ ଅନ୍ତତଃ) ତମେ ଏ ବିଷୟରେ ନିଶ୍ଚିତ ରହିପାର ।" ଠିକ୍ ସେଇ ଝିଅଟା ଏବେ ଆଉ ଜଣକ ସାଂଗରେ ହାତ ଛନ୍ଦି ଡେଇଁ ଡେଇଁକା ଚାଲିଯାଉଛି, ତତେ ଏଇଟା ବାଧିଲାନି ? ତୁ ମନଦୁଃଖ କଲୁନି ? ଅପମାନ ବୋଧ କଲୁନି ? ଅନାମିକା କହୁଥିଲା- "ଅନୁରାଗ ଚନ୍ଦ୍ର ମଣ୍ଡଳରୁ ଆନୀତ ଗୋଟାଏ ସ୍ୱତନ୍ତ୍ର ଧାତୁରେ ଗଢ଼ା । ଏ ପାର୍ଥିବ ଦୁନିଆଁର ଉପାଦାନ ତା' ମନରେ ଖୁବ୍ କମ୍ ।" ମୁଁ ଆଶ୍ଚର୍ଯ୍ୟ ହୁଏ, ଏତେ ଦୂରରେ ଥାଇ ସେ ଏତେ ସଠିକ୍ କେମିତି ଜାଣି ଦେଲା ? ଏତେ ପାଖରେ ଥାଇ ମୁଁ ଜାଣିପାରିଲିନି । ସତରେ ! ତୁ ମତେ ଆଶ୍ଚର୍ଯ୍ୟ କରିଦେଲୁ । ଅନେକ ଥର ଚେଷ୍ଟା କରିଛି ତୋ' ମନ ଭିତରକୁ ଉଙ୍କି ମାରିବା ପାଇଁ । ଯଦି ଈର୍ଷା ନଥାଏ, କିଛି ଭରିଦେବା ପାଇଁ । ମାତ୍ର ମୁଁ ହାରିଗଲି । ତୁ ସେମିତି ବରଫ ପରି ଶୀତଳ ରହିଗଲୁ । ଈର୍ଷାର ଉଷ୍ମତା ତତେ ସ୍ପର୍ଶ କରି ପାରିଲାନି ।

ଆଉ ଗୋଟେ କଥା ! ଅନେକ ଥର ତତେ କହିବି ବୋଲି ଭାବିଛି କିନ୍ତୁ କହିପାରିନି । ମତେ ତୁ ଖରାପ ଭାବିପାରୁ । କିନ୍ତୁ ଏଇଟା ନିହାତି ସତ କଥା । ନିଜକୁ ଟିକେ ଚେଞ୍ଜ୍ କର୍ । ନହେଲେ ଅସୁବିଧା ହେବ ତୋ' ନିଜପାଇଁ । କହୁଛି ଶୁଣ୍... ତୁ ଏତେ ଖିଆଲୀ କେମିତି ହେଲୁ କିରେ ? ତତେ ଏତେ ଭଲପାଇସାରିଲା ପରେ ବି ମୁଁ ତୋ'ର ସେଇ ଭାବପ୍ରବଣତା ପସନ୍ଦ କରିପାରୁନଥିଲି । ଏତେ ଖୁସୀରେ ହସ ହସ ହୋଇ ଗପସପ କରୁଥିବୁ । ହଠାତ୍ ତୋ'ର କ'ଣ ହୁଏ କେଜାଣି, ତୁ ହୋଇପଡୁ ଅସମ୍ଭବ ଧରଣର ଗମ୍ଭୀର । ଯେଉଁ ମୁହଁରେ ପୂର୍ବ ମୁହୂର୍ତ୍ତରେ ହସର ଫୁଆରା ଛୁଟୁଥାଏ, ଏତେ ଜଲ୍‌ଦି ସେଇଟା କେମିତି ରୂପାନ୍ତରିତ ହୁଏ ଗୋଟେ ତରଙ୍ଗ ବିହୀନ ଗଭୀର ସମୁଦ୍ରରେ ! ମୁଁ ଆଶ୍ଚର୍ଯ୍ୟ ହୁଏ । ସେତେବେଳେ ତୋ' ମନର ଗଭୀରତା ମାପିବାରେ ମୁଁ ଅସମର୍ଥ ହୋଇପଡ଼େ । ତତେ କ'ଣ କହି ବୁଝାନ୍ତି ଯେ ? ତୁ ଖରାପ ଭାବିବୁନିରେ.... ଝିଅମାନେ ଖିଆଲି ପୁଅମାନଙ୍କୁ ଜମା ପସନ୍ଦ କରନ୍ତିନି । ଝିଅଙ୍କ ମନ ଗୋଟେ ଅରମା ବଣ ପରି । ତା' ଭିତରକୁ ପଶିବାକୁ ଆବଶ୍ୟକ ସାହସ, ଧୈର୍ଯ୍ୟ ଆଉ ଶକ୍ତି । କଣ୍ଟାଝଣ୍ଟା ସଫା କରି ଗୋଟେ ନୂଆ ସାମ୍ରାଜ୍ୟ ସୃଷ୍ଟି କରିବାକୁ ପଡ଼ିବ । ନହେଲେ ତମେ

କେବେହେଲେ ସେ ରାଜ୍ୟର ବାସୀନ୍ଦା ହୋଇପାରିବନି। ମୋର ସବୁଠୁ ବେଶୀ ଡର ଥିଲା, ତୁ କ'ଣ କରିବୁ ମୋ ବାହାଘର ପରେ ? ମୋ ଉପରେ ଅଭିମାନ କରି ନିଜକୁ ଦଣ୍ଡ ଦେବୁନି ତ ? ଶୁଣ୍‌ରେ ! ତୁ ଟିକେ ମନକୁ ଦୃଢ଼ କର। ଏସବୁ ଖିଆଲୀ ଢ଼ଙ୍ଗ ଛାଡ଼ିଦେ। ଦେଖିବୁ କେତେ ଝିଅ ଟାଣି ହୋଇ ଆସିବେ !

ଶୁଣ୍ ! ଶେଷ ପର୍ଯ୍ୟନ୍ତ ବି ଅନାମିକା ତୋ' କଥା ପଚାରୁଥିଲା। ସେ ବି ସେମିତି ଗୁଡ଼େ ଆଦର୍ଶ ପଛରେ କୁହୁଡ଼ି ପହଁରିବା ଝିଅ। ମୋ ସହିତ ତୋ'ର ଘନିଷ୍ଠତା ଜାଣିଲା ପରେ ବି ସେ ଅନେଇଥିଲା, ତୁ କୁଆଡ଼େ ତା' ପାଖକୁ ଫେରି ଆସିବୁ। ଏଡ଼ିକି ବୋକୀ ସେଇଟା ! ତତେ ଅନେକ ଝୁରିଲା। ଏବେ ଶୁଣିଲି ତା'ର ବାହାଘର ହୋଇଗଲାଣି। ତତେ ମୁଁ କେବେ ତା' କଥା କହିନି। କେମିତି କହନ୍ତି ଯେ ? ଈର୍ଷାର ଛୋଟ ବତୀଟିଏ ମୋ ଭିତରେ ଦିକ୍‌ଦିକ୍ କରି ଜଳୁଥିଲା ତା' ପାଇଁ !

ହଁ... ଜିତେନ୍‌ଙ୍କ କଥା ତୁ ତ ଟିକେ ଟିକେ ଜାଣିଥିବୁ। ସେ ମତେ କେତେ ଭଲପାଆନ୍ତି ତୋ'ର ଜାଣିବାକୁ ଆଗ୍ରହ ହେଉଥିବ। ସେ ମତେ ଭଲପାଆନ୍ତିନି ବୋଲି କହିପାରିବିନି। କିନ୍ତୁ ବାହାଘର ପରେ ତାଙ୍କଠି ପୂର୍ବର ସେ ଉଷ୍ମତା ମୁଁ ଲକ୍ଷ୍ୟ କରିପାରୁନି। ବିଭିନ୍ନ ସମୟରେ ତୁ ମତେ କେତେଟା ଗିଫ୍ଟ ଦେଇଥିଲୁ ଭଲ ପାଇବାର ସ୍ମାରକୀ ହିସାବରେ। ସେ ବି ମତେ ଭଲପାଆନ୍ତି। ତାଙ୍କର ଗିଫ୍ଟ କ'ଣ ଜାଣୁ ? ବାହାଘରର ବର୍ଷେ ନପୁରୁଣୁ ଗୋଟେ ଚିନି କଣ୍ଢେଇ... 'ଲୁବ୍‌ନା'। ତୁ ତ ଥରେ ମତେ ମାଗୁଥିଲୁ ଚିନି କଣ୍ଢେଇ। ଚିଠିରେ ଲେଖିଥିଲୁ ତୁ ମୋ'ଠୁ କେବଳ ଆଶାକରୁ ଟିକି ଟିକି ଦି'ଟା ନାଲି ଓଠ। ଆଉ ତାକୁ'ଇ ତୁ ଦି'ଟା ଚୁମା ଦେଇ ପାଇଯିବୁ ମୋ'ଠୁ ନପାଇଥିବା ଜିନିଷଟା। ଅନୁଭାଇରେ ! ଅପେକ୍ଷା କରିଛି ମୁଁ ସେଇ ଦିନଟାକୁ ଯେଉଁ ଦିନ ତୁ ଲୁବ୍‌ନାକୁ କୋଳକୁ ନେବୁ। ତୋ ପ୍ରାପ୍ୟଟା ତୁ ତା'ଠୁ ଆଦାୟ କରିନେଲେ ମୁଁ ଋଣମୁକ୍ତ ହୋଇଯିବି। ତା' ନହେଲେ, ଜୀବନ ସାରା ସଢୁଥିବି, ପ୍ରତିଦାନରେ କିଛି ଦେଇ ନପାରିଥିବାରୁ।

ବାହାଘର ପରେ ଆମେ ଦି'ଜଣ ଘରକୁ ଫେରିଥାଉ। ମୁଁ ତ ଜିତେନ୍‌ଙ୍କୁ ତୋ' କଥା ସବୁ କହିଦେଇଥିଲି ବାହାଘର ପୂର୍ବରୁ ଆଉ ପରେ। ସେ ସବୁ କଥା ସେ ବେଶ୍ ଖେଳାଳୀ ମନୋବୃତ୍ତି ନେଇ ଗ୍ରହଣ କରୁଛନ୍ତି ବୋଲି କହିଲେ। ମାତ୍ର... ସେଦିନ ତତେ ଆମ ଘରେ ଦେଖି ନଜାଣିବା ପରି ଅଭିନୟ କଲେ। ତୁ ବୋଧେ ଏଇଟାକୁ ସିରିଅସ୍‌ଲି ନେଲୁ, ନୁହେଁରେ ? ମୁଁ କ'ଣ କରିଥାଆନ୍ତି ଯେ ? ମୁଁ ତ କହିଦେଲି ଇଏ ହେଉଛନ୍ତି ଅନୁରାଗ ମହାପାତ୍ର, ଲୋରୀ ଅପାର ସାଂଗ। ସବୁ ଜାଣି ବି ସେ "Ok ok" କହିଲେ। ମୋ'ର କର୍ତ୍ତବ୍ୟ କ'ଣ ଥିଲା ? ତୁ ସେଦିନ ମୁହଁରେ ଜବରଦସ୍ତି ହସ

ଫୁଟାଇ ଚାଲିଗଲୁ। ମୁଁ ବୁଝିପାରିଲି ତୋ' ମନ ତଳର ବେଦନା। ଅନୁଭାଇରେ! ତୋ'ଠୁ ଦୂରେଇ ଆସିଥିଲେ ବି ତତେ ପର କରିପାରିବିନି। ମନ ଉପବନର ଏକ ନିଭୃତ କୋଣରେ ତୋ'ର ପ୍ରତିମୂର୍ତ୍ତି। ସେଠି ଆଉ କାହାର ଛାଇ ପଡ଼ିବନି। ବିଶ୍ୱାସ କର, ଜିତେନ୍ ବି ବାଦ୍ ଯିବେନି। ତୁ ମତେ ଭୁଲିଯା- ଗୋଟେ ଭଲଝିଅ ଦେଖି ବାହା ହୋଇପଡ଼। ମତେ ଯେତିକି ପ୍ରେମ ଦେଇଥିଲୁ, ସେଥିରୁ ଟେନାଏ ରଖି ବାକି ତକ ଫେରେଇ ଦଉଛି। ସେଥିରେ ଆଉ କିଛି ଯୋଗ କରି ତା'କୁ ଭଲ ପାଆ। ଦେଖିବୁ, ଜୀବନରେ କେତେ ସୁଖ ଅଛି! ତୋ' ରାସ୍ତାରେ କଇଁ ଫୁଟୁ। ମୁଁ ଖୁସୀ ହେବି। ନହେଲେ... ସତ କହୁଛି ରେ! ଜମା ଶାନ୍ତିରେ ରହି ପାରିବିନି।

ଆଉ ଗୋଟେ କଥା! ଶେଷ ଚିଠିରେ ତୁ ଲେଖିଥିଲୁ- " ପରୀରେ! ଆଜି ତାରିଖ -୯.୯.୯୯....... ମନେରଖିଥା' ଏଇ ଦିନଟାକୁ। ଏଇମିତି ଆଉ ଗୋଟେ ଦିନ ଆସିବ ତା.୧୦.୧୦.୧୦ ଦିନ, ପୁଣି ଆସିବ ତା.୧୧.୧୧.୧୧ରେ ଅବା ସେଇମିତି କେବେ ତା'ପରେ। ସମ୍ଭବ ହେଲେ, ଚେଷ୍ଟା କରିବାକି ପରସ୍ପରକୁ କେଉଁଠି ନା କେଉଁଠି ଭେଟିବା ପାଇଁ ଏଇପରି ଗୋଟେ ଦିନରେ??" ମନେରଖିଛି ତୋ'ର ଏଇ କଥା ପଦକ। କେମିତି କହିବି, କୋଉଠି ଥିବି, କେମିତି ଥିବି??? ଈଶ୍ୱରଙ୍କ ପାଇଁ ଛାଡିଦେବା ଏଇ ସମ୍ଭାବନାଟିକୁ।

ସନ୍ଧ୍ୟା ହୋଇଆସିଲାଣି। ଲୁବ୍‌ନା ଏବେ ବି ଶୋଇଛି। ୟାଙ୍କର ଆସିବା ବେଳ ହେଇଗଲାଣି। ସହରବତୀ ସବୁ ଜଳି ଉଠିଲେଣି। ମୋ'ର କିନ୍ତୁ ଆହୁରି ଅନେକ ଅଧ୍ୟାୟ ବାକୀ ରହି ଯାଇଛି। ଆଜି ପାଇଁ ଶେଷ କରିବାକୁ ପଡ଼ିବ ଏବେ। କିନ୍ତୁ...

"ଯାଉନି ହାତ ଲେଖିବା ପାଇଁ ଇତି ତୁମ ଚିତ୍ରଲେଖା..."

ଅନୁଭାଇରେ! ତୁ ମୋ ପାଇଁ ଗୋଟେ ରୋମାଣ୍ଟିକ୍ ନଭେଲରେ ଆରମ୍ଭ ହୋଇ ଶେଷ ହେଇଗଲୁ ଗୋଟେ ଟ୍ରାଜିକ୍ କ୍ଷୁଦ୍ର ଗଳ୍ପରେ...।

XXXX

ପରୀରେ!

ଏବେ କାହିଁକି ଆକାଶଟା ଶୂନ୍ୟ ଶୂନ୍ୟ ଲାଗୁଛି। ସୂର୍ଯ୍ୟ, ଚନ୍ଦ୍ର, ଗ୍ରହ, ନକ୍ଷତ୍ର ସମସ୍ତେ ଯେମିତି ମହାଶୂନ୍ୟରେ ଲୀନ ହୋଇଯାଇଛନ୍ତି। ସତେ ଯେମିତି ମୋ ଆକାଶଟା ହିଁ ହଜିଯାଇଛି! କେତେଦିନ ହେଲା ତତେ ହରେଇଲିଣି କେଜାଣି? ଲାଗୁଛି କେତେ ଯୁଗ ବିତି ଗଲାଣି। କେଉଁଠି ହଜେଇଲିଣି ବି ଜଣା ନାହିଁ। ଏକା ସାଂଗରେ ତ ହାତ ଧରାଧରି ହୋଇ ଆସୁଥିଲେ। ଆକାଶରେ ହଠାତ୍ ଗୋଟେ ବିଜୁଳୀର ଚମକ! ଆଖି ଝଲସି ଗଲା। ତା' ପରମୁହୂର୍ତ୍ତରେ ଦେଖିଲି ତୁ ସାଥୀରେ ନାହୁଁ। ତତେ

ତ ସବୁଦିନ ପାଖରେ ଦେଖି ପାରିବିନି ବୋଲି ଜଣାଥିଲା ! କିନ୍ତୁ ଏତେ ଜଲ୍‌ଦି ଅଲଗା ହେଇଯିବା ବୋଲି ଧାରଣା ନଥିଲା। ସେଇଦିନଠୁ ଏକା ଏକା ଜୀବନ। ହେଲେ ତୁ କୋଉଠି ? ତୁ କହିଥିଲୁ ନାଁ ଥରେ- "ଯେତେବେଳେ ଯେଉଁ ପରିସ୍ଥିତିରେ, ଯେତେ ଦୂରରେ ଥିଲେ ବି ତମେ ଭାବିବ, ତମ ପରୀ ତମ ପାଖେ ପାଖେ ଅଛି।" ସେଇଦିନଠାରୁ ଏଇ କଥା ପଦକୁ ଅବିଶ୍ୱାସ କରିବାକୁ ସାହସ କରିନି। ବେଳେବେଳେ ଇଛା ହୁଏ ସେଇ ଦିନର ପୃଷ୍ଠାଗୁଡ଼ାକ ଆଡ଼େଇବାକୁ। ହେଇ; ଏବେ ଦେଖୁଛି କେଇ ପୃଷ୍ଠା ପଛକୁ...

ଲୋରୀ ଶତପଥୀ (ଲୋରୀ ଅପା) ଗୋଟେ ଆଞ୍ଜେଲ ପରି ମୋ ଜୀବନକୁ ଆସିଥିଲା। ବୟସରେ ଗୋଟେ ବର୍ଷର ଫରକ। କିନ୍ତୁ ତା'ର ଜ୍ଞାନ, ଗାରିମା- ବେଦ, ଇତିହାସର କୌଣସି ବିଦୂଷୀ ମହିଳାଙ୍କଠାରୁ କମ୍ ନଥିଲା। କଲେଜର ସବୁଠୁ ବ୍ରିଲିଆଣ୍ଟ ଷ୍ଟୁଡେଣ୍ଟ ହିସାବରେ ମୁଁ ତା'କୁ ଦୂରରୁ ସମ୍ମାନ କରୁଥିଲି। କିନ୍ତୁ ଆସିଷ୍ଟାଣ୍ଟ କଲ୍‌ଚରାଲ୍ ସେକ୍ରେଟାରୀ ହିସାବରେ ନିର୍ବାଚିତ ହେଲା ଦିନଠୁ ତା'ର ଚୁମ୍ବକୀୟ ବ୍ୟକ୍ତିତ୍ୱରେ ମୁଁ ଆକର୍ଷିତ ହୋଇଯାଇଥିଲି। ବାପା ମା'ଙ୍କର ଏକମାତ୍ର ସନ୍ତାନ ହିସାବରେ ଅନ୍ୟମାନଙ୍କର ଭଉଣୀ ଦେଖିଲେ ଇର୍ଷା ଲାଗୁଥିଲା। ଠିକ୍ ଲୋରୀ ଅପା ଭଳି ଗୋଟେ ଭଉଣୀ ଖୋଜୁଥିଲି। ପ୍ରଥମ କଲ୍‌ଚରାଲ ମିଟିଙ୍ଗ୍‌ରେ ହିଁ ମତେ ସିଏ କହିଲା- "ଅନୁରାଗ ! ବର୍ଷଟେ ଆମେ କଲେଜ ପାଇଁ କାମ କରିବା। ତା'ପରେ, କିଏ କୁଆଡ଼େ ଚାଲିଯିବା। କିନ୍ତୁ ପରସ୍ପରକୁ ଭୁଲିଯିବାନି। ତୁ ଆଜିଠୁ ମୋ'ର ସାନ ଭାଇ। ତତେ ମୁଁ 'ଅନୁ' ବୋଲି ଡାକିବି। ରାଜିତ ?"

"ମୁଁ ବହୁତ ଖୁସୀ ହେବି ଲୋରୀ ଅପା। ତୁମ ସାନଭାଇ ହେବା ମୋର ସୌଭାଗ୍ୟ।"

ସେଇ ଦିନଠୁ ମୁଁ ଲୋରୀ ଅପା ଓ ତା'ଙ୍କ ଘର ପାଇଁ 'ଅନୁ' ହୋଇଗଲି। ନୁରୀ ଓ ଶାରୀ ଦି'ଟା ଟିକି ଟିକି ଝିଅ ମିଳିଗଲେ ଲୁଡୁ, କ୍ୟାରମ୍ ଖେଳିବାକୁ, ଚିଡ଼େଇବାକୁ। ଲୋରୀ ଅପା ପାଖକୁ ଗଲେ କେତେବେଳେ ମୋ ସାଇକେଲ୍ ଚାବି ହଜିଯାଏ। କଲେଜ୍ କଲ୍‌ଚରାଲ୍ କାମ କଲା ବେଳକୁ ଭାଙ୍ଗି ଯାଇଥିବା ମୁନର ପେନ୍‌ସିଲ୍ ବା ରିଫିଲ୍ ସରିଯାଇଥିବା ଡଟ୍‌ପେନ୍ ମତେ ଧରେଇ ଦେଇ କବାଟ ଫାଙ୍କରେ ଦେଖୁଥାନ୍ତି ଦି' ଜଣ ଯାକ। ଭଙ୍ଗା ପେନ୍‌ସିଲ୍ ବା' କାଳି ନଥିବା ପେନ୍ ଧରି ଲେଖିବା ଆରମ୍ଭ କରିବା ମାତ୍ରେ ଖିଲଖିଲ୍ ହସିଦେଇ ଦୌଡ଼ି ପଳାନ୍ତି। ଲୋରୀ ଅପା କେତେବେଳେ ରାଗେ ତ, କେତେବେଳେ ହସେ। ମତେ କିନ୍ତୁ ସବୁବେଳେ ଭଲ ଲାଗେ ଦି'ଟା ସାନ ଭଉଣୀଙ୍କର ଆପଣାର ଭାବ।

ଲୋରୀ ଅପା ଘରେ ଆଉ ଗୋଟେ ଝିଅଥାଏ।... ପରୀ...। ଲୋରୀ ଅପାଠୁ ସାନ, ମୋ ତଳ ବ୍ୟାଚ୍‌ରେ ଆର୍ଟସ୍ ପଢୁଥାଏ। ସେ କିନ୍ତୁ ମୋ ସାମ୍ନାକୁ ଆସେନା କି ମୁଁ ତା' ସହିତ କଥା ହୁଏନା। ଦୂରରୁ ଦେଖି ହିଁ ମୁଁ ଆଡ଼େଇ ହୋଇ ଚାଲିଯାଏ। ଲୋରୀ ଅପା କହେ- "ପରୀକୁ ଆମର ଏକୁଟିଆ ଭଲଲାଗେ। ସାଂଗ ସାଥୀ ତା'ର ନଥାନ୍ତି। ଖାଲି ଗପ ବହି ପଢ଼େ, ରେଡିଓ ଗୀତ ଶୁଣେ ଆଉ ରେଡିଓରୁ ଗୀତ ସବୁ ଟିପିକି ରଖେ। ବେଳେବେଳେ ତା' ରୁମ୍‌ରେ ଥାଇ ଗୀତ ଗାଏ।"

ଥରେ ମୁଁ ତା' ଗୀତ ଶୁଣିଦେଲି...

"ସହରବତୀ ଗଲାଣି ଲିଭି, ସରିନି ମୋ ପତ୍ର ଲେଖା,
ଯାଉନି ହାତ ଲେଖିବା ପାଇଁ ଇତି ତୁମ ଚିତ୍ରଲେଖା...।"

ଗୀତଟା ତ ମୁଁ ଆଗରୁ ଥରେ 'ସଜଫୁଲ'ରୁ ଶୁଣିଥିଲି। କିନ୍ତୁ ସେଦିନ ଶୁଣି ମୋ ହୃଦୟର ସବୁତକ ତନ୍ତ୍ରୀ ଦୋହଲିଗଲେ। ସୁନ୍ଦର ଗୀତଟିକୁ ପରୀ ଆହୁରି ସୁନ୍ଦର କରି ଗାଉଥିଲା। ଗୀତଟିର ଲିରିକ୍‌ସ ପାଇବାକୁ ଇଚ୍ଛା ହେଲା।

ଦିନେ ସନ୍ଧ୍ୟା ବେଳେ ଲୋରୀ ଅପାକୁ ଗୋଟେ ଡ୍ରାମା ବହି ଦେବି ବୋଲି ଆସିଥିଲି। କଲିଂ ବେଲ୍ ମାରିଲି। କବାଟ ଖୋଲିଲା ପରୀ। ତା'କୁ ସାମ୍ନାସାମ୍ନି ଦେଖି ହଡ଼ବଡ଼େଇ ଗଲି। ପଚାରିଲି- "ଲୋରୀ ଅପା ?"

"ସମସ୍ତେ ତଳ ବଜାରର ମାମୁଁ ଘରକୁ ଯାଇଛନ୍ତି। ଆସ ବସ। ସେମାନେ ଘଣ୍ଟେ ଭିତରେ ଆସିଯିବେ।"

ଘଣ୍ଟେ ମୁଁ ସେଠି ବସିବି ଏକା ଏକା ? ଡରିଗଲି।

"ନାଁ ନାଁ, ଏଇ ବହିଟା ରଖ। ଅପାକୁ ଦେଇଦେବ। ମୁଁ ଆସୁଛି।"

"ଠିକ୍ ଅଛି ଯେ, ପାଞ୍ଚ ମିନିଟ୍ ତ ବସ !"

ଅଗତ୍ୟା ସୋଫାରେ ବସିଲି। ଘର ଭିତରକୁ କବାଟ ପାଖରେ ସେ ଛିଡ଼ା ହୋଇଥିଲା। ବାହାର କବାଟ ଓ ଦି'ଟା ଯାକ ଝରକା ପୁରା ଖୋଲି ଦେଲି। ଟିକେ ଫର୍ଚ୍ଛା ଲାଗିଲା !

ହେଲେ କଥା କ'ଣ ହେବି ? ମୋ ପାଖରେ କିଛି ନଥିଲା କି ତା' ପାଖରେ କିଛି ନଥିଲା। ଦୁଇତିନି ମିନିଟର ନୀରବତା ପରେ ହଠାତ୍ ମନେ ପଡ଼ିଗଲା- "ସହରବତୀ...।" ଭଦ୍ରାମି ଦୃଷ୍ଟିରୁ ଗୋଟେ ପଦ କଥା ତ ହୋଇପାରିବ !

ପଚାରିଲି-"ତମେ ରେଡିଓରୁ ଗୀତ ଶୁଣ ?"

"ହଁ।"

"ହେଲେ ପୁରା ଗୀତଟାକୁ କେମିତି ମନେ ରଖ? କେବଳ ଶୁଣି ଶୁଣି ମନେ ରଖିବା କଷ୍ଟ ନୁହେଁ କି?"

"କଷ୍ଟ କାହିଁକି ହେବ? ଗୀତ ବାଜିଲା ବେଳକୁ ଯେତିକି ପାରିବ ସେତିକି ରଫ୍ ଖାତାରେ ଲେଖିଦେଇଥିବ। ପୁଣି ବାଜିଲେ ଛାଡ଼ିଥିବା ପଦତକ ଭର୍ତ୍ତି କରିଦେବ। ଏମିତି ଦି' ତିନି ଥରରେ ହିଁ ପୁରା ଲିରିକ୍ସ ଲେଖିନେଇ ହେବ। ଗୀତଟା ବି ପୁରା ମନେ ରହିଯିବ। ହେଲେ ତମେ କେମିତି ଜାଣିଲ ଏତେ କଥା? ନିଶ୍ଚୟ ଲୋରୀ ଅପା ତମକୁ କହିଛି। ପାଠ ଛାଡ଼ି ରେଡିଓ ଶୁଣିବା ପାଇଁ ସବୁବେଳେ ମତେ ରାଗୁଛି। ତା'କୁ ଆଜି ପଚାରୁଛି, ତମକୁ କାହିଁକି ସେ କହିଲା।"

"ଆରେ ନାଁ, ନାଁ। ଅପା କାହିଁକି ମତେ କହିବ? ମୁଁ ସେଦିନ ଶୁଣିଦେଇଥିଲି 'ସହରବତୀ... ଗଲାଣି ଲିଭି' ଗୀତଟା। ବହୁତ ସୁନ୍ଦର ଗୀତଟା। ତମେବି ବହୁତ ସୁନ୍ଦର ବୋଲୁଥିଲ। ମତେ ତ ସମ୍ପୂର୍ଣ୍ଣ ମେସ୍‌ମରାଇଜ୍‌ଡ ହେଇଗଲା ପରି ଲାଗିଲା।"

"କାଳେ କିଏ ଶୁଣିଦବ ବୋଲି ମୁଁ ଘର ଭିତରେ ହିଁ ବୋଲେ। ଭଲ କି ମନ୍ଦ ମୁଁ ଜାଣେନା। ମୋ ନିଜ ପାଇଁ ହିଁ ମୁଁ ଗୀତ ବୋଲେ।"

"ଠିକ୍ ଅଛି। କିନ୍ତୁ ଗୋଟେ ଛୋଟ ଅନୁରୋଧ। ପୁରା ଗୀତଟାର ଲିରିକ୍ସ ମତେ ଦେଇପାରିବକି?"

"ଦେବି ଯେ, ତମେ ଆଉ କାହାକୁ କହିବନି। ନହେଲେ କଲେଜରେ ସମସ୍ତେ ମାଗିବେ। କିନ୍ତୁ ମୋର ବି ଗୋଟେ ସର୍ତ୍ତ ଅଛି।"

"କୁହ-"

"ଲୋରୀ ଅପାଠୁ ଶୁଣିଛି, ତମ ଘରେ ପ୍ରସିଦ୍ଧ ଲେଖକମାନଙ୍କର ବହୁତ ଓଡ଼ିଆ ଉପନ୍ୟାସ ଓ କ୍ଷୁଦ୍ରଗଳ୍ପ ବହି ରହିଛି। ମୋ ସର୍ତ୍ତ ହେଲା ... ତମେ ଗୋଟେ ବହି ଦେଲେ, ମୁଁ ଗୋଟେ ଗୀତ ଦେବି।"

"କିଛି ଅସୁବିଧା ନାହିଁ... ମୁଁ ରାଜି..."

"ଟିକେ ଅପେକ୍ଷା କର।" ସାଂଗେ ସାଂଗେ ଯାଇ ଗୀତଟା ଲେଖିକରି ନେଇ ଆସି କହିଲା-

"ମନେ ରଖିଥା! ଏ ଗୀତ କେବଳ ତମରି ପାଇଁ। ଆଉ କାହାକୁ ଦେବନି। ମୋ ପାଇଁ 'ନୀଳଶୈଳ' ବହି ଆଣିଦେବ।"

ଯା' ଭିତରେ ଅଧ ଘଣ୍ଟେ ବିତି ଯାଇଥିଲା। 'ଗୁଡ୍ ନାଇଟ'। କହି ଉଠିଲି।

ଘରେ ଦେଖିଲି, ଗୋଲ୍ ଗୋଲ୍ ଅକ୍ଷରରେ ଲେଖା ଏଇ ସୁନ୍ଦର ଗୀତଟିକୁ। ସାଂଗେ ସାଂଗେ ମନେ ରଖିଦେଲି। ରାତି ସାରା ଗୁଣୁ ଗୁଣୁ ଗାଉଥାଏ ଗୀତଟା,

ଚେଇଁ ରହି ବା ଶୋଇରହି। ହୃଦୟକୁ ଛୁଇଁ ଯାଇଥିବା ଜୀବନର ପ୍ରଥମ ଗୀତ ବୋଧେ !

ସେଇ ଦିନରୁ ରେଡିଓ ଗୀତ ହିଁ ପଦେ ଦି' ପଦ କଥା ହେବା ପାଇଁ ଛୋଟ ଗୋଟେ ରାସ୍ତା ଖୋଲିଦେଲା। ପରୀର ଗୀତ ସବୁ ରେଡିଓରୁ ଶୁଣିଲା ପରେ ରେଡିଓ ସହିତ ଗୋଟେ ଭାବଦୋସ୍ତି ହେଇଗଲା। କଟକ ରେଡିଓ ସେଣ୍ଟରର ଅକ୍ଷୟ ମହାନ୍ତି, ପ୍ରଣବ ପଟ୍ଟନାୟକ, ତୃପ୍ତି ଦାସ, ଝରଣା ଦାସ୍‌ଙ୍କ ଦୁନିଆଁର ବାସିନ୍ଦା ହୋଇଗଲି। 'ସଜଫୁଲ' 'ଆପଣମାନଙ୍କ ଅନୁରୋଧରେ', 'ଚଳଚ୍ଚିତ୍ର ସଂଗୀତ'ରେ ଏଇମାନଙ୍କୁ ଶୁଣିବା ପାଇଁ ଗୋଟେ ସପ୍ତାହ ଅପେକ୍ଷା କରିବାକୁ ପଡୁଥିଲା। ଥରେ କଟକ ଆସି ସାଇକେଲ୍‌ରେ ମଧୁପୁର କୋଠି (AIR କଟକ) ଦେଖିଆସି ପରୀକୁ ଗୋଟେ ସଂକ୍ଷିପ୍ତ ବିବରଣୀ ଦେଇଥିଲି।

ଲୋରୀ ଅପା ଘରକୁ ଆସିଲେ କଲେଜ ପ୍ରୋଗ୍ରାମ ବିଷୟରେ ଅଧଘଣ୍ଟେ ଘଣ୍ଟେ କଥାବାର୍ତ୍ତା। କିନ୍ତୁ ପରୀ ସହ ଗୋଟେ କିମ୍ବା ଦୁଇମିନିଟର ପଦେ ଦି'ପଦ କଥା ରେଡିଓ ଗୀତ ବା ବହି ବିଷୟରେ। କିଛିଦିନ ମଧ୍ୟରେ ଲୋରୀ ଅପା ବି ଆମ ରେଡିଓ ଗୀତ ଓ ବହି ରାଜ୍ୟର ଅଂଶ ହୋଇଗଲା। ଫାଇନାଲ୍ ଇୟରରେ ପାଠ ବହି ପଢ଼ିବା ପାଇଁ ତ ତା' ପାଖେ ସମୟ ନିଅଣ୍ଟ ! ତଥାପି ନଭେଲ ପାଇଁ କିଛି ସମୟ ସେ ବାହାର କରିନିଏ। ପରୀଠୁଁ ଶୁଣିହିଁ ସେ ବାଛି ବାଛି ବହି ପଢ଼େ।

ଲୋରୀ ଅପା B.A ପରେ JNU ଚାଲିଗଲା। ମୋର ବି ତାଙ୍କ ଘରକୁ ଯିବା ବନ୍ଦ ହୋଇଗଲା। ନିଜ ମନକୁ ଆକଟ କରିବାକୁ ପଡ଼ିଲା। କିଛିଦିନ ପରେ ଲୋରୀ ଅପାର ଚିଠିଟେ ପାଇଲି ତାଙ୍କ ଘରୁ ଗୋଟେ ବହି ତା' ପାଖକୁ ପାର୍ସଲ କରିଦେବା ପାଇଁ। ତା' ସହିତ ତା'ର ଅଭିଯୋଗ ଥିଲା ଯେ ମୁଁ କାହିଁକି ତାଙ୍କ ଘରକୁ ଯିବା ଆସିବା ବନ୍ଦ କରିଦେଇଛି ? ଶାରୀ, ନୁରୀ ଆଦି ସମସ୍ତେ ଆମ ଦି'ଜଣଙ୍କୁ ମିସ୍ କରୁଛନ୍ତି। ମଝିରେ ମଝିରେ ବୁଲି ଆସିବା ପାଇଁ ଲେଖିଥିଲା।

ସେଦିନ ଦ୍ୱିତୀୟ ଥର ପାଇଁ ପହଞ୍ଚିଲି ଲୋରୀ ଅପାର ଅନୁପସ୍ଥିତିରେ। ଏଥର ତ ସମସ୍ତେ ଥିଲେ। ନୁରୀ ଓ ଶାରୀଙ୍କ ସହିତ କିଛି ସମୟ କ୍ୟାରମ୍ ଓ ପରୀ ସହ କିଛି ଗପ। ପୂର୍ବର ଚୁପଚାପ୍ ପରୀ ଏବେ କିନ୍ତୁ ପରିବର୍ତ୍ତନ ହୋଇ ଯାଇଥାଏ ଗୋଟେ ପ୍ରଗଳ୍‌ଭା ବାଳିକାକୁ।

କିଛିଦିନ ପରେ ମୁଁ କ୍ରମଶଃ ପରୀ ପ୍ରତି ଦୁର୍ବଳ ହୋଇ ପଡୁଥିବାର ଅନୁଭବ କରୁଥିଲି। ରେଡିଓ ଗୀତ ଓ ବହିର ପରିଧି ଭିତରୁ ବାହାରି ଗଲା ପରି ଲାଗୁଥାଏ। କାଚକାନ୍ଥର ଦୁଇ ପାର୍ଶ୍ୱରେ ଆମେ ଦି'ଜଣ ଖାଲି ଅଭିନୟ କରି ଚାଲିଥିଲୁ ନିଜ ମନ

ସହ ଲୁଚକାଳୀ ଖେଳି। ସାମ୍ନାସାମ୍ନି ହେବାର ସାହସ ନଥିଲା। ମୋ ପାଇଁ ସବୁଠୁ ବଡ଼ ପ୍ରାଚୀର ଥିଲା ଲୋରୀ ଅପାର ବିଶ୍ୱାସ। ତା' ପରିବାରରେ ମୋ ପାଇଁ ଅଶାନ୍ତି ସୃଷ୍ଟି ହେଉ, ମୁଁ ଚିନ୍ତା କରିପାରୁନଥିଲି। ଅନେକ ଯନ୍ତ୍ରଣା ସେଇ କେତେଦିନ। ଶେଷରେ ଅସହ୍ୟ ବେଦନାରେ ବାଲିଗରଡ଼ା ଖଣ୍ଡେ ନିକ୍ଷେପ କଲି କାଚ କାନ୍ଥକୁ। କାଚ ଟୁକୁରା ଟୁକୁରା ହୋଇଗଲା। ମାତ୍ର, ଗୋଟେ ନୂଆ 'ପରୀ' ମୋ ସାମ୍ନାରେ ଛିଡ଼ା ହୋଇଥିଲା।

ମୋର ଗୋଟେ ପୃଷ୍ଠାର ଚିଠିର ଉତ୍ତର ତୁ ଚାରି ପୃଷ୍ଠାରେ ଦେଇଥିଲୁ। ମୋ'ରି ପରି ସମସ୍ତ ଅନୁଭବ ତୋ ମନ ଭିତରେ ଲହଡ଼ି ଭାଙ୍ଗୁଥିଲେ। ମୋ'ରି ପରି ଯନ୍ତ୍ରଣା ତୁ ବି ଭୋଗୁଥଲୁ। ବିନିଦ୍ର ରଜନୀ ତୁ ବି ବିତାଉଥିଲୁ। ଜୀବନର ସମସ୍ତ ଭଲ ପାଇବା ବୋଧେ ସମପରିମାଣରେ ଉଭୟ ପାର୍ଶ୍ୱରୁ ରହିଥିଲା। ମାତ୍ର ତୋର ଏକ ନୂଆ ଉପପାଦ୍ୟ, ନୂଆ ଯୁକ୍ତି। ପରସ୍ପର ପ୍ରତି ଭଲପାଇବାର ନାଁ ପ୍ରେମ ନହୋଇ ଆଉ ଗୋଟେ କ'ଣ ହେଲେ ଅସୁବିଧା କ'ଣ? ଆମ ଭଲ ପାଇବା ଭିତରେ ଲୋରୀ ଅପାର ବିଶ୍ୱାସ ସହ ନୁରୀ ଓ ଶାରୀଙ୍କର ନିର୍ଦ୍ଦୋଷ ସ୍ନେହ ମିଶିଯିବାରେ କ୍ଷତି କ'ଣ? କୌଣସି ନିର୍ଦ୍ଦିଷ୍ଟ ପ୍ରତିଶୃତି ନଥାଇ ପ୍ରେମ କ'ଣ ସମ୍ଭବ ନୁହେଁ? ତୁ ଲେଖିଥିଲୁ- "ମୁଁ ତୁମର ପ୍ରେମକୁ ପ୍ରତ୍ୟାଖ୍ୟାନ କଲି ବୋଲି ଭାବିଲେ ମୁଁ ସବୁଠୁ ବେଶି ଆହତ ହେବି। ଏକା ଧାରରେ ମୁଁ ତୁମର ଅନ୍ତରଙ୍ଗ ବଂଧୁ, ଆଦରର ଭଉଣୀ ଓ ହୃଦୟର ନିକଟତମା ପ୍ରେମିକା ହେବାକୁ ଚାହେଁ। ମତେ ଦୟା କରି ସୀମିତ କରିଦିଅ ନାହିଁ।"

ପରୀ! ଗୋଟେ ନୂଆ ସଂପର୍କର ଧାରଣା ତୁ ଦେଇଥିଲୁ। ଗୋଟେ ନୂଆ ଅନୁଭୂତି-ଅବ୍ୟକ୍ତ, ଗୋଟେ ନୂଆ ସ୍ପନ୍ଦନ-ମନଛୁଆଁ, ଗୋଟେ ନୂଆ ସଂପର୍କ-ସମସ୍ତ ସ୍ୱାର୍ଥ ରହିତ। ସତରେ! ଏପରି ଗୋଟେ ସମ୍ଭାବନା ମୋ କଳ୍ପନା ଭିତରେ ନଥିଲା। ଭାବିଲି, ପରୀ ତ ଠିକ୍ କହୁଛି। ଏଥିରେ ସମସ୍ତଙ୍କର ମଙ୍ଗଳ।

ଆଉ ଗୋଟେ ନିହାତି ଅସଜ ପ୍ରଶ୍ନ ମତେ କରିଥିଲୁ... "ଅନୁଭାଇ! ତୁମେ କ'ଣ ମୋ ଦେହଟାକୁ ଭଲ ପାଅ?" ଏଇ ଧାଡ଼ିଟାକୁ ପଢ଼ି ମୋ ମୁଣ୍ଡ ଘୁରି ଯାଇଥିଲା। ହାଏ ହାଏରେ ବୋକୀ ଝିଅଟା...! ତତେ କେମିତି ବୁଝେଇଥାନ୍ତି ଏତେ ବଡ଼ କଥା? ଏଇଟା ତ ଅନୁଭବର କଥା! ମୋ ସହିତ ଏତେ ମିଶି ସାରିଲା ପରେ କ'ଣ ଏଇ ପ୍ରଶ୍ନଟା ଏବେ ବି ତୋ ମନରେ ଅସମାହିତ ଥିଲା? ଘଣ୍ଟା ଘଣ୍ଟା ଧରି ତୋ ସହିତ ବସିବା ସମୟରେ କେବେ ତୁ ଦେଖିଛୁ ମୋ ଆଖିରେ ସେମିତିକା ଭାବନାର ଛାଇ?? ନାଁ ରେ... ସେମିତିକା ଧାରଣା ମୋ ମସ୍ତିସ୍କରେ ସ୍ଥାନ ପାଇ ନଥିଲା। ତା' ବୋଲି ମୁଁ କହୁନି ଯେ ମୁଁ ନିହାତି ସୁପୁରୁଷ। ମୋ ମନରେ ଯେତେ ଆବର୍ଜ୍ଜନା ଥିଲେ ବି ତୋ' ପାଇଁ ସବୁ ସ୍ଫଟିକ ସ୍ୱଚ୍ଛ। ତୋ' ପାଖରେ ବସିଥିଲେ ମୁଁ ମୋ' ଦି'ପାଖରେ ସୁମେରୁ ଓ

କୁମେରୁର ଶୀତଳତା ଅନୁଭବ କରେ। କାରଣଟା କଣ ଜାଣିଛୁ? ଲୋରୀ ଅପାର ସ୍ନେହମୟ ଆଖି ଦି'ଟା। ଦୁନିଆଁରେ ମୁଁ ସମସ୍ତଙ୍କୁ ଠକି ଦେଲେବି, ତା' ଆଖିକୁ ଠକି ପାରିବିନି। ହଁ, ତୁ ଜାଣିନୁ ଗୋଟେ କଥା। ଆମ ନୂଆ ସଂପର୍କର ପ୍ରାଣ ପ୍ରତିଷ୍ଠା ପରେ ପରେ ମୁଁ ଆମ ଦି'ଟା ଚିଠିର ଜେରକ୍ସ କପି ଲୋରୀ ଅପା ପାଖକୁ ପଠେଇ ଦେଇଥିଲି। ଭୁଲ ମାନି ଯାଇଥିଲି। ତା'ଠୁ କିନ୍ତୁ ଗୋଟିଏ ଲାଇନ୍‌ର ଉତ୍ତର ଆସିଥିଲା। "Love U Anurag ! I Know, U R absolutely Safe."

ପୁଣି ଗୋଟେ ଅଡୁଆ କଥା ! କାମନାର ଉଷ୍ମତା କେବେ ବି ମୋ ମନକୁ ସ୍ପର୍ଶ କରିନଥିଲେ ବି ଗୋଟିଏ ଜିନିଷ ପାଇଁ ଟିକେ ଅବଶୋସ ରହିଯାଇଥିଲା। ଅନେକ ଥର ଚେଷ୍ଟା କରିଛି କହିବାକୁ। ହେଲେ ମୋ ପାଟିକୁ ଯେମିତି କିଏ ଚାପିଧରେ। ଠିକ୍ କି ଭୁଲ ଜାଣିନି। ହେଇପାରେ ଏକ ଅପରାଧ। କିନ୍ତୁ ଏମିତି ଗୋଟେ ଖିଆଲ ଥିଲା ! ଏ ପର୍ଯ୍ୟନ୍ତ ମୋ ଓଠ ଦି'ଟା ଶୁଖିଲା ରହିଗଲା।

ତୋ'ର ବାହାଘର ପୂର୍ବରୁ ତୁ ପଚାରିଥିଲୁ "ଅନୁଭାଇ ! ସତ କହିବ, ତମର କିଛି ଅପ୍ରାପ୍ତି ବା ଅବଶୋସ ରହିଯାଇନି ତ ମୋ ତରଫରୁ ?" ପଛରେ କହିବି କହି ରହିଗଲି। କିଛିଦିନ ପରେ ଏଇ କଥାଟା ଗୋଟେ ଚିଠିରେ ଲେଖିଦେଇଥିଲି ନାଁ? ହେଲେ ତୁ ତ ଆଉ ଜଣଙ୍କର ହୋଇ ସାରିଥିଲୁ। ଅନ୍ୟର ସମ୍ପତ୍ତି ଜବରଦଖଲ କରିବା ନିହାତି ଅନ୍ୟାୟ। ତୋ'ଠୁ ତ ଭଲପାଇବା ଛଡ଼ା ଆଉ କିଛି ଆଶା କରିନି। ଶେଷ ମୁହୂର୍ତ୍ତରେ ତୁ କାହିଁକି କହିଥାନ୍ତୁ- "ଅନୁଭାଇଟା ସାଇଲକ୍, ମର୍ଚ୍ଚାଣ୍ଟ ଅଫ ଭେନିସ୍। ଚକ୍ରବୃଦ୍ଧି ହାରରେ ମୂଳ ସହ ସୁଧ ଆଦାୟ କରେ। ଦେହରୁ ରକ୍ତ ନଝରାଇ ମାଂସ କାଟି ନିଏ।" ମୁଁ ଅପେକ୍ଷା କରିଛି ସେଇଦିନକୁ, ଯେଉଁଦିନ ତୁ ମତେ ଉପହାର ଦେବୁ ଗୋଟେ ଚିନି କଣ୍ଢେଇ। ମୁଁ ତା'ଠୁ ମୋର ପ୍ରାପ୍ୟଟା ଠିକ୍ ଠିକ୍ ଆଦାୟ କରିନେବି। ଥରେ କୋଳରେ ଚାପି ଧରିବା ପାଇଁ ଦେବୁ ତ ? ?

ଶେଷ ଚିଠିରେ ତୁ ଲେଖିଥିଲୁ- "ଅନୁଭାଇ ! ତୁମେ କ'ଣ ମୋ ଭଲପାଇବାଟାକୁ ସନ୍ଦେହ କର ? ଥରେ ମୋ ଆଖିକୁ ନିରୀକ୍ଷଣ କର। ଦେଖିବ, ତୁମ ପାଇଁ ସବୁ କିଛି ପବିତ୍ର ଆଉ ସ୍ୱଚ୍ଛ। ବିଶ୍ୱାସ କର, ମୋ ଭଲ ପାଇବାରେ ଏତେ ଟିକେ ବି ଖାଦ ନାହିଁ। ତୁମ ଜୀବନରୁ ବିଦାୟ ନେଉଛି ସତ, ଯୁଗ ଯୁଗ କଥା କହିପାରୁନି , ଏଇ ଜନ୍ମରେ ତୁମକୁ ଭୁଲିପାରିବିନି। ଜୀବନ ସାରା ତୁମେ ମୋ ଭିତରେ ରହିଯିବ। ଯେତେ ଦୂରରେ ଥିଲେବି, ମୋର ସ୍ନେହ, ପ୍ରେମ ତୁମକୁ ଘେରି ରହିଥିବ। ପ୍ରଥମ ଚିଠିରେ ମୁଁ ତୁମର ଇଚ୍ଛା, ଆକାଙ୍‌କ୍ଷାକୁ ଅଲଗା ଗୋଟେ ମୋଡ଼ ଦେଇଥିଲି କେବଳ ସମାଜ ଓ ପରିବାର ଭୟରେ। ଏବେ ତୁମ ଇଜ୍‌ଲାସର

କାଠଗଡ଼ାରେ ଛିଡ଼ା ହୋଇ ଛାତିରେ ହାତ ଦେଇ ସ୍ୱୀକାରୋକ୍ତି ଦେଉଛି- ଜୀବନର ପ୍ରଥମ ପ୍ରେମ, ଜୀବନର ସମଗ୍ର ପ୍ରେମ ଓ ଜୀବନର ସର୍ବୋତ୍ତମ ପ୍ରେମ କେବଳ ତୁମରି ପାଇଁ।"

ବାହାଘର ପୂର୍ବରୁ ତୁ ମୋ'ଠୁ ପ୍ରମିଜ୍ କରେଇନେଇଥିଲୁ ଯେ ତୋ ଗଲା ପରେ ମୁଁ କାନ୍ଦିବିନି! ଲୋରୀ ଅପା ବି ମୋତେ ପାଖରେ ବସେଇକି ସଂସାରର ନିୟମ ବୁଝେଇଦେଲା। ସେ କହିଲା- "ଅନୁରାଗ! ଅନେକ ସମୟରେ ମୁଁ ନିଜ ସହିତ ଯୁକ୍ତିତର୍କ କରେ କିଏ ମୋର ବେଶୀ ନିଜର... ତୁ ନାଁ ପରୀ? ଏ ପର୍ଯ୍ୟନ୍ତ ଗୋଟେ ନିର୍ଦ୍ଦିଷ୍ଟ ଉତ୍ତର ମୋ ମନରେ ଆସିପାରିନି। ମୁଁ ତମ ଦି'ଜଣଙ୍କୁ ଜାଣିଛି। ଅନ୍ୟ ଗୋଟେ ଗ୍ରହର ବାସୀନ୍ଦା ତମେ। ଯେମିତି ଥିଲ, ସେମିତି ରହ। ଅଲଗା ହେଇଗଲ ବୋଲି ଭାବିବନି।" ମୋ ଆଖିରୁ ଝରି ଆସୁଥିବା କେତୋଟି ଲୁହ ବୁନ୍ଦାକୁ ଲୋରୀ ଅପା ପୋଛି ଦେଇ କହିଲା- "ସ୍ନେହ ପ୍ରେମ ସରିଗଲା ପରି ଜିନିଷ ନୁହେଁରେ ଅନୁରାଗ! ପରୀ ଗଲା ପରେ ତୁ କେବେବି ଭାବିବୁନି ସେ ତୋ ଜୀବନରୁ ଚାଲିଗଲା। ଆମେ ସମସ୍ତେ ତୋ' ସହିତ ରହିଛୁ, ରହିବୁ। ମନ ଦେଇ ପାଠ ପଢ଼। Delhi School of Economics ଆଉ London School of Economics ତୋ'ର ଲକ୍ଷ୍ୟ ହେବା ଉଚିତ। ଦେଶର ବଡ଼ ବଡ଼ Economist ମାନଙ୍କ ଭିତରେ ତୋ ନାଁ ରହୁ। ଆମେ ସମସ୍ତେ ଖୁସି ହେବୁ। ପରୀ ତୋ ପାଇଁ ଗର୍ବ ଅନୁଭବ କରିବ।"

ମୁଁ କିନ୍ତୁ ତମ ଦି'ଜଣଙ୍କୁ କଥା ଦେଇ ବି ରଖିପାରିଲିନି। ତୋ' ବାହାଘର ପୂର୍ବଦିନ ସଜାସଜି କାମ ସାରି ଘରେ ରାତିରେ ଡେରୀରେ ପହଞ୍ଚିଲି। ମୋ ରୁମ୍‌ରେ ପହଞ୍ଚିଗଲା ପରେ ଜାଣିନି କ'ଣ ହେଲା- ହଠାତ୍ ଲୁହର ବନ୍ଧବାଡ଼ ସବୁ ଭାଙ୍ଗିଯାଇଥିଲା। କଇଁ କଇଁ ହୋଇ ମୁଁ କାନ୍ଦୁଥିଲି ସାରାରାତି.... ସକାଳ ପାହିଲାଯାଏ। ଏବେ ବି ମନେପଡ଼ିଲେ ମୁଁ ଭାବେ କେମିତି ଏମିତି ହେଲା? ଏତେ ଲୁହ କୋଉଠି ଥିଲେ କେଜାଣି??

ଲୋରୀ ଅପାର ସେଇ କଥା ପଦକ ମତେ ଆଜି World Bank ର Economist ହିସାବରେ ନିଉୟର୍କରେ ସ୍ଥାପିତ କରିଦେଇଛି। ଲୋରୀ ଅପା ଏବେ ଇଉରୋପରେ କୌଣସି ଏକ ରାଷ୍ଟ୍ରରେ ରାଜଦୂତ ଭାବେ କାର୍ଯ୍ୟରତ।

ଆରେ ହଁ! ଗତ ବର୍ଷ ଓଡିଶା ଆସିଥିଲି। ଅନାମିକା ସହ ହଠାତ୍ ରାଜଧାନୀ ମାର୍କେଟରେ ଦେଖା ହୋଇଗଲା। ମୁଁ ତ ତା'କୁ ଦେଖି ଆଶ୍ଚର୍ଯ୍ୟ ହୋଇଗଲି। ନିଜକୁ ଲାଜ ଲାଗିଲା ତା' ସାମ୍ନାକୁ ଯିବା ପାଇଁ। ହେଲେ, ସେ ତା' ଆଡୁ ଆଗ ନମସ୍କାର କଲା। ପଚାରିଲା- "ଅନୁଭାଇ! ଚିହ୍ନି ପାରୁଛ? ମୁଁ ଅନାମିକା, ତୁମ ପାଇଁ

'ଫୁଲ୍‌ଝରୀ'... ମନେ ପଡ଼ିଲାତ ?" ଶେଷକୁ ହସିଦେଲା ସେ। ମୋର ମୁଣ୍ଡ ନଇଁଗଲା ଲାଜରେ। ସିଧା ତା'କୁ ଚାହିଁ ପାରୁନଥିଲି। ତା' ମିଷ୍ଟରଙ୍କୁ ଡାକି ପରିଚୟ କରାଇଦେଲା। ବେଶ୍ ମେଳାପୀ ସେ। ଜବରଦସ୍ତି ରେଷ୍ଟୁରାଣ୍ଟକୁ ଡାକିନେଲା। କଲେଜ ସାଂଗମାନେ କିଏ କୋଉଠି ଅଛନ୍ତି ହିଁ ଏକମାତ୍ର ବିଷୟ ଅଧଘଣ୍ଟାଏ କଥାବାର୍ତ୍ତାର। ତଳକୁ ମୁହଁ ପୋତି କେବଳ ହଁ ନାହିଁରେ ଉତ୍ତର ଦେବାଛଡ଼ା ମୋର ଆଉ କିଛି କରିବାର ନଥିଲା। ଜୋର୍ କରି ସେ ବିଲ୍ ଦେଲା। ନିଜ ପ୍ରତି ସମବେଦନା ଅନୁଭବ କଲି। ଯେଉଁ ଝିଅକୁ ମୁଁ କମେଣ୍ଟ କରିକରି ବିରକ୍ତ କରିଦେଉଥିଲି, ତା'ଠୁ ଏତେ ଆତିଥେୟତା ? ? ମୁଁ ଆଶ୍ଚର୍ଯ୍ୟ ହୋଇଗଲି। ଭୁଲ ମାଗିବା ପାଇଁ ଇଚ୍ଛା ଥିଲେ କି ସେ ସେମିତି ଭାବିବାକୁ ଦେଲାନି। କିନ୍ତୁ କାହିଁକି ସେ ମୋ ସହ ଏତେ ସହଜରେ ବ୍ୟବହାର କଲା ? ତା'ର ଉତ୍ତର ମୁଁ ଏବେ ବି ଖୋଜୁଛି।

ଆଜି ଏତେଗୁଡ଼ା ପୃଷ୍ଠା ଓଲଟେଇ ଦେଲିଣି। ଆଜିପାଇଁ ଏତିକି। ଅନାମିକା ଆଉ ତୁ ଯେଉଁଠି ଥିଲେ ବି ତୁମ ରାସ୍ତାରେ ଜୁଈ ଫୁଲ ଝରୁଥାଉ। ରାତି ସରିଆସିଲାଣି। ନିଉୟର୍କର City lights ସବୁ ଲିଭି ଗଲେଣି........... ଚିତ୍ରଲେଖା ଏବେ କ'ଣ କରୁଥିବ କେଜାଣି ? ? ?

ପରୀରେ ! ତୁ ମୋ ଜୀବନରେ ଗୋଟେ ମିନି କବିତାରେ ଆରମ୍ଭ ହୋଇ ଶେଷ ହୋଇଗଲୁ ଏକ ମହାକାବ୍ୟରେ..

■

('ସମାରୋହ' ଅକ୍ଟୋବର'୨୦୨୪, ଶାରଦୀୟ ସଂଖ୍ୟାରେ ପ୍ରକାଶିତ)

ଓସ୍ତ ପତରର ପାନିଆଁ

ଆମ ସ୍କୁଲ ଖେଳ ପଡ଼ିଆ ଐଶାନ୍ୟ କୋଣରେ ଗୋଟେ ଓସ୍ତ ଗଛ। ଶୁଖିଲା ଓସ୍ତ ପତ୍ର ଝଡ଼ି ପଡ଼ିଆ ସାରା ପଡ଼ିଥାଏ। ଦିନେ ଖେଳ ଛୁଟିରେ ହଠାତ୍ ଗୋଟେ ନୂଆ ଧରଣର ପତ୍ର ନେଇଆସି ତୁ ପାଟି କରିଦେଲୁ- "ଦେଖ କେମିତିକା ଓସ୍ତ ପତ୍ର !" ଆମେ ପାଞ୍ଚ ଛଅ ଜଣ ପୁଅ ଝିଅ ତତେ ଘେରି ଗଲୁ। ସମସ୍ତେ ଆଶ୍ଚର୍ଯ୍ୟ ହୋଇ ଦେଖୁଥିଲୁ... ପତ୍ରଟିଏ, ଡେମ୍ଫ ସହିତ କେବଳ ଶିରା ପ୍ରଶିରାର ଜାଲତକ ଅଛି ! ପତ୍ରର ସବୁଜ ଅଂଶତକ କେମିତି ସମ୍ପୂର୍ଣ୍ଣ ବାହାରି ଯାଇଛି।

ମୁଁ କହିଲି- "ପ୍ରିୟ ! ମତେ ଦେ ଏଇଟା।"

"ଦେବିନି" କହି ଦୌଡ଼ି ଚାଲିଗଲୁ।

ଟିକିଏ ଖରାପ ତ ଲାଗିଲା। ତା'ପରେ କ୍ଲାସରେ ପହଞ୍ଚି ଭୁଲିଗଲି।

ସ୍କୁଲ୍ ଛୁଟୀ ବେଳକୁ ବଉଳ (ମିନୁ) ଓ ମୁଁ ଗେଟ୍ ପାଖରେ ପହଞ୍ଚିଲା ବେଳକୁ ତୁ ପଛରୁ ମିତ୍ରା ମିତ୍ରା ଡାକି ଦୌଡ଼ି ଆସି ପତ୍ରଟା ଦେଖେଇ ପଚାରିଲୁ- "ଏଇଟା ନେଲେ କ'ଣ କରିବୁ ?"

"ଦବୁନି ବୋଲି ତ କହିଲୁ, ଏବେ ପଚାରୁଚୁ କିଆଁ ?" ରାଗ ସୁଝେଇ ଦେଲି।

"ଠିକ୍ ଉତ୍ତର ଦେଲେ ଏଇଟା ତତେ ପ୍ରାଇଜ୍ ମିଳିବ। ଭାବିଚିନ୍ତି କହ।"

"ଗପ ବହି ଭିତରେ ରଖିବି ଚିହ୍ନ ପାଇଁ।" କହିଲି।

"ଭଲ ଉତ୍ତର ଦେଇଚୁ। ନେ ତୋ ପ୍ରାଇଜ୍। ହଜେଇବୁନି।" ପତ୍ରଟା ମୋ ହାତକୁ ବଢ଼େଇ ଦେଲୁ।

"ହେଲେ, ଗୋଟେ ଅସୁବିଧା ଅଛି। ସ୍କୁଲ୍ ଲାଇବ୍ରେରୀର ବହିଗୁଡ଼ା ପ୍ରାୟ ପଢ଼ି ସାରିଲିଣି। ଗାଁ ଲାଇବ୍ରେରୀରୁ ମୋ ପସନ୍ଦର ବହି ଆଣିଦେଇ ପାରିବୁକି ?"

"ନିଶ୍ଚୟ ଆଣିଦେବି।" କହି ଚାଲିଗଲୁ।

ବଉଳ କହିଲା- "ପ୍ରିୟଟା ଗୋଟେ ପାଗଳ ପିଲା।" ଦି'ଜଣ ଯାକ ହସିଲୁ।

ଘରେ ପହଞ୍ଚି ବୋଉକୁ ପତ୍ରଟି ଦେଖେଇ ପଚାରିଲି- "ଏମିତି କାହିଁକି ହୁଏ ?" ବୋଉ କହିଲା-" ସବୁ ସମ୍ପର୍କର ଆରମ୍ଭ ଓ ଅନ୍ତ ଅଛି। ଓସ୍ତ ଗଛ ସହ ପତ୍ରର ସମ୍ପର୍କ କେଇ ମାସର ବା ଦିନର ! ଗଛ ଆଉ ପତ୍ରର ସମ୍ପର୍କର ଋିଅମାନେ ପତ୍ରର ଶିରା ପ୍ରଶିରାରେ ଛନ୍ଦି ମନ୍ଦି ହୋଇ ରହି ଯାଇଥାଆନ୍ତି। ସ୍ନେହ ମମତା ସବୁ ଶିରା ପ୍ରଶିରାରେ ଭେଦି ଯାଇଥାନ୍ତି। ସମ୍ପର୍କ ତୁଟିଯାଇ ପତ୍ରଟା ଝରିଗଲା ପରେ, ତା' ଦେହଟା ସରିଗଲା ପରେ ବି ସେମାନେ ସ୍ନେହ ମମତାର ଚିହ୍ନ ହୋଇ ରହିଥାଆନ୍ତି ନିଜେ ମାଟିରେ ମିଶିଯିବା ପର୍ଯ୍ୟନ୍ତ। ମଣିଷର ସମ୍ପର୍କ ବି ସେଇମିତି କିଛି ଦିନର ହୋଇଥାଏ। ସମ୍ପର୍କ ତୁଟିଗଲା ପରେ ବି ସ୍ନେହ ମମତାକୁ ସାଇତି ରଖି ପାରିଲେ ଓସ୍ତ ପତ୍ର ପରି ବହୁତ ଦିନ ରହିଯାଆନ୍ତି।"

ସପ୍ତମ ଶ୍ରେଣୀର ବୁଦ୍ଧିରେ କିଛି ବୁଝିଲି, କିଛି ବୁଝିପାରିଲିନି। ସ୍ନେହ ମମତା କ'ଣ ଗୋଟେ ପେଡ଼ିରେ ସାଇତି ରଖିବା ଜିନିଷ ? ? କିନ୍ତୁ ପତ୍ରଟିକୁ ମୁଁ ସାଇତିକି ରଖିଥାଏ ଗପ ବହିମାନଙ୍କ ଭିତରେ।

ଥରେ ତୁ ଆଣିଦେଲୁ ଦଶ କୁମର ଚରିତ। ରାଜକୁମାର ରାଜକୁମାରୀ ରାଜାରାଣୀଙ୍କ କାହାଣୀ। ଗୋଟେ ନିଃଶ୍ୱାସରେ ପଢ଼ିଦେଇଥିଲି। ସବୁଠୁ ଭଲ ଲାଗିଲା ଶ୍ୱେତକେତୁ ଚରିତ୍ର। ବହିଟା ଫେରେଇବାକୁ ଇଚ୍ଛା ନଥାଏ। ତତେ କହିଲାରୁ ଗୋଟେ ନୂଆ ବହି ଆଣି ଦେଲୁ। ସେଇ ଦିନଠୁ ଓସ୍ତ ପତ୍ରର ଆସ୍ଥାନ ହେଲା ଦଶ କୁମର ଚରିତ। ବଉଳ ବି ସେ ବହି ପଢ଼ିଲା।

ବର୍ଷକ ପରେ ହାଇସ୍କୁଲ ପଢ଼ିବା ପାଇଁ ପାଖ ଗାଁର ସ୍କୁଲ୍-କୁ ଯିବାକୁ ହେଲା। ପ୍ରାୟ ଗୋଟେ କିଲୋମିଟରର ବୁଦୁବୁଦୁକିଆ ଜଙ୍ଗଲ ଦେଇ ରାସ୍ତା। ରାସ୍ତାରେ ଭଇଁଚ କୋଳି, କଣ୍ଟେଇ କୋଳି, କ୍ଷୀର କୋଳି ବୁଦା ସବୁ। ସ୍କୁଲ୍-ରୁ ଫେରିଲା ବେଳେ ତୁ କୋଳି ତୋଳି ଆଣି ଆମକୁ ଦେଉ। ସବୁ ଝିଅମାନଙ୍କୁ ଡାହାଣ ପକେଟରୁ କୋଳି ଦେଇସାରିଲା ପରେ ବାଆଁ ପକେଟ୍‌ରୁ ବାହାର କରି ମତେ ଆଉ ବଉଳକୁ ଦେଉ। ସବୁଯାକ ବଛା ବଛା ପାଚିଲା କୋଳି ! ଆମେ ପଛରେ ହସୁ।

ଦିନେ ଆମେ ଦି' ବଉଳ ଆମ ଘରେ ବସି ଆଚାର ଖାଉ ଖାଉ ଗପ କରୁଥିଲୁ। ମୁଁ ବଉଳ ସହିତ କଥା ହେଲେ ଅଧିକାଂଶ ସମୟ ତୋ'ରି କଥା କହେ। ସେଦିନ ବି କହୁଥିଲି, "ପ୍ରିୟ ଏଇଟା କଲା, ପ୍ରିୟ ସେଇଟା କଲା..."

ହଠାତ୍ ବଉଳ ମୋ କଥା କାଟି କହିଲା- "ସବୁବେଳେ ପ୍ରିୟ ପ୍ରିୟ ହଉଚୁ ଯେ, ତା' ଅର୍ଥ କ'ଣ ଜାଣିଛୁ ତ ? ?" ହସି ହସି ଆଖି ନଚେଇକି ପଚାରିଲା।

"ପ୍ରିୟ ଅର୍ଥ ତ 'ପ୍ରିୟ ଚୌଧୁରୀ' ଆଉ କ'ଣ ଟା ଅଧିକା ?"

ବଉଳ ଯୋର୍‌ରେ ହସିଦେଇ କହିଲା- "ପ୍ରିୟ ଅର୍ଥ ହେଉଛି...."

ଗୋଟେ ଅଦ୍ଭୁତ ଅର୍ଥ ସେ ବାହାର କଲା ।

ମୁଁ ରାଗିଯାଇ କହିଲି- "ଯେତେ ସବୁ ବାଜେ କଥା ତୋର ବଉଳ !"

ହଠାତ୍ ବହି ଥାକରୁ ଦଶ କୁମର ଚରିତ ବହିଟା ଟାଣି ଆଣି ତା' ଭିତରୁ ଓସ୍ତ ପତରଟା ବାହାର କରି ପଚାରିଲା- "ହଉ ! ଏବେ ଓସ୍ତ ପତରର ଅର୍ଥ କହ ।"

ଓସ୍ତ ପତରର ବୋଉ ଦେଇଥିବା ପରିଭାଷାଟା ବୁଝେଇ ଦେଲି ତା'କୁ ।

ଏଥର ସେ ଆହୁରି ଜୋର୍‌ରେ ହସିଲା । କହିଲା- "ଓସ୍ତ ପତର ପାନିଆଁ, ଚୌଧୁରୀ ଘର କନିଆଁ ।"

ତା' କଥାର ଆଦି ଅନ୍ତ ପାଇଲିନି । ରାଗିକି ପଚାରିଲି- "ଇଆଡୁ ସିଆଡୁ କ'ଣ କହୁଚୁ ବଉଳ ? ଯାର ପୁଣି ଅର୍ଥ କ'ଣ ? ?"

ସେ ହସ ବନ୍ଦ କରି ମୋ ଆଖିକୁ ଅନେଇ କହିଲା- "ଶୁଣ୍ ତେବେ ପ୍ରିୟ ଆଉ ଓସ୍ତ ପତ୍ରର ରହସ୍ୟ... । ସ୍ନେହର ଆଉ ଗୋଟେ ନାଁ ହେଉଛି ଭଲ ପାଇବା । ସାହିତ୍ୟରେ ତା'କୁ ପ୍ରେମ ବୋଲି କହନ୍ତି । ଆଉ ପ୍ରେମର ଶେଷ ପରିଣତି... 'ଚୌଧୁରୀ ଘର କନିଆଁ...' 'ପ୍ରିୟରୁ ପ୍ରିୟତମ...' ଏବେ ଖୁସୀତ ? ମୁଁ ଅନେଇ ରହିବି ସେଇ ଦିନକୁ । ଆଜିର କଥା ମନେ ରଖିଥିବୁ ବଉଳ !" ତା'ର ସ୍ୱର ଭାରି ହୋଇ ଆସୁଥିଲା । ଛଳ ଛଳ ଆଖିରେ ମତେ ଚାହିଁଥିଲା ।

ମୁଁ ତ ଲାଜରେ ଗୋଟାପଣେ ଓଦା ହେଇଯାଇଥିଲି । ବୋକୀ ଭଳି ଅନେଇ ଥିଲି ତା'କୁ । ବଉଳର ନୂଆ ପରିଭାଷାଟା ଶୁଣି ମନରେ କ'ଣ ଗୋଟେ ଚାଉଁକିନା ହେଲା । ଏମିତିକା ଜିନିଷଟେ ମୋ ମନରେ ଧ୍ୟାନରେ ନଥିଲା । ରାଜକୁମାର ରାଜକୁମାରୀ କାହାଣୀ ଛଡ଼ା ଆଉ କିଛି ପଢ଼ିନଥିଲି କି ଜାଣିନଥିଲି ।

ବଉଳ କହିଲା- "ଦଶ କୁମର, ଦଶ କୁମାରୀ ଚରିତ, ଗଲିଭର କାହାଣୀ ଛାଡ଼ । ତୁ ଆଉ ପିଲା ହେଇକି ନାହୁଁ । ମୁଁ ତୋତେ କିଛି ଅଲଗା ବହି ଦେବି, ତୁ ପଢ଼ । ଭଲ ଲାଗିବ ।" ସେ ବହି ଆଣିଦେଲା... କା', ଅମଡ଼ା ବାଟ, ମଲା ଜହ୍ନ, କେଶବତୀ କନ୍ୟା, ଭଲ ପାଇବାର ଶେଷ କଥା । କାହ୍ନୁ ଚରଣ, ରାଧାନାଥ ରାୟ, ବିଭୂତି ପଟ୍ଟନାୟକଙ୍କ ଦୁନିଆଁ... ସତରେ ଗୋଟାଏ ନୂଆ ଦୁନିଆଁ !

ନୂଆ ନୂଆ ବହି ସିନା ପଢ଼ିଲି କିନ୍ତୁ ଏବେ ବି ଦଶ କୁମର କାହାଣୀର ଚରିତ୍ର ମାନେ ମୋ ସ୍ୱପ୍ନରେ ଆସନ୍ତି । ଶ୍ୱେତକେତୁ ମୋର ପ୍ରିୟ ରାଜକୁମାର । ବେଳେ ବେଳେ 'ପ୍ରିୟ' ସେମାନଙ୍କ ରୂପରେ ଚାଲି ଆସେ । କେତେ ବେଳେ ସେ ସୁନା ମୁକୁଟ ପିନ୍ଧି

ସିଂହାସନରେ ବସିଥାଏ ତ କେତେବେଳେ ପକ୍ଷୀରାଜ ଘୋଡ଼ାରେ ଆକାଶରେ ଉଡୁଥାଏ। ଅଧରାତିରେ ନିଦ ଭାଙ୍ଗିଗଲେ ଅଧା ନିଦରେ ଅନ୍ଧାରକୁ ଅନାଏ। ସତରେ ସିଏ ଘୋଡ଼ା ଚଢ଼ି ଉଡୁନି ତ ? ? ? ବୋକାମୀ ପାଇଁ ଟିକେ ହସିଦେଇ ଶୋଇ ପଡ଼େ। କାହିଁକି କେଜାଣି ନୂଆ ବହିମାନଙ୍କ ଭିତରେ ମତେ 'ପ୍ରିୟ' ଦିଶେନି।

'ପ୍ରିୟ', ସ୍କୁଲରେ ପୁଅ ଝିଅ ସମସ୍ତଙ୍କର ପ୍ରିୟ। ଘରୁ ପିଜୁଳି, ବରକୋଳି, ବିଭିନ୍ନ ପ୍ରକାରର ଆଚାର ନେଇ ଆସେ। କ୍ଲାସ୍‌ରେ ବାଣ୍ଟିଦିଏ। ତାଙ୍କ ଘର ଆଚାରର ଆମ ଝିଅମାନଙ୍କ ଭିତରେ ସବୁଠୁ ବେଶି ଚାହିଦା। ସେଥିପାଇଁ ଆମେ ଝିଅମାନେ ଆଚାର ଆଣିଲେ ତାକୁ ଦେବାକୁ ବାଧ୍ୟ। ନହେଲେ ସେ ନିଶ୍ଚୟ ଝଗଡ଼ା ଲଗେଇବ !

ଭଲ ପଢୁଥିବାରୁ ସାର୍‌ମାନେ ବି ତା'କୁ ଭଲପାଆନ୍ତି। କିନ୍ତୁ ସେ କ୍ଲାସରେ କିଛି ନା କିଛି ଦୁଷ୍ଟାମୀ କରିଦିଏ। ମନିଟର ତା' ନାଁଟା ପ୍ରଥମେ ବ୍ଲାକବୋର୍ଡ଼ରେ ଲେଖେ। ଥରେ କଣ ଗୋଟେ ଦୁଷ୍ଟାମୀ ପାଇଁ ସେ ବେତ ମାଡ଼ ଖାଇଥିଲା। ସାର୍ ବେତରେ ଚାଇଁ ଚାଇଁ ତିନି ଚାରି ପାହାର କଷିଦେଲେ। ସେ ତ ଆଖି ବୁଜି ଦେଇଥିଲା। ଉଁ କି ଚୁଁ ତା ପାଟିରୁ ବାହାରିଲାନି। ମୁଁ କିନ୍ତୁ ଲୁହ ରୋକି ପାରିଲିନି। ଆଗ ବେଞ୍ଚରେ ବସିଥିଲି। ଅନ୍ୟ କେହି ଦେଖିବା ଆଗରୁ ଓଢ଼ଣୀରେ ଲୁହ ପୋଛି ଦେଲି। ତିନି ଚାରି ଦିନ ପରେ ଅଙ୍କ ଟ୍ୟୁସନ୍‌ରୁ ରାତିରେ ଫେରୁଥିଲୁ। ଘର ପାଖ ହୋଇଥିବାରୁ ପ୍ରିୟ ମତେ ଘରେ ଛାଡ଼ିବାର ଥିଲା। ସେ ଲଣ୍ଠନ ଧରି ଚାଲୁଥିଲା। ମୁଁ ଟିକେ ଛାଡ଼ିକି ଚାଲୁଥିଲି।

ହଠାତ୍ ପଚାରିଲା- "ମତେ ସାର୍ ପିଟିଲା ବେଳେ ତୁ କାହିଁକି କାନ୍ଦିଲୁ ?"

ମୁଁ ନ ଶୁଣିଲା ପରି ଚୁପ୍ ରହିଲି।

"ପଚାରୁଛି ପରା ତତେ !" ରିପିଟ୍ କଲା ସେ।

କହିଲି- "ଜାଣେନା କାହିଁକି ତତେ ସାର୍ ମାଡ଼ ଗାଳି ଦେଲେ ମତେ ଖରାପ ଲାଗେ। ସେଦିନ ଏତେ ଯୋର୍‌ରେ ବେତରେ ପିଟିଲେ। ମତେ କାନ୍ଦ ଲାଗିଲା। ହେଲେ ତୁ କାହିଁକି ଏତେ ଦୁଷ୍ଟ ହେଉ ?"

ହସି ହସି କହିଲା- "ମୁଁ କ'ଣ ଜାଣି ଜାଣି ଦୁଷ୍ଟ ହୁଏ ? କେମିତି ହେଇଯାଏ। ହଉ, ଆଉ ଦୁଷ୍ଟ ହେବିନି। ତୁ କାନ୍ଦିବୁନି ଆଉ।"

କିଛି ଦିନ ତା' ଦୁଷ୍ଟାମୀ କମିଗଲା। କିନ୍ତୁ ତା'ପରେ ଯେମିତିକି ସେମିତି।

ବଉଳ କହିଲା- "ପ୍ରିୟର ଦୁଷ୍ଟାମୀରେ ଗୋଟେ ମିଠାପଣ ଥାଏ। ଦୁଷ୍ଟାମୀ ସହିତ ପ୍ରିୟ ହିଁ ପ୍ରିୟ।"

ଗାଁରେ ଖୁଦୁରୁକୁଣୀ ପୂଜା ହୁଏ। ଭାଇମାନଙ୍କ ପାଇଁ ପୂଜା। ଭୋଗ ତ

ଦୋକାନରେ ମିଳେ। କିନ୍ତୁ ଫୁଲ, ଭାଇମାନେ ପାହାନ୍ତାରୁ ଆଣିଦିଅନ୍ତି। ମୁଁ ତ ବାପା ବୋଉଙ୍କର ଏକମାତ୍ର ସନ୍ତାନ। ଭାଇ କୋଉଠୁ ଆସିବ ମୋ ଫୁଲ ପାଇଁ? ବଉଳ ମୋ ପାଇଁ ଫୁଲ ଆଣିଦିଏ। ସେଦିନ ତା'ର ଟିକେ ଡେରି ହେଇଗଲା। ଦଶଟା ବେଳକୁ ଆଣି ଦେଲା। ଅଭିମାନରେ କହିଲି- "ବାସି ଫୁଲ କ'ଣ ଫୁଲ?"

ମୋ ହାତଧରି ନେଇ କହିଲା- "ଭୁଲ ହେଇଗଲା। ରାଗନି ବଉଳ! ଆର ପାଳିରୁ ସଜଫୁଲ ମିଳିଯିବ।"

ଆର ପାଳି ରବିବାର ସକାଳୁ ସକାଳୁ ଉଠି ଦେଖିଲା ବେଳକୁ ଦାଣ୍ଡଘରେ ଡାଲାଏ ସଜଫୁଲ ଥୁଆ ହୋଇଛି। ମାଳତୀ, ହରଗୌରୀ, ରଙ୍ଗଣୀ, କଇଁ ଫୁଲର ବାସ୍ନାରେ ଘର ମହକି ଯାଉଥିଲା। ଆଶ୍ଚର୍ଯ୍ୟ ହୋଇ ବୋଉକୁ ପଚାରିଲି। ସେ କହିଲା- "ପାହାନ୍ତାରୁ ପ୍ରିୟ ଏତକ ଦେଇ ଯାଇଛି। ହେଲେ, ଏଡ଼ିକି ଦୁଷ୍ଟ ପିଲା! ମାଳତୀ ଫୁଲ ପାଇଁ ଗଛରେ ଚଢ଼ି ଜଙ୍ଘ ଖଣ୍ଡିଆ କରି ଆସିଛି। ରକ୍ତ ବୋହି ଯାଉଥିଲା। ବ୍ୟାଣ୍ଡେଜ୍ କରିଦେଇଛି। ହଁ, ମିନୁକୁ କହି ଦେଇଛି ସେ ଫୁଲ ଆଣିବନି।"

ହେଲେ, ସେ କାହିଁକି ଫୁଲ ଆଣୁଥିଲା? ନିଜକୁ ପଚାରୁଥିଲି ଦିନ ସାରା।

ସଞ୍ଜ ବେଳେ ପୁଷ୍ପାଞ୍ଜଳୀ ବେଳକୁ ତା' ଗୋଡ଼ରେ ବ୍ୟାଣ୍ଡେଜ୍ ଦେଖି ଗାଳି ଦେଲି- "ତତେ କିଏ କହିଥିଲା ଫୁଲ ପାଇଁ? ମୋ ପାଇଁ ତ ବଉଳ ଫୁଲ ଆଣିଦେଇଥାଆନ୍ତା!"

"ହେଲେ, ବାସୀ ଫୁଲ କଣ ଫୁଲ?" କହିଲା ସେ।

ଜାଣିଲି। ଏଇଟା ବଉଳର କାମ।

ଗାଁରେ ରଜ ପର୍ବଟା ପୂରା ତା'ର। ସାହିରେ ଦୋଳି ବାନ୍ଧିବାରୁ ଆରମ୍ଭ କରି ରାସ୍ତା ସଫା କରିବା, ଡ୍ରାମା କରିବା ତାରି କାମ। ସେ ସାହି ପିଲାମାନଙ୍କର ରିଙ୍ଗ୍ ମାଷ୍ଟର। ରଜ ତିନିଦିନ, ଝିଅମାନଙ୍କଠାରୁ ପାନ ଖାଇ ଗାମୁଛାଟେ କାନ୍ଧରେ ପକେଇ ଗାଁଟା ଯାକ ବୁଲୁଥିବ। ଡ୍ରାମାରେ ସେ ହିରୋ, ସେ ଡାଇରେକ୍ଟର, ସେ ସୂତ୍ରଧର। ଥରେ ଡ୍ରାମାରେ ତ ସେ ହିରୋଇନ୍ ହୋଇ ଯାଇଥିଲା! ଦି'ଦିନ ପରେ ତା'କୁ ଗାଳିଦେଲି।

ସେ କହିଲା- "ଡ୍ରାମା ପୂର୍ବ ଦିନ ହିରୋଇନ୍‌ଟା ରୁଷିକି କୁଆଡ଼େ ପଳେଇଲା। ଡ୍ରାମାଟା କ'ଣ ବନ୍ଦ କରିଦେଇଥାନ୍ତି?"

ଓସ୍ତ ପତର ସେମିତି ଦଶ କୁମର ଚରିତ ବହି ଭିତରେ ଥାଏ, ଆଉ ମୋ ମନରେ ତା'ର ଦ୍ୱିତୀୟ ପଦଟା ବସା ବାନ୍ଧିଥାଏ। କେବେ କେମିତି ବଉଳ ଚିଡ଼େଇଲେ ମୁଁ ଚୁପ୍ ରହିଯାଏ। ମନଟା ହଲ୍ ଚଲ୍ ହେଇଯାଏ ସିନା, ଓସ୍ତ ପତରର ସୂର୍ଯ୍ୟାଲୋକ

ଦେଖିବାର ସମ୍ଭାବନା ନଥିଲା ପରି ଲାଗେ। ଜାଣେନା ମୁଁ, ମୋ ବିଷୟରେ ପ୍ରିୟ ମନରେ କଣ ଭାବେ। ମୁଁ କହିଲେ ସେ ହିମାଳୟ ପର୍ବତ ନେଇ ଆସିବ। କିନ୍ତୁ ଡାକିଲେ ହିଁ କଥା ହୁଏ। ଦି'ତିନି ପଦ କଥା ପରେ କହିବ- "ଯାଉଛି"। ଦିନେ କାହିଁକି ମନ ଭଲ ନଥାଏ। ବଉଳ ପ୍ରିୟକୁ ଦୂରରୁ ଦେଖି କହିଲା- "ଓସ୍ତ ପତର"।

ଉଦାସ ସ୍ୱରରେ ତାକୁ କହିଲି- "ଏତେବଡ଼ ସ୍ୱପ୍ନ ଦେଖାନି ବଉଳ।" ସେଦିନଠୁ ସେ ଆଉ ସେକଥା କହେନି।

ଏମିତି ଖୁଦୁରୁକୁଣୀ, ରଜ, ଟ୍ୟୁସନ୍, ଗପ ବହି ଦେଇ ଚାରିବର୍ଷ କେମିତି ଚାଲିଗଲା ଜଣା ପଡ଼ିଲାନି। ପ୍ରିୟ ଭଲ ନମ୍ବର ରଖି ପାସ୍ କଲା। ସାଇନ୍ସ ପଢ଼ିବାକୁ ରେଭେନ୍ସା ଗଲା। ମୁଁ ଗାଁ ପାଖ କଲେଜରେ ପଢ଼ିଲି। ପୂଜା ଛୁଟି ବା ଗ୍ରୀଷ୍ମ ଛୁଟିରେ ପ୍ରିୟ ଅଳ୍ପ କେତେ ଦିନ ପାଇଁ ଆସିଲେ ସେ ତା'ର ପାଠ ଓ ସାଙ୍ଗମାନଙ୍କ ସହିତ ବ୍ୟସ୍ତ ରହେ। ଘରକୁ ଡାକିଲେ ପାଞ୍ଚ ମିନିଟ ପାଇଁ ଆସି ମତେ ପଦେ ଦି'ପଦ ଚିଡ଼େଇ ଦେଇ ଚାଲିଯାଏ। ଇଣ୍ଟରମିଡିଏଟ୍ ପରେ ଅଲଗା କ'ଣ ଗୋଟେ ବିଏ ପଢ଼ିବାକୁ ଚାଲିଗଲା ଦିଲ୍ଲୀ। କାହିଁ କେତେ ଦୂର... ଆଖି କଥା ଛାଡ଼, କଳ୍ପନା ନପାଇବାର ଦୂରତା...

ବଉଳର ବାହାଘର ହେଇଗଲା। ମୁଁ ଏବେ ସମ୍ପୂର୍ଣ୍ଣ ଏକୁଟିଆ। ଦଶ କୁମର ଚରିତ ହିଁ ଏକମାତ୍ର ସାଥୀ। ଆଲମାରୀରେ ସଯତ୍ନେ ସୁରକ୍ଷିତ ଓସ୍ତ ପତର ସହିତ। ବୋଉର ଓସ୍ତ ପତରର ପରିଭାଷା ଏବେ ଠିକ୍ ବୁଝିପାରୁଥିଲି। ବଉଳ, ପ୍ରିୟ, ସ୍କୁଲ୍ ସମସ୍ତଙ୍କ କଥା ଓସ୍ତ ପତର ପରି ମୋର ଶିରା ପ୍ରଶିରାରେ ଭେଦି ଯାଇଛନ୍ତି।

ଦିନେ ଦିନେ 'ପ୍ରିୟ ବଡ଼ମାଆ' (ତା'ର ମାଆଙ୍କୁ ମୁଁ ବଡ଼ମା' କହେ) ଡାକି ଦିଅନ୍ତି ତା' ଚିଠି ପଢ଼ିବା ପାଇଁ। ତା' ଖବର ତ ମିଳିଯାଏ। ପ୍ରିୟ ଦିଲ୍ଲୀ ଗଲା ପରେ ବଡ଼ମା'ଙ୍କ ମନ ପ୍ରାୟ ଠିକ୍ ରହେନି। ଦେହ ବି ମଝିରେ ମଝିରେ ଖରାପ ରହେ। ମୁଁ ଗଲେ କ'ଣ ଟିକେ ସାହାଯ୍ୟ କରିଦିଏ। ସତ୍ୟ ଭାଇ ତ ବହୁତ ଦିନରୁ ଗାଁ ଛାଡ଼ି ଦେଇଥିଲେ ପାଠ ପଢ଼ିବା ପାଇଁ। ଏବେ ରୁରକିରୁ ଇଞ୍ଜିନିୟରିଂ ପାସ୍ କରି ଆସି କୋରାପୁଟରେ ଚାକିରି କରିଛନ୍ତି।

ହଠାତ୍ ଦିନେ ବାପା ବୋଉଙ୍କୁ 'ପ୍ରିୟ ବଡ଼ମାଆ' ଡକେଇ ଦେଲେ। ମୁଁ ଘରେ ଥାଏ। ହସ ହସ ମୁହଁରେ ଦି ତିନି ଘଣ୍ଟା ପରେ ଫେରିଲେ। ବୋଉ ମତେ କୁଣ୍ଢେଇ ଧରି ଗେଲ କରିଦେଲା। ବାପା ମୁଣ୍ଡ ଆଉଁସି ଦେଲେ। ଦି' ପହର ଖାଇବା ସରିଲା ପରେ ମତେ ଦି' ଜଣ ଯାକ ଡାକିଲେ। ବୋଉ ପାଖରେ ବସେଇ କହିଲା- "ନାନୀ ତତେ ବୋହୂ କରି ନେବାକୁ କହିଲେ।"

ହଠାତ୍ କିଛି ବୁଝିପାରିଲିନି କ'ଣ କହିବି, କ'ଣ କରିବି... ସତରେ କ'ଣ ସ୍ୱର୍ଗ ଏତେ ପାଖରେ ? ?

ଆଉ କିଛି ଭାବିଲା ଆଗରୁ ବାପା କହିଲେ- "ସତ୍ୟ ବହୁତ ଭଲ ପିଲା। ଭାଇ ଭାଉଜ ତତେ ବହୁତ୍ ଭଲପାଆନ୍ତି। ସତ୍ୟ ବି ତତେ ପ୍ରଶଂସା କରେ। ଭାଉଜ ଆମକୁ ଅନେକ ଅନୁରୋଧ କରିଛନ୍ତି ତୋ ପାଇଁ। ସତ୍ୟପରି ପିଲା କୋଟିକରେ ଗୋଟିଏ। ଭାଉଜଙ୍କ ଘରେ ବଡ ବୋହୂ ହୋଇ ଖୁସିରେ ରହିବୁରେ ମା'!"

ଶହେଟା ବିଜୁଳି ଯେମିତି ମାରିଦେଲା! କାନ ଝାଇଁ ଝାଇଁ ହେଇଗଲା। ପାଦତଳୁ ସାରା ପୃଥିବୀଟା ଖସି ଯାଉଥିଲା। ସ୍ୱର୍ଗରୁ ଖସି ଅତଳ ସମୁଦ୍ରରେ ପଡ଼ିଯାଇଥିଲି। ଶତ ଚେଷ୍ଟା ସତ୍ତ୍ୱେ ଲୁହ ବାହାରୁ ନଥିଲା। ମୋ ପାଟି ସିଇଁ ହୋଇଯାଇଥାଏ। ନିଶ୍ଚୁପ୍ ହୋଇ ବସିଥାଏ ତଳକୁ ମୁହଁ ପୋତି।

ବୋଉ କହିଲା- "ଯା' ଶୋଇପଡ଼ିବୁ। କାଲି କଥା ହେବା।"

ମୋ ରୁମରେ ଦିନସାରା, ରାତିସାରା ମୁଁ ଭାବୁଥିଲି- କ'ଣ କହିବି ମୁଁ ସେମାନଙ୍କୁ? ଗୋଟିଏ ବୋଲି ଝିଅ ତାଙ୍କର ମୁଁ। ମତେ ନ ଦେଖିଲେ ବାପା କିଛି ଶୁଭ କାମ ଆରମ୍ଭ କରନ୍ତିନି। ଠାକୁର ଘରୁ ବାହାରିଲେ ଆଗ ମୋ ମୁହଁ ଦେଖନ୍ତି। ବୋଉ ସାରାଦିନ ମୋର ସ୍କୁଲ୍ କଲେଜରୁ ଫେରିବାକୁ ଅପେକ୍ଷା କରିଥାଏ। ତା'ପରେ ହିଁ ସେ ଖାଏ! କୌଣସି ଅଳି ଅର୍ଦ୍ଦଳୀ ମୋର ଅପୂରା ରହେନି। ସବୁଯାକ ଲୁହ ସରିଗଲା ପରେ ଭାବିଲି, ପ୍ରିୟ ତ ସବୁ ଦିନ ପାଇଁ ଆଖି ଆଗରେ ରହିବ। ଗପବହି, ଆଚାର ଆଉ କଣ୍ଢେଇ କୋଳିର ଦୁନିଆଁ ମୋଠୁଁ ଦୂରେଇ ଯିବନି! ଦଶ କୁମର ଚରିତର ଶ୍ୱେତକେତୁ ତ ମୋ ହାତ ପାହାନ୍ତାରେ! ଆଉ କ'ଣ ଦରକାର? ଦୁଃଖ କାହିଁକି ? ? ସକାଳୁ ସବୁଯାକ ଲୁହ ପୋଛି ଦେଲି।

ବୋଉକୁ କହିଲି- "ତୋ ଇଚ୍ଛା।"

ବାହାଘର ଠିକ୍ ହୋଇଗଲା। ପ୍ରିୟ ପରୀକ୍ଷା ସରିଲେ ବାହାଘର ପୂର୍ବରୁ ପହଞ୍ଚିବ। ହଠାତ୍ ଗୋଟେ ବହି ପାର୍ଶଲରେ ପାଇଲି।

'ଯାଜ୍ଞସେନୀ'। ପ୍ରିୟ ପଠେଇଥିଲା... ଲେଖିଥିଲା- "ଏଇଟା ତୋ ପାଇଁ ଗୋଟେ ପ୍ରାଇଜ୍। ମନ ଦେଇ ପଢ଼ିବୁ।"

'ଯାଜ୍ଞସେନୀ' ପଢ଼ିଲି ଲୁହରେ ଭିଜି ଭିଜି। ଶେଷ ପୃଷ୍ଠାରେ ଗୋଟେ ଛୋଟ କାଗଜରେ ଲେଖିଥିଲା- "ମିତ୍ରା! ସଖୀ ତୁ ମୋର!"

ଆଖି ବୁଜି ଦେଲି। 'ପ୍ରିୟ' ଶ୍ୱେତକେତୁ ନୁହେଁ, ଆଉଗୋଟେ ରୂପରେ ଛିଡ଼ା ହୋଇଥିଲା... ହାତରେ ବଂଶୀ, ମଥାରେ ମୟୂର ଚନ୍ଦ୍ରିକା, କପାଳରେ ଗୋରଚନା

ସହ ଦୁଇପାଦ ଛନ୍ଦି ଏକ ଅପୂର୍ବ ଭଙ୍ଗିରେ ଛିଡ଼ା ହୋଇଥିଲା । ମୁହଁରେ ସ୍କୁଲ ସମୟର ସେଇ ଅଳ୍ପ ଦୁଷ୍ଟ ହସ । ମନରୁ ସବୁ ଅବସାଦ ଦୂର ହୋଇଗଲା, ଆକାଶରୁ ମେଘମାନେ ଅପସରି ଗଲେ । ନିର୍ମଳ ଆକାଶ... ପାଟିରୁ ବାହାରି ଆସିଲା- "ପ୍ରିୟ ! ପ୍ରିୟ ସଖା ମୋର !"

ବାହାଘର ଦିନ ଘରେ ପାଦ ଦେଉ ଦେଉ ବଡ଼ମା' ପାଖରେ ବସେଇ କହିଲେ- "ଶୁଣ ଝିଅ ! ମୁଁ ପାକଲା ପତର । କେବେ ଝଡ଼ିଯିବି ଠିକ୍ ନାହିଁ । ପ୍ରିୟର ଚଗଲାମି ଏବେ ବି ଯାଇନି । ଦି' ଭାଇ ପରସ୍ପରକୁ ଜୀବନଦେଇ ଭଲପାଆନ୍ତି । ପ୍ରିୟ ତତେ ଲାଗିଲା । ତୋ ପୁଅ, ତୋ ଭାଇ, ତୋ ସାଙ୍ଗ... ମତେ କଥା ଦେ' ଜୀବନ ସାରା ତା' କଥା ବୁଝିବୁ, ପର କରିଦେବୁନି ।"

ପରଦିନ ପ୍ରିୟ ଆସି ପାଖରେ ବସିଲା । ମୁଁ ଓଢ଼ଣା ଦେଇ ତଳକୁ ମୁହଁ ପୋତି ବସିଥାଏ ।

"ଶୁଣ୍ ! ତୁ ଏବେ ବି ମତେ ପ୍ରିୟ ବୋଲି ଡାକିବୁ । ମୁଁ ସେଇମିତି ଡାକିବି କେବଳ ମିତ୍ରା... ଝିଅ-ମିତ୍ର... ମିତ୍ରର ସ୍ତ୍ରୀ ଲିଙ୍ଗ.... ତୋ ନାଁର ଗୋଟେ ନୂଆ ଅର୍ଥ ! ଆଚାର, କୋଳି ସେମିତି ସାଙ୍ଗହୋଇ ଖାଇବା... । ଗୋଟେ ଗୀତ ବୋଲିବି ଶୁଣିବୁ ?"

ଆଖିରୁ ଲୁହ ଅଟକେଇକି କହିଲି- "ବୋଲ୍..."

ସେ ବୋଲିଲା-

"ଓସ୍ତ ପତର ପାନିଆଁ, ଚୌଧୁରୀ ଘର କନିଆଁ ।"

"ଆଜି ତତେ ସତ କହୁଛିରେ ସଖୀ ! ଆଜି ଦିନ ପାଇଁ ହିଁ ମୁଁ ସେଦିନ ସେଇ ଓସ୍ତ ପତ୍ରଟା ତତେ ଦେଇଥିଲି । ଆଉ ଏବେ ବାପା, ମା', ଭାଇ ସମସ୍ତଙ୍କୁ ରାଜି କରେଇଲି... ବୁଝିଲୁ ଏଥର... ?"

ଅବାକ୍ ହୋଇ ମୁଁ ତାକୁ ଚାହିଁଥିଲି...

■

('ରତ୍ନଚିରା' ମାର୍ଚ୍ଚ ' ୨୦୨୪ ସଂଖ୍ୟାରେ ପ୍ରକାଶିତ)

ମୋ ସ୍କୁଲ୍ ଓ ମୋର ମୁହୂର୍ତ୍ତମାନେ

ଦେଖ ବିଜୟ! 'ଆଇଁଶିପା ଦହ' (ଅଂଶୁପା ହ୍ରଦ) ଚାରିପଟେ ଆମ୍ବ ଗଛମାନଙ୍କର ଶୋଭାଯାତ୍ରା। ବସନ୍ତ ଋତୁ ଆସିଗଲେ ଗଛ ଗୁଡ଼ିକରେ ଆସେ ନବ କିଶଳୟ। ନାଲି ନାଲି କଅଁଳିଆ ପତ୍ରରେ ଗଛ ଗୁଡ଼ିକ ସଜେଇ ହୋଇଯାଆନ୍ତି। ସରଣ୍ଡା ପାହାଡ଼ ଉପରୁ ଦେଖିଲେ ହ୍ରଦ ଚାରିପଟେ ନିଆଁ ଲାଗିଯାଇଥିବାର ଅନୁଭବ। ସେ ଏକ ଆଗ୍ନେୟ ଉତ୍ସବ।

ବର୍ଷା ଋତୁରେ ହ୍ରଦ ଚାରିପଟେ ଘଞ୍ଚ କଣ୍ଟାବାଉଁଶ ବୁଦା ଗୁଡ଼ିକରେ ଗଛ ଗୁଡ଼ିକ ଆକାଶ ସହିତ ପ୍ରତିଯୋଗିତା କରି ଅଧା ଆକାଶକୁ ବଢ଼ି ଯାଇଥାନ୍ତି। କଅଁଳ ହଳଦିଆ ପତ୍ର ଓ ସବୁଜ ପତ୍ରର ସମ୍ମିଶ୍ରଣରେ ଆକାଶ ରଙ୍ଗେଇ ହୋଇଯାଏ। ମହାନଦୀ ବଢ଼ିଲେ ଅଂଶୁପା ଓ ମହାନଦୀ ଏକାକାର ହୋଇଯାଆନ୍ତି। ସରଣ୍ଡା ପାହାଡ଼ ଚାରିପଟେ ମହାନଦୀ ଘେରିଯାଏ। ପାହାଡ଼ ଉପରୁ ଚାରିପଟ ସମୁଦ୍ର ପରି ଦିଶିଯାଏ। ମଝିରେ ସରଣ୍ଡା, ଏକ ମୈନାକ ପର୍ବତ।

ଶୀତ ଦିନେ ପାଣି ସିଙ୍ଗଡ଼ା ମିଳେ। ମାଣେ ଚାଉଳରେ ମାଣେ ମିଠା ମିଠା ସିଙ୍ଗଡ଼ା। କାହିଁ କେଉଁ ରାଜ୍ୟରୁ ଦଳ ଦଳ ଅଜଣା ଅଚିହ୍ନା ଚଢ଼େଇ ସବୁ ଆସି ତାଙ୍କ ରାବରେ ଅଂଶୁପାକୁ ଚଳ ଚଞ୍ଚଳ କରିଦିଅନ୍ତି। ଥରେ ଓଡ଼ିଶାର ଲାଟ୍ ଅଷ୍ଟିନ୍ ହବାକ୍ ଆସି ଶହଶହ ଦୂରାଗତ ଚଢ଼େଇମାନଙ୍କର ଶୀକାର କରିଥିଲେ। ସାର୍‌ଙ୍କର ସେ ଏକ 'ମା ନିଷାଦ' ମୁହୂର୍ତ୍ତ। ବାଲ୍ମିକୀଙ୍କ ପରି ସେ ବି ଏକ ବିଷାଦଯୋଗ। ଏକ କବିତା ରଚନା କରିଦେଇଥିଲେ ଏହି ନିଷ୍କରୁଣ ମୁହୂର୍ତ୍ତର।

ଖରାଦିନେ ଅଂଶୁପା ଏକ ପଦ୍ମବନରେ ପରିଣତ ହୋଇଯାଏ। ହ୍ରଦ ସାରା ପଦ୍ମ ଫୁଲ... ସତେକି ସ୍ୱର୍ଗରେ ମାନସରୋବର! ଫୁଲ ଶୁଖିଗଲା ପରେ ଫୁଲ ବୃନ୍ତରୁ ବାହାରେ ପୁଷ୍କଡ଼ା ମଞ୍ଜି ସବୁ। ଚମତ୍କାର ସ୍ୱାଦ।

ପାହାଡ଼ ଉପର ଇକୋ ଗାର୍ଡ଼େନରେ ବସି ତାଙ୍କ ଆଖିରେ ମତେ ସାର୍ ଦେଖେଇ ଦେଉଥାନ୍ତି ଅଶୀ ବର୍ଷ ତଳର ଦୃଶ୍ୟ...

ସାର୍, ଶ୍ରୀଯୁକ୍ତ ଶାନ୍ତନୁ କୁମାର ଆଚାର୍ଯ୍ୟ ପ୍ରଖ୍ୟାତ ଲେଖକ, ଦାର୍ଶନିକ ଓ ଶିକ୍ଷାବିତ୍ ଆଜି ଅଶୀ ବର୍ଷ ପରେ ତାଙ୍କ ପୁରୁଣା ସ୍କୁଲରେ ପାଦ ଦେଇଛନ୍ତି। ୧୯୪୪ ମସିହାରେ ସେ ପାଖ ଗାଆଁ ସୁବର୍ଣ୍ଣପୁର ମାଇନର ସ୍କୁଲରେ ପଢୁଥିଲେ। ପ୍ରଥମ ଦିନ ସ୍କୁଲ ପ୍ରବେଶ ପଥ ଗେଟ୍‌ରେ ଦେଖିଲେ ଏକ ମାର୍ବଲ୍ ଫଳକ, ସୁନ୍ଦର ଏକ ଆପ୍ତ ବାକ୍ୟ ସହିତ– "Whatever Man Has done, Man May Do." ଏଇ ବାକ୍ୟଟି ହିଁ ତାଙ୍କ ଜୀବନର ଗତିପଥ ବଦଳାଇ ଦେଲା। କବି ରବୀନ୍ଦ୍ରନାଥ ଟାଗୋର୍ ହେବାର ଆକାଂକ୍ଷା ତାଙ୍କୁ କବିରେ ପରିଣତ କରିଦେଲା। ଅଂଶୁପା ଓ ମହାନଦୀ ଉପରେ ଶତାଧିକ କବିତା ଲେଖିଦେଲେ ଗୋଟିଏ ବର୍ଷରେ।

"ହେଲେ, ସାର୍! ପରବର୍ତ୍ତୀ ସମୟରେ କବିତାର ଧାରା ଆପଣଙ୍କ କଲମରୁ କାହିଁକି ଶୁଖିଗଲା??" ପଚାରିଲି ମୁଁ...

ସାର୍ କହିଲେ, "ଏଠି ଗୋଟିଏ ବର୍ଷ ସପ୍ତମ ଶ୍ରେଣୀ ପଢ଼ି ସାରିଲା ପରେ ମୁଁ ଆସିଲି ରେଭେନ୍ସା କଲେଜିଏଟ୍, କଟକ। କଟକରେ କିନ୍ତୁ ପାହାଡ଼ ନଥିଲା, ହ୍ରଦ ନଥିଲା ଆଉ ଜଙ୍ଗଲ ବି ନଥିଲା। ଜୀବନ ଏକ ବନ୍ଦୀ ଯାଯାବରର। ଅବଶ୍ୟ ଆରମ୍ଭ ହେଲା ଆଉ ଗୋଟେ ଅଧ୍ୟାୟ ମୋ ଜୀବନରେ- ଗଦ୍ୟ ସାହିତ୍ୟ, ଗଳ୍ପ, ଉପନ୍ୟାସ, ନାଟକ ଇତ୍ୟାଦି।"

ଶୁଣୁଥିଲି ସାରଙ୍କ ଠାରୁ ଅଶୀ ବର୍ଷ ତଳର ଧାରା ବିବରଣୀ, ତାଙ୍କ ଜୀବନ କାହାଣୀ... ମନ୍ତ୍ର ମୁଗ୍ଧ ହୋଇ... ସଂପୂର୍ଣ୍ଣ ସମ୍ମୋହିତ ମୁଁ.... ମେସ୍‌ମରାଇଜ୍‌ଡ ହେବାପରି ଆଖି ମୋର ଅର୍ଦ୍ଧ ନିମୀଳିତ.... ମସ୍ତିସ୍କ ଫେରିଯାଉଥାଏ ଷାଠିଏ ବର୍ଷ ପଛକୁ। ସ୍ମୃତି ସବୁ ବାହାରି ଆସିବାକୁ ଚେଷ୍ଟା କରୁଥାନ୍ତି...

୧୯୬୪ ମସିହା... ବାପା ବୋଉଙ୍କୁ ଛାଡ଼ି ଆସିଲି ଗାଁରେ ଦାଦାଙ୍କ ପାଖରେ ପାଠ ପଢ଼ିବା ପାଇଁ ସୁବର୍ଣ୍ଣପୁର ସ୍କୁଲରେ। (ସ୍କୁଲଟି ୧୮୫୮ ମସିହାରେ ସିପାହୀ ବିଦ୍ରୋହ ପରବର୍ଷ ପ୍ରତିଷ୍ଠିତ)

ଗାଁରେ ପହଞ୍ଚି ଦେଖିଲି ଗୋଟେ ସମ୍ପୂର୍ଣ୍ଣ ନୂଆ ଦୁନିଆଁ... ନଦୀ, ପାହାଡ଼, ଜଙ୍ଗଲ, ହ୍ରଦ, ବିଲମାଳ, ପାଟ, ଆମ୍ବ ତୋଟା... ସବୁ ହାତ ପାହାନ୍ତାରେ... ଗାଁ'ରୁ ସୁବର୍ଣ୍ଣପୁର ପ୍ରାୟ ଗୋଟେ କିଲୋମିଟର ରାସ୍ତା ଘଞ୍ଚ ଜଙ୍ଗଲ ପରି 'ବଡ଼ ତୋଟା' ଦେଇ। ଆମ୍ବ, କୋଚିଲା, ଆତେଣ୍ଡି, ଫିରିକ, ସାହାଡ଼ା ଆଦି ଗଛରେ ଭର୍ତ୍ତି। ବଡ଼ ଜରି ଗଛ ତଳେ ଦିନେ ଦିନେ ବାସେଳି ବାସୀ ପିଠଉରେ ଚକୁଳି ପିଠା କରେ!

ବାସୀ ପିଠାର ବାସ୍ନାରେ ଚାରି ପାଞ୍ଚଟା ପିଲା ପରସ୍ପରକୁ ଧରି ରାମ୍ ରାମ୍ କହି ତଳକୁ ମୁହଁ ପୋତି ତୋଟା ପାରି ହୋଇଯାଆନ୍ତି। ଦୁଇ ତିନି ଜଣ ଥିଲେ ତୋଟା ମଝାମଝି ଥିବା ବନଦୂର୍ଗା ଠାକୁରାଣୀଙ୍କ ପାଖରେ ପହଞ୍ଚି ଗଲେ ଆଶ୍ୱସ୍ତି। ସେଠି ଆଉ ବାସେଲୀର ଭୟ ନଥାଏ! (ବଡ଼ ହେଲା ପରେ ଜାଣିଲୁ ଜଯାଙ୍ଗୀ ଗଛରୁ ବେଳେ ବେଳେ ଏମିତି ବାସ୍ନା ବାହାରେ ବୋଲି) ତୋଟା ମଝିରେ ୧୦-୧୫ ଫୁଟ ଓସାରର ବାଟଚଲା ରାସ୍ତା। ବଡ଼ ବଡ଼ ଆମ୍ବ ଗଛ ଦେଇ ଦିନ ବେଳେ ବି ଏଠି ସୂର୍ଯ୍ୟ କିରଣ ପଡ଼େନି। ଦୁଇ ତିନି ଜଣ ନହେଲେ ଏକୁଟିଆ ଯିବା ଅସମ୍ଭବ। ତେଣୁ ତୋଟା ଆରମ୍ଭରେ ଅପେକ୍ଷା କରୁ, ଚାରି ପାଞ୍ଚ ଜଣ ହେଲେ ହିଁ ଯିବା କଥା। ଗୋଟେ ଗଛ ଖୋଲରେ ଯାଇଥିବା ପିଲାଙ୍କର ହିସାବ ଲେଖା ହୋଇଥାଏ ଗୋଟେ ଚିର୍କୁଟ୍ କାଗଜରେ। ପ୍ରଥମେ ଯିବା ପିଲା ଲେଖିବେ- "ଆମେ ୫ ଜଣ ଗଲୁ"... ତା' ପରେ କେବଳ +୧/୨/୩ ଲେଖା ହେବ। ସେଇଥିରୁ ଜଣାପଡ଼ିବ କେତେ ଗଲେଣି କେତେ ଅଛନ୍ତି!

ମୋର ସବୁଠୁ ବଡ଼ ସାଙ୍ଗ 'ବିଜୟ ନନ୍ଦ'। ସେ ହିଁ ମୋର ଗାଇଡ୍ ନୂଆ ଦୁନିଆଁରେ। ନଈ ପହଁରା, ବିଲରୁ ମାଛ କଙ୍କଡ଼ା ଧରିବା ତା'ରି ଶିକ୍ଷା। ଦି'ପହରେ ତୋଟାରେ ଏକୁଟିଆ ପଶିବା ତା'ରି ସାହସ। ଭରା ନଈରେ, ଖଣ୍ଡି ଉପରୁ ପାଣିକୁ ଡେଇଁବା ତା'ରି ଦୁଃସାହସ! କାହା ବାଡ଼ିରୁ କାକୁଡ଼ି ଖାଇବା ତା'ରି ସଇତାନି ବୁଦ୍ଧିର ପରିଣତି! ସ୍କୁଲ୍‌ରେ, ଘରେ ମାଡ଼ ଗାଳି ବି ତା'ରି ସୌଜନ୍ୟରୁ!! ତଥାପି ସେ ହିଁ ମୋର ରବିନ୍‌ହୁଡ୍, ସେ ହିଁ ମୋର ଆଲିସ୍ ଇନ୍ ୱ୍ୱଣ୍ଡର୍ ଲ୍ୟାଣ୍ଡ, ସେ ହିଁ ମୋର ଟ୍ରେଜର ଆଇଲାଣ୍ଡର ଜିମ୍ ହକିନ୍ସ... ସବୁ ଦୁଃସାହସିକ ଅଭିଯାନରେ ମତେ ଖାଲି ତା' ପଛରେ ରହିବାକୁ ପଡ଼ିବ!!

ସେ ବର୍ଷ ମହାନଦୀ ବଢ଼ି ପାଇଁ 'ବଡ଼ତୋଟା' ଭିତରେ ପାଣି ପଶି ଯାଇଥିଲା। ରାସ୍ତା ବନ୍ଦ, ସ୍କୁଲ ବନ୍ଦ... ବିଜୟ ନନ୍ଦ ମତେ ଡାକି ନେଲା ନଈ ପାଖକୁ। ପକେଟ୍‌ରୁ ମ୍ୟାଜିକ୍ ପରି ବାହାର କଲା ଦି' ବଣ୍ଡଲ୍ ଗୁଳି ସୂତା, ଗୋଟେ ବଡ଼ ଦନ୍ଥୁରା ଛୁଞ୍ଚି। ପାଖରୁ ଭାଙ୍ଗି ଆଣିଲା ଦି'ଟା ରାଇପିନି ଡାଙ୍ଗ। ଏଥର ଆର ପକେଟ୍‌ରୁ ଜରି ଭିତରୁ ବାହାରିଲେ ମେଞ୍ଚେ କେଞ୍ଚୁଆ!! କିଛି ଗୁଳି ସୂତା ନେଇ ଛୁଞ୍ଚିରେ ଗୋଟେ କେଞ୍ଚୁଆ ମାଳ କରିଦେଇ ରାଇପିନି ବାଡ଼ିରେ ବାନ୍ଧି ଦେଇ କହିଲା, "ଦେଖ୍! ଏଇଟା ଚୁଙ୍ଗୁଡ଼ି ଖାଡ଼ି"। ସବୁ ସାଜ ସରଞ୍ଜାମ ମୋ ଆଡ଼କୁ ପକେଇ ଦେଇ କହିଲା, "ତୋ ଖାଡ଼ି ତୁ ବନା। ଚୁଙ୍ଗୁଡ଼ି ମାରିଲେ ଭଜା କରି ଖାଇବା। ମଜ୍ଜା ହେବ।"

ହେଲେ, ମୋ ମନରେ କିଛି ପ୍ରଶ୍ନ!!

ମୁଁ କହିଲି "କେଞ୍ଚୁଆ କେମିତି ଗୁନ୍ଥିବି?"

ଗୋଟେ ହେୟ ନଜର ପକେଇଦେଇ କହିଲା, 'କଣ ଅସୁବିଧା ହେଲା ତୋର ?"

ଭୀରୁ ସ୍ୱରରେ କହିଲି, "କେଞ୍ଚୁଆ ମରିଗଲେ ପାପ ହବନି ?"

"କାହିଁକି ?" ପଚାରିଲା ସେ ଧମକେଇଲା ସ୍ୱରରେ ।

"ସେଦିନ ପରା ସାର୍ କହୁଥିଲେ ଜୀବ ମାରିଲେ ପାପ ହବ ବୋଲି !" ଡରି ଡରି କହିଲି ।

"ଆରେ ! କେଞ୍ଚୁଆ ଗୁଡ଼ା କ'ଣ ଗାଈ ଗୋରୁ ହେଇଛନ୍ତି ଯେ ପାପ ହବ ?"

ଆଉ ଯୁକ୍ତି ନକରି ତା' କଥା ମାନି ଚୁଙ୍ଗୁଡ଼ି ଖାଡ଼ି କଲି । ତିନି ଚାରିଟା ଚୁଙ୍ଗୁଡ଼ି ପଡ଼ିଲେ ଖାଡ଼ିରେ । ରାତିରେ ଭଜା ଖାଇଲି । ଶୋଇଲା ବେଳକୁ ଭାବିଲି- 'ଚୁଙ୍ଗୁଡ଼ି ତ ଖାଉଚୁ ! ବୋଧେ, ଚୁଙ୍ଗୁଡ଼ି ବା କେଞ୍ଚୁଆ ଗୁଡ଼ା ତ ଗାଈ ଗୋରୁ ନୁହନ୍ତି ! ପାପ ହେବ କାହିଁକି ? ? ତଥାପି ଅନେକ ଦିନ ପର୍ଯ୍ୟନ୍ତ ମୋ ମନରେ ଏଇ ପ୍ରଶ୍ନଟା ଆନ୍ଦୋଳିତ ହେଉଥିଲା... ପାପ ହେବ କି' ନାହିଁ ? ? ?

ଆଜି ସୁବର୍ଣ୍ଣପୁର ସ୍କୁଲ୍‌ରେ ସାର୍ ଛାତ୍ର ଛାତ୍ରୀମାନଙ୍କ ସହିତ ସଭାରେ ବସି ଥିଲାବେଳେ ମୋ ମନରେ କେଞ୍ଚୁଆ ଚୁଙ୍ଗୁଡ଼ିର ଦ୍ୱନ୍ଦ୍ୱ ମନେ ପଡ଼ି ଯାଉଥିଲା ।

ତା'ପରେ...

୧୯୬୮-୧୯୭୨ ସରଣ୍ଡା ବିଦ୍ୟାପୀଠ, ସୁବର୍ଣ୍ଣପୁର ମାଇନର ସ୍କୁଲର ଉତ୍ତର ଅବତାର । ପ୍ରତିଷ୍ଠିତ ୧୯୫୯ ମସିହା । ପ୍ରାୟ ପଚାଶ ବର୍ଷ ପଛକୁ ଫେରିବାକୁ ପଡ଼ିବ । ମୋର କୈଶୋରର ପରିପ୍ରକାଶ ଓ ବ୍ୟକ୍ତିତ୍ୱର ଭିତ୍ତିପ୍ରସ୍ତର ସ୍ଥାପିତ ହୋଇଥିଲା ଏଇ ସ୍କୁଲରେ । ଲାଇବ୍ରେରୀରେ ଶତାଧିକ ଉପନ୍ୟାସ, ଭ୍ରମଣ କାହାଣୀ, ଜୀବନୀ ଓ ଶିକ୍ଷକ ମାନଙ୍କର ପ୍ରଭାବରୁ ମୁଁ ପ୍ୟୁପାରୁ ପ୍ରଜାପତି ହୋଇ ଦୁନିଆଁ ଦେଖିଲି । ସମସ୍ତ ଶିକ୍ଷକଙ୍କର ଛବି ମୋ ହୃଦୟରେ ଏବେ ବି ଅଙ୍କିତ । ସେମାନଙ୍କର ପଠନ ଶୈଳୀ, ଜ୍ଞାନ ଗାରିମା, ସ୍ନେହ ମତେ ଏବେ ବି ଆଚ୍ଛନ୍ନ କରି ରଖିଛି । ଯାହା ବି ହୋଇଛି ସେଇମାନଙ୍କ ପାଇଁ । ସେଇ ଅଭୁଲା ବ୍ୟକ୍ତିମାନଙ୍କ ସହିତ କେତୋଟି ଅଭୁଲା ମୂହୁର୍ତ୍ତ ମୋ ମନରେ ଏବେ ବି ସତେଜ ।

ଶ୍ରେଣୀ କୋଳାହଳରୁ ବେଦ ଧ୍ୱନି :

ଅଷ୍ଟମ ଶ୍ରେଣୀକୁ ଆସିଲି । ପଢ଼ାପଢ଼ି ପୁରା ଦମ୍‌ରେ ଆରମ୍ଭ ହୋଇ ନଥାଏ । ଦିନେ ଗୋଟେ କ୍ଲାସ୍‌ରେ ସାର୍ ନଥାନ୍ତି । ପାଟି ତୁଣ୍ଡ ଚାଲିଥାଏ । ହଠାତ୍, ହେଡ୍ ମାଷ୍ଟ୍ରେ, ଶ୍ରୀ ଦିଗମ୍ବର ପଣ୍ଡା ସାର୍ ପଶିଆସିଲେ । ସାରା କ୍ଲାସ୍ ଚୁପ୍... । କହିଲେ, ଶିବ ବନ୍ଦନା ଜାଣିଚ ପିଲେ ? ସମସ୍ତେ କହିଲୁ 'ନାଁ' । ସେ ବ୍ଲାକବୋର୍ଡ଼ରେ ଲେଖି ଚାଲିଲେ ।

'ଓଁ ନମଃ ଶିବାୟ ଶାନ୍ତାୟଃ, କାରଣ ତ୍ରୟ ହେତବେ,

ନିବେଦୟାମି ଚାତ୍ମାନମ୍, ତ୍ୱମ୍ ଗତି ପରମେଶ୍ୱରଃ ।'

କହିଲେ, "ବେଦକୁ ଶୁଣି ଶୁଣି ମନେ ରଖୁଥିଲେ ବୋଲି ତା ନାଁ ଶ୍ରୁତି। ତୁମପାଇଁ ଆଜି ଲେଖିଦେଲି, ଦେଖିବା କିଏ କେତେ ଶୀଘ୍ର ମନେ ରଖିପାରୁଚି !"

ଝଡ଼ ପରି ଆସିଥିଲେ, ବତାସ ପରି ଚାଲିଗଲେ। ସାରା କ୍ଲାସ୍ ଲାଗିଗଲା ବେଦ ଧ୍ୱନିରେ। ସମସ୍ତେ ଆବୃତ୍ତି କରିବାରେ ଲାଗିଗଲେ। ମୁଁ କିନ୍ତୁ ଆବୃତ୍ତି କରିବା ସହିତ ଖାତାରେ ଲେଖୁଥାଏ। ମୋତେ ପ୍ରାୟ ୪-୫ ମିନିଟ ଲାଗିଲା ମନେ ରଖିବା ପାଇଁ। ଏତେ ଶୀଘ୍ର ମନେ ରଖିପାରିବି ବୋଲି ଧାରଣା ନଥିଲା। ଅଧଘଣ୍ଟା ପରେ ସାର୍ ଆସିଲା ବେଳକୁ କ୍ଲାସ୍‌ରେ ରଗ୍ ବେଦ ଯୁଗର ନୀରବତା ରାଜୁତି କରୁଚି। ପ୍ରାୟ ସମସ୍ତେ ମୁଖସ୍ଥ କରିସାରିଲେଣି। ମନେ ମନେ ଗୁଣୁ ଗୁଣୁ ହେଉ ଥାଆନ୍ତି। ସେଇଦିନଠାରୁ ମୋର ଆତ୍ମପ୍ରତ୍ୟୟ ବଢ଼ି ଯାଇଥିଲା। ଗୋଟେ ନୂଆ ଟ୍ରିକ୍ ମିଳିଗଲା ପାଠ ମନେ ରଖିବା ପାଇଁ। ସାର୍ ! ଯେତେଥର କଲେଜ ବା ପରବର୍ତ୍ତୀ ସମୟରେ ପାଠ ମନେ ରଖିବା ଆବଶ୍ୟକ ହେଇଚି, ଆପଣଙ୍କର ଶିବ ଆରାଧନା ମୋର କାମରେ ଆସିଚି।

ସରଣ୍ଡା ପାହାଡ଼ରୁ ପୃଥିବୀ ଭ୍ରମଣ :

ସ୍କୁଲ ତଳକୁ ଅଂଶୁପା ହ୍ରଦ, ଉପରକୁ ସରଣ୍ଡା ପାହାଡ଼। ସ୍କୁଲ ବାରଣ୍ଡାରୁ ଦିଶିଯାଏ ଅଂଶୁପା ଓ ଖଣ୍ଡେ ଦୂରରେ ମହାନଦୀ। କିନ୍ତୁ ଏଇଠୁ ଆମକୁ ବିଶ୍ୱ ଦର୍ଶନ କରେଇ ଦିଅନ୍ତି ଆଉ ଜଣେ ମହାନୁଭବ।

ଶ୍ରୀ ଦୁର୍ଗାପ୍ରସାଦ ନନ୍ଦ ସାର୍। ସ୍କୁଲରେ ସାର୍, ଗାଆଁରେ "ଯୋଗୀ କକେଇ"। ଲାଗି ଲାଗି ଆମ ଘର।

ଯୋଗୀ କକେଇ ଆର୍ଟସର ଛାତ୍ର ହେଲେବି, ସେ ଅଲରାଉଣ୍ଡର। ଏନସିସି, ଡ୍ରାମା, ଏକ୍ସକର୍ସନ୍ ସବୁଥିରେ ସେ ହିଁ ପ୍ରଯୋଜକ ଓ ପ୍ରେରଣାର ଉତ୍ସ। ମୋର ଟିଚର, ଫିଲୋସଫର, ଗାଇଡ୍। ଜିଓମେଟ୍ରୀ, ଆଲଜେବ୍ରା ବି ତାଙ୍କଠୁ ବୁଝେ। ପ୍ରତିଟି କଥାରେ ତାଙ୍କର, ଇତିହାସ ଓ ଦର୍ଶନର ସ୍ପର୍ଶ। ମୋର ଥଟ୍ ପ୍ରସେସ ପ୍ରାୟତଃ ତାଙ୍କରି ଦ୍ୱାରା ପ୍ରଭାବିତ। ଟେକ୍ସଟ ବହି ଛଡ଼ା ଅନ୍ୟ ବହି ପଢ଼ିବାକୁ ମତେ ଉତ୍ସାହିତ କରୁଥିଲେ। ଓ୍ୱାର୍ଲ୍ଡ କ୍ଲାସିକ୍ ସବୁର ନାଁ ମତେ ଦେଉଥିଲେ। ଯୁଲ୍‌ସ ଭର୍ନଙ୍କ ଗଳ୍ପ, କ୍ୟାଣ୍ଟରବରି ଟେଲ୍‌ସ, ଟ୍ରେଜର୍ ଆଇଲାଣ୍ଡ, ମଦର୍ ଆଦିର ଅନୁବାଦ ମୁଁ ନିପଟ ମଫସଲରେ ଥାଇ ପଢ଼ିଦେଇଥିଲି। ସେଲୀ, କୀଟ୍ସ, ସେକ୍ସପିଅର, ଟଲଷ୍ଟୟ, ଗର୍କୀ ଇତ୍ୟାଦିଙ୍କ ପୋଏଟ୍ରୀ, ନଭେଲ୍ ଓ ଜୀବନୀ ମୁଁ ପଢ଼ିଲି। ସହରକୁ ଆସିଲା ପରେ କଲେଜରେ ଓ ପରବର୍ତ୍ତୀ ସମୟରେ ସେ ସବୁର ଉପଯୋଗିତା ମୁଁ ଉପଲବ୍ଧି କରିଚି। ତାଙ୍କର ଭୂଗୋଳ କ୍ଲାସ୍

ଆମପାଇଁ ଗୋଟେ ଭର୍ଚୁଆଲ ୱାର୍ଲ୍ଡ ଟୁର୍। ସତେ ଯେମିତି ଆମେ ଭେନିସ୍‌ରେ ଗଣ୍ଡୋଲାରେ ବସିଛୁ, ଥେମ୍ସ ନଦୀରେ ଷ୍ଟିମର ଯାତ୍ରା ପରେ ଲଣ୍ଡନ ବ୍ରିଜ୍ ଦେଖୁଛୁ। ତାଙ୍କ କ୍ଲାସ୍‌ରେ ଭୁଗୋଳ, ଇତିହାସ, ସାମାଜିକ ବିଜ୍ଞାନ ସବୁ ଏକାକାର ହୋଇଯାଆନ୍ତି। କ୍ୟୁବା ପଢୁ ପଢୁ, ଆଖୁ କିଆରୀ- ଫିଡେଲ୍ କାଷ୍ଟ୍ରୋ, କମ୍ୟୁନିଜିମ୍ ଆଉ ମିସାଇଲ୍ କ୍ରାଇସିସ୍ ସବୁ ପରଦା ଉପରେ ଭାସିଗଲା ପରି ଲାଗେ। 'ଜର୍ଜଟାଉନ୍‌ରେ ପାରାମାରିବାକୁ କେହି ନାହିଁ...'- ଜର୍ଜ ଟାଉନ୍, ପାରାମାରିବୋ, କେୟେନା- ତିନୋଟି ଲାଟିନ୍ ଆମେରିକାନ୍ ଦେଶ: ବ୍ରିଟିଶ୍ ଗାଏନା, ସୁରିନାମ ଓ ଫ୍ରେଞ୍ଚ୍ ଗାଏନାର ରାଜଧାନୀ। ଏଇପରି, ଭୂଗୋଳ ତ ଗୋଟେ ଖେଳ!!

ମହାସାଗରୀୟ ସ୍ରୋତ ପଢୁ ପଢୁ ଆମେ ଭାସିଚାଲୁ ଲାବ୍ରାଡ଼ର ସ୍ରୋତ ସହିତ ପ୍ଲାଙ୍କଟନ୍ ପରି ଗ୍ରୀନଲାଣ୍ଡରୁ ଆଣ୍ଟାର୍କଟିକା ପର୍ଯ୍ୟନ୍ତ ଫକ୍‌ଲାଣ୍ଡ ସ୍ରୋତର ଉଷ୍ମ ସ୍ପର୍ଶ ପାଇ। କ୍ଲାସରେ ସଦାବେଳେ ହସ ହସ ପରିବେଶ। କ୍ଲାସର ଗୋଟେ ଅଳ୍ପ ଦୁଷ୍ଟ ପିଲା, ଲିଙ୍ଗରାଜ ତ୍ରିପାଠୀର ନାଁ ହେଲା 'ଜେଣ୍ଡର କିଙ୍ଗ ଥ୍ରୀ ରିଡର୍'। ଏ ସବୁ କଣ ଭୁଲିହୁଏ ଜୀବନରେ ??

ପାଏଡ ପାଇପରର ବଂଶୀ ବାଦକ ପରି ସେ ସାରା କ୍ଲାସ୍‌କୁ ହିପ୍ନୋଟାଇଜ୍ଡ କରିଦିଅନ୍ତି।

ଅଙ୍କର ଯାଦୁକର :

ଗଣିତରେ ମୁଁ ଦୁର୍ବଳ ଥିଲି। ତଥାପି ମାଥ୍‌ମେଟିକ୍ସ ଅପ୍ସନାଲ ନେଲି। ତ୍ରିଗୋନୋମେଟ୍ରୀ, ଆଲଜେବ୍ରା କିଛି ବୁଝିହେଲାନି। ଶ୍ରୀ ଅନ୍ତର୍ଯ୍ୟାମୀ ସାହୁ ସାର୍ ବାଙ୍କୀ କଲେଜରୁ ପାସ୍ କରି ଆସି ଜଏନ୍ କଲେ ନୂଆ ଗଣିତ ଶିକ୍ଷକ ହିସାବରେ। ଅଳ୍ପ ଦିନରେ ସେ ସମସ୍ତଙ୍କର ପ୍ରିୟ ସାର୍ ହୋଇଗଲେ। ସାର୍, ମୋ ଦାଦାଙ୍କର ଷ୍ଟୁଡେଣ୍ଟ୍। ତେଣୁ ମୋ ପାଇଁ ଟିକେ ଅଧିକା ନଜର ଥାଏ। କିଛିଦିନ ପରେ ତ୍ରୈମାସିକ ପରୀକ୍ଷା। ମୋର ଭଲ ହୋଇନଥିଲା। ସମସ୍ତଙ୍କର ଖାତା କ୍ଲାସରେ ଦେଖାଇଲେ। କିନ୍ତୁ ମୋର ନୁହେଁ। ସାର୍ କହିଲେ କମନ୍ ରୁମକୁ ଆସ। ଥର ଥର ହୋଇ ଯାଇ ଠିଆ ହେଲି। ସବୁ ସାର୍‌ମାନଙ୍କ ଆଗରେ ପଚାରିଲେ, "ବିଜୟ! କ'ଣ ହେଇଚି ତମର? ଆଠ ରଖିଚ।" ମୁଁ ତ କାନ୍ଦ କାନ୍ଦ ଅବସ୍ଥାକୁ ଆସିଯାଇଥିଲି। କିନ୍ତୁ ସେ ବୋଧେ ମୋ ଠାରୁ ବେଶୀ ଆହତ ହୋଇଥିଲେ। ଅନ୍ୟ ସାର୍ ମାନେ ମନ ଲଗାଇ ପଢ଼ିବାକୁ କହିଲେ। କିନ୍ତୁ ସାର୍ କିଛି କହିଲେନି। ଚାରି ପାଞ୍ଚ ମିନିଟର ନୀରବତା ପରେ କହିଲେ, "ଯାଅ"। ତାଙ୍କର ସେ ନୀରବତା ମତେ ସବୁଠୁ ବେଶୀ ଆଘାତ ଦେଇଥିଲା ଓ ପ୍ରେରିତ କରିଥିଲା ଅପ୍ସନାଲ୍‌ରେ ଭଲ କରିବା ପାଇଁ।

ମାଡ଼ ତ ଦୂରର କଥା, ତାଙ୍କଠୁଁ କେହି ଗାଳି ବି ଖାଇ ନଥିବେ। ଦୁଷ୍ଟାମୀ କଲେ, ତିନି ଚାରିଦିନ କ୍ଲାସରେ ପ୍ରଶ୍ନ ପଚାରିବେନି ବା ଅନେଇବେନି। ବାସ୍ ସେତିକି ଆମ ପାଇଁ ଯଥେଷ୍ଟ ଦଣ୍ଡ। ତାଙ୍କର ସାଇନ୍ସ ଓ ମାଥିମେଟିକ୍ସ କ୍ଲାସ୍ ଆମକୁ ମେସମରିଜିମ୍ ପରି ଲାଗେ। କ୍ଲାସ୍‌ରେ ପିନ୍ ଡ୍ରପ ସାଇଲେନ୍ସ। ସମସ୍ତେ ଅନାଇଥାଉ ବ୍ଲାକବୋର୍ଡ଼କୁ। ସବୁ କୁହୁକ ସୂତ୍ର ବୁଝେଇଦିଅନ୍ତି କିଛି ଅବୁଝା ନରହିବା ପର୍ଯ୍ୟନ୍ତ।

ସାର୍! ଆପଣଙ୍କ ପାଇଁ ମାଥ୍-ମେଟିକ୍ସ ସହ ପ୍ରତିଦ୍ୱନ୍ଦିତାରେ ହାର ମାନିନି।

ଫୁଟବଲ୍ ଖେଳ ଓ ଭିଟାମିନ ଇ :

ସ୍କୁଲ୍ ଛୁଟି ହେଲେ ସବୁ ହଷ୍ଟେଲ ପିଲା ଦୌଡ଼ୁ ଫୁଟବଲ୍ ଖେଳି। ଶ୍ରୀ ପ୍ରଭାକର ଜେନା, ପିଇଟି ସାର୍। ନିଜେ ବହୁତ ଭଲ ଫୁଟବଲ୍ ଖେଳନ୍ତି। ସିଜର୍ସ ସଟ୍, ବାନାନା ସଟ୍, ହାଫ୍ ଭଲି ସଟ୍ ସବୁ ଶିଖାନ୍ତି। ପେଲେ, ଜେସି ଓଵେନ୍ସ, ଚୁନି ଗୋସ୍ୱାମୀ, ଧ୍ୟାନଚାନ୍ଦ, ମିଲ୍‌ଖା ସିଂଙ୍କ ବିଷୟରେ ତାଙ୍କରି ଠାରୁ ଶୁଣିଲୁ।

ହଷ୍ଟେଲର ଗୋଟେ ସାଙ୍ଗ ମତେ ବହୁତ୍ ଭଲପାଏ। ମୋ'ଠୁଁ ନୋଟ୍ ଖାତା ନିଏ ଆଉ ମୋର ସବୁ କଥା ମାନେ, ବିଶ୍ୱାସ ବି କରେ। ସେଣ୍ଟର୍ ଫରୱାର୍ଡ଼ ଖେଳେ। ଭଲ ଦୌଡ଼େ। ପ୍ରଭାକର ସାର୍‌ଙ୍କର ପଟ୍ଟଶିଷ୍ୟ। ସାର୍ ଫିଜିଓଲଜି ଅପ୍ସନାଲ ପଢ଼ାନ୍ତି। ସେ ବି ଫିଜିଓଲଜିର ଛାତ୍ର। କିନ୍ତୁ ମୁଁ ତାକୁ ବେଳେ ବେଳେ ହଇରାଣ କରେ। ସେ ବୁଝି ପାରେନି। ମଜ୍ଜା ହୁଏ କ୍ଲାସରେ। ସ୍କୁଲ୍‌ରୁ ଆସି ଖେଳ ପଡ଼ିଆକୁ ଯିବା ଆଗରୁ ଚୁଡ଼ା, ଚିନି ଖାଉ। ପିମ୍ପୁଡ଼ି ଲାଗିଥିଲେ ସଫା କରି ଖାଉ। କିଛି ସମୟ ତ ଲାଗେ। ଦିନେ ଖେଳ ଆରମ୍ଭ ହେବାକୁ ଅଳ୍ପ ସମୟ ଅଛି। ତେଣୁ ପିମ୍ପୁଡ଼ି କମ୍ ସଫାକରି ସେ ଚୁଡ଼ା, ଚିନି ଖାଇଦେଲା। କିଛି ପିମ୍ପୁଡ଼ି ତା' ଜିଭରେ ଲାଗିଗଲେ। ମୁଁ ପଚାରିଲାରୁ କହିଲା, "ସେମାନେ ଆମ ଖାଦ୍ୟ ଖାଉଛନ୍ତି, ତାଙ୍କୁ ଆମେ ଖାଇଲେ କଣ ହେଲା ?" ମତେ ଗୋଟେ ସୁଯୋଗ ମିଳିଗଲା। ଆଗରେ ଦୌଡ଼ି ଯାଇ ସାର୍‌ଙ୍କୁ କହିଦେଲି। ଅଳ୍ପ ହସିଲେ। କହିଲେ, "ସେ ଆସିଲେ ଆଉଥରେ କହିବୁ।" ସେ ପହଞ୍ଚିଲା। ମୁଁ କହିଲି, "ସାର୍, ଆଜି ଇଏ ପିମ୍ପୁଡ଼ି ଖାଇଚି ଚିନି ସହିତ।" ଗମ୍ଭୀର ହୋଇ ଲେସ୍ ବାନ୍ଧୁ ବାନ୍ଧୁ ସାର୍ କହିଲେ, "ପିମ୍ପୁଡ଼ିରେ ଭିଟାମିନ୍ ଇ ଅଛି। ଦୌଡ଼ିବାରେ ସାହାଯ୍ୟ କରେ।" ସାର୍‌ଙ୍କ ଉପରେ ତ ତା'ର ଅଗାଧ ବିଶ୍ୱାସ। ତା'ପର ଦିନଠୁଁ ଆଉ ଚିନିରୁ ପିମ୍ପୁଡ଼ି ସଫା କରିବା ଦରକାର ହେଲାନାହିଁ। କିଛି ଦିନ ପରେ ସାର୍ ତାକୁ କହିଲେ, "ଭିଟାମିନ ଇ ଶରୀରରେ ରୋଗ ପ୍ରତିରୋଧକ ଶକ୍ତି ବଢ଼ାଏ ସିନା ଦୌଡ଼ିବାରେ ଏତେ ସାହାଯ୍ୟ କରେନି।" ବାସ୍, ତା' ପର ଦିନଠୁ ପିମ୍ପୁଡ଼ି ଶିକାର ବନ୍ଦ। ସାର୍! ଏବେ ବି ଟିଭିରେ ଫୁଟବଲ୍ ମ୍ୟାଚ୍ ଦେଖିଲା ବେଳେ ଭିଟାମିନ୍ ଇ କଥା ମନେ ପଡ଼ିଯାଏ। ମନଭରି ହସେ।

ନବମ ଶ୍ରେଣୀରେ ଫିଜିଓଲଜି କ୍ଲାସରେ ସବୁଠୁ ବେଶୀ ପିଲା। ପ୍ରଭାକର ସାର୍ ମଣିଷ ଶରୀରର ବିଭିନ୍ନ ହାଡ଼ ବିଷୟରେ ପଢ଼ାନ୍ତି। ଫିମର, ଫିବୁଲା, ଅଲ୍‌ନା, ରେଡିଅସ ଇତ୍ୟାଦି। ପିଲାମାନଙ୍କୁ ଅସୁବିଧା ହୁଏ ବୁଝିବା ପାଇଁ। ହ୍ୟୁମାନ ସ୍କେଲିଟନ୍ ତ ନଥିଲା। ହଠାତ୍ ଜୀବନ୍ତ ସ୍କେଲିଟନ୍ ମିଳିଗଲା। ବିଜୟ ନନ୍ଦ, କ୍ଲାସ୍‌ର ସବୁଠୁ ସାନ ଆଉ ସବୁଠୁ ଦୁଷ୍ଟ ପିଲା... ସାର୍ଟ ଖୋଲି ଟେବୁଲ୍ ଉପରେ ଛିଡ଼ା ହୋଇଯାଏ। ସାର୍ ଗୋଟେ ପଏଣ୍ଟର ଧରି ହାତ, ଗୋଡ଼, ପଞ୍ଜରା ହାଡ଼ ସବୁ ଚିହ୍ନେଇ ଦିଅନ୍ତି। ସାର୍ ଯାଇ ସାରିଲା ପରେ ବି ପ୍ରାକ୍ଟିକାଲ୍ କ୍ଲାସ୍ ଚାଲିଥାଏ ତାକୁ ସେଇ ଅବସ୍ଥାରେ ଛିଡ଼ା କରି... ପୁଅ ଝିଅ ସମସ୍ତେ ପଏଣ୍ଟର ନେଇ ହାଡ଼ ଚିହ୍ନଟ କରୁଥାନ୍ତି। ସେ କିନ୍ତୁ ଦେଖୁଥାଏ ଏପଟେ ସରଣ୍ଡା ପାହାଡ଼କୁ ବା ସେପଟେ ଅଂଶୁପା ହ୍ରଦକୁ।

ଆର୍ଯ୍ୟ ମାନଙ୍କର ଟ୍ରି ଟପ୍ ହୋମ୍ :

ନିରଞ୍ଜନ ଖଟୁଆ ସାର୍ ଇତିହାସ ଓ ଇଂଲିଶ ପଢ଼ାନ୍ତି। ସବୁଠୁ ଶାନ୍ତଶିଷ୍ଟ, ସବୁଠୁ କମ୍ କଥା କହୁଥିବା ସାର୍। ଇତିହାସ ପରୀକ୍ଷାରେ ସେ ଇନ୍‌ଭିଜିଲେଟର ଥା'ନ୍ତି। ହଠାତ୍ ବିଜୟ ନନ୍ଦ ପେନସିଲ୍, ରବର, ସ୍କେଲ୍ ନେଇ ଚିତ୍ର ଆଙ୍କିବା ଆରମ୍ଭ କରିଦେଲା। ଆମେ ବୁଝିପାରିଲୁନି ଇତିହାସ ଖାତାରେ ସେ କ'ଣ କରୁଛି। ଦଶ ମିନିଟ ପରେ ସାର୍ ଆସିଲେ। ଦେଖିଲେ ଚିତ୍ର ଚାଲିଛି। ଗଛ, ଗଛ ଉପରେ ଘର, ମଣିଷ, ତଳେ ମାଟି ହାଣ୍ଡି, ଚୁଲି, କୁକୁର, ଗାଈ ଆଦି। ସାର୍ ଧୀରେ ପଚାରିଲେ, "ନନ୍ଦେ ! କ'ଣ କରୁଚ ?"

ସେ ବି ଧୀର ସ୍ୱରରେ ଉତ୍ତର ଦେଲା "କ୍ୱେଶ୍ଚିନ୍ ନମ୍ବର ଟୁ ସାର୍"। ସାର୍ ଦେଖନ୍ତି, କ୍ୱେଶ୍ଚିନ୍ ନମ୍ବର ଟୁ ହେଉଛି- "ପ୍ରାଚୀନ ଆର୍ଯ୍ୟ ସମାଜର ଏ ଚିତ୍ର ଦିଅ।"

ସାର୍ ଅଳ୍ପ ହସି ବାହାରକୁ ଚାଲିଗଲେ। ଆମେ କେତେ ଜଣ ପରସ୍ପରକୁ ଅନେଇ ପରୀକ୍ଷା ଖାତାରେ ମନ ଦେଲୁ।

ପରୀକ୍ଷାରେ ମନେ ନପଡ଼ିଲେ :

ଯୋଗୀନାଥ ତ୍ରିପାଠୀ ସାର୍ ହିନ୍ଦୀ ପଢ଼ାନ୍ତି। ସମସ୍ତଙ୍କର ପ୍ରିୟ। ବିଜୟ ନନ୍ଦ ତ ତାଙ୍କର ପ୍ରିୟତମ ଛାତ୍ର। ପରୀକ୍ଷାରେ ହିନ୍ଦୀରୁ ଓଡ଼ିଆ ଅନୁବାଦ ପଡ଼ିଛି- 'ଗର୍ଦ୍ଦନ'। ବିଜୟ ନନ୍ଦ ପଚାରିଲା- "ସାର୍ ଗର୍ଦ୍ଦନ୍ ଓଡ଼ିଆ କଣ ?" ସାର୍ ରାଗିଯାଇ କହିଲେ, "ବେକଟାକୁ ମୋଡ଼ି ଝରକା ସେପଟକୁ ପକେଇଦେବି। ଲେଖ୍ ଚୁପ୍ ଚାପ୍"। ବିଜୟ ନନ୍ଦ ସିନା ଡରିଗଲା, ଆମେ ତିନି ଚାରି ଜଣ ହସିଦେଲୁ।

ଆଉ ଥରେ ଇଂଲିଶ ପରୀକ୍ଷା... ଓଡ଼ିଆରୁ ଇଂଲିଶ ଅନୁବାଦ- "ସୂର୍ଯ୍ୟଙ୍କର ଅନୁପସ୍ଥିତିରେ ଆମେ କିଛି କରି ପାରୁନାହିଁ।" ମୁଁ ପଚାରିଲି ସାର୍ 'ଅନୁପସ୍ଥିତି'ର

ଇଂଲିଶ କଣ? ସାର୍ ତାଗିଦ୍ କରି କହିଲେ, "କ୍ଲାସ୍‌ରେ ଆବ୍‌ସେଣ୍ଟ ରହିଲେ ଜାଣିବୁ"।

ଏମିତି ବି ପରୀକ୍ଷା ହୁଏ!!

ମହାନଦୀରେ ନୌକା ଯାତ୍ରା :

ବାଙ୍କୀରୁ ସୁବର୍ଣ୍ଣପୁର ଆମର ଶେଷ ଯାତ୍ରା ସ୍କୁଲ ସହିତ ମାଟ୍ରିକ ପରୀକ୍ଷାରୁ ଫେରନ୍ତା ରାସ୍ତାରେ ମହାନଦୀର ଧାରେ ଧାରେ। ସବୁ ସାଙ୍ଗ ସାଥୀ ଗପସପ କରୁଥାଉ ବାଙ୍କୀ ସ୍କୁଲ କଥା, ପରୀକ୍ଷାରେ କେମିତି ହେଇଚି, ଛୁଟୀରେ କିଏ କୁଆଡ଼େ ବୁଲିଯିବ। ସୁବର୍ଣ୍ଣପୁର ପହଞ୍ଚିବାକୁ ଘଣ୍ଟାଏ ବାକି ଅଛି। ହଠାତ୍ ଯୋଗୀ କକେଇଙ୍କର ଗୁରୁ ଗମ୍ଭୀର ସ୍ୱର। "ପିଲାଏ! ଆଜି ଦିନଟା ତୁମ ଜୀବନର ଗୋଟେ ସ୍ମରଣୀୟ ଦିନ। ଏଗାର ବର୍ଷର ସ୍କୁଲ୍ ଜୀବନ ଶେଷ ହେଲା। କାଲିଠାରୁ ଆଉ କେହି ସ୍କୁଲ୍ ଯିବନାହିଁ। ପାଠ ପାଇଁ ଶିକ୍ଷକଙ୍କ ଠାରୁ ମାଡ଼ ଗାଳି ଶୁଣିବା ଶେଷ। ହଁ, ପ୍ରାର୍ଥନା ବୋଲିବା ବି ଶେଷ। କିଏ କଲେଜ ଯିବ, କିଏ ଚାକିରି କରିବ, କିଏ ଆଉ କିଛି କରିବ। ଏ ମୁହୂର୍ତ୍ତ ତମକୁ ଆଉ ମିଳିବନି। ଏ ମୁହୂର୍ତ୍ତକୁ ମନେ ରଖ। ତୁମ ସ୍କୁଲ୍, ତୁମ ସାଙ୍ଗ ସାଥି, ତୁମ ଶିକ୍ଷକ, ସମୟ ସହିତ ସମସ୍ତେ ପଛରେ ରହିଗଲେ। ତୁମେ ଆଗକୁ ଯିବ। ସ୍କୁଲ ସାଙ୍ଗ ଗୋଟେ ଅଲଗା ଜିନିଷ। କଲେଜରେ ତମେ ସ୍କୁଲ ସାଥୀ ପାଇବନି। ଆଜିର ଡଙ୍ଗା ଯାତ୍ରା ତୁମ ଜୀବନରେ ଆଉ ଆସିବନି। ଜୀବନ ବହୁତ କଠିନ। କେତେ ବାଧା ବିଘ୍ନ ସହିବାକୁ ପଡ଼ିବ। ଆଗକୁ ଚାଲିବାକୁ ପଡ଼ିବ। ସ୍କୁଲ ତୁମକୁ ଯାହା ଶିଖେଇଚି, ଜୀବନରେ ଅନେକ କାମରେ ଆସିବ। ସମସ୍ତେ ଭଲ ପାଠ ପଢ଼, ଭଲ ମଣିଷ ହୁଅ, ସମାଜରେ ପ୍ରତିଷ୍ଠିତ ହୁଅ। ସ୍କୁଲ ଶିକ୍ଷକ, ସାଙ୍ଗ ସାଥି ତମକୁ କିଛି ମାଗିବେନି କିନ୍ତୁ ମନେ ରଖିବେ। ତୁମେ ଯାହା ହେଲେ ବି ତାଙ୍କର ଅନ୍ତରଙ୍ଗ। ତୁମକୁ ନେଇ ଗର୍ବ କରିବେ। ଏମାନଙ୍କୁ କେବେ ବି ଭୁଲି ଯିବନାହିଁ।" ଏକ ଦୀର୍ଘ ନିଶ୍ୱାସ ସହ କଥା ସାରିଲେ ଯୋଗୀ କକେଯୀ। ହଠାତ୍ ଡ଼ଙ୍ଗା ଉପରେ ଶୀତଳ ପବନର ଏକ ଲହରୀ ବହିଗଲା। ଡ଼ଙ୍ଗା ସାରା ଥମ୍ ଥମ୍ ଭାବ। କେହି କାହାକୁ ଅନେଇ ପାରୁନଥାଉ। କଥା ବାହାରୁନଥାଏ। ସତେ! କାଲିଠୁ ଅଲଗା ଅଲଗା ହୋଇଯିବୁ!! କ୍ଲାସ୍‌ରେ ପଦ୍ୟାନ୍ତ, କଳି, କଟି, ବହି ଲୁଚାଇବା ସବୁ ସରିଗଲା!! ପ୍ରାର୍ଥନା କ୍ଲାସ୍ ତ ସାରା ଜୀବନ ପାଇଁ ହଜିଗଲା। ଡଙ୍ଗା ରତାଗଡ଼ ମୁଣ୍ଡିଆ ତଳେ ତଳେ ଯାଉଥାଏ। ମହାନଦୀରେ ଖରାଦିନିଆଁ ଚୁନା ଚୁନା ଲହରୀ ସହିତ ଆମ ସମସ୍ତଙ୍କ ଆଖିରୁ ଲୁହର କେଇ ବୁନ୍ଦା ମିଶିଗଲେ। ସୂର୍ଯ୍ୟ, ମାମୁଁ ଭଣଜା ପାହାଡ଼ ମଝିରେ ଲୁଚି ଯାଉଥିଲେ। ଆମ ଡ଼ଙ୍ଗା ସୁବର୍ଣ୍ଣପୁର ଘାଟରେ। ମୀନ (ନାଉରିଆ) କହିଲା, "ଡ଼ଙ୍ଗା ଲାଗିଲା, ଉଠରେ ପିଲେ"।

ମହାନଦୀରେ ସେ ଦିନର ପାଣି ବହି ଯାଇଛି ସିନା, ସେ ଶବ୍ଦଗୁଡ଼ିକ ଏବେ ବି ରତାଗଡ଼ ମୁଣ୍ଡିଆରେ ପ୍ରତିଧ୍ୱନିତ ହୁଅନ୍ତି। ଏତେ ଦିନ ପରେ ଏବେ ବି ସନ୍ଧ୍ୟା ବେଳେ ମହାନଦୀକୁ ଏକୁଟିଆ ଗଲେ, ସେଇ ଶବ୍ଦମାନେ ମନ ଭିତରେ ସ୍ୱତଃ ଅନୁରଣିତ ହୁଅନ୍ତି। ଲାଗେ ଏଇ କାଲି ପରିକା।

ଯୋଗୀ କକେଇ, ବିଜୟ ନନ୍ଦ ଆମ ଭିତରେ ନାହାନ୍ତି ସତ, କିନ୍ତୁ ମୋ ପରି ଛାତ୍ର ଓ ବନ୍ଧୁଙ୍କ ହୃଦୟରେ ଏବେ ବି ରହିଛନ୍ତି।

ସେ ଦିନର ସାଙ୍ଗ ମାନେ କିଏ କେଉଁଠି କେମିତି ଅଛନ୍ତି!! ସମୟ ବଡ଼ ନିଷ୍ଠୁର। ହଜିଯାଇଛି କୈଶୋର, ହଜିଯାଇଛି ସ୍କୁଲ୍ ଦିନ। ସବୁଜ ସ୍ମୃତି ହୋଇ ରହିଯାଇଛି ମନରେ କିଛି କିଛି ମୁହୂର୍ତ୍ତ, କିଛି କିଛି ଚରିତ୍ର।

ଆଜି ଶାନ୍ତନୁ ସାର୍ ଆମ ଦୁଇ ସ୍କୁଲରେ ଛାତ୍ର ଛାତ୍ରୀ ମାନଙ୍କୁ ତାଙ୍କ ସମୟର କଥା କହିଲେ। ସେ ଆପ୍ତ ବାକ୍ୟ ଥାଇ ମାର୍ବଲ ଫଳକ ଦୁଇ ସ୍କୁଲରେ ସ୍ଥାପିତ କରାଗଲା ତାଙ୍କରି କରକମଳରେ। ଗୋଟେ ଐତିହାସିକ ଦିବସ ଆଜି ।

ସଞ୍ଜ ନଇଁ ଆସୁଥାଏ ସରଣ୍ଡା ପାହାଡ଼ ଉପରେ। ଗୋଟେ ପଥର ଉପରେ ସାର୍ ଧ୍ୟାନ ମୁଦ୍ରାରେ। କିଛି ଦୂରରେ ମୁଁ ଆଖି ବନ୍ଦ କରି ଷାଠିଏ ବର୍ଷ ତଳକୁ ପଶ୍ଚାତ୍ ଦର୍ଶନ କରିବାକୁ ଚେଷ୍ଟା କରୁଥାଏ।

ଦିହେଁ ଆମେ ସମୟର କଣ୍ଟାକୁ ପଛକୁ ଫେରେଇବାକୁ ଚେଷ୍ଟା କରୁଥାଉ।

ମାଉସୀ ଓ ବିଭୂତି ବାବୁ ଦେଖୁଥାନ୍ତି ଇକୋ ଗାର୍ଡ଼େନ।

ହଠାତ୍ ପାର୍କର କେଆର୍ ଟେକର୍ ଗେଟ୍ ବନ୍ଦ କରିବ ବୋଲି ମନେ ପକେଇ ଦେଲା। ଦି'ଜଣ ଆଖି ଖୋଲି ଉଠିଲୁ ଅଶୀ ବର୍ଷ ଓ ଷାଠିଏ ବର୍ଷ ତଳର ଝରକା ବନ୍ଦକରି।

ଏଥର ଫେରନ୍ତା ଯାତ୍ରା... ବିଭୂତି ବାବୁଙ୍କର ବସିବା ପାଳି। ଡ୍ରାଇଭ୍ କଲି ମୁଁ। ମାଉସୀ କହୁଥିଲେ- "ମୁଁ ବାହାହୋଇ ଆସିଲା ଦିନଠୁ ମୁଁ ଶୁଣୁଛି ସୁବର୍ଣ୍ଣପୁର ସ୍କୁଲ୍, ଗାଁ, ମହାନଦୀ, ଅଂଶୁପା ଓ ସରଣ୍ଡା ବିଷୟରେ। ଏ ସବୁ ମନେପଡ଼ିଲେ ସେ ଗୋଟେ ଅନ୍ୟ ମଣିଷ ହୋଇଯାଆନ୍ତି। ସପ୍ତମ ଶ୍ରେଣୀର ପିଲାଟିଏ ବାରମ୍ବାର ଚେଇଁ ଉଠେ ତାଙ୍କ ମନରେ। ଆଜି ଦେଖିଲି ସେ ସବୁ ତୀର୍ଥ ସ୍ଥାନ। ଉପଲବ୍ଧି କଲି- ତାଙ୍କର ଅନୁଭବ ଅଯଥାର୍ଥ ନୁହେଁ।"

ବିଭୁତି ବାବୁ କହିଲେ- "ସାରଙ୍କ ବହିରୁ ସିନା ଏ ସବୁ ପଢ଼ିଥିଲି। ଆଜି ପ୍ରତ୍ୟକ୍ଷରେ ଦେଖିଲା ପରେ ଭାବୁଚି- ଧନ୍ୟ ସେହି ସ୍କୁଲ୍, ଧନ୍ୟ ସେହି ହ୍ରଦ ଆଉ ଧନ୍ୟ ସେଇ ପରିବେଶ ଯେ ତିଆରି କରିଛି ଏପରି ଜଣେ ପ୍ରଜ୍ଞା ପୁରୁଷଙ୍କୁ।" ବାଟ

ସାରା ସାର୍ ବସିଥିଲେ ପ୍ରାୟ ନୀରବ ହୋଇ। ଘରେ ପହଞ୍ଚି କହିଲେ- "ଅଶୀ ବର୍ଷ ତଳର ସେ ମାର୍ବଲ ଫଳକ କଥା ମୁଁ ଲେଖିଥିଲି ପଚାଶ ବର୍ଷ ତଳେ। କେବେ ମୁଁ ଭାବିନଥିଲି ସମୟ ସ୍ରୋତରୁ ସେ ଉଦ୍ଧାର ହେବ ଓ ତା'ର ପୁନଃ ସ୍ଥାପନା କରିବାର ସୁଯୋଗ ମତେ ମିଳିବ! ଆମେ ଲେଖକ ମାନେ ଯାହା ଲେଖୁ, ସମାଜ ଉପରେ ତା'ର ପ୍ରଭାବ ବିଷୟରେ ବେଳେ ବେଳେ ଆମେ ସନ୍ଦିହାନ ଥାଉ। କିନ୍ତୁ ଆଜି ମୁଁ ଅନୁଭବ କଲି, ଲେଖକର ଶବ୍ଦ ସବୁ ଲେଖନୀରୁ ପ୍ରକ୍ଷେପିତ ହୋଇଗଲା ପରେ ଇଥରରେ ଆତଯାତ କରନ୍ତି ଅନନ୍ତ କାଳ ପର୍ଯ୍ୟନ୍ତ। ଉପଯୁକ୍ତ ମାଧ୍ୟମରେ ହିଁ ସେମାନଙ୍କର ଧରାବତରଣ ହୁଏ।"

ପୁଣି କହିଲେ "ବିଜୟ! ଆଜିକାର ଟାଇମ୍ ଟ୍ରାଭେଲ୍ ମୋର 'ସ୍ୱପ୍ନପୁର' ସୁବର୍ଣ୍ଣପୁର ଅଧ୍ୟାୟରେ ଆଉ ଏକ ଫର୍ଦ୍ଦ ଯୋଡ଼ି ଦେଲା।"

ସେ ଦିନର ଡ଼ଙ୍ଗା ଯାତ୍ରା ପରେ ଆଜି ସ୍କୁଲ୍ ସହିତ ମୋର ବି ଆଉ ଏକ ସ୍ମରଣୀୟ ଦିବସ। ଜୀବନର ଆଉ କିଛି ଅଭୁଲା ମୁହୂର୍ତ୍ତ।

■

(ପ୍ରଜ୍ଞା ପୁରୁଷ ଶ୍ରୀ ଶାନ୍ତନୁ କୁମାର ଆଚାର୍ଯ୍ୟ ଆମର ଦୁଇଟି ସ୍କୁଲ ପରିଦର୍ଶନ କରିଥିଲେ ଗତ ୧୬ ଅଗଷ୍ଟ ୨୦୨୩ ଦିନ। ସାର୍‌ଙ୍କ ସହିତ ଥିଲେ ସହଧର୍ମିଣୀ ଜନପ୍ରିୟ ଗାଳ୍ପିକା ଶ୍ରୀମତୀ ନିରୂପମା ଆଚାର୍ଯ୍ୟ। (ଆମର ପ୍ରଣମ୍ୟା ମାଉସୀ)

ମୋ ସହିତ ଥିଲେ ବନ୍ଧୁ ଶ୍ରୀ ବିଭୁତି ମିଶ୍ର। ସେଇ ଅବସରରେ ସାର୍‌ଙ୍କ ସହ କାଟିଥିବା କେତୋଟି ଅଭୁଲା ମୁହୂର୍ତ୍ତ ଓ ମୋର ଷାଠିଏ ବର୍ଷ ତଳର ସ୍ମୃତି ଚାରଣ)

କାଓ୍ରାକା ଲେଲି ଏବେ ବି ବଞ୍ଚିଛି

୧୯୯୪ର କଥା। ମଧ୍ୟ ଓଡ଼ିଶାର ଏକ ଶିଳ୍ପନଗରୀରୁ ମୋର ଟ୍ରାନ୍ସଫର ହେଲା କୋରାପୁଟ ଜିଲ୍ଲାରେ ଆମର ଆଉ ଏକ ପ୍ରକଳ୍ପକୁ। କୋରାପୁଟ 3Pର ରାଜ୍ୟ। ପୋଷ୍ଟିଂ, ପ୍ରମୋଶନ ବା ପନିଶ୍‌ମେଣ୍ଟ ନହେଲେ କେହି କୋରାପୁଟ ଯା'ନ୍ତିନି ବୋଲି କହନ୍ତି। କିନ୍ତୁ ମୋ ପାଇଁ ଏ ତିନିଟାରୁ ଗୋଟେ ବି ପ୍ରଯୁଜ୍ୟ ନଥିଲା। କିଏ କୋରାପୁଟ ଯିବ ବୋଲି ଡିପାର୍ଟମେଣ୍ଟରେ ପଚାରିବାରୁ ମୁଁ ପ୍ରଥମେ ହାତ ଟେକିଲି ଗୋଟେ ନୂଆ ରାଜ୍ୟ ଦେଖିବାର ମନସ୍ଥ କରି। ଆଗରୁ ପଢ଼ିଥାଏ ପରଜା, ଅମୃତର ସନ୍ତାନ ପରି କ୍ଲାସିକ୍ ଉପନ୍ୟାସ ସବୁ। ପ୍ରଭୁ ରାମଚନ୍ଦ୍ର ବି ଏଇ ମାଟିରେ କିଛିଦିନ ଅବସ୍ଥାନ କରିଥିଲେ। ତପସ୍ୱିନୀର ତମସା ନଦୀ ଏବେବି ଅନେଇ ଥିବ ସୀତାଙ୍କୁ 'କୋଳ କରି ଥରେ ସୁଖ ଲଭିବା ପାଇଁ '। ତେଣୁ ମନ କହିଲା, ଚାଲ୍ ଦେଖିବୁ ସ୍ୱନାମଧନ୍ୟ ଗଳ୍ପକାର ଗୋପୀନାଥ ମହାନ୍ତିଙ୍କ ପରଜା ଓ ଗଙ୍ଗାଧର ମେହେରଙ୍କର ତପସ୍ୱିନୀର ରାଜ୍ୟ। 'ପରଜା' ତ ଆମ ପ୍ଲାଣ୍ଟ ପାଖାପାଖି ଲକ୍ଷ୍ମୀପୁର, କାକିରିଗୁମ୍ମା, ଶୋରିଷପଦର, ଧାମନଯୋଡ଼ି ଇତ୍ୟାଦି ଗାଁ ଓ ପଞ୍ଚପଟମାଳୀ ପାହାଡ଼ର କାହାଣୀ।

ଜୁନ୍ ମାସର ପ୍ରଥମ ସପ୍ତାହରେ ପ୍ରୋଜେକ୍ଟରେ ପହଞ୍ଚିଲା ବେଳକୁ ମୌସୁମୀ ପୂର୍ବତଟ ପର୍ବତମାଳାରେ ପ୍ରବେଶ କରିଯାଇଥାଏ। କମ୍ପାନୀ ବସ୍‌ରେ ବିଜୟନଗରମ୍ ଷ୍ଟେସନ୍‌ଠାରୁ ଯାତ୍ରା। ସାଲୁର ସୁଙ୍କି ଘାଟୀରେ ହିଁ ବର୍ଷା ସ୍ୱାଗତ ସମ୍ବର୍ଦ୍ଧନା ଜଣାଇଦେଲା। ପରବର୍ତ୍ତୀ ମାସ ସାରା ସୂର୍ଯ୍ୟ ଦର୍ଶନର ସୁଯୋଗ ହିଁ ନଥିଲା। ଚବିଶି ଘଣ୍ଟା ଝିପି ଝିପି ବର୍ଷା ସିଁ ସିଁ ପବନ ସହିତ। ବିନା ରେନ୍‌କୋଟ୍‌ରେ ଘରୁ ବାହାରିବା ଅସମ୍ଭବ। ସ୍କୁଟର ଡିକିରେ ରେନ୍‌କୋଟ୍‌ଟା ରହିବା ଅନିର୍ବାର୍ଯ୍ୟ।

ସମୁଦ୍ର ପତ୍ତନ ଠାରୁ ୧୦୦୦ ମିଟର ଉଚ୍ଚରେ ଆମ ଅଲୁମିନା ପ୍ଲାଣ୍ଟ୍। ପ୍ଲାଣ୍ଟ୍‌ରେ ବିଭିନ୍ନ କେମିକାଲ୍‌ର ପ୍ରବାହ ପାଇଁ ଡେଙ୍ଗା ଡେଙ୍ଗା ଟାଙ୍କି ଓ ପାଓ୍ୱାର୍

ପ୍ଲାଣ୍ଟର ଚିମ୍‌ନି ଅଧା ଆକାଶ ଯାଏ ଉଠି ଯାଇଥାଆନ୍ତି। ପ୍ଲାଣ୍ଟଠାରୁ ପ୍ରାୟ ୧୪ କି.ମି. ଦୂର ତଥା ଆହୁରି ୪୦୦ ମିଟର ଉଚ୍ଚତାରେ ଆମର ବକ୍ସାଇଟ୍ ମାଇନ୍‌ସ - 'ପଞ୍ଚପଟମାଳୀ ପାହାଡ଼'। ମୋର ପୋଷ୍ଟିଂ ମାଇନ୍‌ସ୍‌ରେ। ସବୁଦିନ ସକାଳୁ କମ୍ପାନୀ ଗାଡ଼ିରେ ମାଇନ୍‌ସ ଯିବାର ବ୍ୟବସ୍ଥା। ବର୍ଷା ଋତୁରେ ମେଘମାନେ ପାହାଡ଼ର ଅଧା ଯାଏ ଓହ୍ଲେଇ ଆସିଥା'ନ୍ତି। ଆମ ରାସ୍ତା ଦେଇ ସେମାନଙ୍କର ଯା'ଆସ। ତେଣୁ ମେଘ ଭିତର ଦେଇ ହିଁ ଆମର ଯିବା ଆସିବା। ବର୍ଷା ଋତୁଟା ପୁରା ଆମର ମେଘ ସହିତ ଲୁଚକାଳି ଖେଳ। ବେଳେ ବେଳେ ଆକାଶ ସଫା ଥିବ, ହଠାତ୍ ୨-୩ ମିନିଟ୍ ଭିତରେ ପାହାଡ଼ ଉହାଡ଼ରୁ ମେଘମାନେ ଚାଲିଆସିବେ। ସାରା ମାଇନ୍‌ସ ମେଘରେ ଘୋଡ଼େଇ ହୋଇଯିବ। ଅଫିସ୍‌ର ଝରକା ଖୋଲାଥିଲେ ଅଫିସ୍ ଭିତରକୁ ମେଘମାନେ ଚାଲିଆସିବେ। ରୁମ୍ ଭିତରେ ଧୂଆଁ ଧୂଆଁ। ଦେହ ମୁହଁ ଓଦା କରି ଚାଲିଯିବେ। ଅଲଗା ଗୋଟେ ଅନୁଭବ! ଆମେ ମେଘ ଘରେ ନାଁ ମେଘ ଆମ ଘରେ? କିଏ ଏଠି ଅନୁପ୍ରବେଶକାରୀ??

ବେଳେ ବେଳେ ରାତିରେ ମାଇନ୍‌ସରେ ରହିବାକୁ ପଡ଼େ। ଅଗଷ୍ଟ ପନ୍ଦର ବା ଜାନୁଆରୀ ଛବିଶ ପାଇଁ ପାହାନ୍ତାରୁ ଯିବାକୁ ପଡ଼େ। ସେଇଦିନ ଦେଖିବାକୁ ଥାଏ ପଞ୍ଚପଟମାଳୀର ସବୁଠୁ ମନୋରମ ଦୃଶ୍ୟ। ପାହାଡ଼ ଧାରରେ ଆମେ ଛିଡ଼ା ହୋଇଥାଉ, ଆମ ପାହାଡଠାରୁ କମ୍ ଉଚ୍ଚତାର ସାମ୍ନା ପାହାଡ଼ ଆଢୁଆଳରୁ ସୂର୍ଯ୍ୟ କେତେବେଳେ ବାହାରିବେ? ସୂର୍ଯ୍ୟୋଦୟର ପ୍ରଥମ କିରଣ ତୁମ ପଦ ଚୁମ୍ବନ କରି ପଞ୍ଚପଟମାଳୀ ପୃଷ୍ଠ ଦେଶରେ ସିନ୍ଦୂର ବିଞ୍ଚିଦେବ। ତଥାପି ପାହାଡ଼ ଗୁଡ଼ିକର ପଶ୍ଚିମପଟ ଆଲୋକ ଅପେକ୍ଷାରେ ଥିବେ। କିନ୍ତୁ ପାଖାପାଖି ଦୁଇ ଶୃଙ୍ଗର ମଧ୍ୟ ଦେଇ କିଛି ସୂର୍ଯ୍ୟ କିରଣ ବର୍ଚ୍ଛା ପରି ଅନ୍ୟ ଏକ ପାହାଡ଼ର ପାଦଦେଶ ପର୍ଯ୍ୟନ୍ତ ଭେଦି ଆସନ୍ତି। ଅଧା ଛାଇ ଅଧା ଆଲୁଅର ଅପୂର୍ବ ସେ ଦୃଶ୍ୟ। ବୋଧେ ଏଇ ଗୋଟିଏ ଜାଗାରେ ପାଦତଳୁ ସୂର୍ଯ୍ୟୋଦୟ ଦେଖିବାର ଅମୃତ ଅନୁଭବ ଘଟିଛି ଜୀବନରେ।

ବର୍ଷାଦିନେ ବେଳେ ବେଳେ ମେଘ ସମଗ୍ର ପାହାଡଗୁଡ଼ିକୁ ଘୋଡ଼େଇ କରି ରଖିଥାଏ ତ କେତେବେଳେ ଅଧା ଯାଏ। ଦେଓମାଳୀ ପରି କେତେକ ଉଚ୍ଚତମ ଶୃଙ୍ଗ ହିଁ ମେଘ ଉପରକୁ ମୁଣ୍ଡଟେକି ଚାହିଁଥା'ନ୍ତି ନୀଳ ଆକାଶକୁ। ବାକି ସବୁ ଛପି ଯାଇ ଥା'ନ୍ତି ମେଘ ଆଢୁଆଳରେ। ଆକାଶ ମେଘମୁକ୍ତ ଥିଲେ ଆମ ଭିଉ ପଏଣ୍ଟ ଟାୱାର୍ ଉପରୁ ଆଖି ପାଇଲା ଯାଏ ଦିଶିଯା'ନ୍ତି ଅସଂଖ୍ୟ ଶୃଙ୍ଗ, ଋଷିମାନେ ତପସ୍ୟା କଲାପରି ମୁଦ୍ରାରେ। ସବୁଜ ରଂଗର ଢେଉମୟ ସମୁଦ୍ର ଯେମିତି ଫ୍ରିଜ୍ ହୋଇଯାଇଛି! ଢେଉମାନେ

ଯିଏ ଯାହା ଯାଗାରେ ଯେମିତି ସ୍ଥିର ହୋଇ ରହି ଯାଇଛନ୍ତି କେଉଁ ବଦ୍‌ରାଗୀ ଋଷିଙ୍କର ଅଭିଶାପରେ !

ଆଉ ଏକ ବିରଳ ଅନୁଭବ । ଶୀତଦିନେ ସମଗ୍ର କୋରାପୁଟର ଆଉ ଗୋଟେ ରୂପ । ନଭେମ୍ବର, ଡିସେମ୍ବର ମାସଟା ଅଳସୀ ଗଛର ଫୁଲ ଧରିବା ସମୟ । ଆଖି ଦେଖି ପାରିଲାଯାଏ ପାହାଡ଼ ଓ ଡଙ୍ଗର ଉପରେ ଅଳସୀ ଚାଷ ହୋଇଥାଏ । ଅଳସୀ କ୍ଷେତରେ ହଳଦିଆ ରଂଗର ଫୁଲ ଫୁଟିଲେ, ପାହାଡ଼ ସାରା କିଏ ଯେମିତି ଆଉଟା ସୁନା ଢାଳି ଦେଇଛି, ସେମିତି ଦିଶେ । ଯୁଆଡ଼େ ଦେଖ ସୁନା ହଳଦୀ ରଂଗର ଅରଣ୍ୟ ଫସଲ । ହାଲ୍‌କା ପବନରେ ହଳଦୀ ରଂଗର ସମୁଦ୍ରରେ ହଳଦୀ ରଂଗର ଢେଉ ଖେଳିଯାଏ ଅଳସୀ କ୍ଷେତରେ । ପୁରା କୋରାପୁଟ୍ ଜିଲ୍ଲାଟାର ପାହାଡ଼, ଡଙ୍ଗର, ବିଲବଣ ହଳଦୀ ରଂଗରେ ରଙ୍ଗେଇ ହୋଇଯାଏ ।

ମାଇନ୍‌ସରେ ଦିନ ଗଡ଼ି ଯାଉଥାଏ । ହେଲେ ଗୋଟିଏ କଥା ମୁଁ ପ୍ରଥମ ଦିନରୁ ଲକ୍ଷ୍ୟ କରିଥାଏ । ମୁଁ ଅଫିସ୍‌ରେ ପହଞ୍ଚିଲା ବେଳକୁ ମୋ ଟେବୁଲ ଉପରେ ଗୋଟିଏ ଗୋଲାପ ଫୁଲ ଆଉ ଦି'ଗ୍ଲାସ ପାଣି ଥୁଆ ହେଇଥିବ । ଡିପାର୍ଟମେଣ୍ଟର ଆଟେଣ୍ଡାଣ୍ଟ୍ ହେଉଛି ଦାମ ଜାନୀ । ବେଲ୍ ମାରିଲେ ଆସି କାମଦାମ କରିଦିଏ । ବେଶ୍ ଭଦ୍ର ଓ କର୍ତ୍ତବ୍ୟ ପରାୟଣ । ଭାବୁଥିଲି ବୋଧେ ଜାନୀର ଏ କାମ !

ହଠାତ୍ ଦିନେ ଦାମ ଜାନୀ ଗୋଟିଏ ୨୪-୨୫ ବର୍ଷର ଅତ୍ୟନ୍ତ ଦୁର୍ବଳ ଯୁବକକୁ ଟଳମଟଳ ଅବସ୍ଥାରେ ଆଣି ମୋ ରୁମ୍‌ରେ ପହଞ୍ଚିଲା ।

"ସାର୍ ! ଯା କଥା ବୁଝନ୍ତୁ । ତିନି ମାସ ହେଲା ଦରମା ପାଇନି । ଘରେ ଖାଇବାକୁ ନାହିଁ । ଦିନ ରାତି ଚବିଶ ଘଣ୍ଟା ସଲପ ରସ କି ପେଣ୍ଡମ୍ (ମାଣ୍ଡିଆ ମଦ) ଖାଇକି ଶୋଉଛି । ତା' ମାଇକିନା ମତେ ଆସି କହିକି ଯାଇଛି ଆପଣଙ୍କୁ କହିବାକୁ । ବଡ଼ ଅସୁବିଧା ଯାର । ସାହାଯ୍ୟ କରନ୍ତୁ ସାର୍ !"

"ହେଲେ ଇଏ କିଏ ?" ଆଶ୍ଚର୍ଯ୍ୟ ହୋଇ ପଚାରିଲି ।

"ଇଏ ହଉଛି ସମ୍ରୁ ପାଙ୍ଗୀ । ଆମ ଡିପାର୍ଟମେଣ୍ଟରେ କାମ କରେ ।"

"ମୁଁ ତ ଯାକୁ କେବେ ବି ଦେଖିନି କି ଜାଣିନି ।"

"ଦେଖିବେ କେମିତି ସାର୍ ? ଯା ଘର ଏଇ ଅଫିସ ତଳକୁ ଝୋଲାଗୁଡ଼ା ଗାଁରେ । ଆମେ ଆସିଲା ଆଗରୁ ସେ ଆସି ଅଫିସ୍‌ରେ ପହଞ୍ଚେ । ଆପଣଙ୍କ ଟେବୁଲ ଉପରେ ଗୋଲାପ ଫୁଲ ଆଉ ଦି'ଗ୍ଲାସ ପାଣି ରଖିଦେଲେ ତା'ର ଦିନକର କାମ ସରିଲା । ତା'ପରେ ଯାଇକି କୋଉଠି ଶୋଇଥିବ । ଦି'ପହରେ କ୍ୟାଣ୍ଟିନ୍‌ରେ ଖାଇବ । ଯେତେବେଳେ ଇଚ୍ଛା ସେତେବେଳେ ବୋତଲରୁ ପେଣ୍ଡମ୍ ଢୋକେ, ଢୋକେ

ପିଉଥିବ। ପାଞ୍ଚଟା ପରେ ସମସ୍ତେ ଗଲା ପରେ ସେ ତା ଘରକୁ ଯିବ। ନହେଲେ ତା' ମାଇକିନା ଆସି ତା'କୁ ଘୋଷାରିକି ନବ। ତା'କୁ ତ କେହି ଦେଖନ୍ତିନି ଆପଣ କେମିତି ଦେଖିବେ?" ହସି ହସି କହିଲା ସେ।

"ତା'ର ତ ପୁଣି ଗୋଟେ କ'ଣ କାମ ଥିବ ମାଇନ୍‌ସରେ.... !

"କି କାମ କରିବ ସେ ସାର୍? ଜମି ଯାଇଛି ବୋଲି ଚାକିରି ମିଳିଛି। କାମଦାମ ତା'ହାତରେ କିଛି ହେବନି। କିନ୍ତୁ ଭଲ ପିଲାଟା.... କାହା ସାଂଗରେ ଗଣ୍ଡଗୋଳ କରେନି, ଚେରିଚାରି କରେନି। ସବୁଦିନ ଅଫିସ ଆସେ। କ'ଣ କେମିତି ହେଇଛି କେଜାଣି, ତିନି ମାସ ହେଲା ଦରମା ପାଇନି। ସେ ବି ଏ କଥା ଜାଣିନି। ତା' ପରିବାର ଚଳିବ କେମିତି ସାର୍?"

ଏତେ ଦିନ ପରେ ଜାଣିଲି ଗୋଲାପ ଫୁଲ ଓ ଦି'ଗ୍ଲାସ ପାଣିର ରହସ୍ୟ। ବେଶ୍ ଇଣ୍ଟରେଷ୍ଟିଂ କେସ୍‌ଟା। ତାକୁ ସାମ୍ନାରେ ବସେଇକି ଟାଇମ୍ ଅଫିସ୍ ଅଫିସରଙ୍କୁ ଡକେଇଲି। ସେ ରେକର୍ଡ଼ ନେଇକି ଆସିଲେ।

କହିଲେ... "ତିନି ମାସ ହେଲା ୟାର ପଞ୍ଚ୍ ନାହିଁ ସାର୍! ପୁରା ଆବ୍‌ସେଣ୍ଟ୍। ପ୍ଲାଣ୍ଟ୍ ଆସୁନି... ଦରମା କେମିତି ମିଳିବ?"

"ହେଲେ ମୁଁ ତ ସବୁଦିନ ଗୋଲାପ ଫୁଲ ପାଉଛି, ପାଣି ଗ୍ଲାସ ପାଉଛି!"

ଜାନୀକୁ ପଚାରିଲି, "କ'ଣ ହେଇଛି କିରେ ବାବୁ?"

ଜାନୀ କହିଲା "ସବୁଦିନ ତ ସିଏ ଆସୁଛି। ପଞ୍ଚ୍ କରୁଛି କି ନାହିଁ ମୁଁ ଜାଣିନି।"

ସମ୍ରୁକୁ ପଚାରିଲି - "ପଞ୍ଚ୍ କରୁନୁ କିରେ ସମ୍ରୁ?"

"ସବୁ ଦିନ କରୁଛି ସାର୍!" ପକେଟ୍‌ରୁ ପଞ୍ଚ୍ କାର୍ଡ଼ଟା ବାହାର କରି ଦେଖେଇଲା... ପଞ୍ଚ୍ କାର୍ଡ଼ ଦେଖିଲି। ତା'ଉପରେ ନମ୍ବର ଓ ନାଁ ଲେଖା ହୋଇଥିବା କାଗଜର ଷ୍ଟିକରଟା କିନ୍ତୁ ପାଣି ଖାଇକି ନଷ୍ଟ ହେଇଯାଇଛି, କିଛି ଜଣା ପଡୁନି। ଟାଇମ୍ ଅଫିସ୍ ଅଫିସରଙ୍କୁ ଅନୁରୋଧ କଲି... "ଦେଖନ୍ତୁ କାର୍ଡ଼ରେ କିଛି ଅସୁବିଧା ଅଛିକି?"

"ଠିକ୍ ଅଛି ସାର୍" କହି କାର୍ଡ଼ଟା ନେଇ ସେ ଗଲେ।

ଦଶ ମିନିଟ୍ ପରେ ଆସି ଜୋର୍‌ରେ ହସି ହସି କହିଲେ - "ଏ କାର୍ଡ଼ଟା ୟାର ନୁହଁ ସାର୍! ଶୁକ୍ରା ମାଳୀର। ଶୁକ୍ରାର କାର୍ଡ଼ଟା ହଜି ଯାଇଥିବାରୁ ତା'କୁ ଗୋଟେ ଡୁପ୍ଲିକେଟ୍ ଇସ୍ୟୁ କରିଛୁ। ହେଲେ ୟା ପାଖକୁ କେମିତି ଏଇଟା ଆସିଲା? ଇଏ ପଞ୍ଚ୍ କଲେ ଶୁକ୍ରା ନାଁରେ ରେକର୍ଡ଼ ହେଉଛି, ଆଉ ୟାର ଆବ୍‌ସେଣ୍ଟ୍।"

ସମ୍ରୁକୁ ପଚାରିଲି - "କ'ଣ କିରେ ବାବୁ? ଏଇଟା କୋଉଠୁ ପାଇଲୁ?"

ଟିକିଏ ବି ବ୍ୟତିବ୍ୟସ୍ତ ନହୋଇ ଧୀରସ୍ଥିର ଭାବରେ କହିଲା - "ତିନି ମାସତଳେ

ଝୋଲାରେ ଗାଧୋଇଲା ବେଳେ ସାର୍ଟରୁ ମୋ କାର୍ଡ଼ଟା ପାଣିରେ ପଡ଼ିଗଲା। ଖୋଜିଲି ଯେ ପାଇଲିନି। ମିଳିଲେ ଠାକୁରାଣୀକୁ ପାରା ଦେବି ବୋଲି ମାନସିକ କରିଥିଲି। ସେଇଦିନ ଟାଇମ୍ ଅଫିସ୍ ପାଖରେ ଏଇଟାକୁ ପାଇଗଲି। ଭାବିଲି ତୁମ୍ଭ ବୋଧେ ଏଇଠି ଆଣି ପକେଇ ଦେଇଛି। ସେଇଦିନଠାରୁ ଯାକୁ ବଡ଼ ଯତ୍ନରେ ରଖିଛି। ଏଇଥିରେ ତ ପଞ୍ଚ୍ କରୁଛି ସାର୍! ଆଉ ହଜେଇବିନି ବାବୁ!"

ସମସ୍ତେ ମୁଣ୍ଡରେ ହାତ ଦେଇ ହସିଲୁ। ସେଇ ଦିନଠୁଁ ପଞ୍ଚ୍ କାର୍ଡ଼ର ଡିଜାଇନ୍ ଚେଞ୍ଜ ହେଲା। ବେକରେ ଝୁଲାଇବା ପାଇଁ ଫିତା, ଏମ୍ପ୍ଲୟି ନମ୍ବର, ନାଁ ଓ ଫଟୋ ସହିତ ଲାମିନେଟେଡ଼୍ ପଞ୍ଚ୍ କାର୍ଡ଼ ଚଳଣୀରେ ଆସିଲା। ବଡ଼ ଅଫିସରଙ୍କ ଆଦେଶ ଆଣି ସମ୍ରୁର ତିନି ମାସର ଦରମା ଦିଆଗଲା।

ଚଇତି ପର୍ବ କୋରାପୁଟର ସବୁ ଜନଜାତିମାନଙ୍କର ସବୁଠୁ ବଡ଼ ପର୍ବ। ଆମ ରଜ ପର୍ବ ପରି 'ଧରତନୀ' (ଧରଣୀ)ମା'ର ପୂଜା କରିବେ। ଦିସାରୀ (ସେମାନଙ୍କ ପୁରୋହିତ) ପୂଜା କରିବ, ବେଜୁଣୀ (ଗ୍ରାମ ଦେବତୀଙ୍କ ପ୍ରତିନିଧି ବୁଢ଼ୀ) ଦେହରେ ଗ୍ରାମ ଦେବତୀ ଆସିବେ, ଆଗତ ଭବିଷ୍ୟତ କଥା ସେ କହିବ। ପେଣ୍ଡମ୍ ପିଇ ଧାଙ୍ଗଡ଼ା ଧାଙ୍ଗଡ଼ୀମାନେ ଗାଁ ଗାଁ ବୁଲି ବାଜା ବଜେଇ ନାଚିବେ। ନୂଆଲୁଗା ପିନ୍ଧିବେ। ଏବେ କିନ୍ତୁ ବାଜା ଜାଗାଟା ନେଇଗଲାଣି ଟେପ୍ ରେକର୍ଡ଼ର ଆଉ ସାଉଣ୍ଡ ବକ୍ସ। ଲାଉଡ଼୍ ସ୍ପିକର୍‌ରେ ଦେଶୀଆ ଗୀତ ବା ହିନ୍ଦି ଗୀତ ବଜେଇ ରାସ୍ତା ଉପରେ ଗୋଟେ ବାଉଁଶ ପକାଇଦେଇ ଗାଡ଼ି ମଟର ସାମ୍ନାରେ ନାଚିବେ ଆଉ ଚାନ୍ଦା ଆଦାୟ କରିବେ । କିନ୍ତୁ ଯେତିକି ପଇସା ହେଲେ ବି ଖୁସି, ଜୋର ଜବରଦସ୍ତି ନାହିଁ। ଏବେ ଧାଙ୍ଗଡ଼ୀମାନେ ମୁଣ୍ଡରେ ରିବନ୍, ଓଠରେ ଲିପ୍‌ଷ୍ଟିକ୍ ଲଗେଇଲେଣି, ଜରି ଦିଆ ଶାଢ଼ୀ ପିନ୍ଧିଲେଣି। ଧାଙ୍ଗଡ଼ାମାନେ ଜିନ୍ ପ୍ୟାଣ୍ଟ, ଛିଟ ସାର୍ଟ, କଳା ଚଷମା, ଘଣ୍ଟା ସାଂଗକୁ ବିଭିନ୍ନ ରଂଗର ସ୍ପୋର୍ଟସ୍ ଜୋତା ବି ପିନ୍ଧିଲେଣି। ସେଥର ପିଲାମାନଙ୍କୁ ନେଇ କାର୍‌ରେ ବିଶାଖାପାଟଣା ଯାଉଥାଏ। ପ୍ରତି ଗାଁ ପାଖରେ ଚାନ୍ଦା ବାଉଁଶ। ଯାହା କିଛି ପାଖରେ ଥିଲା ଦେଇ ଦେଇ ଯାଉଥିଲୁ ସେମାନଙ୍କ ଖୁସି ଦେଖି ଦେଖି। ସାଲୁର ଘାଟୀରେ ଶେଷ ଦଳଙ୍କ ହାବୁଡ଼ରେ ପଡ଼ିଲା ବେଳକୁ ତିନିଟଙ୍କା, ପାଞ୍ଚ ଟଙ୍କା ଆଉ ନଥାଏ। ଗୋଟାଏ ଦି'ଟଙ୍କିଆ ନୋଟ୍ ଦେଲି। ଝିଅଟିଏ ହାତ ବଢ଼େଇ ନେଉଥିଲା। ହଠାତ୍ କଳା ଚଷମା ପିନ୍ଧି, ଇମିଟେସନ୍‌ର ଗୋଟେ ଲମ୍ବା ଚେନ୍ ପକେଇ ସ୍ମାର୍ଟ ଟୋକାଟେ ସାମ୍ନାକୁ ଆସିଗଲା। କହିଲା - "ଦି'ଟଙ୍କାରେ ଚଳବ ନାହିଁ। ପାଞ୍ଚ ଟଙ୍କା କି ଦଶଟଙ୍କା ଦେ।"

ମୁଁ କହିଲି, ମୋ ପାଖରେ ଚେଞ୍ଜ ନାହିଁ। ଏତିକି ନବୁ ଯଦି ନେ... ନହେଲେ ଛାଡ଼...."

ସେ ହଠାତ୍ କହିଲା... "କାର୍ ଚଲଉଛୁ, ତୋର୍ ପାଖରେ ଦଶ୍‌ଟା ଟଙ୍କା ନାହିଁ ?"

ରାଗ ଲାଗିଲା ମତେ.... କହିଲି... "ଥିଲେ ବି ମୁଁ ତତେ କାହିଁକି ଦେବି। ଦେବିନି, ଯା' କ'ଣ କରିବୁ।"

ପୁଣି କହିଲା - "ଏଡେ ବଡ଼ ବାବୁ ହେଇଛୁ, ଦଶ୍‌ଟା ଟଙ୍କା ଦେଲେ ତୁଇ ମରିଯିବୁ କି ?"

ରାଗ ଲାଗିଲା... ନକ୍ସଲାଇଟ୍ ଅଞ୍ଚଳ... ରାସ୍ତାଘାଟରେ କେହି ନାହାନ୍ତି। କ'ଣ କରିବି ?

ହଠାତ୍ ସ୍ତ୍ରୀ ଗୋଟେ ଝିଅକୁ ଡାକି ଦଶଟଙ୍କା ଧରେଇଦେଲେ। ସ୍ପିକର୍‌କୁ ଅନ୍‌ରେ ଦେଇ ଆରମ୍ଭ କରିଦେଲେ ନାଚ। ବାଉଁଶ ଉଠେଇ ନେଲେ। ସ୍ତ୍ରୀଙ୍କୁ ହାତ ହଲେଇକି ବିଦାୟ ଜଣାଇଲେ....।

ମତେ ଅପମାନିତ ଲାଗିଲା..। "ଏଇଟା ବ୍ଲାକ୍‌ମେଲ୍, ଅନ୍ୟାୟ ଧମକ। ଏମାନଙ୍କୁ ପୁଲିସ୍‌ରେ ଦେବା କଥା। ଏଇମାନେ ସବୁ ନକ୍ସଲାଇଟ୍। ବୁଝିବାକୁ ଚେଷ୍ଟାକର...." ସ୍ତ୍ରୀଙ୍କୁ କହି କହି ଡ୍ରାଇଭ୍ କରୁଥିଲି।

କିଛି ସମୟ ଶୁଣିଲାପରେ ସେ କହିଲେ... "ତୁମ ଦଶଟଙ୍କା ବଦଳରେ ତାଙ୍କର ଖୁସିଟା ତୁମକୁ ଦିଶିଲାନି ? ନକ୍ସଲାଇଟ୍ ଦିଶିଲେ ???"

ପର ମୁହୂର୍ତ୍ତରେ ଭାବିଲି... "ସତ କଥା... କିନ୍ତୁ ସେଇ କଥାଟା ତ ମତେ ସେ ଭଲରେ କହି ପାରିଥା'ନ୍ତା ! ମରିଯିବୁ ବୋଲି କାହିଁକି କହିଲା ? ଅସଭ୍ୟ ଲୋକଟା......" ମନେ ମନେ ଗାଳିଦେଲି ଆଉ ସେ ଅଧ୍ୟାୟ ଭୁଲିଗଲି।

ଯା ଭିତରେ ଆଉ କିଛି ଦିନ ବିତିଗଲାଣି। ହଠାତ୍ ଘରେ କିଛି କାମ ନେଇ ଗୋଟେ ମାସ ଛୁଟିରେ ଆସିଥିଲି। ମାସକ ପରେ ଫେରିଲି। ୪-୫ ଦିନ ପର୍ଯ୍ୟନ୍ତ ଦେଖିଲି ସକାଳୁ ଗୋଲାପ ଫୁଲ ଆଉ ପାଣିଗ୍ଲାସ ଆଉ ରହୁନି। ଜାନୀକୁ ଡାକିଲି "ସମ୍ରୁ ନାହିଁ କିରେ ? ପାଣି କାହିଁକି ଦଉନି ?"

"ଏବେ ଡାକୁଛି ତା'କୁ ସାର୍ !"

ଦଶ ମିନିଟ୍ ପରେ ସେ ସମ୍ରୁକୁ ଆଣି ପହଞ୍ଚିଲା। ପୂର୍ବାପେକ୍ଷା ସମ୍ରୁର ସ୍ୱାସ୍ଥ୍ୟ ଆହୁରି ଖରାପ ହୋଇଯାଇଛି। ମୁହଁ ଦେହ ଫୁଲି ଯାଇଛି। ପ୍ୟାଣ୍ଟ୍ ସାର୍ଟ ଚିରା। ସିରୋସିସ୍ ଅଫ୍ ଲିଭରର ପ୍ରାକ୍ ଅବସ୍ଥା ବୋଧେ।

"କିଛି ଅସୁବିଧା ଅଛି କିରେ ସମ୍ରୁ ? ଏମିତି କାହିଁକି ଦିଶୁଛୁ ?"

"ଭଲ୍ ଅଛି ବାବୁ !"

"ଆରେ! ମତେ ଗୋଲାପ ଫୁଲ ଆଉ ପାଣି କାହିଁକି ଦେଉନୁ?" ପଚାରିଲି ଟିକେ କୃତ୍ରିମ ରାଗରେ।

ସେ କହିଲା "ମୁଇଁ ତ ସବୁଦିନ ଦଉଥିଲି। ତୁଇ ତ ୮-୧୦ ଦିନ୍ ଆସିଲୁନି। ଭାବିଲି ମରିଗଲୁ ବୋଧେ। ଆଉ କି ପାଇଁ ଦେଇଥା'ନ୍ତି? ହେଲେ, ତୁଇ ତ ବଞ୍ଚିଛୁ? କାଲିଠୁ ଦେବି ବାବୁ। ରିଷା କରନି।"

ବଡ଼ ଖରାପ ଲାଗିଲା, ଆଉ ରାଗ ବି ଲାଗିଲା। ଜାନୀକୁ କହିଲି, "ୟାକୁ ମୋ ସାମ୍ନାରୁ ନେଇ ବାହାରେ ଛାଡ଼ିଦେଇକି ଆସ୍... ଟିକେ କଥା ଲାଗବା..।"

ଜାନୀ ଦଶ ମିନିଟ୍ ପରେ ଆସିଲା। ମାନସିକ ସ୍ତରରେ ମୁଁ ଆହତ ଥିଲି। ତାକୁ ପଚାରିଲି, "ସମ୍ରୁ ମତେ କାହିଁକି ଏମିତି ଅସଭ୍ୟ କଥା କହିଲା? କାହାକୁ ମରିଗଲା ବୋଲି କ'ଣ କୁହାଯାଏ?"

ଜାନୀ କହିଲା, "ସାର୍! ଆମ ଗାଁରେ ଜଣେ ଜଙ୍ଗଲକୁ ଯାଇଛି, ଫେରିଲା ନାଇଁ ତ ବାଘଭାଲୁ ଖାଇଦେଲେ ସେ ମରିଗଲା। କିଏ ସଲପ ବା ପେଣ୍ଡମ୍ ପିଇ ସକାଳକୁ ଉଠିଲାନି ତ ସିଏ ମରିଗଲା। ଶୀକାର କରୁ କରୁ ପାହାଡ଼ ତୀଖରୁ ଖସିପଡ଼ି ନିଖୋଜ ହେଇଗଲା ତ ମରିଗଲା। ସେମାନେ ଆଉ ଆସିବେନି। ତେଣୁ କାହାର ଲମ୍ବା ଅନୁପସ୍ଥିତି ହିଁ ଆମ ପାଇଁ ମରିଯିବା। ଆଜି ଅଛି କାଲିକି ନାହିଁ। ତା' ପାଇଁ ମନଦୁଃଖ କରି କନ୍ଦାକଟା କରିବାର ଅର୍ଥ କିଛି ନାହିଁ। ଶୁଦ୍ଧିକ୍ରିୟାରେ ସମସ୍ତେ ମିଶି ଆଞ୍ଜୁଳାଏ ଆଞ୍ଜୁଳାଏ ପେଣ୍ଡମ୍ ପିଇଦେଲେ ସବୁ ଦୁଃଖ ଧୋଇ ହୋଇଯିବ। ପୁଣି ତା'ପରଦିନ ଗୋଟେ ନୂଆ ସକାଳ। ତା'ଛଡ଼ା, ଯିଏ ମଲା, ସିଏ ତ କୁଆଡ଼େ ପଳଉନି। ସେ ପୁଣି ତୁମା ହୋଇ ତା'ରି ପରିବାରରେ ଆଉଗୋଟେ ଛୁଆ ହୋଇ ଜନ୍ମ ହେବ। ତା'ରି ପରିବାରକୁ ଫେରି ଆସିବ। ତେଣୁ ଦୁଃଖ କାହିଁକି???

ଅଛି ତ ଅଛି, ନାହିଁ ତ ନାହିଁ।

ସଂସାର ଅଛି... ଜୀବନ ଅଛି... ସେ ଚାଲିଛି କାହାକୁ ଅପେକ୍ଷା ନକରି।

ଉପସ୍ଥିତି ମାନେ ଜୀବନ,

ଅନୁପସ୍ଥିତି ମାନେ ଜୀବନ ନାହିଁ, କିନ୍ତୁ ପୁଣି ଆସୁଛି।

ଏଇଟା ତ ଜୀବନ.... ଚକ୍ରି ପରିକା ଚାଲିଛି ସାର୍....।"

ମୋ' ମନରେ ଗୋଟେ ଗହୀରିଆ ଦାଗ ପକେଇ ଦେଲା ଦାମ ଜାନୀର କଥା।

"ପୁନରପି ଜନନମ୍, ପୁନରପି ମରଣମ୍, ପୁନରପି ଜନନୀ ଜଠରେ ଶୟନମ୍।" ଆଉ ଅଧିକା କଣ କହେ? ୟାଠୁଁ ବଳି ଫିଲୋସଫି କ'ଣ ଅଛି??

ହେଲେ, କିଏ ଏମାନଙ୍କୁ ଏଇ ଫିଲୋସଫି ଶିଖେଇଛି??? ବେଦ ଉପନିଷଦ ତ ନୁହେଁ। ଗୀତାର 'ନୈନଂ ଛିନ୍ଦନ୍ତି ଶସ୍ତ୍ରାଣୀ' ବି ନୁହେଁ। ଗୋପୀନାଥ ମହାନ୍ତିଙ୍କ ଦେଶୀଆ ଲୋକଙ୍କ ବେଜୁଣୀ ବା ଦିସାରୀ ଛଡ଼ା ଆଉ କିଏ???

ଆଜି ବୁଝିଲି ଦି'ଟା ଟଙ୍କା ପାଇଁ ସେ ଚଷମା ପିନ୍ଧା ସ୍ମାର୍ଟ ଟୋକାର କମେଣ୍ଟର ମର୍ମ। ଆମ ମରିଯିବାଟା ତା'ଙ୍କ ପାଇଁ ମରିଯିବା ନୁହଁ, କେବଳ ଲମ୍ବା ଅନୁପସ୍ଥିତି !

ଜାନୀକୁ କହିଲି ସମ୍ରୁକୁ ଡାକ୍। ଦି'ଜଣଙ୍କୁ ସାମ୍ନାରେ ବସେଇଲି। ତିନିଜଣ ଚ' ପିଇଲୁ। ସମ୍ରୁକୁ କହିଲି - "ମୁଁ ଅଛିରେ ସମ୍ରୁ ! ଗୋଲାପ ଆଉ ପାଣିରୁ ମତେ କେବେ ବଞ୍ଚିତ କରିବୁନି ମୁଁ ଥିଲା ପର୍ଯ୍ୟନ୍ତ। ସବୁଦିନେ ଦଉଥିବୁ। ମୁଁ ମଲା ଆଗରୁ ତତେ କହିକି ମରିବି। ବୁଝିଲୁ??"

"ହଇ ମାହାପ୍ରୁ! ସବୁଦିନ୍ ଦେବି ଏଥର।"

ଦୁଇହାତ ଦୁଇ ଛାତିରେ ରଖି, ମୁଣ୍ଡ ନୁଆଁଇ ତା'ଢଂଗରେ ନମସ୍କାର କରି ଚାଲିଗଲା। ଦି'ହାତ ଯୋଡ଼ି ମୁଁ ବି ନମସ୍କାର କଲି ତା'ଙ୍କ ଫିଲୋସଫିକୁ।

ମୋର ୫-୬ ବର୍ଷ ହେଇଗଲାଣି 'ପରଜା' ରାଇଜରେ। ଗୋପୀନାଥ ମହାନ୍ତିଙ୍କର 'ପରଜା'ର ଅଧିକାଂଶ ଗାଁ, ପାହାଡ଼ ଏ ଭିତରେ ଦେଖିଦେଇ ଥାଏ। ଶୋରିଷପଦର, ଦାମନଯୋଡି (ଆଜିକାର ନାଁ), ଲକ୍ଷ୍ମୀପୁର, କାକିରିଗୁମ୍ମା, ସେମିଲିଗୁଡ଼ା ସମସ୍ତେ ମୋ ଜୀବନର ଅଂଶ ହୋଇଯାଇଥା'ନ୍ତି। ପଞ୍ଚପଟମାଳୀ... ଯନ୍ତ୍ରଦାନବମାନଙ୍କର ଘର୍ଘର ଶବ୍ଦରେ ଶବ୍ଦାୟିତ। ଖୋଳାଚାଲିଛି ବକ୍ସାଇଟ୍। ଆଲୁମିନା ପ୍ଲାଣ୍ଟକୁ ଚାଲିଛି ବକ୍ସାଇଟ୍ ପରିବହନ ପାଇଁ କେବୁଲ ବେଲ୍ଟ। ଆଖପାଖ ଗାଁ ଗୁଡ଼ାକୁ କଳା ମଚମଚ ପିଚୁ ରାସ୍ତା ହେଇଗଲାଣି। ଟ୍ରେକର, ବୋଲେରୋର ଲାଇନ୍ ଲାଗିଛି କୃଷିଜାତ ଦ୍ରବ୍ୟର ନବା ଆଣିବା ପାଇଁ। ଲୋକମାନେ ଗାଡ଼ି ଛାତ ଉପରେ ବି ବସିକି ଯାଆନ୍ତି 'ଫେଭିକଲ୍ କି ଯୋଡ଼୍' ପରି!

ପ୍ଲାଣ୍ଟ ପାଖରେ କମ୍ପାନୀ ବିସ୍ଥାପିତ ଲୋକଙ୍କ ପାଇଁ ଗାଁ ବସେଇଦେଇଛି। କମ୍ପାନୀ ଲୋନ୍‌ରେ ଯୁବକମାନେ ମଟର ସାଇକଲ, ସ୍କୁଟର ଚଲଉଛନ୍ତି। ଅଫିସ୍‌ରେ ଚାକିରୀ କରୁଥିବା ଦେଶୀଆ ତରୁଣୀଟି ହଳଦିଆ ଶାଢ଼ୀ ପିନ୍ଧି କଳା ଚଷମା ଓ ହେଲ୍‌ମେଟ୍ ଲଗେଇ ସ୍କୁଟିରେ ହଳଦୀ ବସନ୍ତ ଉଡ଼ିଗଲା ପରି କାନି ଉଡ଼େଇ ଚାଲିଯାଉଛି। ଏତେ ଉନ୍ନତି ଓ ଆନନ୍ଦ ଦେଖିଲେ ମନ ଖୁସି ହୋଇଯାଏ। ଗୋପୀନାଥ ମହାନ୍ତି ଏବେ ଆସିଲେ ଏସବୁ ଦେଖି କ'ଣ କହନ୍ତେ?? ସମୟ ବଦଳୁଛି, ତାଙ୍କ ସର୍ଷୁପଦର ବି ବଦଳିଥିବ। ଶୁକ୍ରୁ ଜାନୀକୁ ଗୋତି ଖଟେଇବା ପାଇଁ ସାଉକାର କିନ୍ତୁ ନଥିବ।

ଦିନେ ଯାଇଥିଲି ଜଣେ ବଂଧୁଙ୍କ ସାଂଗରେ କୋରାପୁଟ କୋର୍ଟକୁ ଗୋଟେ ଆଫିଡେଭିଟ୍ ପାଇଁ। ଆମ କମ୍ପାନୀର ଓକିଲ ମୂର୍ତ୍ତୀବାବୁ ଜଣେ ଅନ୍ତରଙ୍ଗ ବଂଧୁ। ସେ ତାଙ୍କର ଜଣେ ଜୁନିଅର୍‌ଙ୍କୁ ପଠେଇଦେଲେ କାମଟା ସୁରୁଖୁରୁରେ କରିଦେବା ପାଇଁ। ହଠାତ୍ ଦେଖିଲି, ସମ୍ରୁ ଆଉ ଗୋଟେ ପିଲା ସହିତ ଆସି ଜଣେ ଓକିଲ ସହିତ କଥା ବାର୍ତ୍ତା ହେଉଛି। ସେ ଆମ ଓକିଲଙ୍କର ବଂଧୁ। ତେଣୁ ପାଖାପାଖି ଛିଡ଼ା ହୋଇଥାଉ। ସମ୍ରୁ ମତେ ନମସ୍କାର କଲା। କ'ଣ ତା'ର କାମ ଥିବ ଭାବି ମୋ କାମରେ ମନଦେଲି। ତା'ଓକିଲ ହଠାତ୍ ବଡ଼ ପାଟିରେ କହିଲେ, "ଆବେ ତୋ ନାଁ କ'ଣ କହୁନୁ କିଆଁ?"

ସମ୍ରୁ ବଡ଼ ସନ୍ତର୍ପଣରେ କହିଲା - "ସମ୍ରୁ ପାଙ୍ଗି ଆଜ୍ଞା।"

"ତୋ ବାପାର ନାଁ କ'ଣ?" ସମ୍ରୁ ନିରୁତ୍ତର। ଦୁଇ ତିନିଥର ପଚାରିଲା ପରେ ବି ସମ୍ରୁ ଚୁପ୍...।

"ଆବେ! ଏତେଥର ପଚାରିଲିଣି, ତୋ ବାପାର ନାଁଟା ତ କହ।"

ତଥାପି ସେ ଚୁପ୍... ମୁରୁକି ମୁରୁକି ହସୁଥିଲା, ତା'ର ଚିରାଚରିତ ଟଳମଟଳ ଅବସ୍ଥାରେ। ଓକିଲବାବୁଙ୍କ ଧୈର୍ଯ୍ୟର ବନ୍ଧ ତୁଟି ଯାଉଥିଲା। ଗୋଟେ ଦି'ଟା ଅଶ୍ରାବ୍ୟ ଗାଳି ଲଗେଇକି କହିଲେ... "ଶଳା ବାପର ନାଁ ଜାଣିନୁ, ଆସିଛୁ କେସ୍ କରି? ଅଣବାବୁଆ କିବେ ତୁ? ଭାଗ୍ ଶଳା ଏଠୁ..."

କୌତୁହଳ ବଶତଃ ମୁଁ ତାଙ୍କ ପାଖକୁ ଯାଇ ମୋର ପରିଚୟ ଦେଲି। ବେଶ୍ ସମ୍ମାନର ସହିତ ମତେ ବୁଝେଇଦେଲେ... "ସାର୍? ଏ ପିଲାଟା ତା' ବାପାର ନାଁ କହି ପାରୁନି, କେସ୍ କେମିତି କରିବି?"

ମୁଁ କହିଲି- "ବ୍ୟସ୍ତ ହୁଅନ୍ତୁନି ସାର୍! ମୁଁ କାଲି ଅଫିସ୍ ରେକର୍ଡ଼ରୁ ତା ବାପା ନାଁଟା ପଠେଇ ଦେବି।"

"ଠିକ୍ ଅଛି ସାର୍!" କହି ସେ ଚାଲିଗଲେ।

ସମ୍ରୁକୁ ଡାକି ପଚାରିଲି -"ଆରେ! ତୋ ବାପାର୍ ନାଁଟା ତୁଇ ଜାଣିନୁଁ?"

"ଜାଣିନାଇଁ ଆଜ୍ଞା।"

ତା ସାଂଗକୁ ପଚାରିଲି। ସେ କହିଲା - "ସେ ତ କହୁଛି ଜାଣିନାଇଁ ବାବୁ! ମୁଇଁ କିସ୍ କରିବି?"

"ହେଲେ, ତୋ ବାପାର୍ ନାଁ କ'ଣ?" ତାକୁ ପଚାରିଲି।

"ମୁଇଁ ବି ଜାଣିନାଇଁ ସାର୍....!"

ଆଶ୍ଚର୍ଯ୍ୟ ହେବାର ସୀମା ବାହାରକୁ ମୁଁ ଚାଲିଯାଉଥିଲି...

"ଆରେ! ତମ ବାପା ମା'ମାନେ ଅଛନ୍ତି ତ?"

"ନାଇଁ ବାବୁ! ହେତୁ ପାଇଲା ଦିନୁ ବାପକୁ ଦେଖିନୁ। ମା' କୋଳରେ ବଢ଼ିଛୁ। ପିଲାବେଳୁ ବାପ ମରିଯାଇଛି। କେମିତି ଜାଣବୁ ତା'ର ନାଁ?" ମତେ ଓଲଟା ପ୍ରଶ୍ନ କଲା ସେ।

ପୁଣି କହିଲା - "ଆମ ବାପର ନାଁ କେଜାଣି ଆମ ଗାଁ ଦିସାରୀ ଜାଣିଲେ ଜାଣିଥିବ। ଆଉ କେହି ଜାଣି ନଥିବେ।"

"ଠିକ୍ ଅଛି। ମୁଇଁ ତମର ଦିସାରି ହେବି। କାଲି ଦି'ଜଣ ଯାକ ଅଫିସ୍‌କୁ ଆସି ସମ୍ରୁ ବାପର ନାଁ ନେଇଯିବ।"

" ହଇ ଆଜ୍ଞା!" କହି ଦି' ଜଣଯାକ ବିଦାୟ ନେଲେ।

ମୋର କାମ ସାରି ମୂର୍ତ୍ତୀ ସାର୍‌ଙ୍କ ଅଫିସ୍‌କୁ ଆସିଲି। ମନରେ ଅନେକ ପ୍ରଶ୍ନ। ସାର୍‌ଙ୍କୁ ସମ୍ରୁ କଥା କହିଲି। "ଏମିତି କେମିତି ହେଉଛି ସାର୍? ଦି' ଜଣଯାକ ଯୁବକ ତାଙ୍କ ବାପର ନାଁ ଜାଣନ୍ତିନି!"

ମୂର୍ତ୍ତୀ ସାର୍ ହସିଲେ। କହିଲେ, "ଆପଣ ଜାଣିନାହାନ୍ତି ଏମାନଙ୍କର ସାମାଜିକ ବ୍ୟବସ୍ଥା।"

"ମୁଁ ତ ସାର୍ ଏଠି ୬-୭ ବର୍ଷ ରହିଲିଣି। କିଛି କିଛି ଦେଶିଆ ଲୋକମାନଙ୍କ ସହିତ ମିଶୁଛି। ଯାର କାରଣ ମୁଁ ଅନୁମାନ କରିପାରୁନି।"

"ଶୁଣନ୍ତୁ ତେବେ। ଆପଣଙ୍କ ପ୍ଲାଣ୍ଟ୍ ଏବେ ୧୪-୧୫ ବର୍ଷ ହେଲା ଆସିଛି। ଏଇ ଭିତରେ ପ୍ଲାଣ୍ଟ୍ ସଂସ୍ପର୍ଶରେ ଆସିଥିବା ଗାଁ ଲୋକମାନଙ୍କର ଚଳଣୀରେ ପରିବର୍ତ୍ତନ ଆସିଛି। ଯା ଭିତରେ ଜନ୍ମ ହୋଇଥିବା ଶିଶୁ ମାନେ ଯୁବକ ହେଉଛନ୍ତି। ସେମାନଙ୍କର ଜୀବନ ଅଲଗା ହୋଇଯାଇଛି ଆପଣଙ୍କ ପ୍ଲାଣ୍ଟ୍ ହାଲୋଜେନ୍ ଲାଇଟ୍‌ରେ। କିନ୍ତୁ ଏବେ ବି ଗାଁ ଗଣ୍ଡା ସବୁ ଅଛି ଯେଉଁଠିକି ଆପଣଙ୍କ ପ୍ଲାଣ୍ଟ୍ ଲାଇଟ୍ ପଡ଼େନି। ସେମାନଙ୍କର ପଚିଶ ତିରିଶ ବର୍ଷ ତଳର ଜୀବନରେ ବେଶୀ କିଛି ପରିବର୍ତ୍ତନ ଆସିନି। ଗୋପୀନାଥ ମହାନ୍ତିଙ୍କ ଦିସାରୀ, ବେଜୁଣୀ, ସାଉଁତା (ଗାଁର ପ୍ରଧାନ) ଏବେ ବି ତା'ଙ୍କ ସାମାଜିକ ଜୀବନର ଅଙ୍ଗ।

ଆପଣଙ୍କ ସମ୍ରୁ ଓ ତା'ର ସାଂଗ ଆଜିର ପୂର୍ବ ପିଢ଼ିର ସନ୍ତାନ। ଏମାନଙ୍କର ସାମାଜିକ ବ୍ୟବସ୍ଥା ହେଲା ୧୩-୧୪ ବର୍ଷର ପୁଅଟେ ୧୯-୨୦ ବର୍ଷର ଝିଅକୁ ବାହାହେବ। ତା'ପରେ, ପରିବାରକୁ ଚଳେଇବା ଦାୟିତ୍ୱ, ସ୍ୱାମୀର ଭରଣପୋଷଣ ଦାୟିତ୍ୱ ସେ ଝିଅର। ପୁଅ ପିଲାଟାର ନିଜର ଗୋଟେ ସଲପ ଗଛ ଥିବ। ସେଇଟା ତା'ର ଦ୍ୱିତୀୟ ସ୍ତ୍ରୀ। ପ୍ରଥମ ସ୍ତ୍ରୀ ଖାଇବାକୁ ଦେଲେ ଦ୍ୱିତୀୟ ସ୍ତ୍ରୀ ପିଇବାକୁ ଦେବ। ତା'ର କାମ ହେଲା ସଲପ ରସ ବା ପେଣ୍ଡମ୍ ପିଇ ଚବିଶ ଘଣ୍ଟା ଶୋଇବ। ବର୍ଷର କିଛିମାସ

ଋଷରୁ ମିଳିଥିବା ମାଣ୍ଡିଆ ବା ଅନ୍ୟ ଶସ୍ୟ ସରି ଯାଇଥାଏ। ଆଉ କିଣିବା ପାଇଁ ପଇସା ନଥିବ। ତେଣୁ ଆମ୍ବ କୋଇଲି, ତେନ୍ତୁଳୀ ମଞ୍ଜି ବା ପଣସ ମଞ୍ଜି ଖାଇ ବଂଚନ୍ତି। ଏପଟେ ମଦରେ ୟୁରିଆ ଆଦି କ୍ଷତିକାରକ ରାସାୟନିକ ମିଶିଥାଏ। ଖାଦ୍ୟସାର ଅଭାବ ସାଙ୍ଗକୁ ବିଷ ପରି ପେଣ୍ଡମ୍ ବା ଅନ୍ୟ ମଦ ଏମାନଙ୍କ ଅଙ୍ଗ ପ୍ରତ୍ୟଙ୍ଗକୁ ପ୍ରଭାବିତ କରେ। କିଡ୍‌ନି ଖରାପ ହୋଇଯାଏ। ୨୪-୨୫ ବର୍ଷରେ ବୁଢ଼ା ହୋଇଯାଆନ୍ତି। ୩୦ ବର୍ଷରେ ମରି ଯାଆନ୍ତି। ଝିଅମାନଙ୍କ ପାଇଁ ବି ଖାଦ୍ୟସାର ଅଭାବରୁ ଶିଶୁ ମୃତ୍ୟୁହାର ବହୁତ ଅଧିକ। ଏମିତିକି ୪-୫ଟା ଛୁଆରୁ ଗୋଟେ କି ଦି'ଟା ବଡ଼ କଷ୍ଟରେ ବଞ୍ଚିରହନ୍ତି। ତେଣୁ ବଞ୍ଚିବା ପିଲାର ହେତୁ ପାଇଲା ବେଳକୁ ବାପା ମରିଯାଇଥିବ। ମା' ତାକୁ ପାଳି ପୋଷି ବଡ଼ କରିଥିବ। ବାପର ଆବଶ୍ୟକତା ନାହିଁ ଏମାନଙ୍କ ପାଇଁ। ନାଁଟା ଆଉ କ'ଣ ଦରକାର ? ସେ ବି ୧୪/୧୫ ବର୍ଷରେ ବାହା ହେବ। ୩୦ ବର୍ଷରେ ବୁଢ଼ାହୋଇ ମରିଯିବ। ଏଥର ବୁଝିଲେ ଆପଣଙ୍କ ସମ୍ରୁ ପାଙ୍ଗୀର ଜୀବନ ରହସ୍ୟ ? ଅଳ୍ପ ହସି କହିଲେ ମୂର୍ତ୍ତୀ ସାର୍....।

ହୃଦୟରେ ମୋର ଗୋଟେ କମ୍ପନ ସୃଷ୍ଟି ହେଉଥିଲା। ମନେ ପଡ଼ିଯାଉଥିଲା ୧୦-୧୨ ବର୍ଷ ତଳେ ପଢ଼ିଥିବା ଗୋପୀନାଥ ମହାନ୍ତିଙ୍କ ଅଗ୍ରଜ କାହ୍ନୁଚରଣ ମହାନ୍ତିଙ୍କର ଏକ ଗଳ୍ପ 'କାଡ୍ରାକା ଲେଲି'। ମନରେ ଗୋଟେ ଫ୍ଲାସ୍ ବ୍ୟାକ୍.... ଗଳ୍ପଟି ମନେ ପକେଇବାକୁ ଚେଷ୍ଟା କଲି।

:- ବୀର୍‌ସା କାଡ୍ରାକା ଏକ ଦେଶୀଆ ଯୁବକ। ସରକାରଙ୍କ ତରଫରୁ ତା ନାଁରେ କିଛି ଜମି ମିଳିବାର ସୁଯୋଗ ଆସିଲା। ସରକାରୀ ରେକର୍ଡ଼ରେ ଲେଖିବା ପାଇଁ ସର୍ଭିବାବୁ (ସର୍ଭେୟର୍) ବୀର୍‌ସାର ବାପାର ନାଁ ପଋରିଲେ। ବୀର୍‌ସା ତ ତା' ପିଲାଦିନୁ ବାପା, ମା'ଙ୍କୁ ହରେଇ ନିୟମଗିରି ଅଞ୍ଚଳରୁ ଋଲିଆସିଥିଲା 'ବିଲାନ୍‌ସିଲ୍' ଗାଁକୁ। ଗାଁ ଲୋକ ତା'ର ବଂଶ ପରିଚୟ ନଜାଣି ବି ତାକୁ ଆଶ୍ରୟ ଦେଲେ ତାଙ୍କ ଗାଁରେ। ବାପ ନାଁ ନଥିବାରୁ ଜଗନ୍ନାଥ ବୋଲି ଲେଖି ଦେବାକୁ ସର୍ଭିବାବୁ କହିଲେ। ହେଲେ ଗୋଟେ କୁମୁଟି ବ୍ୟବସାୟୀର ନାଁ 'ଜଗନ୍ନା' ହୋଇଥିବାରୁ ସେ ଜମିତକ ହଡ଼ପ କରିବାର ଡର ବୀର୍‌ସାକୁ ଘାରିଲା। ମନରେ ନିଶ୍ଚୟ କଲା, ବାପା ନାଁଟା ବାହାର କରିବ ଯେମିତି ହେଲେ। ହଠାତ୍ ଦିନେ ଦିସାରୀ ତାକୁ ଡାକି କହିଲା, "ତୋ ବାପାର ଡୁମା ଏଠି ଆସି ଚଲାବୁଲା କରୁଛି। କାଲି ରାତିରେ ମୋର୍ ସାଙ୍ଗେ ଦେଖା ହୋଇଥିଲା। ଦେବତାଙ୍କ ପାଖରେ ପୂଜାର ବ୍ୟବସ୍ଥା କର, ତା' ନାଁଟା ସିଏ ଆସି କହିଦେଇ ଯିବ।"

ପରଦିନ ଝରଣାପାଖ ବୁଢ଼ା ଲେଲି (ତେନ୍ତୁଳି) ଗଛତଳେ ପୂଜାର ଆୟୋଜନ

ହେଲା । କୁକୁଡ଼ା ଅଣ୍ଡା ଭୋଗ ଖାଇ ବେଜୁଣୀ ବୁଢ଼ୀ ଦିହରେ ଠାକୁରାଣୀ ଆସିଲେ । ଡୋମ୍ବ ମାନେ ଢୋଲ ପିଟିଲେ । ବୁଢ଼ୀ ଥରିଥରି ନାଚିଲା । ବାଳ ମୁକୁଳା, ଦେହ ଲଙ୍ଗଳା, ଆଖି ତରାଟି କିଳିକିଳା ରଡ଼ି... ଗୋଟେ ପାରା ମୁଣ୍ଡ ଛିଣ୍ଡେଇ... ବେଜୁଣୀ ମୁହଁରେ ଦେଲା ପରେ ସେ ବେହୋସ ହୋଇ ପଡ଼ିଗଲା । ଦିସାରୀକୁ ନିର୍ଦ୍ଦେଶ ଆସିଗଲା, "ଡୁମାକୁ ଡ଼ାକ" । ତେନ୍ତୁଳି ଗଛ ତଳେ ଦେବତାର ପୂଜା ଆରମ୍ଭ କଲା । ଦିସାରୀ ତା'ଭାଷାରେ ଅନର୍ଗଳ ମନ୍ତ୍ର ବୋଲି ଚାଲିଥିଲା । ଆବାଳ ବୃଦ୍ଧବନିତା ମଦ ପିଇ ଆଖି ଲାଲ କରି ନାଚୁଥା'ନ୍ତି ବାଇଦର ତାଳେ ତାଳେ ।

ଦିସାରୀ ମୁଠିଏ ଚାଉଳ ତଳେ ରଖି ଗୋଟିଏ ନାଁ କହି ଗୋଟିଏ ଚାଉଳ ପକାଉଥାଏ । ଯେଉଁ ନାଁରେ ଚାଉଳ ଛିଡ଼ା ହୋଇ ରହିବ ସେଇଟା ହିଁ ଡୁମାର ନାଁ, ତା' ବାପର ନାଁ । ଚାଉଳ ସରିଗଲା କିନ୍ତୁ ବୀରସା ବାପର ଡୁମା ଆସିଲାନି କି ଚାଉଳ ଛିଡ଼ା ହେଲାନି । ଦିସାରୀ ଗଛ ଉପରକୁ ଅନେଇଲା । ପଞ୍ଝେ କାଉ ବସି ରଡ଼ି କରୁଛନ୍ତି । ହଠାତ୍ କାଉଗୁଡ଼ାକ ଫଡ଼୍ ଫାଡ଼୍ ହୋଇ ଉଡ଼ିକି ପଳେଇଲେ । ଦେବତାଙ୍କ ଆସନ ଉପରେ ଗତ ବର୍ଷର ଗୋଟେ ପୋକଡ଼ା ସୁଖିଲା ତେନ୍ତୁଳି ପେନ୍ଥାଟେ ପଡ଼ିଗଲା । ଦିସାରୀ ଦି'ହାତ ଉପରକୁ ଟେକି ମୁଣ୍ଡିଆ ମାରିଲା ଗଛକୁ । ଅସ୍ପଷ୍ଟ ସ୍ୱରରେ ମନକୁ ମନ କହିଲା... "ଲେଲି.... ଲେଲି....ଆସିଥିଲା ଶୂନ୍ୟରୁ । କାଉମାନଙ୍କୁ ତଡ଼ିଦେଇ 'ଲେଲି' ଗଛରେ ବସିଲା, ଲେଲି ପେନ୍ଥାଏ ପକେଇ ଦେଇ ଶୂନ୍ୟକୁ ଚାଲିଗଲା ।"

ଢୋଲ ବାଜୁଛି, ଆଖପାଖ ପାହାଡ଼ରେ ପ୍ରତିଧ୍ୱନିତ ହେଉଛି ।

ଦିସାରୀ ପାଟିକଲା - "ଲେଲି.... ଲେଲି.... କାଡ୍ରାକା ଲେଲି...."

ବୀର୍‌ସା ପଚାରିଲା, "କିସ୍ କହିଲା ଦେବତା ?"

"ଆରେ ! ତୋ ବାପା ଆସିଥିଲା । ପେନ୍ଥାଏ ଲେଲି ପକେଇ ଦେଇ ତା ନାଁ କହି ଉଡ଼ିଗଲା । ତା ନାଁ 'କାଡ୍ରାକା ଲେଲି' ।"

ଅମୀନ ଆଉ ସର୍ଭିବାବୁ ସରକାରୀ ରେକର୍ଡ଼ରେ ଲେଖିଲେ 'କାଡ୍ରାକା ବୀର୍‌ସା, ପି: କାଡ୍ରାକା ଲେଲି'... ।

(୦୨.୧୦.୧୯୫୯ର ଏ ଲେଖା)

ଭାବିଲି, ୪୦ ବର୍ଷ ପରେ କାଡ୍ରାକା ଲେଲି ପରି ସମ୍ରୁ ପାଙ୍ଗୀର ବାପକୁ ମତେ ଖୋଜି ବାହାର କରିବାକୁ ପଡ଼ିବ । ହେଲେ ଦିସାରୀର ସମସ୍ୟା ନାହିଁ ! ପରଦିନ ପର୍ସୋନେଲ ଡିପାର୍ଟମେଣ୍ଟ ଗଲି । ଯୋଗକୁ ଯୋଉ ଅଫିସର ବଂଧୁ ସମ୍ରୁକୁ ଚାକିରିରେ ଜଏନ୍ କରେଇଥିଲେ, ସେ ମିଳିଗଲେ । ସେ ଫାଇଲ୍ ବାହାର କଲେ । ଫାଇଲ୍

ଦେଖିଦେଇ ମୋ ଦେହରେ ଏକ ଅଦ୍‌ଭୁତ ଶୀହରଣ ଖେଳିଗଲା। ତା'ଙ୍କୁ ପଚାରିଲି- " ସମ୍ରୁ ତ ତା' ବାପା ନାଁ ଜାଣିନି, ତମେ କେମିତି ଲେଖିଲ ତା' ବାପର ନାଁ ?"

ସେ କହିଲେ "ମୋର ପରିଷ୍କାର ମନେ ଅଛି। ନୂଆ ନୂଆ ପ୍ରୋଜେକ୍ଟର ଟିଣ ଛପର କ୍ୟାମ୍ପ୍ ଅଫିସରେ ଆମେ ବସିଥିଲୁ। ସମ୍ରୁ ତା' ଗାଁ ସରପଞ୍ଚଙ୍କୁ ସାଥୀରେ ନେଇ ଜଏନ୍ କରିବାକୁ ଆସିଲା। ଛୋଟ ପିଲାଟେ ଥିଲା ସମ୍ରୁ। ମୁଁ ତା ବାପର ନାଁ ପଚାରିଲି। ସେ ସରପଞ୍ଚ ଆଡ଼କୁ ଅନେଇଲା। ଦି'ଜଣ ଯାକ କେହି ଜାଣିନାହାନ୍ତି। ମୁଁ ସରପଞ୍ଚଙ୍କୁ କହିଲି କିଛି ଗୋଟେ ନାଁ ଦିଅ ଅଫିସ୍ ରେକର୍ଡ଼ ପାଇଁ। ସରପଞ୍ଚ କଣ ଟିକେ ଭାବି ଉପରକୁ ଅନେଇଲା। ହଠାତ୍ ଗୋଟେ କୁଟ୍‌ରା ଅଫିସ୍ ସାମ୍ନା ପଣସ ଗଛ ପାଖ ବୁଦା ଭିତରୁ ବାହାରି ଦୌଡ଼ିକି ଚାଲିଗଲା। ସରପଞ୍ଚ ମୁହଁରେ ହସ... "ମିଳିଗଲା ସାର୍... କୁଟ୍‌ରାଟା ଆମ ସାମ୍ନାରେ ପଳେଇଲା। ତା' ବାପର ନାଁ 'କୁଟ୍ରୁକା' ପାଙ୍ଗୀ ଦେଇଦିଅ।" ଅଫିସରେ ସମସ୍ତେ ହସିଲେ। ମାତ୍ର ମୁଁ ହସିଲିନି। ସମ୍ରୁ ବାପ ପ୍ରତି ସମ୍ମାନ ଜଣାଇ ସେଇ ନାଁଟା ରେକର୍ଡ଼ରେ ଲେଖିଦେଲି।"

ଅପରୂପ ଏଇ ରାଇଜ, ଚମତ୍କାର ଏଇ ମଣିଷମାନେ, ଅଦ୍‌ଭୁତ ସେମାନଙ୍କର କାହାଣୀ। ଗୋପୀନାଥ ମହାନ୍ତି ଓ କାହ୍ନୁଚରଣ ମହାନ୍ତିଙ୍କ ଉଦ୍ଦେଶ୍ୟରେ ମୁଣ୍ଡ ନୁଆଁଇଲି ଏଇ 'ଅମୃତର ସନ୍ତାନ'ମାନଙ୍କୁ ଆମ ସାଙ୍ଗରେ ଯୋଡ଼ିଥିବା ପାଇଁ।

ନିୟମଗିରି ହେଉ ବା ପଞ୍ଚପଟମାଳୀ, ସମସ୍ତେ ଗୋଟିଏ ନିୟମରେ ବନ୍ଧା। ଡୁମା ମାନେ ହିଁ ଏମାନଙ୍କର ପଥ ପ୍ରଦର୍ଶକ ଓ ସଂକଟମୋଚକ...

କାଡ୍ରାକା ଲେଲି ଓ କୁଟ୍ରୁକା ପାଙ୍ଗି, ଏମାନେ ମୋ ଜୀବନର ଅଭିନ୍ନ ଅଙ୍ଗ। ଏବେ ବି ବଞ୍ଚିଛନ୍ତି ମୋ ହୃଦୟରେ ସମ୍ମାନର ସହିତ...

■

('ଅକ୍ଷାଂଶ' ଅକ୍ଟୋବର'୨୦୨୪, ଶାରଦୀୟ ସଂଖ୍ୟାରେ ପ୍ରକାଶିତ)

ଆଜି ନଈବଢ଼ି ପୁଣି ଆସିଛି

ସ୍ୱଦେଶ ଓ ଆରତୀ ଆମେରିକାରେ ପଇଁତିରିଶ ବର୍ଷ ହେଲା ରହିଲେଣି। ସ୍ୱଦେଶ ବମ୍ବେ IIT ରୁ ପାଶ୍ କଲା ପରେ କାନ୍‌ପୁର IIT ରେ କିଛି ବର୍ଷ Asst. Professor ଚାକିରି କରିଥିଲେ। ତାଙ୍କର ବିବାହ ଓ ବଡ଼ପୁଅ ରାୟନ୍‌ର ଜନ୍ମ ସେଇଠି। ପାଞ୍ଚ ବର୍ଷ ପରେ University of Wisconsin - Madison ରେ ଫେଲୋସିପ୍ ପାଇଁ ରିସର୍ଚ୍ଚ କରିବାକୁ ଚାଲି ଆସିଥିଲେ। Ph.D କରି ସାରିଲା ପରେ ସେଇଠି ପ୍ରଫେସର ହୋଇ ରହିଗଲେ। ଆମେରିକା ଆସିଲା ପରେ ଆରତୀ ବିଜ୍‌ନେସ୍ ମ୍ୟାନେଜ୍‌ମେଣ୍ଟ୍ ପଢ଼ି କିଛିଦିନ ଜବ୍ କରିଥିଲେ। ମାତ୍ର ଆୟନ୍ ଜନ୍ମ ହେଲା ପରେ ତାକୁ ଓ ଘରକୁ ଆମେରିକାନ୍ ନାନ୍ନୀ (Nanny) ହାତରେ ଛାଡ଼ିଦେବାକୁ ଦି'ଜଣଯାକ ଠିକ୍ ଭାବିଲେନି। ଆରତୀ ଚାକିରୀ ଛାଡ଼ିଲେ। ସେ କଲେଜରେ ପାଠ ପଢ଼ିଲାବେଳେ ଭଲ ଚିତ୍ର ଆଙ୍କୁଥିଲେ। କେତେଟା ପୁରସ୍କାର ବି ପାଇଥିଲେ। ନିଜ ବେସ୍‌ମେଣ୍ଟ୍‌ରେ ଗୋଟେ ଆର୍ଟକ୍ଲାସ୍ ଆରମ୍ଭ କରିଦେଲେ। ସପ୍ତାହକୁ ତିନି ଦିନ। ଖୁବ୍ ଶୀଘ୍ର ତାଙ୍କର ଆଖପାଖରେ ନାଁ ହେଇଗଲା। କିଛି ଡଲାର ବି ସେଥିରୁ ମିଳିଗଲା। ଆଉ ଚାକିରୀ କଥା ଭାବି ନାହାନ୍ତି।

ସ୍ୱଦେଶ Wisconsin ରୁ ଅବସର ନେବା ପରେ ସିକାଗୋ ନିକଟରେ ଗୋଟେ କମ୍ପାନୀରେ କନ୍‌ସଲଟାଣ୍ଟ୍ ହିସାବରେ ଜଏନ୍ କଲେ। ସପ୍ତାହରେ ଦିନେ ଅଫିସ୍, ଦୁଇତିନି ଦିନ ୱାର୍କ ଫ୍ରମ୍ ହୋମ୍। ଏତେ ପ୍ରେସର୍ ବି ନଥାଏ। ଏଠି ଆଖପାଖରେ ଓଡ଼ିଆଙ୍କ ସଂଖ୍ୟା ଅଧିକ Wisconsin ତୁଳନାରେ। ତେଣୁ ଏଇଠି ଘର କିଣି ସ୍ଥାୟୀ ଭାବରେ ରହି ଯାଇଛନ୍ତି। ରାୟନ୍ ମିନିଆପଲିସ୍‌ରେ ତା ପରିବାର ନେଇ ରହୁଛି। ଆୟନ୍ ବାହା ହୋଇନି, ସେଣ୍ଟ୍‌ଲୁଇସ୍‌ରେ ରହୁଛି ଗୋଟେ One BHK ଘର ନେଇ। ଦି'ଜଣ ଯାକ ୪-୫ ଘଣ୍ଟାର ଡ୍ରାଇଭ୍ ଦୂରତାରେ ଅଛନ୍ତି।

ତେଣୁ ୱିକେଣ୍ଡରେ କେଉଁଠି ଗୋଟେ ଜାଗାରେ ମିଶିଯା'ନ୍ତି ପୁରା ପରିବାର। କିନ୍ତୁ ଏବେ ଗୋଟେ ଅସୁବିଧା ହେଇଯାଇଛି ଆୟନ୍‌ର। ସେ ଦି'ଟା **Kitten** (ବିଲେଇ ଛୁଆ) ପେଟ୍ କରି ଘରେ ରଖିଛି। ଜଣେ ସହୃଦୟ **Cat Rehomer** (ବିନା ପଇସାରେ ନିଜର ବଳକା ପେଟ୍ ଉପହାର ଦେଉଥିବା ମାଲିକ)ଙ୍କ ପାଖରୁ ଦି'ଟା ଛୁଆ ନେଇଆସିଛି। ଭଲ ପେଡିଗ୍ରିର ବେଶ୍ ସୁସ୍ଥ ଛୁଆ ଦି'ଟା ମାଗଣାରେ ପାଇଯିବା ଚାନ୍‌ସର କଥା। ବଜାରରୁ କିଣିଥିଲେ $୩୦୦-୪୦୦ ପଡ଼ିଥାନ୍ତା। ନାଁ ଦେଇଛି ରିମ୍ପି ଆଉ ଜିମ୍ପି। ତାଙ୍କରି ପଛରେ ସେ ବ୍ୟସ୍ତ।

ଆମେରିକା ଆସିଲା ପରେ ଆରତୀ ଆଖ ପାଖ ସାଇବାଣୀମାନଙ୍କୁ ଦେଖି ଗୋଟେ ପେଟ୍ କୁକୁର ବା ବିଲେଇ ରଖିବେ ବୋଲି ଭାବୁଥିଲେ। ମାତ୍ର ସ୍ୱଦେଶଙ୍କର ଏକା ଜିଦ୍.....କୁକୁର ବିଲେଇ ଘରେ ରଖିଲେ ଘରଦ୍ୱାର ଗୁହମୁତ, ଗନ୍ଧ, ଝଡ଼ା ଲୋମରେ ଭରିଯିବ। ସେମାନେ ପୁଣି ତୁମ ସହିତ ଖଟରେ ଶୋଇବେ, ସୋଫାରେ ବସିବେ, ଦିହ ମୁହଁ ଚାଟିବେ... ମୋଟ ଉପରେ, ଅସ୍ୱାସ୍ଥ୍ୟକର ହୋଇଯିବ ଘରଟା। ରାୟନ୍ ଆୟନ୍‌ଙ୍କ ପାଇଁ ଭଲ ନୁହେଁ। ତା'ଛଡ଼ା, ବର୍ଷକୁ ଥରେ ଇଣ୍ଡିଆ ଗଲେ ମାସକ ପାଇଁ ତାଙ୍କୁ କୋଉଠି ଛାଡ଼ିବ ? କୌଣସି ବନ୍ଧୁ ଘରେ ତ ଛାଡ଼ିବା ସମ୍ଭବ ନୁହେଁ। **Pet Boarding**ରେ ଛାଡ଼ିଲେ ଦିନକୁ **$25-50**। ତା'ଛଡ଼ା ସେମାନଙ୍କ ପାଇଁ ହେଲ୍‌ଥ ଇନ୍‌ସ୍ୟୁରାନ୍ସ, ପେଟ୍ ଫୁଡ୍, ରୋଗ ବ୍ୟାଧି ହେଲେ ଡାକ୍ତରୀ ଚିକିତ୍ସା ଆଦିରେ ବେଶ୍ ଡଲାର ଖର୍ଚ୍ଚ ହେବ। ଆମ କୁକୁର ବିଲେଇଙ୍କ ପରି ତ ସେମାନେ ନୁହଁନ୍ତି.....ବେଳ ଦେଖି ଖାଇବାକୁ ଦେଇଦେଲେ ଗାଁ ସାରା ବା ସାହିଯାକ ବୁଲାବୁଲି କରି ଆସି ସଞ୍ଜ ବେଳକୁ ଘରେ ପହଞ୍ଚିଯିବେ ! ତା'ଛଡ଼ା ଆମେରିକାରେ ପେଟ୍ ଆଇନ୍ ବେଶ୍ ଶକ୍ତ। ପେଟ୍‌ମାନଙ୍କୁ ଅବହେଳା କରିପାରିବନି। ତାଙ୍କର ରହିବା, ଖାଇବା, ସ୍ୱାସ୍ଥ୍ୟର ଯତ୍ନ ନେବା ପାଇଁ ବାଧ୍ୟ, ଆଉ ଗୋଟେ ମଣିଷ ପରି। ଏସବୁ ଜଞ୍ଜାଳରେ କିଏ ପଶିବ ? ଏଇଥିପାଇଁ ଆରତୀଙ୍କ ମନରେ ଛୋଟିଆ ଗୋଟେ ଅପ୍ରାପ୍ତିର ଅଶ୍ୱସ୍ତି ଝୁଲୁଥାଏ।

ସ୍ୱଦେଶଙ୍କ ଅବସର ପୂର୍ବରୁ ପିଲାମାନେ ପାଠସାରି ଚାକିରୀ କରିଯାଇଛନ୍ତି। ତେଣୁ ପିଲାଙ୍କ ଚିନ୍ତା ପ୍ରାୟ ନାହିଁ। ଏତେବଡ଼ **4 BHK** ଘରେ ବଡ଼ ଏକା ଏକା ଲାଗେ ସେମାନଙ୍କୁ। ସ୍ୱଦେଶ ଇଣ୍ଡିଆରେ ଥିବା ଭାଇଭଉଣୀ, ସାଂଗସାଥୀମାନଙ୍କ ସାଂଗରେ କଥାହେଇ ସମୟ କାଟି ଦିଅନ୍ତି। ସକାଳେ ସଞ୍ଜରେ ମା'ଙ୍କ ସାଂଗରେ ଅଧଘଣ୍ଟେ ଲେଖାଏଁ କଥା ନହେଲେ ତାଙ୍କୁ ଭଲ ଲାଗେନି। ଆରତୀଙ୍କ ବାପ ମା' ନାହାନ୍ତି। ପ୍ରଥମେ ପ୍ରଥମେ ଦି'ଜଣଙ୍କ ବାପ ମା'ମାନେ ଆମେରିକା ଆସି ଚାରି ଛଅମାସ ରହିଯାଉଥିଲେ। ଖୁସୀ ଲାଗୁଥିଲା ଦି'ଜଣଙ୍କୁ। ପିଲାମାନେ ବି ସେମାନଙ୍କ ସହିତ

ବେଶ୍ ମଜ୍ଜା କରୁଥିଲେ। ସେମାନଙ୍କ ଠାରୁ ପିଲାଙ୍କର ଓଡ଼ିଆ ଶିଖିବାଟା ସହଜରେ ହେଇଗଲା। ଏବେ ଆରତୀଙ୍କ ବାପ ମା'ଙ୍କ ପରେ ସ୍ୱଦେଶଙ୍କ ମା'ବି ଆଉ ଆସିବାକୁ ମଙ୍ଗୁ ନାହାନ୍ତି ବୟସ ହୋଇଯିବାରୁ। କିଛି ବର୍ଷ ହେଲା ସ୍ୱଦେଶ ପ୍ରତି ବର୍ଷ ମାସକ ପାଇଁ ଯାଇ ଦେଖି ଆସୁଥିଲେ। ଏବେ ଅବସର ପରେ କିନ୍ତୁ ବର୍ଷକୁ ଦି'ଥର ଯାଉଛନ୍ତି କେବଳ ମା'ଙ୍କ ସହିତ ସମୟ କଟେଇବା ପାଇଁ। ଏବେ ବି ସ୍ୱଦେଶ ମା'ଙ୍କ କୋଳରେ ଶୋଇ ଥଟ୍ଟାମଜ୍ଜା କରିଦିଅନ୍ତି। ଦି'ଜଣଯାକଙ୍କ ମନ ଶାନ୍ତି ହୋଇଯାଏ। ହେଲେ, ସ୍ୱଦେଶ ଓ ଆରତୀ ଜାଣନ୍ତି ଏ ଖୁସୀ ଆଉ ବେଶୀ ଦିନର ନୁହେଁ। ତେଣୁ ଯେତେ ଅଧିକ ସମୟ ଦେଇହେବ ଚେଷ୍ଟା କରନ୍ତି।

ମା'ଙ୍କ ଛଡ଼ା ତାଙ୍କର ଆଉ ଗୋଟେ ଆକର୍ଷଣ ଅଛି ଭୁବନେଶ୍ୱରରେ। ସେ ପହଞ୍ଚିଗଲେ ତାଙ୍କର ୨୫-୩୦ଜଣ କଲେଜ ସାଂଗମାନଙ୍କ ଭିତରେ ଗୋଟେ ଆନନ୍ଦର ଲହରୀ ଖେଳିଯାଏ। ସମସ୍ତେ ମିଶି ପିକ୍‌ନିକ୍ ବା ପାର୍ଟି କରିନିଅନ୍ତି। ଏ ଉତ୍ତୀର୍ଣ୍ଣ ବୟସରେ ବି କଲେଜ, ହଷ୍ଟେଲ୍‌ର ଦୁଷ୍ଟାମୀ ସମସ୍ତଙ୍କ ଭିତରୁ ବାହାରି ଆସେ। ପୁଣି ନିଜର ଅନେକ ପଛରେ ଛାଡ଼ି ଆସିଥିବା ଦିନଗୁଡାକ ହାତ ମୁଠାରେ ମିଳିଯାଏ। ସରକାରୀ ବା ବେସରକାରୀ ସଂସ୍ଥାରୁ ବହୁତ ଉଚ୍ଚ ପଦବୀରୁ ଅବସର ନେଇଥିଲେ ବି ସମସ୍ତେ ପୁଣି ସେଇ କଲେଜର ପ୍ରଥମ ବର୍ଷର ପିଲା ହେଇଯାଆନ୍ତି। ସମସ୍ତେ ଅନେଇଥା'ନ୍ତି ସ୍ୱଦେଶଙ୍କର ପହଞ୍ଚିବାକୁ। ସେ ହିଁ ସବୁ ବଂଧୁମାନଙ୍କୁ ଗୋଟିଏ ସୂତାରେ ବାନ୍ଧି ରଖିଥା'ନ୍ତି ଗୋଟେ Whatsapp ଗ୍ରୁପ୍‌ରେ। ଆଉ ଗୋଟେ ଆକର୍ଷଣ ହେଉଛି ତାଙ୍କ ଗାଁ...... ଗାଁକୁ ଦିନେ ଦି'ଦିନ ପାଇଁ ଯାଇ, ନଈ ବିଲ, ବଣ, ଆମ୍ବତୋଟା ବୁଲି ଆସନ୍ତି ସାଂଗମାନଙ୍କ ସହିତ। ଗାଁ ଠାକୁରଙ୍କ ପୂଜା ଧ୍ୱଜାରେ ଭାଗନେଇ ଫେରନ୍ତି। ଏତେ ଦିନ ଆମେରିକାରେ ରହିଲା ପରେ ବି ତାଙ୍କ ମନ ଏଇଠି ଥାଏ। ନେଳିଆ ଲୁଙ୍ଗି ଓ ନାଲିଆ ଖୋର୍ଦ୍ଧା ଗାମୁଛାର ମୋହ ସେ ଏପର୍ଯ୍ୟନ୍ତ ଛାଡ଼ି ପାରିନାହାନ୍ତି। ଅଫିସରୁ ଫେରି ଥ୍ରୀ ପିସ୍ ସୁଟ୍ ବୁଟ୍ ଖୋଲି ଦେଲେ ଖୋଜା ପଡ଼େ ତାଙ୍କର ଲୁଙ୍ଗି ଓ ଗାମୁଛା। ହୋ ହୋ ହସି କହନ୍ତି- "ଏପରିକା ଖୋଲାମେଲା ଭାବ କୋଉ ଟ୍ରାଉଜର ବା ସର୍ଟସ୍ ଦେଇପାରିବ ? ?"

ହଁ, ଆୟନ୍‌ର ଦି'ଟା Kitten ରିମ୍ପି ଆଉ ଜିମ୍ପିମାନଙ୍କ କଥା... ରିମ୍ପି କଳାଧଳା ରଂଗର Rag Doll ବ୍ରିଡ୍‌ର ଓ ଜିମ୍ପି ଧୂସର-ଧଳା ରଂଗର Siamese ବ୍ରିଡ୍‌ର। ବେଶ୍ ଭଲ ବ୍ରିଡ୍‌ର ଛୁଆ ଦି'ଟା, ଦେଖିବାକୁ ଭାରି କ୍ୟୁଟ୍ ଆଉ ସ୍ନେହୀ। କଥା ବି ମାନନ୍ତି..... ବେଶ୍ ଶାନ୍ତ ଓ ସୁଧାର.....। ଆୟନ୍ ଅଫିସ ଯିବା ଆଗରୁ ଅଟୋମାଟିକ୍ ଫିଡରରେ Cat food ଲୋଡ୍ କରି ଚାଲିଯାଏ। ସମୟ ଅନୁସାରେ ଫିଡର, ବଜର୍ ବଜେଇ

ଦି'ଜଣଙ୍କୁ ଖାଇବା ପାଇଁ ଡାକେ। ଠିକ୍ ପରିମାଣରେ ଖାଦ୍ୟ ଦିଏ। ଖାଇସାରିଲା ପରେ ସେନ୍‌ସରଲଗା ଟ୍ୟାପ୍‌ରୁ ପାଣି ପିଇଦେଇ ଶୋଇପଡ଼ନ୍ତି ବା ଖେଳୁଥା'ନ୍ତି। ଆୟନ୍ ମଝିରେ ମଝିରେ ଆଲେକ୍ସାରେ ସି.ସି. ଟିଭିରୁ ସେମାନଙ୍କୁ ଦେଖିନେଇ ପେଟ୍ ଟିଭି ଚାନେଲ ଲଗେଇଦିଏ। ଟିଭିରୁ କୁକୁର, ବିଲେଇ, ରାବିଟ୍ ଆଦି ପେଟ୍‌ମାନଙ୍କର ମଜ୍ଜାଳିଆ ଭିଡିଓ ସେମାନେ ଦେଖନ୍ତି। ଆୟନ୍ ରାତିରେ ପହଞ୍ଚିଲେ, ତାଙ୍କ ଭିତରେ ପ୍ରତିଯୋଗିତା ଲାଗିଯାଏ କିଏ ବେଶୀ କେୟାର ପାଇପାରୁଛି। ଜଣେ କୋଳରେ ପଶିଲେ ଆଉ ଜଣେ ମୁଣ୍ଡରେ ବସିଥିବ। ଦୁଇଜଣଙ୍କ ଭିତରେ ମ୍ୟାଉଁ ମ୍ୟାଉଁର ମଧୁର ବାଦ ପ୍ରତିବାଦ ଚାଲିଥିବ। ତିନିଜଣଙ୍କର ଖେଳ ଲେଟ୍ ନାଇଟ୍‌ରେ ଶୋଇଲା ପର୍ଯ୍ୟନ୍ତ ଚାଲିଥିବ। ଆୟନ୍ ଏବେ ଏଇମାନଙ୍କ ପାଇଁ ବାପା ବୋଉଙ୍କ ପାଖକୁ ସବୁ ୱିକେଣ୍ଡ୍‌ରେ ଯାଇପାରୁନି। ସେ ଜାଣେ ବାପା ପେଟ୍ ପସନ୍ଦ କରନ୍ତିନି, ତେଣୁ ସେମାନଙ୍କୁ ସାଂଗରେ ନେଇପାରେନି। ତଥାପି ମଝିରେ ମଝିରେ ସେମାନଙ୍କୁ ପେଟ୍ ବୋର୍ଡିଂରେ ରଖିଦେଇ ବୁଲିଆସେ।

ଏବେ ହଠାତ୍ ଅଧ ରାତ୍ରିରେ ଆୟନ୍‌ର ଫୋନ୍..... କାନ୍ଦୁଥାଏ ସେ, "ବାପା, ବୋଉ ! ମୁଁ କ'ଣ କରିବି... ?"

"କ'ଣ ହେଇଛି ତୋ'ର ? କାନ୍ଦୁଛୁ କିଆଁ ?" ବିବ୍ରତ ହୋଇ ପଚାରିଲେ ଆରତୀ।

"ମୁଁ ଠିକ୍ ଅଛି ବୋଉ ! ମୋ ଟେବୁଲ ଉପରେ ଗୋଟେ **Laxative** ବଟଲ୍ ରଖିଥିଲି। ଭୁଲରେ ଠିପି ବନ୍ଦ କରି ନଥିଲି। ଏ ଦି'ଟାଯାକ ଡିଆଁ ଡେଇଁ କରି ଟେବୁଲ୍ ଉପରେ ପୁରା ବୋତଲଟା ଢାଳି ଦେଇଛନ୍ତି। ମିଠା ମିଠା ଲାଗୁଥିବାରୁ ପୁରା ଶିଶିଟା ଦି'ଜଣ ପିଇଦେଇଛନ୍ତି। କେତେବେଳୁ ପିଇଛନ୍ତି କେଜାଣି ? ମୁଁ ପହଞ୍ଚିଲା ବେଳକୁ ଦିହରେ ଜୀବନ ନଥିଲା ପରି ପଡ଼ିଥିଲେ। ଘର ସାରା ପାଣିଆ ଝାଡ଼ା ବୋହିଯାଇଛି। ମଝିରେ ମଝିରେ ବାନ୍ତି କରୁଛନ୍ତି। ଏମିତି ହେଲେ ତ ଦି'ଟାଯାକ କାଲି ସକାଳକୁ ନଥିବେ ! କ'ଣ କରିବି ଜାଣି ପାରୁନି।"

"ବ୍ୟସ୍ତ ହେଲେ କିଛି ହେବନି। ତୁ ଜଲଦି ସେମାନଙ୍କୁ **Veterinary Hospital** କୁ ନେଇଯା। **Vet (Veterinary Doctor)** ତ ଥିବେ। ସାଂଗେ ସାଂଗେ ଟ୍ରିଟ୍‌ମେଣ୍ଟ୍ ଆରମ୍ଭ ହେଇଯିବ। ହେଲେ ସେମାନଙ୍କ ପାଇଁ ହେଲ୍‌ଥ ଇନ୍‌ସ୍ୟୁରାନ୍ସ କରିଛୁ କି ନାହିଁ।"

"ନାଇଁ ବାପା ! ଇନ୍‌ସ୍ୟୁରାନ୍ସ ନାହିଁ। ହସ୍‌ପିଟାଲ୍‌ରେ କେତେ ଖର୍ଚ୍ଚ ହେବ ଜାଣିନି। ମୋ ପାଖରେ ବି ବେଶୀ ଡଲାର୍ ନାହିଁ।"

"ମୁଁ $୧୦୦୦ ପଠାଉଛି। ଏବେ ଟ୍ରିଟ୍‌ମେଣ୍ଟ୍ ଆରମ୍ଭ କରିଦେ'।"

ଦୁଇ ଦିନ ହସ୍‌ପିଟାଲ୍‌ରେ ରଖି ତୃତୀୟ ଦିନରେ ଘରକୁ ଫେରିଲା। ସେତିକିରେ $୧୦୦୦ ଖର୍ଚ୍ଚ ହେଇଗଲା। ଘରକୁ ନେଇ ଆସିଲା ସିନା, Vetଙ୍କ ଅନୁସାରେ ପର୍ସନାଲ୍ କେୟାର୍ ସାଂଗକୁ ଔଷଧ ଓ ପଥ୍ୟ ଠିକ୍ ସମୟରେ ଦେବାକୁ ପଡ଼ିବ। ତିନି ଦିନ ଛୁଟି ନେଲା ଆୟନ୍ ରିମ୍ପି ଓ ଜିମ୍ପିଙ୍କ ଉପଚାରରେ। ତଥାପି ଦି'ଜଣଙ୍କର ଅବସ୍ଥା ପ୍ରାୟ ସେହିପରି ଥାଏ। Vet କହିଲେ ଲଙ୍ଗ୍‌ଟର୍ମ କେୟାର୍ ଦରକାର। ହେଲେ ଆୟନ୍ କ'ଣ କରିବ? ଚାକିରୀ ଆଉ ବିଲେଇ ଛୁଆ, ଦି'ଟା ଯାକ ତ ଏକା ସାଂଗରେ ହେଇପାରିବନି !

ଚତୁର୍ଥ ଦିନ ସ୍ୱଦେଶ କାର୍ ନେଇ ପହଞ୍ଚିଗଲେ। ସେଣ୍ଟ୍‌ଲୁଇସ୍ ସିକାଗୋରୁ ୩୦୦ ମାଇଲ୍, ୪-୫ ଘଣ୍ଟାର ରାସ୍ତା। ଆୟନ୍ ଘରେ ପହଞ୍ଚି ଦେଖନ୍ତି ତ ଦି'ଟା ଯାକ ବିଲେଇ ଛୁଆ ଚଳତ୍‌ଶକ୍ତିହୀନ ହୋଇ ପଡ଼ିଛନ୍ତି। ଖାଇବା ପିଇବା ଛାଡ଼ି ଦେଇଛନ୍ତି। କିଛି ଶବ୍ଦ ଶୁଣିଲେ ଟିକିଏ ଆଖି ଖୋଲି ପୁଣି ବନ୍ଦ କରି ଦେଉଛନ୍ତି। ମଝିରେ ମଝିରେ ନିହାତି କ୍ଷୀଣ ସ୍ୱରରେ ମିଆଁଉ ମିଆଁଉ କରି ଆଖି ବୁଜି ଦେଉଛନ୍ତି। ଅବସ୍ଥା କିଛି ଭଲ ନାହିଁ। Vet କହିଲେ- "ICU ନ ହେଲେ ବଞ୍ଚିବା ଡିଫିକଲ୍‌ଟ୍..." ଆୟନ୍ ଆଖିରେ ଲୁହ...."ବାପା ! ମୋ ଛୁଆ ଦି'ଟାଙ୍କୁ ବଞ୍ଚେଇ ଦିଅ ପ୍ଲିଜ୍, ମୁଁ ଜାଣେ ତୁମକୁ ପେଟ୍ ପସନ୍ଦ ନୁହନ୍ତି। କିନ୍ତୁ ମୋ ପାଇଁ ବଞ୍ଚେଇ ଦିଅ।"

ସ୍ୱଦେଶ ଦି'ଟା ଛୁଆଙ୍କୁ ନେଇ କାର୍‌ରେ ଯତ୍ନରେ ଶୁଆଇ ଦେଇ ସିକାଗୋ ବାହାରିଲେ। ବାଟ ସାରା ଓ.ଆର୍.ଏସ୍ ଓ ଔଷଧ ଦେବାକୁ ପଡ଼ିବ। ଆୟନ୍‌କୁ ସାନ୍ତ୍ୱନା ଦେଇ ସେଣ୍ଟ୍ ଲୁଇସ୍ ଛାଡ଼ିଲେ। ବାଟସାରା ମାଇଲ୍ ମାଇଲ୍ ସନ୍‌ଫ୍ଲାୱାର୍ ଓ ସୋୟାବିନ୍‌ର କ୍ଷେତ। ମଝିରେ ମଝିରେ ଛୋଟ ଛୋଟ ଜଙ୍ଗଲ ସହିତ ଛୋଟ ଲେକ୍‌ଟାଏ ବି ଥାଏ। କିନ୍ତୁ ଏସବୁ ପ୍ରାକୃତିକ ସୌନ୍ଦର୍ଯ୍ୟ ଦେଖିବାକୁ ତାଙ୍କ ହାତରେ ସମୟ ନଥିଲା। ଅଧା ବାଟରେ ଅଟକେଇ ସେମାନଙ୍କୁ ହଲଚଲ କଲେ। କିଛି ବି ରେସ୍‌ପନ୍‌ସ ନାହିଁ। ଆଖି ବନ୍ଦ ହୋଇ ରହିଛି। ନାହାନ୍ତି ବୋଧେ ଆଉ। କ'ଣ କରିବେ ଏଇ ଅବସ୍ଥାରେ ତାଙ୍କୁ ସିକାଗୋ ନେଇ? ଆରତୀଙ୍କୁ ଫୋନ୍ କଲେ। ସେ କାନ୍ଦି କାନ୍ଦି କହିଲେ "ଯାହା ଭଲ ଭାବୁଛ କର।" ଠିକ୍ କଲେ, ଏଇଠି କୋଉଠି ଜଙ୍ଗଲରେ Bury କରିଦେବାକୁ ପଡ଼ିବ। ଦି'ଟା ବିଲେଇଙ୍କୁ ନେଇ ଗୋଟେ ଲେକ୍ ପାଖରେ ଦି'ଟା ଛୋଟ ଗାତ ଖୋଳିଲେ କେହି ନଦେଖିଲା ପରି। ଦେଖିଲେ କେସ୍ ହେଇଯାଇପାରେ ! ଲୁହ ଭିଜା ଆଖିରେ ଶେଷଥର ପାଇଁ ସେମାନଙ୍କୁ ଦେଖିଲେ। ଆୟନ୍‌ର ମୁହଁ ଦିଶିଲା ତାଙ୍କ ଆଖିଆଗରେ ? ? "ବାପା ! ପ୍ଲିଜ୍ ସେଭ୍ ମାଇଁ କିଡ୍‌ସ୍।" ସେ କହୁଥିଲା ଯେମିତି....

ସେ ଭାବିଲେ ଗୋଟେ ଶେଷ ଚାନ୍ସ୍ ନିଆଯାଇପାରେ। ଆଉ ଥରେ ଆସ୍ତେ କରି ହାତ ରଖିଲେ ତାଙ୍କ ଛାତି ଉପରେ। ଦେହ ତ ଉଷୁମ ଅଛି ! ଦୌଡ଼ିଲେ କାର୍ ପାଖକୁ ଦି'ଜଣଙ୍କୁ ନେଇ.... ସିକାଗୋରେ ସିଧା ପଶୁ ଡାକ୍ତରଖାନାରେ ପହଞ୍ଚିଲେ। ଆରତୀ ଆଗରୁ ପହଞ୍ଚି ଯାଇଥିଲେ। Vet ସିଧା ସେମାନଙ୍କୁ ଆଇ.ସି.ୟୁ.କୁ ନେଇଗଲେ। ଆର୍ଟିଫିସିଆଲ୍ ରେସ୍‌ପିରେସନ୍ ପାଇଁ ଅକ୍ସିଜେନ୍ ମାସ୍କ ଲଗେଇ ଦେଲେ। କେତେ କ'ଣ ଔଷଧ ଇଞ୍ଜେକ୍‌ସନ୍ ସହିତ ଡ୍ରିପ୍ ବି ଲାଗିଗଲା ଘଣ୍ଟାଏ ଭିତରେ। ଇନ୍‌ସ୍ୟୁରାନ୍‌ସ ତ ନାହିଁ। ଯାହା ହେବ ଦେଖାଯିବ.....

ଗୋଟେ ଦିନ ପରେ Vet କହିଲେ କୌଣସି କାରଣରୁ **IBD (Inflammatory Bowel Disease)** ସହ **Internal Bleeding** ହୋଇ ଯାଇଛି। ବ୍ଲଡ୍ ଟ୍ରାନ୍‌ସଫ୍ୟୁଜନ୍ ଦରକାର ସାଂଗେ ସାଂଗେ। ସ୍ୱଦେଶ ମୁଣ୍ଡରେ ହାତ ଦେଇ ବସି ପଡ଼ିଲେ, 'ବିଲେଇ ରକ୍ତ' ପୁଣି କେଉଁଠୁ ଆଣିବେ ??? ଡାକ୍ତରମାନେ ଏପଟ ସେପଟ ହେଉଥା'ନ୍ତି। ସେ ବସିଥା'ନ୍ତି ସମସ୍ତ ଆଶା ଭରସା ହରେଇ। ହଠାତ୍ ଦେଖିଲେ ୧୦-୧୫ ମିନିଟ୍ ଭିତରେ ତିନି ଚାରିଜଣ ପେଟ୍ ପ୍ୟାରେଣ୍ଟ୍ ନିଜ ବିଲେଇମାନଙ୍କ ସହ ଆସିଗଲେ। ଏମାନଙ୍କର ବି ବିଲେଇ ଦେହ ଖରାପ ?? ନାଁ ନାଁ, ଏମାନେ ବ୍ଲଡ୍ ଡୋନର୍..... ଡାକ୍ତର ଆଖପାଖର ପେଟ୍ ମାଲିକମାନଙ୍କ ପାଖକୁ **SOS** ମେସେଜ୍ ଛାଡ଼ି ଦେଇଥିଲେ ବ୍ଲଡ୍ ଆବଶ୍ୟକ ବୋଲି। ଯା'ହେଉ ଏତେବଡ଼ ସମସ୍ୟାର ସମାଧାନ Vetଙ୍କ ପାଇଁ ସୁବିଧାରେ ହୋଇଗଲା। ତିନି ଦିନର **ICU** ଚିକିତ୍ସା ପରେ ସେମାନେ **Indoor Bed**କୁ ଆସିଗଲେ। ରିକଭର କରି ଆସୁଥିଲେ ସେମାନେ। ପଞ୍ଚମ ଦିନ Vet କହିଲେ "ନର୍ମାଲ୍"। ଆଜି ବେଡ୍‌ରୁ ଉଠି ବସିଥିଲେ। ମିଆଁଉ ମିଆଁଉ କରି ଚାରିପଟକୁ ଦେଖୁଥିଲେ। କାହାକୁ ଖୋଜୁଥିଲେ ବୋଧେ। ସ୍ୱଦେଶ ଭିଡିଓ କଲ୍‌ରେ ଆୟନ୍‌କୁ ଦେଖେଇ ଦେଲେ। ଅଲଗା ଗୋଟେ ପ୍ରକାରର ମ୍ୟାଉଁ ମ୍ୟାଉଁ ଶବ୍ଦ ବାହାରି ଆସିଲା ତାଙ୍କ ମୁହଁରୁ। ବୋଧେ ଏଇଟା ତାଙ୍କ ଖୁସିର ପରିପ୍ରକାଶ। ମୋବାଇଲ୍ ସ୍କ୍ରିନ୍‌କୁ ଦିହେଁ ଚାଟି ପକାଉଥା'ନ୍ତି। ଆୟନ୍ କାନ୍ଦୁଥିଲା। କହିଲା–"ଥ୍ୟାଙ୍କ୍ ୟୁ ବାପା ! **It's a big favour to me."**

"Mad boy! it's my responsibility. କିନ୍ତୁ ତତେ ଗୋଟେ ସାକ୍ରିଫାଇସ୍ କରିବାକୁ ପଡ଼ିବ।" ସ୍ୱଦେଶ କହିଲେ।

"କ'ଣ ବାପା ?"

"ସେ ଦି'ଜଣ ଆଜିଠୁଁ ଆମ ପାଖରେ ରହିବେ, ତୋ'ର ସେଇ ଏକୁଟିଆ ଘରଟାକୁ ଯିବେନି। ଫ୍ୟାମିଲି କର, ତା'ପରେ ଯିବେ।"

"ଓକେ ବାପା ! ପ୍ଲିଜ୍ ଟେକ୍ କେୟାର୍ ଅଫ୍ ମାଇଁ କିଡ୍ସ୍।"

ଗୋଟେ ଦିନ ପରେ ସେମାନେ ହସ୍ପିଟାଲ୍‌ରୁ ଛାଡ଼ ପାଇଲେ। ବିଲ୍‌ଥିଲା $୨୦,୦୦୦। ସ୍ୱଦେଶ ଓ ଆରତୀ କିନ୍ତୁ ବହୁତ ଖୁସୀ ଥିଲେ, ଯେମିତି Powerball ଲଟେରୀର Jackpot ଲାଗିଯାଇଛି। (Powerball - ଆମେରିକାର ସବୁଠୁଁ ବଡ଼ ଲଟେରୀ !)

ଘରେ ପହଞ୍ଚିଲା ବେଳକୁ ଆରତୀ ଫୁଲ, ଦୁବ, ବରକୋଳି ପତ୍ର, ଧୂପଦୀପରେ ଦି'ଜଣଙ୍କୁ ବନ୍ଦାଣ କରି ଘରକୁ ନେଲେ। ଅଖଣ୍ଡ ଦୀପ ଲଗେଇଥିଲେ ସେମାନଙ୍କ ପାଇଁ। ଭଗବାନ ଡାକ ଶୁଣିଲେ ସତରେ ! ସେମାନଙ୍କୁ କୋଳେଇ ନେଇ ଆୟନ୍ ରୁମରେ ପହଞ୍ଚିଲେ। କେତେ କ'ଣ ଜିନିଷ ଲାଇନ୍ କରି ରଖା ହେଇଛି। **Kitten Cabin** (ତା'ଙ୍କ ରହିବା ଘର), **Litter Box** (ସେମାନଙ୍କ ଟଏଲେଟ୍), **Nail Clipper** (ନଖକଟା ଯନ୍ତ୍ର),**Scratching Pad** (ନଖରେ ରାମ୍ପିବା ପାଇଁ ପ୍ୟାଡ୍), **Food Bowl** (ଖାଦ୍ୟ ପାତ୍ର) ସବୁ କିଣା ହୋଇକି ଆସିଛି ଦି'ଜଣଙ୍କ ପାଇଁ। ସେମାନଙ୍କ ଖେଳ ପାଇଁ ଆସିଛି **Cat Toys, Laser Pointers, Puzzle Feeder** ଆଦି। ଲେଜର୍ ପଏଣ୍ଟରରୁ ବାହାରୁଥିବା ରଂଗ ବେରଂଗ ଆଲୁଅ ସାଂଗରେ ଖେଳିବେ। ପଜ୍‌ଲ ଫିଡର୍‌ରେ ପଜ୍‌ଲ ସଲ୍‌ଭ କଲେ ପୁରସ୍କାର ହିସାବରେ ସେମାନଙ୍କର ଫେବରିଟ୍ ଚିକେନ୍ ନଗେଟ୍‌ସ ମିଳିଯିବ। ସେମାନଙ୍କ ଆଇ.କ୍ୟୁ. ବଢ଼ିବ ଏଇଥିରୁ........

ଆରତୀଙ୍କର କେତେ ଦିନର ସ୍ୱପ୍ନ ଆଜି ପୁରଣ ହେଇଛି। ବହୁତ ଖୁସୀ ସେ। ସ୍ୱଦେଶଙ୍କ ଅବସର ଓ ପିଲାଙ୍କ ବାହାରକୁ ଚାଲିଯିବା ପରେ ସେ ଏଡ଼େ ବଡ଼ 4 BHK ଘରଟାରେ କାମଦାମ ସରିବା ପରେ ଏକୁଟିଆ ଅନୁଭବ କରନ୍ତି । ସ୍ୱଦେଶ କିଛି କିଛି ଅଫିସ୍ କାମ କରନ୍ତି, ନହେଲେ ପାଟିଓ(PATIO- ଘର ପଛପଟେ ଉପରେ ଛାତ ନଥାଇ କାଠ ତିଆରି ଗୋଟେ ପ୍ଲାଟ୍‌ଫର୍ମ)ରେ ବସିକି ବହି ପଢ଼ନ୍ତି। ଆରତୀ ଆମେରିକାନ୍ ଟି.ଭି. ଜମା ଦେଖନ୍ତିନି। କିଛି ଓଡ଼ିଆ ଓ ହିନ୍ଦି ଚ୍ୟାନେଲ ନେଇଛନ୍ତି। ସେଇଥିରୁ ହିଁ ଟିକିଏ ଖୁସୀ ବାହାରି ଯାଏ। କଟକ, ଭୁବନେଶ୍ୱରରେ ଥିଲା ପରି ଲାଗେ। ଏବେ ରିମ୍ପି, ଜିମ୍ପି ଆସିଲା ପରେ ତାଙ୍କର ସବୁ ପୁରୁଣା ରୁଟିନ୍ ଉପର ତଳ ହୋଇଯାଇଛି। ବ୍ୟସ୍ତ ରହୁଛନ୍ତି ପୁରା ଦିନ... ଭାରି ଭଲ ଲାଗୁଛି।

ଡାକ୍ତରଙ୍କ କହିବା ଅନୁସାରେ ଏବେ କିଛି ଦିନ ସେମାନେ ରିକଭରି ଷ୍ଟେଜ୍‌ରେ ରହିବେ। କିଛି ଦିନ ଲାଗିବ ଭଲ ହେବା ପାଇଁ। ତେଣୁ ଠିକ୍ ଡାଏଟ୍ ଦେବାକୁ ପଡ଼ିବ। **Low-Carb Diet, Probiotic, Vitamin B-12** ଇତ୍ୟାଦି ସାବଧାନତାର ସହିତ ଦେବାକୁ ପଡୁଥାଏ ପ୍ରଥମ କେଇ ମାସ। ତା'ପରେ **High Protein with**

Real meat / Chicken ଓ **Freeze dried Chicken** ନେଲା ପରେ ଦି'ଜଣ ଯାକ ଠିକ୍ ହୋଇଗଲେ। ଆୟନ୍ ସବୁ ଵିକେଣ୍ଡରେ ଚାଲିଆସେ। ଏମାନେ ତାକୁ ଅନେଇଥା'ନ୍ତି। ଦି'ଦିନ ତିନିଜଣ ଯାକ ଖେଳନ୍ତି। ଆୟନ୍ ଫେରିଲା ବେଳକୁ କାର୍ ଡୋର୍ ପାଖଯାଏ ବାଟେଇବାକୁ ଯା'ନ୍ତି। ମଝିରେ ମଝିରେ ଭିଡିଓ ଚାଟ୍ ବି କରନ୍ତି। ଆୟନ୍ ପାଖରେ ରହି ସେମାନେ ଇଂଲିସ୍‌ରେ ଟ୍ରେନିଂ ନେଉଥିଲେ। ଏବେ କିନ୍ତୁ ଆରତୀ ତାଙ୍କ ସହିତ ପୁରା ଓଡ଼ିଆରେ କଥାବାର୍ତ୍ତା କରୁଛନ୍ତି। ସେମାନେ ବି ବୁଝିବା ଆରମ୍ଭ କଲେଣି। ଆୟନ୍ ସେମାନଙ୍କୁ ଇଂଲିଶ ଶିଖେଇବାକୁ ଗୋଟେ ପେଟ୍ ଟ୍ରେନର୍ ଯୋଗାଡ଼ କରିଥିଲା। କିନ୍ତୁ ଆରତୀଙ୍କ ପାଇଁ ସେମିତି କିଛି ଦରକାର ହେଲାନି। ଦି'ତିନି ମାସ ଭିତରେ ସେମାନେ ଓଡ଼ିଆ ବୁଝିଗଲେ। ଆୟନ୍ ଠାରୁ ଶୁଣି ଶୁଣି, 'ମ୍ୟାଉଁ' କୁ ସେମାନେ 'ବୋଉ' ପରି ଡାକିବା ଆରମ୍ଭ କଲେ। ମା'ର ସ୍ନେହ ଯୋଉଠି ଭାଷା ହୋଇ ଝରିଯାଏ, ଟ୍ରେନର୍ କ'ଣ ଦରକାର ? ? ଘର ଭିତରେ ବାହାରେ ସେମାନଙ୍କର ଡିଆଁ କୁଦା ଆରମ୍ଭ ହୋଇଗଲାଣି। ବିଲେଇମାନେ ଗଛ ଉପରେ ବସିବାକୁ ଭଲ ପାଆନ୍ତି ବୋଲି ଗୋଟେ ମଲ୍ଟି ଲେଭେଲ୍ କ୍ୟାଟ୍ ଟ୍ରି ବି ରଖା ହୋଇଛି। ଦି'ଜଣଯାକ ସେଇଥିରେ ତଳ ଉପର ହେଇ ଖେଲୁ ଥାଆନ୍ତି ବା ସବା ଉପର ଥାକରେ ବସିଥାଆନ୍ତି।

କିଛି ଦିନ ହେଲା ସ୍ୱଦେଶଙ୍କ ମା'ଙ୍କ ଦେହ ଭଲ ନଥିଲା। ଏକଥା ଶୁଣି ତାଙ୍କ ମନ ଭଲ ନଥିଲା। ହଠାତ୍ ଶୁଣିଲେ ମା' ହସପିଟାଲାଇଜଡ୍ ହୋଇଛନ୍ତି। ସାଂଗେ ସାଂଗେ ବାହାରିଗଲେ। କିନ୍ତୁ ପହଞ୍ଚିଲା ବେଳକୁ ସେ ସେପାରିରେ। କାମଦାମ ସାରି ମାସକ ପରେ ଫେରିଲେ। ଇଣ୍ଡିଆରୁ ଫେରିଲା ପରେ ସେ ଗୋଟେ ଅଲଗା ମଣିଷ ହୋଇ ଯାଇଛନ୍ତି। ଦିନ ସାରା ରିମ୍ପି ଓ ଜିମ୍ପିଙ୍କ କାମରେ ବ୍ୟସ୍ତ ରହୁଛନ୍ତି। ଛୁଆ ଦି'ଟାଙ୍କର ଶୋଇବା ପାଇଁ **Cat Cabin** ଆଉ **Sleeping Bag** ଥିଲେବି ସେମାନେ ସ୍ୱଦେଶ ଓ ଆରତୀଙ୍କ ପାଖରେ ହିଁ ଶୁଅନ୍ତି। ଘର ଭିତରେ ବୋର୍ ଲାଗିଲେ ବାଡ଼ିପଟ କାଚ କବାଟ ପାଖରେ ମ୍ୟାଉଁ ମ୍ୟାଉଁ ହୋଇ ଏପଟ ସେପଟ ହେଉଥିବେ। କବାଟକୁ ରାମ୍ପୁଥିବେ। ଖୋଲିଦେଲେ ଦୌଡ଼ିକି ଲନ୍‌କୁ ପଳେଇବେ। ମନ ବୋଧ ହେଇଗଲେ ଆସି ପୁଣି କବାଟ ପାଖରେ ଖଡ଼ ଖଡ଼ କରିବେ। ଛୁଆ ଦି'ଟା ଗୋଟେ ବର୍ଷରେ ପୂର୍ଣ୍ଣ ବୟସ୍କ ହେଇଗଲେଣି। ପାଗ ଭଲଥିଲେ ନିଜେ ନିଜେ ଲନ୍‌ରେ ଖେଳନ୍ତି। ଇଗଲ ଉଠେଇନବା ଭୟ ନଥାଏ। ଘର ପଛପଟେ ଗୋଟେ ଛୋଟ ଜଙ୍ଗଲ ଭିତରେ ସରୁ ଝରଣାଟେ ବହୁଥାଏ। ତା'ରି କୂଳରେ ରହେ ଗୋଟେ ରାବିଟ୍। ପ୍ରତି ବର୍ଷ ଛୁଆ ଦିଏ, ଲନ୍‌ରେ ଛୁଆଙ୍କ ସହିତ ଖେଳେ। ଚାରି ପାଞ୍ଚଟା ଛୁଆ ଆସି ଦୁବଘାସ ସହିତ, ଆରତୀ ଲଗେଇଥିବା ପନିପରିବା, ଲେଟ୍ୟୁସ୍, ମୂଳା, ଗାଜର, ଫୁଲକୋବି ଆଦି

ଖାଇଦିଅନ୍ତି। ନାଇଲନ୍ ଜାଲ ଲଗେଇଥିଲେ ବି ସେମାନେ ରାସ୍ତା କରିନିଅନ୍ତି। ପାଟିଓରେ ସ୍ୱଦେଶ ବା ଆରତୀ ବସିଥିଲେ ବି ସେମାନେ ନିର୍ଭୟରେ ଖେଳୁଥା'ନ୍ତି। ଟିକିଏ ତଳକୁ ଓହ୍ଲାଇଲେ ବିଜୁଳି ବେଗରେ ଜଙ୍ଗଲକୁ ପଳାନ୍ତି। କିନ୍ତୁ ରିମ୍ପି ଓ ଜିମ୍ପି ଆସିଲା ଦିନଠୁ ସେମାନଙ୍କର ଏକଚାଟିଆ ଅଧିକାର ଟିକେ କ୍ଷୁର୍ଣ୍ଣ ହୋଇଛି। ମା' ରାବିଟ୍ ତା ଛୁଆମାନଙ୍କୁ ସାବଧାନତାର ସହିତ ଏମାନଙ୍କଠାରୁ ଦୂରରେ ରଖିଥାଏ। ଲନ୍‌ର ମାଲିକାନା ବିଷୟରେ ଦି'ପଟୁ ଅଧିକାର ଜାହିର କରିବାକୁ ଚେଷ୍ଟା କରାଯାଏ। ଦିନେ କେମିତି ରାବିଟ୍ ଫ୍ୟାମିଲିର ୪/୫ଟା ଧଳା ଫର୍‌ଫର୍ ଛୁଆ ପାଟିଓ ପାଖରେ ଅସତର୍କ ହୋଇ ଖେଳୁଥିଲେ। ରିମ୍ପି କୋଉଠି ଥିଲା, ପାଟିଓ ଉପରୁ ଝାମ୍ପି ପଡ଼ି ଗୋଟେ ରାବିଟ୍ ଛୁଆକୁ ଦାନ୍ତରେ ଧରି ଘରକୁ ଆସିବାକୁ ଉଦ୍ୟତ। ଆରତୀ ଜୋର୍‌ରେ ପାଟି କରି ଦୌଡ଼ିଲେ "ନୋ ନୋ ନୋ...... ଛାଡ଼ ନେଇକି ତାକୁ ତା ମା'ପାଖରେ..." ଗାଳିଦେଲା ପରି କହିଲେ। ଗୋଟେ ଅକ୍ଷମଣୀୟ ଭୁଲ ତ କରିଦେଇଛି। ବାଧ୍ୟ ଶିଶୁଟି ପରି ତଳ ମୁହାଁ ହୋଇ ରାବିଟ୍ ଛୁଆକୁ ବଡ଼ ସନ୍ତର୍ପଣରେ ନେଇ ଝରଣା ଧାରରେ ଛାଡ଼ିଦେଲା। ମା' ରାବିଟ୍ ଆସି ତାକୁ ନେଇଗଲା। ସେଇ ଦିନଠୁ ରିମ୍ପି ଓ ଜିମ୍ପିଙ୍କର ରାବିଟ୍ ଫ୍ୟାମିଲି ସହିତ ବନ୍ଧୁତା ହୋଇଗଲା। ଏବେ ସମସ୍ତେ ଏକାଠି ଖେଳନ୍ତି। କେତେବେଳେ ରାବିଟ୍ ଛୁଆ ଏମାନଙ୍କ ଉପରେ ବସିଥାନ୍ତି ତ କେତେବେଳେ ଏମାନେ ମା' ରାବିଟ୍ ଉପରେ ଶୋଇଥାନ୍ତି। ଖେଳରେ ଲାଗିଗଲେ ଖିଆପିଆ ଭୁଲିଯା'ନ୍ତି। ଆରତୀ ବାରମ୍ବାର ନାଁ ଧରି ଡାକିଲେ ବି ଶୁଣିବେନି.....କିନ୍ତୁ ..କେବଳ ଥରେ କହିବେ "ମାଡ଼ ଖାଇବ କି?" ଅତର୍ଚ୍ଛା ଦୌଡ଼ିକି ଚାଲିଆସିବେ।

ଏବେ ସ୍ୱଦେଶ ସେମାନଙ୍କ ପାଇଁ ହେଲ୍‌ଥ ଇନ୍‌ସ୍ୟୁରାନ୍ସ ନେଇଛନ୍ତି। ମାସକୁ ପ୍ରିମିୟମ୍ $25-30। ସେଥିରେ ସେମାନଙ୍କର Deworming, Delicing, Preventive checkup, Vacination ଆଦି ହୋଇଯାଏ ହସ୍‌ପିଟାଲରେ। Vet କହିଥିବା ରୁଟିନ୍ ଅନୁସାରେ ଏସବୁ କରିଦେଲେ ପେଟ୍‌ର ରୋଗବାଗ ଚିନ୍ତା ପ୍ରାୟ ନଥାଏ।

ଆଜି ଦୁହେଁ ଘରେ ବସିଥିଲେ। ପାଗଟା ଭଲ ଅଛି। ଅପରାହ୍ଣରେ ସ୍ୱଦେଶ କହିଲେ "ଆଜି ବରା, ଆଳୁଦମ୍ ଖାଇବାକୁ ଇଚ୍ଛା ହେଉଛି।"

"ମୁଁ ବି ସେମିତି ଭାବୁଥିଲି। ଚାଲ ପାଟିଓରେ ବସ। ଗରମ ଗରମ ବରା, ଆଳୁଦମ୍ ନେଇକି ଯାଉଛି।"

କଞ୍ଚାଲଙ୍କା, କଞ୍ଚାପିଆଜ ସହିତ ବରା ଆଳୁଦମ୍ ସେମାନଙ୍କୁ ବାରବାଟୀ ଷ୍ଟାଡିୟମ୍ ପାଖକୁ ନେଇଯାଏ। କଲେଜରେ ପଢ଼ିଲା ବେଳେ ଖାଉଥିଲେ। ଏତେ

ବାଟ ଆସିଲେ ବି ଭୁଲି ନାହାନ୍ତି ତା'ର ସ୍ୱାଦ ଆଉ ବାସ୍ନା। ଗରମ ବରା ବାସ୍ନାରେ ପାଟିଓ ମହକି ଯାଉଥାଏ। ଆଳୁଦମ୍ ତକ ପୋଛିପାଛିକି ଖାଇସାରିଲାପରେ ସ୍ୱଦେଶ କହିଲେ- "ରିମ୍ପି ଓ ଜିମ୍ପି ଆସିଲା ଦିନଠୁ ମୋ ଜୀବନଟା ଅଲଗା ହୋଇଯାଇଛି। ଏତେ ଆନନ୍ଦ କେବଳ ରାୟନ୍ ଓ ଆୟନ୍ ଜନ୍ମ ହେଲାପରେ ମତେ ମିଳିଥିଲା। ସେତେବେଳେ ଜୀବନର ଆବଶ୍ୟକତା ପାଇଁ Institute ବା University ରେ କାମ କରୁଥିଲି। ଏବେ ତ ଆଉ କିଛି ବାଧ୍ୟ ବାଧକତା ନାହିଁ, କାହିଁକି ଏତେ କାମଦାମ କରିବି ? ସୋସିଆଲ୍ ସିକ୍ୟୁରିଟିର ପେନ୍‌ସନ୍, ହେଲ୍‌ଥ ଇନ୍‌ସ୍ୟୁରାନ୍ସ ଆଉ ଆମ ସେଭିଙ୍ଗ୍‌ସ ତ ଅଛି ! ଚଳିବା ପାଇଁ ଅସୁବିଧା ହେବନି। ମା' ଗଲା ପରେ ଆଉ ଏତେଥର ଇଣ୍ଡିଆ ଯିବାକୁ ପଡ଼ିବନି। ଅଧିକା ପଇସା କ'ଣ ଦରକାର ? ଭାବୁଛି ଛାଡ଼ିଦେବି ଏଇ ଜବ୍‌ଟା। ରିମ୍ପି ଓ ଜିମ୍ପିଙ୍କ ସାଂଗରେ ଖେଳାଖେଳି କରି ବଳ ସମୟଟା କଟେଇ ଦେବା।"

"ମୁଁ ବି ଠିକ୍ ସେୟା ଭାବୁଥିଲି। ପୁଣି ମୁଁ ଯେମିତି ମା' ହେଇଯାଇଛି। ରାୟନ୍, ଆୟନ୍‌ଙ୍କର ସବୁ ଅଳି ଅର୍ଦ୍ଦଳୀ ଫେରି ଆସିଛି। ଏଇଟାକୁ ଉପଭୋଗ କାହିଁକି ନକରିବା ?" ଆରତୀ କହିଲେ।

ରିମ୍ପି, ଜିମ୍ପି ରାବିଟ୍‌ମାନଙ୍କ ସାଂଗରେ ଖେଳୁଥିଲେ ଲନ୍‌ରେ ଡିଆଁ ଡେଇଁ କରି। ହଠାତ୍ ସେମାନେ ପାଟିଓ ତଳକୁ ଦୌଡ଼ି ଆସିଲେ। ଗୋଲଗୋଲ୍ ପରସ୍ପର ପଛରେ ଦୌଡୁଥା'ନ୍ତି। ସ୍ୱଦେଶ ଓ ଆରତୀ ଦେଖୁଥିଲେ ସେମାନଙ୍କର ଖେଳ। ହଠାତ୍ ସ୍ୱଦେଶ ନେଳିଆ ଲୁଙ୍ଗିକୁ ଆଣ୍ଠୁ ଉପରକୁ ଭାଙ୍ଗି ଦେଇ, ଖୋର୍ଦ୍ଧା ଗାମୁଛାଟାକୁ ଅଣ୍ଟାରେ ଭିଡ଼ିଦେଇ, 'ହରିବୋଲ' ଡାକ ଦେଇ ଚାରିଫୁଟ ଉଚ୍ଚ ପାଟିଓରୁ ଲନ୍‌କୁ ଡେଇଁ ପଡ଼ିଲେ ସେମାନଙ୍କ ମଝିକୁ। ଠିକ୍ ଯେମିତି ଦୂର ଅତୀତରେ ଗାଁରେ କଛା ମାରିଦେଇ ଖଣ୍ଡି ଉପରୁ ମାଟିଆ ଫେଣ ଓ ଗୋଳିଆ ପାଣିର ଭରାନଈକୁ ଡେଇଁ ପଡୁଥିଲେ ନଈବଢ଼ି ବେଳେ....

ଆଜି ନଈବଢ଼ି ପୁଣି ଆସିଛି...

■

ଈଶ୍ୱର ବି ଜୁଆ ଖେଳନ୍ତି

ଚାରିମାସ ହେଲା ସିକାଗୋରେ ଆନ୍ୟା ପାଖରେ ଅଛି । ଝିଅ ଜୋଇଁ ଆମେରିକାର ବାସିନ୍ଦା । ବର୍ଷକୁ ମୁଁ ୪-୬ ମାସ ତାଙ୍କ ପାଖରେ ରହେ । ଆଜି ସୌମ୍ୟଠାରୁ, ଏ ବର୍ଷର 'ଭୁବନେଶ୍ୱର ଟାଟା ଲିଟ୍ ଫେଷ୍ଟ' (Tata Lit Fest, Bhubaneswar) ଫେବୃଆରୀ ପ୍ରଥମ ସପ୍ତାହରେ ହେବ ବୋଲି ମେସେଜ ପାଇଲି । ମୁଁ ତ ଜାନୁଆରୀ ପ୍ରଥମ ସପ୍ତାହରେ ଭୁବନେଶ୍ୱରରେ ପହଞ୍ଚିଯାଇଥିବି । ଦେଖି ପାରିବି । ସିଲଂରେ ଥିଲାବେଳେ 'କଲିକତା ଲିଟ୍ ଫେଷ୍ଟ'ର ମୁଁ ନିୟମିତ ଦର୍ଶକ । ଏଠି ଭୁବନେଶ୍ୱର ଆସିଲା ଦିନଠୁ ୫-୬ ବର୍ଷ ହେଲା ଟାଟା ଲିଟ୍ ଫେଷ୍ଟର ମୁଁ ପ୍ରଶଂସକ ଓ ନିୟମିତ ଦର୍ଶକ । ଓଡ଼ିଶାରେ ଏହା ସାହିତ୍ୟ ଓ କଳାର ଏକ ମହାକୁମ୍ଭ । ଦେଶ ବିଦେଶରୁ ସେଲେବ୍ରିଟି ଲେଖକ ସମାଲୋଚକ, କବି, ନାଟ୍ୟକାର ଇତ୍ୟାଦିଙ୍କୁ ଲାଇଭ୍ ଦେଖିବା ଓ ଶୁଣିବା ଏକ ବିରଳ ଅନୁଭୂତି । ଟିଭି, ଖବର କାଗଜ ବା ବିଖ୍ୟାତ ପୁସ୍ତକ ଗୁଡ଼ିକରୁ ଯାହାକୁ ଦେଖିଥାଉ, ସେମାନଙ୍କୁ ଷ୍ଟେଜ୍ ଉପରେ ଦେଖିବା ଭାଗ୍ୟର କଥା । ସମ୍ଭବ ହେଲେ ତାଙ୍କ ସହିତ ସେଲ୍‌ଫି ନିଆଯାଇପାରେ, କଫି ପିଆଯାଇପାରେ ବା ସେମାନଙ୍କର ସଦ୍ୟ ରିଲିଜ୍ ବହି ଉପରେ ଅଟୋଗ୍ରାଫ୍ ନିଆଯାଇପାରେ । ତିନିଦିନର ଭୋକଶୋଷ ଭୁଲିଲା ପ୍ରୋଗ୍ରାମ ଏଇଟା ମୋ ପାଇଁ । ସୌମ୍ୟ ତିନିଦିନର ସଂପୂର୍ଣ୍ଣ କାର୍ଯ୍ୟକ୍ରମ ପଠେଇଦେଇଥିଲା । ହ୍ୱାଟ୍‌ସଆପ୍‌ରେ ପ୍ରୋଗ୍ରାମ କାର୍ଡ଼ଟିକୁ ଖୋଲିଲି । ସେଲେବ୍ରିଟି ମାନଙ୍କର ନାଁ, ଫଟୋ ସହିତ ସଂକ୍ଷିପ୍ତ ପରିଚୟ ବି ଦିଆଯାଇଛି । ଦେଖିବା ଏଥର କିଏ କିଏ ଆସୁଛନ୍ତି ! ମଲ୍ଲିକା ସରାଭାଇ, ବଛି କର୍କରିଆ, ପଙ୍କଜ କପୁର, ପାରମିତା ଶତପଥୀ, ଗୌରହରି ଦାସ..... ଦ୍ୱିତୀୟ ପୃଷ୍ଠାରେ ମୋ ଦୃଷ୍ଟି ଅଟକିଗଲା..... ।

'ଜୁଆ'ର ପ୍ରଥମ ବାଜି - ଉଦାସ ଅପରାହ୍ନ ଓ ମନ ଆକାଶରେ ବିଜୁଳୀ ଚମକ :

କୋଳାହଳମୟ ସହରରେ ମୁଁ ଥିଲି ସଂପୂର୍ଣ୍ଣ ଏକାକୀ। ରାଜରାସ୍ତାର ଯାତାୟାତ ପରି ମୋ ଚାରିପଟେ ସମୟ ସ୍ଥିର ନଥିଲେ ବି, ମୋ ଭିତରେ ସମୟର ନଈଥିଲା ନିଃସ୍ରୋତ, ନିସ୍ତରଙ୍ଗ। କଲେଜ ଛାଡ଼ିଲା ଦିନଠୁ ସାଙ୍ଗସାଥୀମାନେ କୁଆଡ଼େ ହଜି ଯାଇଥିଲେ। ଏତେବଡ ସହରରେ ଯିଏ ଯାହାର ରାସ୍ତାରେ। ନାଁ କାହାକୁ ଫୁରସତ୍ ଦୁଃଖ ବାଣ୍ଟିବା ପାଇଁ କଲେଜରେ, ନାଁ କାହାକୁ ଅବସର ଅଛି ଅନ୍ୟ ସହ ହସିବା ପାଇଁ ପାର୍କରେ। ରୁଟିନ୍ ବନ୍ଧା ଜୀବନରେ କଲେଜରେ ପିଲାଙ୍କୁ ପଢ଼େଇବା ବା କମ୍ପିଟିଟିଭ୍ ପାଇଁ ପ୍ରସ୍ତୁତି ଛଡ଼ା ଆଉ କିଛି ନଥିଲା। ସିନେମା, ବଜାର କିମ୍ବା ପାର୍କରେ ମନ ଖୋଜୁଥିବା ବାସ୍ନାର ସତ୍ତା ବି ନଥାଏ। କମ୍ପିଟିଟିଭ୍ ମାଗାଜିନ୍ ଓ ବହିମାନଙ୍କ ଛଡ଼ା ମୋ ଚାରିପଟ ଏକଦମ୍ ନିଶୁନ୍....। ସକାଳ ଓ ସନ୍ଧ୍ୟାର ଫରକ ଷ୍ଟ୍ରିଟ୍ ଲାଇଟ ଲିଭିବାରେ ଅବା ଜଳିବାରେ। ମୋ ମନ ଷ୍ଟ୍ରିଟ୍‌ରେ କିନ୍ତୁ ନିରନ୍ଧ୍ର ଅନ୍ଧକାର।

ଅନ୍ୟଦିନ ପରି ସେ ବି ଗୋଟେ ଉଦାସ ଅପରାହ୍ନ। କିଛିଦିନ ପାଇଁ ସହର ବାହାରକୁ ଯାଇଥିଲି ଗୋଟେ ଇଣ୍ଟରଭିଉ ପାଇଁ। ଆଜି ଫେରିଲି। କଲେଜରୁ ଫେରି ଗେଟ୍ ପାଖରେ ସ୍କୁଟର ଇଗ୍‌ନିସନ୍ ବନ୍ଦ କରୁ କରୁ ମୋ ମନର ଇଗ୍‌ନିସନ୍ ଷ୍ଟାର୍ଟ ହୋଇଗଲା। ଆରପଟ ଘରର ବଗିଚାରେ ସବୁଯାକ ଗଛ ଏକାଥରକେ ଫୁଲରେ ଲଦି ହୋଇପଡ଼ିଥିଲେ। ସହରରେ ଯେଉଁ ଗୋଟିଏ କୋଇଲି ଥିଲା, ସେ ବି ଆସି ଏଠି କୁହୁ ତୋଳିବ ବୋଲି ପ୍ରସ୍ତୁତି ଆରମ୍ଭ କରୁଥିଲା। ନନ୍ଦନକାନନର ସମସ୍ତ ସୁରଭି ସେଠି ଏକତ୍ରିତ ହୋଇଯାଇଥିଲେ। ଇନ୍ଦ୍ରଧନୁର ସାତଟା ରଂଗ ସାରା ବଗିଚାରେ ବିଛେଇ ହୋଇ ପଡ଼ିଥିଲେ। ହେଲେ ଏତେ ସମ୍ଭାର ଆଜି କାହା ପାଇଁ ହୋଇଥିଲା ? ପ୍ରଜାପତିଟିଏ ଆସି ଗୋଲାପ ଡାଳରେ ବସି ପଡ଼ିଥିଲା। ସାଧାରଣ ସାଲ୍‌ୱାର ପଞ୍ଜାବୀ ପିନ୍ଧା ଝିଅଟିଏ ଗୋଲାପ ଗଛ ପାଖରେ ଛିଡ଼ା ହୋଇଥିଲା। ମୋ ମନର ସବୁଯାକ କବାଟ, ଝରକା ଏକାଥରେ ଖୋଲିଗଲେ। ମୁଁ ଯେଉଁଠି ଛୋଟ ଗୋଟେ ଦୀପାଳୀ ଖୋଜୁଥିଲି, ଏକାଥରକେ ଶହେଟା ବିଜୁଳୀ ମୋ ମନର କୋଣ ଅନୁକୋଣ ଉଦ୍‌ଭାସିତ କରିଦେଲା। ମୁହୂର୍ତ୍ତକର ଚାରିଚକ୍ଷୁର ମିଳନ ଯେମିତି କରେଣ୍ଟ ଚଲେଇଦେଲା ମୋ ଛାତିରେ ! ଅସଂଖ୍ୟ ଟିକିଟିକି ଚଢ଼େଇ ମୋ ମନ ଉଦ୍ୟାନରେ କିଚିରି ମିଚିରି ଆରମ୍ଭ କରିଦେଲେ। ସତେ ଯେମିତି ମୁଁ ଏଇ ମୁହୂର୍ତ୍ତଟାକୁ ଜନ୍ମ ଜନ୍ମ ଧରି ଅପେକ୍ଷା କରିଥିଲି। ହଠାତ୍ ସହରଟା ପ୍ରାଣ ପ୍ରାଚୁର୍ଯ୍ୟରେ ଭରି ଉଠିଲା। ମନର ପ୍ରତିଟି ରାସ୍ତାର କାନ୍ଥବାଡ଼ରେ ସେ ଝିଅଟିର ପୋଷ୍ଟର କିଏ ଲଗେଇ ଦେଇଗଲା। ବାଃ ! ଏ ସହରରେ ପୁଣି ଏତେ କୁହୁକ ଥାଇପାରେ ? ସେଇ ସନ୍ଧ୍ୟାରେ ପ୍ରଥମ କରି ଅନୁଭବ କଲି।

କିଏ ସେ ? ସ୍ଥାନୀୟ ବି.ଇଡି କଲେଜରେ ସଦ୍ୟ ଆଡମିସନ୍ ନେଇଛି । ସକାଳ ସାତଟାରୁ ଗୋଟାଏ ପର୍ଯ୍ୟନ୍ତ କ୍ଲାସ୍ । ବହୁତ ଚୁପ୍ ଚାପ୍ ଝିଅ । ପୁଅମାନଙ୍କୁ ନଜର ଉଠେଇ ଦେଖିବାକୁ ତାକୁ ଡରଲାଗେ । ଏବେ ଏବେ ସେମାନେ କୋଉଠୁ ବଦଳି ହୋଇ ରାଜଧାନୀ ଆସିଛନ୍ତି । କ୍ୱାର୍ଟରକୁ ତିନି ଚାରିଦିନ ତଳେ ହିଁ ଆସିଛନ୍ତି । ନାଁ ତା'ର ସୁଲଗ୍ନା..... ଶୁଣିଲି କଲୋନୀର ଗୋଟେ ଫାଜିଲ୍ ଝିଅ ଆନିଠାରୁ । ଆନି ମତେ ବଡ଼ଭାଇର ସମ୍ମାନ ଦିଏ ! ଛୋଟ ଝିଅଟା, ଏଇବର୍ଷ କଲେଜରେ ଆଡମିସନ୍ କରିଛି । ବେଳେବେଳେ ମତେ ଥଟ୍ଟା କରେ 'ବ୍ରିଲିଆଣ୍ଟ ଫୁଲ୍' କହି ।

ରାତିସାରା ସ୍ୱପ୍ନରେ ସୁଲଗ୍ନା ଆଉ ସୁଲଗ୍ନା.... ଅଧା ନିଦ ଆଉ ଅଧା ଚେଇଁ ରହି ଜଣକୁ ସ୍ୱପ୍ନ ଦେଖିବା କେତେ ମଜା !!

'ଜୁଆ'ର ଦ୍ୱିତୀୟ ବାଜି – ଗଙ୍ଗଶୀଉଳୀ ଓ ଖବର କାଗଜ :

ମୁଁ ସକାଳୁ ଡେରୀରେ ଉଠେ ପ୍ରାୟ ଆଠଟାରେ । ତା'ପରେ ଚା' ସହ ଗାର୍ଡେ଼ନରେ ଖବର କାଗଜଟା ପଢ଼ିଦିଏ । କାଲି ରାତିରେ ଠିକ୍ ନିଦ ହେଲାନି । ଆଜି ଟିକେ ଜଲ୍‌ଦି ଉଠି ପଡ଼ିଲି । ହକର୍ ପାହାନ୍ତାରୁ ଖବରକାଗଜ ଗାର୍ଡେ଼ନକୁ ଫିଙ୍ଗି ଦେଇ ଯାଇଥାଏ । ସୂର୍ଯ୍ୟୋଦୟ ବୋଧେ ହୋଇଆସୁଥିଲା । ଗାର୍ଡେ଼ନରେ ଚା' ଓ ଖବରକାଗଜ ନେଇ ବସିପଡ଼ିଲି । ଆରପଟ ବଗିଚାରେ ସେମିତି ରଙ୍ଗବେରଙ୍ଗ ଫୁଲର ପ୍ରାଚୁର୍ଯ୍ୟ । ଗଙ୍ଗଶୀଉଳୀ ଗଛରୁ ଫୁଲ ଝରି ଚାଲିଛି ଆକାଶରୁ ତାରା ଝରିଲା ପରି । ଗଛ ତଳେ ଫୁଲର ବହଳ ଚାଦର । ହଠାତ୍ ଯେମିତି ସୀତାରର କେଇଟା ତାରରେ କେହି କମ୍ପନ ସୃଷ୍ଟି କରିଦେଲା । ଗୁଣୁଗୁଣୁ ଗୀତ ବୋଲି ସେ ଦୌଡ଼ି ଆସୁଥିଲା ଘରୁ ବଗିଚା ଆଡ଼କୁ । ନୀଳ ସାଲୱାର, ହଳଦିଆ ଛିଟ ପଞ୍ଜାବୀ ସାଙ୍ଗକୁ କଳା ରଙ୍ଗର ଓଢ଼ଣୀ । ସୂର୍ଯ୍ୟଙ୍କର ପ୍ରଥମ କିରଣ ତା' ମୁହଁ ଉପରେ ବିଞ୍ଚି ହୋଇଗଲା । ସତେ ଯେମିତି ଚମ୍ପାଫୁଲ ଉପରେ ଅବିରର ଗୋଟେ ହାଲ୍‌କା ପ୍ରଲେପ । ପ୍ରଜାପତି ପରି ଉଡ଼ି ଆସୁଥିବା ଝିଅଟା ହଠାତ୍ ଜିଭ କାଢ଼ିଦେଇ ଅଟକିଗଲା ମତେ ସାମ୍ନାରେ ଦେଖିନେଇ । ତଳକୁ ମୁହଁ ପୋତି ଗଙ୍ଗଶୀଉଳୀ ଗଛତଳେ ଗୋଡ ଆଙ୍ଗୁଳିରେ ଗାର ଟାଣୁଥିଲା ଭୁଇଁ ଉପରେ । ମୁଁ ପ୍ରକୃତିସ୍ଥ ହୋଇ ସିଧା ହୋଇ ବସିଲି ।

"ଲଗ୍ନା ମା' !.... ଫୁଲ ଆଣିଲୁ !" ଭିତରୁ କାହାର ଡାକ ଶୁଭିଲା । ବୋଧେ ତା'ର ବାପା ! ପଛକୁ ବୁଲିପଡ଼ି ଗଙ୍ଗଶୀଉଳୀ ଫୁଲ ଗୋଟାଇବାରେ ଲାଗିଲା । ଫୁଲତକ ସେ ତା' କଳା ଓଢ଼ଣୀରେ ହିଁ ରଖୁଥାଏ । କାନିରେ କାନିଏ ହବ ଫୁଲ ସାଉଁଟି ସାରିଲା ପରେ ଦୌଡ଼ି ଚାଲିଗଲା ପଛକୁ ଗୋଟେ ନଜର ପକାଇଦେଇ । ମତେ

ଲାଗିଲା ମୋ ହୃଦୟରୁ ସବୁତକ ପ୍ରେମ ଗଙ୍ଗଶୀଉଳୀ ଫୁଲ ହୋଇ ବିଞ୍ଛି ହୋଇ ପଡ଼ିଥିଲେ। ସେ ତା' କାନିରେ ମୋର ସବୁତକ ପ୍ରେମ ସହିତ ହୃଦୟଟାକୁ ବି ଗୋଟେଇ ନେଇ ଚାଲିଗଲା !

ତା' ପରଦିନ ସକାଳୁ କାଉ କା' କରିବା ଆଗରୁ ହିଁ ମୁଁ ଉଠି ପଡ଼ିଥିଲି। ଜୀବନରେ ପ୍ରଥମ ଥର କିଛି ଥଣ୍ଡା ପବନ ପ୍ରଶ୍ୱାସରେ ନେଲି ସୂର୍ଯ୍ୟ ତାକୁ ଉଷୁମ କରିବା ପୂର୍ବରୁ। ମୁଁ ବଗିଚାର ଫୁଲ ଗଛ ମାନଙ୍କର ଯତ୍ନ ନେଉଥିଲି। ସେ ସେପଟ ବଗିଚାରେ ଅନାବନା ପତ୍ର ସଫା କରୁଥିଲା। ହଠାତ୍ ଖବରକାଗଜ ହକର୍ ଆସିଗଲା। ସେ ଫୋପାଡ଼ିବା ଆଗରୁ ଦି'ଜଣ ଯାକ ଦୌଡ଼ିଗଲୁ ଗେଟ୍ ପାଖକୁ। ଦି'ହେଁ ପେପର ଆଣିଲୁ। ପରସ୍ପରକୁ ଦେଖିଲୁ ସବୁଠୁ କମ୍ ଦୂରତାରୁ ତିନିଫୁଟ୍.... ମଝିରେ କେବଳ ତାର ବାଡ଼ର ବ୍ୟବଧାନ ! ପ୍ରଥମଥର ତା'ର ଓଠରେ ଧାରେ ହସ ଖେଳିଗଲା ମୋ ସହ ଆଖି ମିଶିବାରେ। ଲାଗିଲା ଯେମିତି ..... ମୋ ଚାରିପଟେ ମେଞ୍ଚାମେଞ୍ଚା ଜୁଇଫୁଲ ବର୍ଷା ହୋଇଗଲା। ସେ ଖବରକାଗଜ ନେଇ ସାମ୍ନା ବାରଣ୍ଡାରେ ବସିଲା। ମୁଁ ଥାଏ ଗାର୍ଡ଼େନ୍‌ରେ। ଖବରକାଗଜରେ ମତେ ଅକ୍ଷର ନଦିଶି ଦିଶି ଯାଉଥାଏ ତା'ର ଧାରେ ହସ।

କିଛିଦିନ ଚାଲିଗଲା ସକାଳର ଖବରକାଗଜ ଓ ଗଙ୍ଗଶୀଉଳୀ ଫୁଲମାନଙ୍କର ସାହଚର୍ଯ୍ୟରେ ! ସବୁଦିନ ସକାଳୁ ତା' କଲେଜ ଯିବାବେଳେ ମୁଁ ଖବରକାଗଜ ଧାରରୁ ଦେଖି ତାକୁ ବିଦାୟ ଦିଏ। ମୋ ଆଡ଼କୁ ଅଳ୍ପ ଟିକେ କଣେଇ ଚାହିଁ ସେ ଗେଟ୍ ବନ୍ଦକରି ଚାଲିଯାଏ। ସନ୍ଧ୍ୟାରେ ମୁଁ କଲେଜରୁ ଫେରିଲାବେଳେ ହସର କଢ଼ୀଟିଏ ଫୁଟିଯାଏ ତା' ଓଠରେ।

ଦିନେ ଦେଖାହୋଇଗଲା ଆନି ସହିତ ମାର୍କେଟ ବିଲଡିଙ୍ଗ୍‌ରେ। "ଚୁନୁଭାଇ ! ତୁମ ସହିତ କଥା ଅଛି। ରାଗିବନି ତ ?"

"ରାଗିବି କାହିଁକି ?"

"ସତ କହିବ ତ ?"

"ତୁ ତ କିଛି କହିନୁ ଏ ପର୍ଯ୍ୟନ୍ତ। ଶୁଣିଲେ ସିନା ଯାହା କହିବି।"

ହସି ହସି କହିଲା- "ଏବେ ବ୍ରିଲିଆଣ୍ଟ ଫୁଲ୍‌ଙ୍କ ଡେଣାରେ ପର ଲାଗିଛି କି ? ସକାଳୁ ଉଠିବାରେ ଆଉ କଲେଜରୁ ଫେରିବାରେ ଏତେ ପଙ୍କ୍‌ଚୁଆଲ କେମିତି ?"

ସତ କଥାଟା ତାକୁ କହିଲି। "ହେଲେ ତୁ କେମିତି ଜାଣିଲୁ ଏତେ କଥା ? ସ୍ପାଇଁ କରୁଛୁ ନାଁ କ'ଣ ?"

"ଲଗ୍ନା ଅପା ତୁମ କଥା କହୁଥିଲେ। ତୁମେ ଚୁନୁଭାଇ ବହୁତ ଲକ୍କି। ନହେଲେ ଲଗ୍ନା ଅପା ପରି ଝିଅ ତୁମ ପାଇଁ ଅନିଦ୍ରା ଭୋଗୁନଥାନ୍ତେ !"

"ଆରେ! ମୁଁ ତ ଏବେ ତକିଆ ନଦେଇ ତା'ରି କଥା ମୁଣ୍ଡ ତଳେ ଦେଇ ଶୋଉଛି।"

ମୋ ପାଇଁ କେହି ବିନିଦ୍ର ରଜନୀ ବିତାଉଛି। ଯାଠୁ ବେଶୀ ସୁଖ କ'ଣ ଜୀବନରେ ସମ୍ଭବ??

ଆନି ଆମ ଦି' ଜଣକ ମଝିରେ ଛିଡ଼ା ହୋଇଥିବା ଲୋକ। ଆମ ସଂପର୍କର ସୂତ୍ରଧର। ପରସ୍ପରର କଥା ଆମକୁ ଠିକ୍ ଠିକ୍ ଶୁଭିଯାଏ ତା'ଠୁ।

ଦିନେ ସକାଳୁ ସକାଳୁ ଆନି ମୋ ପଢ଼ା ଘରକୁ ଆସି କହିଲା- "ତୁମ ପାଇଁ ଗୋଟେ ସରପ୍ରାଇଜ୍ ଗିଫ୍ଟ ..... ଲଗ୍ନା ଅପା ତାଙ୍କ ବାର୍ଥଡେ କେକ୍ ପଠାଇଛନ୍ତି। ଶୁଭେଚ୍ଛା ଦେବନି?"

"ଲଗ୍ନା ପାଇଁ ଶୁଭେଚ୍ଛା ବୋହି ନେବାକୁ ଗୋଟେ ଗୁଡ୍‌ସ ଟ୍ରେନ୍ ବି ଯଥେଷ୍ଟ ହେବନିରେ ଆନି! ଗୋଟେ ଛୋଟ ଉପହାର ମୋ ତରଫରୁ ତାକୁ ଦେବୁ। କହିବୁ- ତା' ଜୀବନର ପ୍ରତିଟି ମୁହୂର୍ତ୍ତ ମୁଁ ଗଙ୍ଗଶୀଉଳୀ ଫୁଲର ବାସ୍ନାରେ ଭରିଦେବା ପାଇଁ ଇଚ୍ଛା କରେ। ଯଦି ଈଶ୍ୱର ସେତିକି କରେଇ ନ ଦିଅନ୍ତି, ତେବେ ଅତି କମ୍‌ରେ କେତେଟା ସନ୍ଧ୍ୟା ଏଇ ପରଫ୍ୟୁମ୍ ଶିଶିଟା ଯଦି ସୁରଭିତ କରିପାରିଲା ଧନ୍ୟ ହେଇଯିବି।"

ଟି.ଭି ନୂଆନୂଆ ଭୁବନେଶ୍ୱରକୁ ଆସିଥାଏ। କୋଣାର୍କ ଟି.ଭି କମ୍ପାନୀର ରୋହିଣୀ ଡିଲକ୍ସ ଟିଭି ଡ୍ରଇଙ୍ଗ ରୁମ୍‌ରେ ସ୍ଥାନ ପାଇବା ଏକ ଷ୍ଟାଟସ୍ ସିମ୍ବଲ ହୋଇଯାଇଥିଲା। କଲୋନୀରେ ୫୦-୬୦ କ୍ୱାର୍ଟରରୁ ଦୁଇ ତିନିଟା ଘରେ ଟି.ଭି ରହିଥାଏ। କ୍ରିକେଟ ମ୍ୟାଚ୍‌ର ସିଧା ପ୍ରସାରଣ କ୍ରିକେଟ ପ୍ରେମୀମାନଙ୍କୁ ପାଗଳ କରିଦେଇଥାଏ। ହଠାତ୍ ରେଡିଓ ଛାଡ଼ି ପୁଅଝିଅମାନେ କ୍ରିକେଟ୍ ମ୍ୟାଚ୍ ଦେଖିବା ପାଇଁ ଟିଭି ଆଡ଼େ ମୁହାଁଇଥାନ୍ତି। ତେଣୁ କ୍ରିକେଟ ଋତୁ ଆସିଲେ, ଟି.ଭି ଥିଲା ଲୋକମାନଙ୍କ ଘରେ କଲୋନୀ ଯାକର ପିଲାବଡ଼ଙ୍କର ଭିଡ଼। ଟି.ଭି ଦେଖା ସହିତ ଚା' କଫିର ବନ୍ଦୋବସ୍ତ କରିବାକୁ ପଡ଼େ। ସେଇ କାରଣରୁ ଆନିଙ୍କ ଘର କଲୋନୀର ପିଲାଙ୍କ ପାଇଁ ବଡ଼ ଆକର୍ଷଣ। ମୁଁ ତ କ୍ରିକେଟ ଫ୍ୟାନ୍ ନୁହେଁ, ତେଣୁ ମୁଁ ସେ ଭିଡ଼ରେ ନଥାଏ। ଦିନେ କଲେଜକୁ ଆନି ଫୋନ୍ କରି କହିଲା, "କଲୋନୀ ଯାକର ପିଲା ଆମଘରେ ଇଣ୍ଡିଆ-ପାକିସ୍ଥାନ ମ୍ୟାଚ୍ ଦେଖୁଛନ୍ତି। ତମକୁ କ'ଣ ନିମନ୍ତ୍ରଣ କରିବି?"

"ନାଇଁରେ! ଏତେ ଭିଡ଼ରେ ଯାଇ ମାଉସୀଙ୍କୁ ହଇରାଣ କାହିଁକି କରିବି? ଅନ୍ୟଦିନେ ଯିବି।"

"ସେମିତି ହବନି। ଆଜି ଇଣ୍ଡିଆ-ପାକିସ୍ଥାନ ଫାଇନାଲ୍ ଅଛି। ଆସିବ।"

ସନ୍ଧ୍ୟାବେଳେ ପହଞ୍ଚିଲା ବେଳକୁ ଘରଭର୍ତ୍ତି। ଆନି ଗୋଟାଏ ଚେୟାର

ରଖିଥିଲା । ବସୁ ବସୁ ଦେଖିଲି ଲଗ୍ନା କବାଟ ପାଖରେ ଛିଡ଼ା ହୋଇଛି । ଆନି ହସିଦେଲା । ମୁଁ ଜାଣି ପାରିଲି ତା'ର ପ୍ଲାନ୍ । ମ୍ୟାଚ୍‌ର ଟି-ବ୍ରେକ୍‌ରେ ଏଠି ବି ଚା' ବିରତି । ଆନି ଓ ଲଗ୍ନା ସମସ୍ତଙ୍କୁ ଚା' ଦେଉଥାନ୍ତି । ମୋ ପାଳି ଆସିଲା ବେଳକୁ ଆନି ଲଗ୍ନାକୁ କପ୍ ଦେଇଦେଲା । ଥରଥର ହାତରେ ମତେ ଲଗ୍ନା କପ୍‌ଟା ବଢ଼େଇଦେଲା । ଏତେ ପାଖରୁ ତାକୁ ଦେଖିଲି ପ୍ରଥମ ଥର ପାଇଁ । ଥରିଲା ହାତରେ ଚା' କପ୍‌ଟା ନେଲି । ଦୁଇଚାରି ସେକେଣ୍ଡର ଛୁଆଁ ତା' ଆଙ୍ଗୁଳୀ ସହିତ । ହାଲ୍‌କା କରେଣ୍ଟ ଯେମିତି ମୋ ଦେହରେ ସଞ୍ଚରି ଗଲା । ଗରମ ଚା' ଟିକେ ହାତରେ ପଡ଼ିଗଲା.... "ଓ !" କହି ଚମକି ପଡ଼ିଲି ।

ସରି, ସରି କହି ସେ ଅପ୍ରତିଭ ହୋଇପଡ଼ିଲା ।

"ଓକେ ଓକେ... ଡୋ'ଣ୍ଟ ଓରି... କିଛି ହେଇନି ।"

ଫେରିଗଲା ସେ ଆନି ପାଖକୁ । ଖେଳ ସରିଲା ପରେ ଆନି ଗେଟ୍ ପାଖକୁ ଛାଡ଼ି ଆସିଲା । ହସି ହସି ପଚାରିଲା, "ଆଜି କ୍ରିକେଟ୍ ମ୍ୟାଚ୍‌ଟା ଭଲ ଲାଗିଲା ତ ?"

"ମୋ ହାତ ଫୋଟକା କରିବାକୁ ଡାକିଥିଲୁ ତୁ ?"

"ଫୋଟକାଟା ହାତରେ ନାଁ କେଉଁଠି ହେଇଛି ତମେ ଜାଣିଥିବ । ଅସଲ କଥାଟା ଶୁଣ, ନିମନ୍ତ୍ରଣଟା ମୋ ତରଫରୁ ନଥିଲା !" ଅଳ୍ପ ହସି କହିଲା ।

ଆଶ୍ଚର୍ଯ୍ୟ ହୋଇଗଲି । ସତରେ ମୁଁ ଭାଗ୍ୟବାନ୍ !

"ଥ୍ୟାଙ୍କ୍‌ସ ଆନି । ମୁଁ ତୋ ପାଖରେ ଋଣୀ ।"

"ଆଜି ଲଗ୍ନା ଅପାଙ୍କର ଆମ ଘରେ ଡିନର ଅଛି । ଗୁଡ ନାଇଟ୍ ।"

କିଛି ଦିନ ପରେ ଭୁବନେଶ୍ୱର ପୁସ୍ତକମେଳା । ଭୁବନେଶ୍ୱର ପୁସ୍ତକ ପ୍ରେମୀଙ୍କ ପାଇଁ ଏକ ପ୍ରମୁଖ ଆକର୍ଷଣ । ମୁଁ ପ୍ରାୟ ସବୁଦିନ ଯାଏ । ସେଦିନ ବି ଯାଇଥିଲି । ହଠାତ୍ ଦେଖା ହେଲା ଆନି ଆଉ ଲଗ୍ନାଙ୍କ ସହିତ ।

"ଚୁନୁଭାଇ ! କ'ଣ ଏକା ଏକା ବୁଲୁଛ ? କ'ଣ ସବୁ ବହି କିଣିଲଣି ?" ଆନି ପଚାରିଲା ।

"କଲେଜରୁ ଆଜି ଟିକେ ଡେରୀରେ ଫେରିଲି । ମାତ୍ର ଦୁଇ ତିନି ଖଣ୍ଡ ବହି କିଣିଛି । ତମେ କ'ଣ କିଣିଛ ?"

"ଲଗ୍ନା ଅପା ଓ ମୁଁ ଘଣ୍ଟାଏ ହେଲା ବୁଲୁଛୁ । ତାଙ୍କର ଗୋଟେ ବହି ଦରକାର, 'ଯାଜ୍ଞସେନୀ' । କୋଉଠି ମିଳୁନି । ବୁଲିବୁଲି ଥକି ଗଲୁଣି । ଖୋଜି ଦେବକି ଟିକିଏ ?"

"ଠିକ୍ ଅଛି । ତମେ ଏଇଠି ଛିଡ଼ା ହୋଇଥାଅ । ଟିକେ ସମୟ ଦିଅ । ଚେଷ୍ଟା କରୁଛି ।"

ଭାଗ୍ୟ ଭଲ, ଅଳ୍ପ ପରିଶ୍ରମରେ ପନ୍ଦର ମିନିଟରେ ମିଳିଗଲା ।

"ନେ, ତୋ ବହି।" ତାକୁ ବହିଟାକୁ ଦେଇ କହିଲି।

ଲଗ୍ନାଠୁ ଶୁଣି ଆନି କହିଲା- "କେତେ ଟଙ୍କା ?"

"ଚାଲ ଆଗ କଫି ପିଇବା। ତା'ପରେ ଟଙ୍କା କଥା।"

ଜାନୁଆରୀ ମାସର ଶୀତ ଶୀତ ସନ୍ଧ୍ୟାରେ ଲଗ୍ନା ସହିତ ପ୍ରଥମ କଫି, ଜୀବନସାରା ମନେ ରହିବ। ପୁଣି ପଚାରିଲା ଆନି- "ଲଗ୍ନା ଅପା ବ୍ୟସ୍ତ ହେଲେଣି। କେତେ ଟଙ୍କା କହୁନ କାହିଁକି ?"

"ବହି ମୂଲ୍ୟକୁ ଛାଡ଼। ମୋର ଗୋଟେ ମୂଲ୍ୟ ଅଛି।"

"କ'ଣ କୁହ।"

"ମୁଁ ବହିରେ ଆଜିର ତାରିଖ ପକେଇ ଦେଉଛି... ମନେ ରହିବ ସବୁଦିନ ପାଇଁ। ରାଜି ତ ?"

ଲଗ୍ନା ସମ୍ମତି ଦେଲା।

କଭର ପେଜ୍‌ର ପର ପୃଷ୍ଠାରେ ତିନୋଟି ଗାର ଟାଣିଦେଇ ତା' ତଳେ ଲେଖିଦେଲି 'ଭୁବନେଶ୍ୱର ପୁସ୍ତକ ମେଳା' ଓ ଆଜିର ତାରିଖ।

କହିଲି, "ଏ ତିନିଟା ଗାର, ଆମେ ତିନିଜଣ ଆଜି ତାରିଖରେ ଆମେ ଏଇଠିଥିଲେ। ମନେ ରଖିବତ ଦି'ଜଣ ?"

ଆନି କାନରେ ଲଗ୍ନା କ'ଣ ଗୋଟେ କହିଦେଲା।

"ଲଗ୍ନା ଅପା କହୁଛନ୍ତି, ତିନିଟା ଗାର ପକେଇଦେଲେ ଋଣଟା ସୁଝି ହେଇ ଯିବନି। ତମେ ଆଜି କଫି ସହିତ ବହି ଦେଲ। ଆସି ପାରିବକି ଗୋଟେ ଦିନ ଭେନସ୍ ଇନ୍ କଫି ସହିତ ଦୋଷା ପାଇଁ ? ?"

କାନକୁ ବିଶ୍ୱାସ କରି ପାରିଲିନି। ଲଗ୍ନା ତଳକୁ ମୁହଁ ପୋତି ଛିଡ଼ା ହୋଇଥାଏ। "ଓକେ ! ମତେ ଦିନ ଆଉ ସମୟ କହିଦେବୁ...।"

"ଥ୍ୟାଙ୍କ୍‌ସ !"ଧୀର ସ୍ୱରରେ କହିଲା ଲଗ୍ନା।

ସେଦିନ ବୁଧବାର ଅପରାହ୍ନରେ ଆମେ ତିନିଜଣ ରେଷ୍ଟୁରାଣ୍ଟରେ....

"ଦୋଷା କ'ଣ ନେବାରେ ଆନି ?"

"ଓନିଅନ ମସାଲା...."

ଦୋଷା ପରେ କଫି ପିଉ ପିଉ ଲଗ୍ନାକୁ ପଚାରିଲି, "ତମେ ଏମ୍.ଏ ନପଢ଼ି ବି.ଇଡି କାହିଁକି ପଢ଼ିଲ ?"

"ବାପା ସରକାରୀ କର୍ମଚାରୀ। ଜୀବନ ସାରା କୋରାପୁଟ, ବଲାଙ୍ଗୀର ଆଦି ଜିଲ୍ଲାରେ ରହି ଆସିଛନ୍ତି। ମୁଁ ଘରେ ବଡ଼। ଦି'ଟା ସାନଭାଇ, ଦି'ଟା ସାନ ଭଉଣୀ।

ସମସ୍ତେ ଭଲ ପଢୁଛନ୍ତି। ବୋଉ ଦେହ ଖରାପ। ସ୍ୱାସ୍ଥ୍ୟ ପ୍ରାୟ ଖରାପ ରହେ। ବାପାଙ୍କର ବି ହାଇ ସୁଗାର, ବି.ପି. ଇତ୍ୟାଦି ରହିଛି। ସମସ୍ତଙ୍କର ପାଠପଢ଼ା ଓ ବୋଉର ଟ୍ରିଟ୍‌ମେଣ୍ଟ ପାଇଁ ବାପା ଭୁବନେଶ୍ୱର ଆସିଛନ୍ତି। ତେଣୁ ମୋ'ର ଚାକିରୀଟା ନିହାତି ଦରକାର। ବାପା ଏଜୁକେସନ୍ ଡିପାର୍ଟମେଣ୍ଟରେ ଚାକିରୀ କରନ୍ତି। ତେଣୁ ବି.ଇଡି ପରେ ଚାକିରୀଟେ ମିଳିଯିବାର ଆଶା ! ଓଡ଼ିଶାରେ ଯେଉଁଠି ହେଲେ ଟିଚର ଚାକିରୀଟେ ମିଳିଯିବ।

ମୋ ହିସାବଟା କେମିତି ଏପଟସେପଟ ହୋଇଗଲା ପରି ଲାଗୁଥାଏ।

କହିଲି, "ଚାକିରୀ କରିବା ଛଡ଼ା ଆଉ କିଛି ମନରେ ଅଛି କି ନାହିଁ ଭବିଷ୍ୟତରେ ?"

"ଆଉ କିଛି ମୋର ମନରେ ନାହିଁ। ବାପାଙ୍କ ଇଚ୍ଛା।"

"ଆରେ ହଁ! ଯାଜ୍ଞସେନୀ ପଢ଼ିଲଣି କି ନାହିଁ ?"

"ଟର୍ମିନାଲ୍ ପରୀକ୍ଷା ସରିଲା ଗତ କାଲି। ଆସନ୍ତା କାଲିଠୁ ଆରମ୍ଭ କରିବି।"

"ଲଗ୍ନା ଅପା ସ୍ପେଶାଲ୍ କ୍ଲାସ ଅଛି ବୋଲି କହି ଆସିଛନ୍ତି। ଜଲ୍‌ଦି ଘରେ ନପହଞ୍ଚିଲେ ସେମାନେ ବ୍ୟସ୍ତ ହେବେ।" ଆନି କହିଲା।

"ଆଜିର ଦୋଷାଟା ଭଲ ହୋଇଥିଲା। ଆଉ ଦିନେ ଟେଷ୍ଟ କରାଯାଇପାରିବକି ?"

ଲଗ୍ନାକୁ ପଚାରି ଆନି କହିଲା- "ଆସନ୍ତା ସପ୍ତାହରେ ଆଜିଦିନରେ ଏଇ ସମୟରେ ଏଇଠି।"

"Thanks Good Girls ! ଗୁଡ ନାଇଟ୍।"

ସକାଳୁ ସକାଳୁ ପେପର ହକରଠାରୁ ପେପର ଆଣିବା, ପେପର ପଢ଼ିବା ରୁଟିନ୍‌ରେ ପଡ଼ିଗଲା। କିନ୍ତୁ ଘରେ ଆମେ କେବେ କଥା ହେଉନି।

ତା'ପର ବୁଧବାର। ଆଜି ମୋର ଜନ୍ମ ଦିନ। ଲଗ୍ନାକୁ ସରପ୍ରାଇଜ୍ ଦେବି ବୋଲି ଭାବିଥିଲି। ସେ କିନ୍ତୁ ମୋ ଆଗରୁ ଆସି ଯାଇଥିଲା।

"ଲାଷ୍ଟ ପିରିଅଡ଼ରେ ଗୋଟେ କ୍ଲାସ୍ ଥିଲା ଡେରୀ ହୋଇଗଲା। ସରି...."

"ମୋର କିନ୍ତୁ ଆଜି ଏକ୍ସଟ୍ରା କ୍ଲାସ୍ ଟିକେ ଜଲ୍‌ଦି ସରିଗଲା। ତେଣୁ ମୁଁ ଟିକେ ଆଗରୁ ପହଞ୍ଚିଛି।"

"ଆଜି କ'ଣ ନେବା ? ଓନିଅନ୍ ମସାଲା ନାଁ ରାୱା ?" ପଚାରିଲି ତା'କୁ।

"ଆଜି ନେବା ରାୱା ମସାଲା। କିନ୍ତୁ ଗୋଟେ କଫି ଅଧା ଅଧା... ଆଜିଠୁ ମନେରଖିବା ଏଇ କଥାଟା... ଯେତେବେଳେ ଏକାଠି ବସିବା କଫିଟା ସେଆର କରିବା '50:50'।"

"ଜୀବନ ସାରା ମନେ ରହିବ।"

ନିଜର ଛୋଟ ବ୍ୟାଗ୍ ଖୋଲି ଛୋଟ ଗୋଟେ ଟିଫିନ୍ ବକ୍ସ ସହିତ ଚାମଚ ମୋ ଆଡ଼କୁ ଦେଇ କହିଲା- "ଆଜି ତୁମର ବାର୍ଥଡେ, ଘରେ ଖିରି କରିଥିଲି। ଚାଖିଲେ ଖୁସୀ ହେବି। ପ୍ରଥମ ଚାମଚଟା ତମେ ନେଲା ପରେ ଦ୍ୱିତୀୟ ଚାମଚଟା ମତେ ଦେବ।"

"ମୋ ପାଇଁ ତ ଏଇଟା ଗୋଟେ ବଡ଼ ସରପ୍ରାଇଜ୍! ତମେ କେମିତି ଜାଣିଲ?

"ଇଚ୍ଛା ଥିଲେ ମିଳିଯାଏ ସବୁ ଜିନିଷ। ସେଦିନ ତୁମର ପରଫ୍ୟୁମ ଶିଶିଟା ମୋ ପାଇଁ ସରପ୍ରାଇଜ୍ ଥିଲା। ଆଜି ତୁମ ପାଇଁ ଏଇଟା..."

ଗୋଟେ ଚାମଚ ନେଇ ଚାଖିଲି, "ବହୁତ ବଢ଼ିଆ ହେଇଛି, କିନ୍ତୁ ଗୋଟିଏ ଚାମଚ ଖିରୀ ହିଁ ତମକୁ ଦେବି, ବାକୀ ସବୁତକ ମୋର।"

"ତୁମ ଇଚ୍ଛା... ।" ହସିଲା ସେ ତଳକୁ ମୁହଁ ପୋତି।

"ହଁ, 'ଯାଜ୍ଞସେନୀ' ପଢ଼ିସାରିଲିଣି। ପଚାରିବନି କି ତା' ବିଷୟରେ?"

"କୁହ ତେବେ।"

"ପଢ଼ିଲି। ଝିଅମାନଙ୍କ ଜୀବନ ଏଇପରି। ଜୀବନର ସବୁ ଭାର ବହିସାରିଲା ପରେ ବି ସେମାନଙ୍କୁ ଭୁଲ ବୁଝାଯାଏ। ମନର କଥାକୁ ସେମାନେ ନିଜ ଭିତରେ ରଖି ମରୁଥାନ୍ତି ପ୍ରତି ମୁହୂର୍ତ୍ତରେ।"

"କାହିଁକି ଏମିତି ଭାବୁଛ?"

"ଯାଜ୍ଞସେନୀଙ୍କର କ'ଣ କିଛି ଇଚ୍ଛା ନଥିଲା? ବାପାଙ୍କ ପ୍ରତିଜ୍ଞା ପାଇଁ ଅର୍ଜୁନଙ୍କୁ ନିଜର କଲେ। ମାତ୍ର କୁନ୍ତୀଙ୍କର ପଦେ କଥାରେ ତାଙ୍କ ଜୀବନଟା ନର୍କ ହୋଇଗଲା। କେହି ବି ତାଙ୍କୁ ପଚାରିଲେନି ତାଙ୍କ ଇଚ୍ଛା କ'ଣ ଥିଲା?"

"କିନ୍ତୁ ସେ ତ ମନା କରି ପାରିଥାନ୍ତେ! ସେତକ ସ୍ୱାଧୀନତା ତ ତାଙ୍କର ଥିଲା!"

"ତାଙ୍କର ସେତିକି ସ୍ୱାଧୀନତା ଥିଲା, ଯେତିକି ସମାଜ ତାଙ୍କୁ ଦେଇଥିଲା!"

"ହେଲେ ଗୋଟେ କଥା ଟିକେ ଭାବ। ଆଜି ବି ପୁରୁଷ ବା ସ୍ତ୍ରୀ ଦି'ଜଣଙ୍କୁ ସମାଜ ବା ନିଜ ପରିବାର ପାଇଁ ପ୍ରତିଦାନର ଆଶା ନରଖି ସ୍ୱତଃ ପ୍ରବୃତ୍ତ ଭାବରେ ଅଧିକା କିଛି କରିବାକୁ ପଡୁଛି କି ନାହିଁ? ସେଇଟାକୁ ତ୍ୟାଗ କୁହାଯାଏନି। କୁହାଯାଏ କର୍ତ୍ତବ୍ୟ। ତ୍ୟାଗ ଓ କର୍ତ୍ତବ୍ୟ ଭିତରେ ଏତିକି ଫରକ। ତୁମେ କ'ଣ ଭାବୁଛ?"

"ସତ କଥା ତ! ମୁଁ ଏମିତି ଭାବିନଥିଲି। ବହିଟା ପଢ଼ିଲା ପରେ ଏମିତି ଗୋଟେ ଭାବନା ଆସିଯାଇଥିଲା। ତୁମ କଥାରେ ମୁଁ ରାଜି। ପରିବାର ପାଇଁ ନିଜର ବୋଲି କିଛି ନାହିଁ। ସାରା ଜୀବନଟା ବି କମ୍ ପଡ଼ିଯାଇପାରେ!"

"ଛାଡ଼ ଏସବୁ। ଏତେ କମ୍ ବୟସରେ ଏତେ କଥା ଭାବନି। ଟିକେ ଆଶାବାଦୀ ହୁଅ।"

"ଚେଷ୍ଟା କରିବି। ଗୁଡ୍ ନାଇଟ୍ କହି ପାରିବିକି ?"

"ଅଫକୋର୍ସ ! ଗୁଡ୍ ନାଇଟ୍।"

ଆଉ ଦିନେ। କଲେଜ୍‌ରୁ ଫେରି ସ୍କୁଟର ଷ୍ଟାଣ୍ଡ ମାରି ଗେଟ୍ ଖୋଲୁଥିଲି। ଲଗ୍ନାର ବଡ଼ବାପା କୁଆଡୁ ସାଇକେଲ୍‌ରେ ଆସି ପହଞ୍ଚିଲେ। ଆଗରୁ କଥାବାର୍ତ୍ତା ତ ହେଇନଥିଲା। ଭଦ୍ରାମି ଖାତିରରେ ସାମ୍ନାରେ ଦେଖି ନମସ୍କାର କଲି। ଭିତରକୁ ଯାଇ ଗେଟ୍ ବନ୍ଦ କଲାବେଳକୁ ସେ ପଚାରିଲେ, "ତୁମ ନାଁ କ'ଣ ?"

"ନିର୍ବାଣ ମହାପାତ୍ର, ଘରେ ଚୁନୁ ବୋଲି ଡାକନ୍ତି।"

"କ'ଣ କରୁଛ ?"

"ମୁଁ ଏବେ ରାଜଧାନୀ କଲେଜରେ ଆଡ୍‌ହକ୍‌ରେ ଅଛି। ଇଂଲିଶ ଲିଟରେଚର ପଢ଼ାଏ।"

"ଏଇ କ୍ୱାର୍ଟରରେ ଏକା ରହୁଛ ?"

"ହଁ। ମୋ ଦାଦାଙ୍କ କ୍ୱାର୍ଟର ଏଇଟା। ସେ କଟକରୁ ଯିବା ଆସିବା କରନ୍ତି। କଲେଜରେ ପଢ଼ିଲାଦିନୁ ମୁଁ ଏଠି ରହୁଛି। ବାପା, ମା' ଗାଁରେ।"

"ହଉ, ଧନ୍ୟବାଦ।"

ବିଲ୍‌କୁଲ୍ ଡରିଗଲି। କିଛି ଅସୁନ୍ଦର କଥା ସେ ଦେଖିଲେ କି ? ଲଗ୍ନା ସହ ସଂପର୍କକୁ ସେ କେମିତି ଜାଣିଲେ କି ? ଶହେଟା ପ୍ରଶ୍ନ, ଦୁଇଶଟା ଆଶଙ୍କା ମୋ ମନରେ ! ତିନିଚାରି ଦିନ ପରେ ଲଗ୍ନା ସହ ତାଙ୍କ କଲେଜ ଗେଟ୍ ପାଖରେ ଦେଖା କଲି। ପଚାରିଲି ଏଇ କଥା। ସେ କହିଲା- "ବଡ଼ବାପା ବାପାଙ୍କ ସହିତ କ'ଣ କଥା ହେଉଥିଲେ- 'ମହାପାତ୍ର' କେଉଁ ଜାତି ବୋଲି। ଅଧିକା ମୁଁ ଜାଣିନି। ତୁମ ସହିତ ତାଙ୍କର ଦେଖା ହୋଇଛି ବୋଲି ବି ମୁଁ ଜାଣିନି।"

"ଆଜି ଭେନସ୍ ଇନ୍‌ରେ ପାଞ୍ଚଟା ବେଳେ ଟିକେ କଥା ହେବା ?"

ଭେନସ୍ ଇନ୍... ଅପରାହ୍ନ ପାଞ୍ଚଟା....

"ଲଗ୍ନା ! କିଛି ପରିମାଣରେ ଆମେ ପରସ୍ପରକୁ ଜାଣିଲେଣି। ଏତିକିରେ ତ ଅଟକି ଯିବାନି। ଏଠୁ ଆଗକୁ ଯିବା କଥା କ'ଣ ଭାବୁଛ ?"

"ତୁମେ ଆଗ କହ।" ମୁହଁ ପୋତି ସେ କହିଲା।

"ମତେ ଘରେ କହିବାକୁ ପଡ଼ିବ। ଏତେ ଅସୁବିଧା ନହୋଇପାରେ।"

"ହେଲେ, ମୁଁ କ'ଣ କରିବି ? କାହାକୁ କହିବି ? ସେଥିରେ ପୁଣି

ବଡ଼ବାପାଙ୍କର ଜାତି କଥା ଉଠିଲାଣି। କ'ଣ ହବ ମୁଁ ବୁଝିପାରୁନି।" ଲୁହ ତା'ର ଝରି ଆସୁଥିଲା...

"ଠିକ୍ ଅଛି। କ'ଣ ହେବ ପଛରେ ଦେଖିବା। ଏବେଠୁ ବ୍ୟସ୍ତ କାହିଁକି ହବା? ଆଜିପାଇଁ କ'ଣ କହୁଚ କହ।"

ଲୁହ ପୋଛି କହିଲା- "ଏବେ ଗୋଟେ ପାମିଷ୍ଟ୍ରି ବହି ପଢୁଛି। ତୁମ ଦି'ହାତ ଯୋଡ଼ି ଦେଖାଅ ତ।"

"ଟିକିଏ ରହ। ଏତେ ବଡ଼ ଜିନିଷ ଯଦି ତମର ଦେଖିବାର ଇଛା, ମୁଁ ଟିକେ ଭଲ କରି ହାତ ଧୋଇ କରି ଆସେ। ରେଖା ଗୁଡ଼ାକ ପରିଷ୍କାର ଦିଶିବା ଦରକାର।"

ଓ୍ୟାଶ୍‌ରୁମ୍‌ରୁ ହାତ ଧୋଇ ଫେରିଲା ବେଳକୁ ପକେଟରେ ରୁମାଲ ନଥିଲା। ଟେବୁଲ ଉପର ଟିସୁ ପେପର ଆଡ଼କୁ ହାତ ବଢ଼ାଇଲା ବେଳକୁ ଲଗ୍ନା ତା' ରୁମାଲଟା ବାହାର କରି କହିଲା, "ନିଅ ଏଇଟା। ଟିସୁ କାମ ଦବନି। ମୋର ରେଖା ଗୁଡ଼ାକ ପରିଷ୍କାର ଦରକାର।" ତା' ରୁମାଲରେ ହାତ ପୋଛି ପକେଟରେ ପୁରେଇବାକୁ ବାହାରିଲି।

"ଆରେ ଆରେ! ମୋ ରୁମାଲ ଦିଅ।"

"ମୋ ପାଖରେ ଏଇଟା ଥାଉ। ସବୁଦିନ ପାଇଁ ରଖିଲେ ତୁମର କିଛି ଆପତ୍ତି ଅଛି କି?"

ହଠାତ୍ ସେ ଛଳଛଳ ଆଖିରେ କହିଲା- "ତମେ ଜାଣିନକି? ରୁମାଲ ଦେଲେ, ଯାହାକୁ ଦେବ, ତା' ମନରୁ ଭଲ ପାଇବା କମିଯାଏ। ପ୍ଲିଜ୍ ମତେ ରୁମାଲଟା ଫେରେଇ ଦିଅ। ଏମିତି କେତେ କଥା ବାହାରିଲାଣି। ତା' ସହିତ ତୁମକୁ ରୁମାଲଟା ଦେଇ ଅଧିକା ରିସ୍କ ମୁଁ ନବାକୁ ଚାହୁନି। ପ୍ଲିଜ୍... ଚୁନୁଭାଇ! ମୋ କଥା ମାନ, ମୋ ରୁମାଲଟା ଦେଇଦିଅ।"

"ମତେ କିନ୍ତୁ ଏଇଟା ବିଶ୍ୱାସଯୋଗ୍ୟ ନୁହେଁ। ତଥାପି ତମେ ଯଦି ଏତେ ସେଣ୍ଟିମେଣ୍ଟାଲ ଫିଲ୍ କରୁଛ ନିଅ ତୁମର ରୁମାଲଟା। କିନ୍ତୁ ମୋ ମନରେ ଗୋଟେ ଅବଶୋଷ ରହିଯିବ। ମୋ ପାଖରେ ତମ ରୁମାଲଟା ଥିଲେ ମତେ ଆଉ ସପ୍ତାହଟେ ଅପେକ୍ଷା କରିବାକୁ ପଡ଼ନ୍ତାନି। ପ୍ରତି ମୁହୂର୍ତ୍ତରେ ତମେ ମୋ ସହିତ ରହିଥା'ନ୍ତ!"

ମୋ ହାତରୁ ରୁମାଲଟା ନେଉ ନେଉ କହିଲା।

"ତୁମେ ଯାହାବି କହ, ମୁଁ ତୁମକୁ ରୁମାଲ ଦେବି ନାହିଁ। ସ୍ୱାର୍ଥପର କହିପାର! ଛାଡ଼ ସେସବୁ। ଏବେ ଦୟା କରି, ଦୁଇ ହାତ ଯୋଡ଼ି ଦେଖାଅ ତ।"

ଦୁଇହାତ ଯୋଡ଼ି ଦେଖାଇଲି। ପେନ୍‌ସିଲ୍‌ରେ ହାତର ରେଖା ସବୁ ଯୋଗ

ବିଯୋଗ କରି କହିଲା- "ତମେ ବହୁତ ଭାଗ୍ୟବାନ୍। ଜୀବନଟା ତୁମର ସୁଖମୟ ହେବ। ସବୁ ଖୁସୀ ମିଳିଯିବ।"

"ତୁମ ତୁଣ୍ଡ ସୁତୁଣ୍ଡ ହେଉ। କିନ୍ତୁ ଏବେ ଯୋଉ ଖୁସୀଟା ଦରକାର ସେଇଟା ତ ମିଳୁ! ଭଗବାନଙ୍କୁ ମୋ ପାଇଁ ଡାକ।"

"ଡାକିବି ନିଶ୍ଚୟ।"

"ହେଲେ, ତୁମ ହାତର ରେଖା କ'ଣ କହୁଛି?"

"ମୋ' କଥା ପଚାରନି। ପାମିଷ୍ଟ୍ରି ବହି କହୁଛି, ନିଜ ହାତର ରେଖା ନିଜେ ପଢ଼ିବା ଉଚିତ୍ ନୁହଁ। ଫଳ ଠିକ୍ ଆସିବନି।"

"ତା'ହେଲେ ମତେ ପାମିଷ୍ଟ୍ରି ଶିଖେଇଦିଅ। ମୁଁ ତୁମର ରେଖା ସବୁ ଦେଖିନେବି।"

"ମୁଁ ପୁରା ପଢ଼ିସାରେ, ତମକୁ ଦେବି।"

"ଲଗ୍ନା! ଗୋଟେ କଥା ପଚାରିବି। ପାମିଷ୍ଟ୍ରି ବହି ଦେଖ, ଯଦି ରେଖା ମିଶୁନି, ମିଶିବା ପାଇଁ ମୋ ହାତରେ ରେଖା ବନେଇ ହେବନି? ଯଦି ଜାତି-ପତିର ସମସ୍ୟା ଅଛି କେତେଟା ରେଖା କାଟିଦେଲେ ତ ସମସ୍ୟାଟା ସମାଧାନ ହୋଇଯିବା ଉଚିତ। ତୁମେ ଆଉଥରେ ଆମ ଦି' ଜଣକ ହାତ ଦେଖ, ଯଦି ଅସୁବିଧା ଥାଏ ମୁଁ ନୂଆ ରେଖା ଟାଣି ଦେବା ପାଇଁ ପ୍ରସ୍ତୁତ।"

"ଏମିତି କ'ଣ ହୁଏ ଚୁନୁଭାଇ? ଏଇଟା ବିଧାତାର ଗାର, ମଣିଷ ହାତରେ କ'ଣ ଅଛି?" ଉଦାସ ସ୍ୱରରେ ସେ କହିଲା।

ଓନିଅନ୍ ମସାଲା ଦୋଷା ସହିତ ଗୋଟିଏ '50:50' କଫି ପିଇ ଫେରିଲୁ।

ସେଦିନ ଫରେଷ୍ଟ ପାର୍କରେ ବସିଥିଲୁ। ସାମ୍ନାରେ ଗୋଟେ ଗଙ୍ଗଶିଉଳୀ ଗଛ। ମନେ ପଡ଼ିଗଲା ପ୍ରଥମ ଦିନର ଲଗ୍ନା ସହିତ ଗଙ୍ଗଶିଉଳୀ ଫୁଲର ଦୃଶ୍ୟ।

"ସେଦିନଠୁ ମୁଁ ଗଙ୍ଗଶିଉଳୀର ବାସ୍ନାରେ ବିଭୋର। ଜୀବନ ସାରା ମୋର ଗଙ୍ଗଶିଉଳୀର ସୁଗନ୍ଧରେ ମହକିତ କରିପାରିବ ତ?" ପଚାରିଲି ଲଗ୍ନାକୁ।

"କିନ୍ତୁ ଗଙ୍ଗଶିଉଳୀର କାହାଣୀ ତମେ ଜାଣିଛ କି?" ମତେ ପଚାରିଲା ସେ।

"ନାଁ। ତମେ ତ ବୋଟାନୀର ଷ୍ଟୁଡେଣ୍ଟ, କୁହ।"

"ଶୁଣ ତେବେ। ଯାର ବୋଟାନିକାଲ ନାଁର ଅର୍ଥ ହେଉଛି 'Tree of Sorrow', 'ଦୁଃଖର ପାଦପ'। ରାତ୍ରିର ଦୁଃଖ ଯନ୍ତ୍ରଣାର ଲୁହ ସକାଳୁ ଫୁଲ ହୋଇ ଝରିଯାଏ। ବଙ୍ଗଳାରେ ଯାର ନାମ ଶେଫାଳୀ। ସଂସ୍କୃତରେ ପାରିଜାତ। ସମୁଦ୍ର ମନ୍ଥନରୁ ଯାର ଉତ୍ପତ୍ତି। ସ୍ୱର୍ଗରୁ ମର୍ତ୍ତ୍ୟକୁ ଆସିବାର ଗୋଟେ ସୁନ୍ଦର କାହାଣୀ ଅଛି। ଶ୍ରୀକୃଷ୍ଣ ସ୍ୱର୍ଗରୁ

ପାରିଜାତ ପୁଷ୍ପ ଆଣି ରୁକ୍ମିଣୀଙ୍କୁ ଉପହାର ଦେବାରୁ ସତ୍ୟଭାମା ରୁଷିଗଲେ। ତା'ଙ୍କ ପାଇଁ ଶ୍ରୀକୃଷ୍ଣ ଗୋଟେ ପାରିଜାତ ବୃକ୍ଷ ହିଁ ନେଇଆସି ତାଙ୍କ ଦ୍ୱାର ପାଖରେ ଲଗେଇ ଦେଲେ। ବୃକ୍ଷଟି ବଡ଼ ହେଲା। ମାତ୍ର ରୁକ୍ମିଣୀଙ୍କ ଘର ଆଡ଼କୁ ଢ଼ଳିକରି ରହିଲା। ତେଣୁ ଫୁଲତକ ସବୁ ରୁକ୍ମିଣୀଙ୍କ ଅଗଣାରେ ପଡ଼ିଲା, ତାଙ୍କର ଅଧିକା ଭକ୍ତି ପାଇଁ। ସେଥିପାଇଁ ସତ୍ୟଭାମା ପାରିଜାତକୁ ଅଳ୍ପ ଆୟୁଷର ଅଭିଶାପ ଦେଲେ- ରାତିରେ ଫୁଟି ସକାଳୁ ସୂର୍ଯ୍ୟୋଦୟ ପୂର୍ବରୁ ଝରିଯିବାପାଇଁ। କିନ୍ତୁ ଗଙ୍ଗଶୀଉଳୀ ରହିଗଲା ଭଲପାଇବାର ପ୍ରତୀକ ହୋଇ। ମୁଁ ବି ଲକ୍ଷ୍ୟ କରିଛି ଏଇ ବର୍ଷେ ଦି' ବର୍ଷ ଭିତରେ ଆମ ଗଛଟି ବଡ଼ ହୋଇଯାଇଛି କିନ୍ତୁ ବଢ଼ି ଯାଇଛି ତୁମ ପଟକୁ। ଏବେ ବେଶୀ ଫୁଲ ପଡୁଛି ତୁମ ତାର ବାଡ଼ ସେପଟେ। ଗଙ୍ଗଶୀଉଳୀ ବୋଧେ ତୁମ ମନକଥା ଜାଣିଦେଇଛି। କାହାଣୀଟି ଶୁଣିଲା ଦିନଠୁ ଏମିତି ଭାବୁଛି।" ହସି ହସି କହିଲା ଲଗ୍ନା।

"ନିଜକୁ ଭାଗ୍ୟବାନ୍ ମନେ କରୁଛି ଏ ଅକିଞ୍ଚନ, ଗଙ୍ଗଶୀଉଳୀର ବିଶ୍ୱାସ ଓ ଭଲପାଇବା ପାଇଁ। ଜୀବନସାରା ଏଇଟା ରହିଲେ ହେଲା।"

"ମୁଁ ବି ସେଇଆ ଭାବେ। ମାତ୍ର ମୋର ଡ଼ର ତା'ର ଇଂଲିଶ ନାଁଟାକୁ। ଜୀବନରେ ଯାହା ହେଉ ପଛେ ଦୁଃଖ ନଝରୁ ତୁମ ଜୀବନରେ।"

"କାହିଁକି ତମେ ଏମିତି ଭାବୁଛ ? ଯାହା ହେଲେ ବି ଆମ ବଗିଚାରେ କିଛି ଗଙ୍ଗଶୀଉଳୀ ଫୁଲ ଗଛ ରଖିବା ଆଉ ଚେଷ୍ଟା କରିବା ସେଥିରୁ ସୁଖ ଝରାଇବା ପାଇଁ। ଇଂଲିଶ ନାଁଟା ଭୁଲ ବୋଲି ପ୍ରମାଣିତ କରିଦେବା।"

"ମତେ ତ ଡର ଲାଗୁଛି। କ'ଣ ହେବ କେଜାଣି ?" ଲଗ୍ନା ମୁହଁ ଶୁଖେଇକି କହିଲା।

'ଜୁଆ'ର ତୃତୀୟ ବାଜି – ନଈ ଦି'ଧାରରେ ବହିଗଲା:

ଆଜି କ୍ଲାସ ନେଉଥିଲି। ପ୍ରିନ୍‌ସିପାଲଙ୍କ ରୁମ୍‌ରୁ ଡାକରା ଆସିଲା। କିଛି ଅସୁବିଧା ହେଇନି ତ ମୋ ତରଫରୁ ? ଛାତିରେ ଅଳ୍ପ ଅଳ୍ପ ଡର ନେଇ ପହଞ୍ଚିଲି ପ୍ରିନ୍‌ସିପାଲଙ୍କ ଚାମ୍ବରରେ।

"କଂଗ୍ରାଚୁଲେସନ୍‌ସ ନିର୍ବାଣ ! ତମେ ଗୋଟେ ବଡ଼ ପାର୍ଟିଦେବ।"

"କ'ଣ ହେଇଛି ସାର୍ ?"

"ନିଅ ତୁମର ଆପଏଣ୍ଟମେଣ୍ଟ ଲେଟର। NEHU (North Eastern Hill University) ରେ ସିଧା ଆସିଷ୍ଟାଣ୍ଟ ପ୍ରଫେସର ପାଇଛ। NEHU ପରିକା ସମ୍ମାନଜନକ ସେଣ୍ଟ୍ରାଲ ୟୁନିଭର୍ସିଟିରେ ପାଇବା ତୁମ ପାଇଁ ତ ଖୁସୀର କଥା। ଆମ ପାଇଁ ବି ଗର୍ବର

ବିଷୟ। NEHUର ଭାଇସ୍‌ଚାନ୍‌ସେଲର କାଲି ରାତିରେ ମୋ ସହ ଫୋନ୍‌ରେ କଥା ହେଲେ। ଆଜି ଫାକ୍ସ ଆସି ପହଞ୍ଚିଛି। ମାସେ ଭିତରେ ଜଏନ୍ କରିବାକୁ ପଡ଼ିବ। ଏଠୁ ରିଲିଜ୍ ପାଇଁ କିଛି ଅସୁବିଧା ନାହିଁ। ମୁଁ ସବୁ ସୁବିଧା କରିଦେବି। ତମେ ତମର ପ୍ରସ୍ତୁତି ଆରମ୍ଭ କର।"

ଆସି ଟିଚର୍‌ସ କମନରୁମ୍‌ରେ ବସିପଡ଼ିଲି। ସବୁ ସିନିଅର ଓ ସହକର୍ମୀ ମାନଙ୍କଠାରୁ ଅଭିନନ୍ଦନର ବର୍ଷା ଭିତରେ ମୁଁ ନୀରବ ନିଥର ହୋଇଯାଇଥାଏ। ବୁଝି ପାରୁନଥିଲି କ'ଣ କରିବି? ଭାଗ୍ୟ କୁଆଡ଼େ ନେଉଛି??

କ୍ୱାର୍ଟରରେ ପହଞ୍ଚିଲା ବେଳକୁ ସନ୍ଧ୍ୟା ହୋଇଯାଇଥାଏ। ଲଗ୍ନା ବୋଧେ ବାରଣ୍ଡାରେ ଅନ୍ଧାରରେ ବସିଥାଏ। ସାରା ଦୁନିଆଁଟା ମତେ ଅନ୍ଧାର ଅନ୍ଧାର ଦିଶୁଥାଏ। ରାତିରେ ସେଦିନ ଶୋଇପାରିଲିନି। ବହୁତ ଡେରୀରେ ନିଦ ହେଲା ଗୋଟେ ପିଲ୍ ନେଲାପରେ। ସକାଳୁ ଉଠୁ ଉଠୁ ପ୍ରାୟ ନ'ଟା। ପେପରଟା ଗେଟ୍ ପାଖରେ ପଡ଼ିଥାଏ। ଲଗ୍ନା ବୋଧେ କଲେଜ ଚାଲିଯାଇଥିଲା!

କଲେଜରେ ଆନିର ଫୋନ୍ ପାଇଲି। "ଚୁନୁଭାଇ! କ'ଣ ହେଇଛି ତମର? କିଛି ଅସୁବିଧା ନାହିଁ ତ?"

"ଏବେ କ୍ଲାସ ଅଛିରେ ଆନି! ଲମ୍ବା ଷ୍ଟୋରୀ... ଆଜି ପାଞ୍ଚଟା ବେଳେ ତୁମ କଲେଜ ସାମ୍ନା ସାଉଥ ଇଣ୍ଡିଆନ୍ ରେଷ୍ଟୁରାଣ୍ଟ। ପ୍ଲିଜ୍ ଆସିବୁ ତୁ ଏକା।"

"ଠିକ୍ ଅଛି ଚୁନୁ ଭାଇ! ମୁଁ ଆସିବି।"

ସବୁ ଶୁଣି ସେ କହିଲା- "ତମେ ବ୍ୟସ୍ତ ହୁଅନା। ଲଗ୍ନା ଅପାଙ୍କୁ କହିବାନି। ସେ ହତାଶ ହୋଇଯିବେ। ମତେ ତିନି ଚାରିଦିନ ସମୟ ଦିଅ। ମୁଁ ବୋଉକୁ କହି ମାଉସୀଙ୍କ ସହିତ କଥାବାର୍ତ୍ତା କରାଏ। ଈଶ୍ୱରଙ୍କ ଠାରେ ଆଉ ଲଗ୍ନା ଅପାଠାରେ ବିଶ୍ୱାସ ରଖ। ସବୁ ଠିକ୍ ହୋଇଯିବ।"

ଟେଷ୍ଟ ପରୀକ୍ଷା ପର୍ଯ୍ୟନ୍ତ କୋର୍ସତକ ସାରିଦେବା ମୋ କର୍ତ୍ତବ୍ୟ ବୋଲି ଭାବିଲି। ପ୍ରିନ୍‌ସିପାଲଙ୍କୁ କହିଲି- "ସାର୍! କେତେଟା ଏକ୍ସଟ୍ରା କ୍ଲାସ ପାଇଁ ଅନୁମତି ଦିଅନ୍ତୁ।"

"ଖୁବ୍ ଭଲ କଥା। ଅଫିସରୁ ନୋଟିସ ବାହାର କରେଇଦିଅ।"

ଦୁଇ ସପ୍ତାହ ଲାଗିବ ଏତିକି କାମ ପାଇଁ। ଏ ସପ୍ତାହରେ ବୁଧବାର ଯାଇ ହେଲାନି। ଆନିକୁ କହି ଦେଇଥିଲି। ଦି'ଦିନ ପରେ କଲେଜରେ ଗୋଟେ ଲଫାପା ପାଇଲି। ଲଗ୍ନାର ହସ୍ତାକ୍ଷର। ଖୋଲି ଦେଖିଲି। "କିଛି ଭଲ ଲାଗୁନି କାହିଁକି କେଜାଣି?" ଗୋଟିଏ ଲାଇନର ଚିଠି। ବ୍ୟସ୍ତ ଲାଗିଲା। ବୁଝିପାରୁନଥିଲି କ'ଣ କରାଯାଇପାରେ! ସପ୍ତାହେ ହେଇଗଲାଣି। ଆନି କିଛି କହିଲାନି। କ'ଣ ହେଲା କେଜାଣି?

ହଠାତ୍ ଆନିର ଫୋନ୍- "ଜରୁରୀ କଥା ଅଛି। ସନ୍ଧ୍ୟାବେଳେ ଘରେ ଥିବ।"

"ଓକେ ଓକେ।"

ସେଦିନ ସନ୍ଧ୍ୟାବେଳେ ଆନି ହସହସ ହୋଇଆସିଲା। 'ବ୍ରିଲିଆଣ୍ଟ ଫୁଲ୍'ଙ୍କ ପାଇଁ ଗୋଟେ ସୁଖବର ଅଛି।"

"ଜଲ୍‌ଦି କହରେ ଆନି... !"

"ବୋଉ ଲଗ୍ନା ଅପାଙ୍କ ମା'ଙ୍କ ସହିତ କଥା ହେବାରେ ଦି'ଦିନ ଡେରୀ ହୋଇଗଲା। ଲଗ୍ନା ଅପା ବାପାଙ୍କ ଦେହ କଣ ଟିକେ ଖରାପ ଥିଲା। ପ'ରଦିନ ହସ୍‌ପିଟାଲ୍ ଯାଇଥିଲେ। ଆଜି ତ ଘରେ ଅଛନ୍ତି। ଏବେ ତିନି ଚାରିଦିନ ରେଷ୍ଟ ନେବାକୁ ଡାକ୍ତର କହିଛନ୍ତି। ବୋଉ ମାଉସୀଙ୍କ ସହିତ କଥା ହେଲା। ଲଗ୍ନା ଅପାଙ୍କ ଘରେ ରାଜି ହୋଇଯାଇଛନ୍ତି। ଜାତି- ଫାତି କଥା ଚୁଲିକି ଗଲା। ଆଉ ଉଠିନି। ତା'ଙ୍କ ବାପା ଓ ବଡ଼ବାପା ତୁମ ଘରକୁ ପ୍ରପୋଜ୍ କରି ଯିବେ। ହେଲେ, ଏବେ କଣ ଯୋଡ଼ାମାସ ପଡ଼ିଛି, ଶୁଭ କାମ ହେବନି। ଦି' ମାସ ପରେ ସେମାନେ ଯିବେ। ତମେ ନିଶ୍ଚିନ୍ତରେ NEHU ଯାଅ !"

"ମେନି ମେନି ଥ୍ୟାଙ୍କ୍‌ସ ଗୁଡ୍ ଗାର୍ଲ। ହେଲେ ଲଗ୍ନା ଏକଥା ଜାଣିଛି କି ନାହିଁ ?"

"ବୋଧେ ଜାଣିନାହାନ୍ତି। ମୁଁ ବି କହିନି। NEHU କଥା ବି ଜାଣିନାହାନ୍ତି। କାଲି ତା'ଙ୍କୁ ଡାକିବା। ସରପ୍ରାଇଜ୍ ଦେବା। କିନ୍ତୁ କାଲିର ଦୋଷା ଓ କଫି ମୋ ତରଫରୁ। ଆମ କଲେଜ ସାମ୍ନା....।"

"ଠିକ୍ ଅଛି...."

ତା' ପରଦିନ। ଆନି କଲେଜ ସାମ୍ନା ସାଉଥ୍ ଇଣ୍ଡିଆନ୍ ରେଷ୍ଟୁରାଣ୍ଟ। ଦୋଷା ସହ ଖବରଟା ପରଶି ଦେଲା ଆନି। ଲଜ୍ଜାରେ ଲଗ୍ନା ଲାଲ ପଡ଼ିଗଲା। ପଚାରିଲେ ବି କିଛି କହିଲାନି।

"ଏବେ ଆଉ ଗୋଟେ ଖବର ଲଗ୍ନା। ଜାଣେନା ତୁମେ କେମିତି ନେବ। ମତେ ବି ଏତେ ଠିକ୍ ଲାଗୁନି। କିନ୍ତୁ ଉପାୟ ନାହିଁ।"

ଆଶଙ୍କାୟିତ ଆଖିରେ ମତେ ଅନେଇ ପଚାରିଲା- "କଣ ହେଲା ?"

NEHU କଥାଟା କହିଲି। ହାତରେ ଆଉ ପନ୍ଦରଦିନ ଅଛି ବୋଲି ବି କହିଲି। ଥମ୍ କରି ସେ ରହିଗଲା। ଚାହିଁଲା ମତେ... କିଛି ସମୟ ନୀରବତା ପରେ ବାଷ୍ପରୁଦ୍ଧ କଣ୍ଠରେ କହିଲା- "ଏଇଟା କଣ ନହେଲେ ଚଳି ନଥାନ୍ତା ?"

ଆନି ବୁଝେଇବାକୁ ଚେଷ୍ଟା କଲା। "ଲଗ୍ନା ଅପା ! NEHU ଗୋଟେ ସେଣ୍ଟ୍ରାଲ

ୟୁନିଭର୍ସିଟି। Ph.D ବ୍ୟତୀତ ଏଠି ଆସିଷ୍ଟାଣ୍ଟ ପ୍ରଫେସର ମିଳିବା ସମ୍ଭବ ନୁହେଁ। ଚୁନୁ ଭାଇଙ୍କର କ୍ୟାରିଅର ଓ ଇଣ୍ଟରଭିଉ ପରଫର୍ମାନ୍ସ ପାଇଁ ହିଁ ଶହେ ଜଣଙ୍କ ଭିତରୁ ଜଣେ ସିଲେକ୍ଟ ହୋଇଛନ୍ତି। ତୁମ ପାଇଁ ଗର୍ବର କଥା ନୁହଁ କି? ଆଉ ତ କିଛି ଅସୁବିଧା ନାହିଁ। ଚୁନୁ ଭାଇ ତା'ଙ୍କ ଘର କଥା ବୁଝିଦେବେ। ବିଶ୍ୱାସ ରଖ ଟିକେ ତାଙ୍କ ଉପରେ ଆଉ ଇଶ୍ୱରଙ୍କ ଉପରେ। ସବୁ ଠିକ୍ ହେଇଯିବ। ମଝିରେ ଦି'ଟା ମାସ ମାତ୍ର..."

"କୋଉଟା ଠିକ୍, କୋଉଟା ଭୁଲ୍ ମୁଁ ଜାଣିପାରୁନି। କ'ଣ ହେବ କେଜାଣି? କିନ୍ତୁ କିଛି ଠିକ୍ ଲାଗୁନି.... ଯାହା ଭଗବାନଙ୍କ ଇଚ୍ଛା! ଚୁନୁ ଭାଇ! ତମେ NEHU ଯାଅ। ବେଷ୍ଟ ଅଫ୍ ଲକ୍।"

NEHU.... ସିଲଙ୍ଗ.....ଭାରତର ସୁନ୍ଦରତମ ହିଲ୍ଷ୍ଟେସନ ମଧ୍ୟରୁ ଅନ୍ୟତମ। ଏଠିକାର ପାହାଡ଼, ନଦୀ, ଝରଣା, ଲେକ୍ ସବୁ ସୁନ୍ଦର। କୁହାଯାଏ 'Never miss the miss of the Hills, 'SHILLONG'. ହେଲେ ମୋ ପାଇଁ ଏ ସବୁର କିଛି ମାନେ ନଥିଲା। ଆହୁରି ଦୁଇମାସ! ସେମାନେ PCO ରୁ ଫୋନ୍ କରନ୍ତି। ଆନି ସହିତ ଦି' ତିନି ପଦ କଥାବାର୍ତ୍ତା। ଲଗ୍ନା ଫୋନ୍ ଧରିଲେ ବି କିଛି କହେନି। ଲୁହର ଶବ୍ଦ ହିଁ ଶୁଭିଯାଏ ମତେ। ଦି'ତିନି ମିନିଟ୍ରେ ଆନିକୁ ଫୋନ୍ ଧରେଇ ଦିଏ।

ହଠାତ୍ ଦିନେ ଫୋନ୍ ପାଇଲି ଆନିଠାରୁ। "ଲଗ୍ନା ଅପାଙ୍କ ବାପା ହାର୍ଟ ଆଟାକ୍ରେ ଚାଲିଗଲେ। ତାଙ୍କ ଫାମିଲି ଶୁଦ୍ଧିକ୍ରିୟା ଇତ୍ୟାଦି ପାଇଁ ଗାଁକୁ ଯାଇଛନ୍ତି।"

"କେବେ ଫେରିବ ସେ?"

"ଗଲାବେଳକୁ ତା'ଙ୍କ ସହିତ ବହୁତ କମ୍ କଥାବାର୍ତ୍ତା ହେଇପାରିଲି। ମାସ ଶେଷ ଆଡ଼କୁ ଆସିବେ ବୋଧେ। ତମେ ପ୍ରଥମ ସପ୍ତାହରେ ଆସ।"

ଭୁବନେଶ୍ୱରରେ ପହଞ୍ଚିଲି। ତାଙ୍କ କ୍ୱାର୍ଟର ଏବେ ବି ତାଲା ପଡ଼ିଥିଲା। ଗଙ୍ଗଶୀଉଳୀ ଗଛଟା ପୁରା ଥୁଣ୍ଟା ହୋଇଯାଇଥିଲା। ପତ୍ର ସବୁ ଝଡ଼ି ଯାଇଥିଲା। ବଗିଚା ସାରା ଗଙ୍ଗଶୀଉଳୀର ଶୁଖିଲା ଶୁଖିଲା ଉଡ଼ା ଫୁଲ!

ଆନି ଆସି ପହଞ୍ଚିଲା। କାନ୍ଦି କାନ୍ଦି ସେ କହିଲା- "ଲଗ୍ନା ଅପାଙ୍କ ଫାମିଲି ଗାଁରୁ ଫେରିବାର ଦି'ଦିନ ପରେ ଘର ଛାଡ଼ିଦେଲେ। ସ୍ଥାୟୀ ଭାବରେ ଗାଁକୁ ଚାଲିଗଲେ ସହର ଛାଡ଼ିଦେଇ। ଗଲା ପୂର୍ବଦିନ ଆମେ ଶେଷଥର ପାଇଁ ଯାଇଥିଲୁ ଆମ କଲେଜ ସାମ୍ନା ରେଷ୍ଟୁରାଣ୍ଟକୁ। ଲଗ୍ନା ଅପା ପଥର ହୋଇଯାଇଥିଲେ। କଥାବାର୍ତ୍ତା କରୁନଥିଲେ। ଆଖିରୁ ଲୁହ ଯେମିତି ଶୁଖି ଯାଇଥିଲା! ମତେ କେବଳ ଅନେଇ ବସିଲେ ପାଞ୍ଚ ମିନିଟ! ମୋର ତ ସାହସ ହେଉ ନଥାଏ କିଛି ପଚାରିବାକୁ। ଶେଷକୁ ସେ ମୁହଁ ଖୋଲିଲେ-

'ଆନି, ତମେ ଆମ ଦି'ଜଣଙ୍କ କଥା ଜାଣିଥିବା ଦୁନିଆଁର ଏକମାତ୍ର ବ୍ୟକ୍ତି। ଚୁନୁ ଭାଇଙ୍କ ପରି ପୁଅ ସାତ ଜନ୍ମରେ ତପସ୍ୟା କଲେ ମିଳନ୍ତି। ବୋଧେ ମୋର ଆହୁରି କେତେଟା ଜନ୍ମ ବାକୀ ଅଛି। ତଥାପି ତା'ଙ୍କୁ ଏ ଜୀବନରେ ଭୁଲିବାର ନାହିଁ। ଯୋଉ ସଂପର୍କ ଦୁନିଆଁର ସୂର୍ଯ୍ୟାଲୋକ ଦେଖିପାରିଲା ନାହିଁ, ତାକୁ ଅନ୍ଧକାରରେ ରହିବାକୁ ଦେବା। ଜାଣିନି ଜୀବନ ମୋ ପାଇଁ କ'ଣ ରଖିଛି ! ତମେ ଜାଣ, ବାପାଙ୍କ ପରେ ଚାରି ଭାଇଭଉଣୀଙ୍କ ଦାୟିତ୍ୱ, ମୋ ଉପରେ। ବୋଉ ଚୀର ବେମାର। ଏ ସମସ୍ତଙ୍କୁ ଛାଡ଼ି ମୁଁ ଚୁନୁ ଭାଇଙ୍କ ପାଇଁ ଗଙ୍ଗଶୀଉଳୀ ଫୁଲ ଫୁଟେଇ ପାରିବିନି। ତାଙ୍କୁ କହିଦେବ ଦୁଇଟି ଝରଣା କିଛିବାଟ ନଈ ହୋଇ ଏକାଠି ବହିଲା ପରେ କେଉଁଠି ଗୋଟେ ପାହାଡ଼ରେ କଟିଯାଆନ୍ତି ଆଉ ପୁଣି ବହିଯାନ୍ତି ଦି'ଟା ଧାରରେ। ସେଥିରୁ ଗୋଟିଏ ସମୁଦ୍ରରେ ପଡ଼ିବା ବଦଳରେ ମରୁଭୂମିରେ ହଜିଯାଏ। ତଥାପି ମୁଁ କଥା ଦେଉଛି ମରୁଭୂମିରେ ବି ମୁଁ ତାଙ୍କ ପାଇଁ ଗଙ୍ଗଶୀଉଳୀ ଫୁଟେଇବି। ଏ ଜନ୍ମରେ ବୋଧେ ତା'ଙ୍କ ସହିତ ଦେଖା ହେବନି। ସେ ମତେ ଗୋଟେ ରୁମାଲ ମାଗିଥିଲେ। ରୁମାଲ ଦେଲେ, ରୁମାଲ ପାଇଲା ଲୋକର ମନରୁ ଭଲପାଇବା କମିଯାଏ ବୋଲି ମୁଁ ତାଙ୍କୁ ରୁମାଲ ଦେଇନଥିଲି। ଜିଦ୍ କରି ଫେରେଇ ଆଣିଥିଲି। ଆଜି କିନ୍ତୁ ଏଇ ରୁମାଲଟି ଦେଉଛି ତାଙ୍କ ପାଇଁ। ତାଙ୍କ ହୃଦୟରୁ ମୁଁ ଲିଭିଯିବା ହିଁ ଇଚ୍ଛା କରେ। ବୋଧେ ଏଇ ରୁମାଲଟି ସେଇ କାମ କରିଦବ। ତାଙ୍କୁ କହିବ, ତାଙ୍କର ଯାଜ୍ଞସେନୀ ବହି ମୃତ୍ୟୁ ପର୍ଯ୍ୟନ୍ତ ମୋ ପାଖେ ରହିଥିବ। ତିନିଟା ଗାର, ସେ ତାରିଖ ଆଉ ସ୍ଥାନ ସବୁ ମୋ ମନରେ ଚିର ସତେଜ ହୋଇରହିବ। ତୁମକୁ ମୋ ଠିକଣା ଦେଉନି। ମୁଁ ସଂପୂର୍ଣ୍ଣ ଅଲଗା ଦୁନିଆଁକୁ ଚାଲି ଯିବାକୁ ଚାହୁଁଛି।

ହଁ ! ଆଉ ଗୋଟେ କଥା କହିଦେବ। ତାଙ୍କ ହାତ ଆଉ ମୋ ହାତର ରେଖା ପାମିଷ୍ଟ୍ରିରେ ମିଶେଇଲା ବେଳକୁ ମତେ କେମିତି କେମିତି ଲାଗୁଥିଲା, ଆମ ହାତର ରେଖା ସବୁ ଅମିଶା....। କିନ୍ତୁ ବାପା ରାଜି ହୋଇଗଲା ପରେ ମୁଁ ଭାବୁଥିଲି- ପାମିଷ୍ଟ୍ରି ସତ ନୁହଁ। କିନ୍ତୁ ମୁଁ କ'ଣ ଜାଣିଥିଲି ବାପାଙ୍କ ରାଜି ହେବାର ଭିତର କଥା ? ତା'ର କିଛିଦିନ ଆଗରୁ ତାଙ୍କର ନିଶ୍ୱାସ ପ୍ରଶ୍ୱାସରେ ଟିକେ ଅସୁବିଧା ହେବାରୁ ଡାକ୍ତର ପାଖକୁ ଯାଇଥିଲେ। ଡାକ୍ତର ହାର୍ଟ ପ୍ରୋବ୍ଲେମ୍ ବୋଲି କହି ଔଷଧ ଲେଖି ଦେଇଥିଲେ। ସାଙ୍ଗେ ସାଙ୍ଗେ କିଛି ଡ଼ରିବାର ନାହଁ ବୋଲି କହିଥିଲେ। ଆମେ ଭାଇଭଉଣୀ କେହି ଏକଥା ଜାଣିନଥିଲୁ। ତଥାପି ତାଙ୍କର ମନ ମାନୁନଥିଲା। ମୋ ଦାୟିତ୍ୱଟା ସାରି ଦେବାକୁ ସେ ବ୍ୟସ୍ତ ହେଉଥିଲେ। ସେଥିପାଇଁ ମାଉସୀ ଯେତେବେଳେ ବୋଉକୁ ଆମ କଥା କହିଲେ, ସମସ୍ତେ ଖୁସୀରେ ରାଜି ହୋଇଯାଇଥିଲେ। କିନ୍ତୁ ସମୟର ବିଚାର ଅଲଗା !

ଆମ ହାତର ଗାର ମିଶେଇବାକୁ ଚୁନୁ ଭାଇ କହୁଥିଲେ ତା'ଙ୍କ ହାତରେ ଗାର ଟାଣିଦେବେ ବୋଲି ! କିନ୍ତୁ ବିଧାତାର ଗାର ତ ଅଲିଭା । ଲିଭେଇବ କିଏ ବା ଟାଣିବ କିଏ ? ? ତାଙ୍କ ପାଇଁ ମୋର ଏତିକି କହିବା କଥା । ଆଶାକରେ ତମେ ଠିକ୍ ଠିକ୍ ଜଣାଇଦେବ । ଚିଠି ଦେବିନି । ସେ ବେଶୀ ମନ କଷ୍ଟ କରିବେ । ସେ ମତେ ଭୁଲ ବୁଝନ୍ତୁ, ଏତିକି ମୁଁ ଚାହେଁ । ତାଙ୍କ ପାଇଁ ଦେୟ କେବଳ ଏଇ ରୁମାଲଟି । ତାଙ୍କୁ ଏଇଟା ତମେ ଦେଇଦେବ । ମତେ ସେ ଭୁଲିଯାନ୍ତୁ । ବାପାଙ୍କ ଅଫିସରୁ ଶୁଣୁଥିଲି ତାଙ୍କ ପରେ ମତେ ଚାକିରିଟେ ମିଳିଯିବ । ଦେଖିବା ଇଶ୍ୱରଙ୍କ ପଶା ପାଲିରେ କଣ ଦାନ ପଡୁଚି ?'

ଏତିକି ହିଁ ସେଦିନର ଶେଷକଥା ଲଗ୍ନା ଅପାଙ୍କର ।" ଆନି ଲୁହ ପୋଛୁଥିଲା ତା' ଓଢଣୀରେ ।

ଭୁବନେଶ୍ୱରରେ ଆଉ କିଛି କାମ ନଥିଲା । କ୍ୱାର୍ଟର ଖାଲି କରିଦେଇ NEHU ଫେରିବାର ଥିଲା । ଗାଁକୁ ଯାଇ ବାପା, ବୋଉଙ୍କୁ ଦେଖା କରି ଆସିଲି । ଜୀବନରେ ଆଉ କିଛି ଘଟିବାର ନଥିଲା । ଏଇଠି ଆରମ୍ଭ ଓ ଏଇଠି ଶେଷ !

NEHUରେ ଜୀବନଟାକୁ ନୂଆ ଭାବରେ ଆବିଷ୍କାର କରୁଥିଲି । ୟୁନିଭର୍ସିଟି, କ୍ଲାସ, ଲାଇବ୍ରେରୀ ଓ ମୋର ଷ୍ଟଡିରୁମ୍.... ଏତିକିରେ ହିଁ ମୋ ଜୀବନ । ମନ୍ଦ ନୁହେଁ !

'ଜୁଆ'ର ଚତୁର୍ଥ ବାଜି - ଈଶ୍ୱର ବି ଜୁଆ ଖେଳନ୍ତି :

ଜଏନ୍ କରିବାର ବର୍ଷକ ଭିତରେ 'NEHU'ରୁ ଷ୍ଟଡି ଲିଭ୍‌ରେ ଷ୍ଟାନ୍‌ଫର୍ଡ଼ ୟୁନିଭର୍ସିଟିରୁ ପିଏଚ୍‌ଡି କରିବା ପାଇଁ ଫେଲୋସିପ୍ ମିଳିଗଲା । ତିନି ବର୍ଷରେ ପିଏଚ୍‌ଡି ସାରି ଆମେରିକାରୁ ଫେରି ସିଧା ବୋଉ ପାଖକୁ ଗାଁକୁ ଗଲି । ଆମେରିକା ଯିବା ଆଗରୁ ହିଁ ବୋଉ, 'ବୋହୂ' ପାଇଁ ବ୍ୟସ୍ତ ହେଉଥିଲା । ଏଥର ମତେ ସାମ୍ନାରେ ବସେଇ କହିଲା- "ଚୁନୁ! ଆମେ ଦି'ଜଣ କେତେଦିନ ଆଉ ତୋ ଚିନ୍ତା କରିବୁ ? ବାପାଙ୍କ ଦେହ ଭଲ ରହୁନି । ତୁ ରହିଲୁ ଏତେ ବାଟରେ ! ମୋ କଥା କେବେ ଭାବିଛୁ ? ତୁ ନିଜେ ଯଦି କୋଉଠି ଝିଅ ଦେଖିଛୁ କହ, ମୁଁ ନେଇଆସିବି । କାଲି ଯିବୁ ବୋଲି ବସିଲୁଣି । ଆଜି ମତେ ଶେଷ ନିଷ୍ପତ୍ତି ଦରକାର ତୋ'ର । ମୋ ମୁଣ୍ଡ ଛୁଇଁକି କହ ତୋ ମନରେ କ'ଣ ଅଛି ?"

"ମୋ ମନରେ ଯଦି କିଛି ଥାଆନ୍ତା, ମୁଁ ତତେ ନକହିକି ଆଉ କାହାକୁ କହିଥାନ୍ତି ? ସେମିତି କିଛି ନାହିଁରେ ବୋଉ ! ତୁ ଛାଡ଼ିଦେ ଏସବୁ କଥା । ମୋ ୟୁନିଭର୍ସିଟି, ମୋ ପାଠ ମତେ ଭଲ । ସେ ସବୁ ଜଞ୍ଜାଳରେ ପଶିବାକୁ ଇଚ୍ଛା ନାହିଁ ।"

"ତା'ହେଲେ ମତେ ଛାଡ଼, ମୁଁ ଦେଖେ। କୋଉଠି ମନ ପାଇଲେ ତତେ ଫଟୋ ପଠେଇବି। ତୋ' ପସନ୍ଦର ହେଲେ, ଆସି ଦେଖିଲେ ହିଁ ମୁଁ ଠିକ୍ କରିବି।"

"ତୁ ତ ବୋହୂ ଆଣିବୁ ମୁଁ ଦେଖିବି କ'ଣ ? ତୋ ଇଚ୍ଛାରେ, ତୋ ପସନ୍ଦରେ ହିଁ ହେଉ। ଫଟୋ ପଠାଇବାର ବା ମୋର ଆସି ଦେଖିବାର ଆବଶ୍ୟକତା ନାହିଁ। ମୋ ବୋଉ ଉପରେ ଯଥେଷ୍ଟ ଭରସା ଅଛି। ତୋ ଚୁନୁ ତୋ'ର ଅମାନିଆଁ ହେବନି। ତୁ ତୋ' କାମ କର। ମତେ ଖାଲି ତାରିଖ ଜଣେଇଦେଲେ ମୁଁ ଚାଲି ଆସିବି।"

କିଛି ଦିନ ପରେ ବୋଉ ଫୋନ୍ କଲା- "ଚୁନୁ! ଠିକ୍ କରିଚି ଗୋଟେ ଯାଗାରେ। ତୁ ଟିକେ ଆ'। ତୁ ଦେଖିଦେଲେ ମୋର ମନ ଶାନ୍ତି ହୋଇଯିବ। ନହେଲେ ଅତି କମ୍‌ରେ ଫଟୋଟା ତ ଦେଖ୍, ତା' ବିଷୟରେ ଟିକେ ଶୁଣ୍ । ତତେ ଅନ୍ଧାରରେ ରଖି ଆଗେଇବାକୁ ବାପା ମନା କରୁଛନ୍ତି।"

"ମୁଁ ତ ସବୁ ତୋ' ଉପରେ ଛାଡ଼ି ଦେଇଛି। ତୁ ଆଉ ଇଶ୍ୱର କେବେ ଭୁଲ କରି ପାରିବନି। ତୁ ହଁ କରିଦେ।"

"ଦେଖ୍ ବାପା! ତୋ ଜୀବନ କଥା। ଇଶ୍ୱରଙ୍କ ନାଁରେ ଜୁଆ ଖେଳିବା ଠିକ୍ ନୁହଁ।"

"ମୋ ବୋଉ ତ ଅଛି ନାଁ! ଏଥିରେ ଜୁଆ କଣ ଅଛି ? ତୋ'ର ଇଚ୍ଛା ହିଁ ମୋର ଜୀବନ।"

"ଠିକ୍ ଅଛି ଯେ, ସେ ଝିଅ ବିଷୟରେ ତ ଟିକେ ଶୁଣ!"

"ମୋର କିଛି ଶୁଣିବାର ନାହିଁ। ତୋ ପସନ୍ଦ କେବେ ମୋର ଅପସନ୍ଦ ହେବ ନାହିଁ। ତୋ' ଉପରେ ଭରସା ରଖିବାକୁ ଦେ' ଲୋ ବୋଉ! ମୋ ବୋଉକୁ ଦିନେ ମୁଁ ଖୁସୀ କରିଦେବି ଏଇଟା ଗୋଟେ ଅନେକ ଦିନର କାମନା। ସେଇଟାକୁ ପୁରା ହେବାକୁ ଦେ।"

"ଭଗବାନ୍‌ଙ୍କ ଇଚ୍ଛା... ତାରିଖ ତେବେ ଶୁଣ.... ଭାଇଙ୍କର ଆଠ ନମ୍ବର ଘର ଖାଲି ପଡ଼ିଛି। ସେଇଠି କରିବା ବାହାଘର।"

ଭାବିଲି, ଯଦି ମଣିଷର ଇଚ୍ଛା ଅନୁସାରେ ଇଚ୍ଛିତ ଜିନିଷ ମିଳୁନି, ଯଦି ଇଶ୍ୱର ହିଁ ସବୁ ନିଷ୍ପତ୍ତି କରୁଛନ୍ତି, ତେବେ ତାଙ୍କ ଉପରେ ଛାଡ଼ିଦେଲେ ଅସୁବିଧା କ'ଣ ? ଏଇଥିପାଇଁ ତ କୁହାଯାଏ- 'ଇଶ୍ୱର ଯାହା କରନ୍ତି ପ୍ରାଣୀର ମଙ୍ଗଳ ପାଇଁ।' ଆଇନ୍‌ଷ୍ଟାଇନ୍ ବି କହିଛନ୍ତି, "God does not play dice." (ଇଶ୍ୱର ଜୁଆ ଖେଳନ୍ତିନି।) ତେଣୁ ସିଏ ଜୁଆ ନଖେଳନ୍ତୁ, ଆମେ ଖେଳିଲେ ତ କିଛି କ୍ଷତି ନାହିଁ! ଯାହା ହେବ ଭଲ ହିଁ ହେବ। ସବୁ ପୂର୍ବ ନିର୍ଦ୍ଧାରିତ।

ବାହାଘରର ସାତ ଦିନ ଆଗରୁ ଆସିଯାଇଥିଲି। କାମ ସବୁ ଚାଲିଥିଲା। ଦି'ଦିନ ଆଗରୁ ହଠାତ୍ ଗୋଟେ ଫୋନ୍ ପାଇଲି-

"ଚୁନୁ ଭାଇ! ଶୁଣିଲି ତମେ ଭୁବନେଶ୍ୱର ଆସିଛ। ଆଜି ପାଞ୍ଚଟା ବେଳେ ଭେନସ୍ ଇନ୍.... ନିଶ୍ଚିତ। ଅପେକ୍ଷା କରିଥିବି।"

"କଥା କ'ଣ କିରେ ଆନି?"

"ସେ ସବୁ ଦେଖାହେଲେ..... ଆସିବ ତ?"

"ସିଓର୍ ଆସିବିରେ.... ଠିକ୍ ସମୟରେ ପହଞ୍ଚିବି। Don't worry."

ଚାରି ବର୍ଷ ପରେ ଦେଖୁଛି ଆନିକୁ। ଏତେ ଦିନ ପରେ ଦେଖିଲେ ବି ଅନ୍ୟ ଦିନପରି ବଡ଼ ପାଟି କରି "ଚୁନୁ ଭାଇ ନମସ୍କାର!" କହିଲାନି। ପୂର୍ବର ପ୍ରଗଲ୍‌ଭତା ନାହିଁ। ମାଚ୍ୟୁଅର ହୋଇଯାଇଛି ଝିଅଟା!

ତା ସାମ୍ନା ସିଟ୍‌ରେ ବସିଲି। "କେମିତି ଅଛୁରେ ଆନି? ସେଦିନ ପରେ କ'ଣ ସବୁ କଲୁଣି?"

"ଭଲ ଅଛି। ବାଣୀବିହାରରୁ ଷ୍ଟାଟିଷ୍ଟିକ୍ସରେ ଏମ୍.ଏ କରି ସାରିଲିଣି। ହେଲେ, ତମେ ଏଠି ଭୁବନେଶ୍ୱରରେ କ'ଣ କରୁଛ?"

"ଇଶ୍ୱରଙ୍କ ସହିତ ଜୁଆ ଖେଳୁଛି।" ଅଳ୍ପ ହସି କହିଲି।

"ଠିକ୍‌ରେ କୁହ...।" ଆକଟିଲା ସ୍ୱରରେ କହିଲା।

"ଅର୍ଡ଼ରଟା ଦେଇଦିଏ.... ଦି'ଟା ଓନିଅନ୍ ମସାଲା, ଦି'ଟା କଫି....

ବୋଉ ମୋର ବାହାଘର କରୁଛି ପଅରଦିନ। ଆଜି ତୁମ ଘରକୁ ଯାଇ ତତେ ନିମନ୍ତ୍ରଣ କରିବି ବୋଲି ଭାବୁଥିଲି। ଏବେ ତ ଦେଖା ହୋଇଗଲା ଆସିବୁ ତ?"

"ତମ ନିମନ୍ତ୍ରଣ ପତ୍ର ତମେ ଦେଖିଛ?"

"ନିମନ୍ତ୍ରଣ ପତ୍ର ମୁଁ ଦେଖିନି। କହିଲି ପରା ଜୁଆ.... ପୁରା ବ୍ଲାଇଣ୍ଡ୍ ଖେଳିଛି। ବାହାଘର ବିଷୟରେ ମୁଁ କିଛି ଜାଣିନି। ମୁଁ ବାହାହେବି ବୋଲି ନିମନ୍ତ୍ରିତ ହୋଇଆସିଛି। ବୋଉ ଡାକିଲା, ମୁଁ ଆସିଲି। ବାକି ସବୁ କାମ ତା'ର।"

"ହେଲେ, ମୋର ବାହାଘର ବି ପଅରଦିନ।"

"ଆରେ ବାଃ! କଂଗ୍ରାଚୁଲେସନ୍‌ସ।"ମଜାରେ କହିଲି।

"ଚୁନୁ ଭାଇ! କେତେଦିନ ତମେ ପିଲା ହେଇକି ରହିବ?? ଟିକିଏ ସିରିଅସ୍ ତ ହୁଅ! ମୋ କଥା ଶୁଣ।" ଟିକେ ଚଢ଼ା ଗଳାରେ କହିଲା...

"ଓକେ ଓକେ। ଏବେ ମୁଁ ସିରିଅସ୍। କହ..."

"ମୁଁ କିନ୍ତୁ ମୋର ନିମନ୍ତ୍ରଣ ପତ୍ର ଦେଖିଛି। ମୋ ପାଇଁ ବି ଗୋଟେ ପ୍ରକାରର

ଜୁଆ, କିନ୍ତୁ ବ୍ଲାଇଣ୍ଡ୍ ନୁହେଁ। ଆଖିକାନ ଖୋଲାରଖି ନିଷ୍ପତ୍ତି ନେଇଛି। ତଥାପି ଗୋଟି ଭୁଲ୍ ପଡ଼ିଯାଇଥିବାର ଡ଼ର ଅଛି। ଇଶ୍ୱରଙ୍କ ଉପରେ ମୁଁ ବି ଭରସା ରଖିଛି। ମୋ ନିମନ୍ତ୍ରଣ ପତ୍ର ଦେଖିବ ?"

"ଏଥିରେ ଭାବିବାର ଅଛି ? ଦେଖା ଜଲ୍‌ଦି..."।

ୟା' ଭିତରେ ଦୋଷା ଆସିଯାଇଥିଲା। ଆନି କହିଲା- "ଦୋଷାଟା ସାରିଦିଅ ଦେଖିବା।"

ଦୋଷା ପରେ କଫି ବି ଆସିଗଲା। ବାମ୍ଫ ଉଠା କଫିର ପ୍ରଥମ ସିପ୍‌ଟା ନେଉଥିଲି। ଆନି ତା' ବ୍ୟାଗ୍ ଖୋଲି ନିମନ୍ତ୍ରଣ ପତ୍ରଟା ବାହାର କରି ଥରଥର ହାତରେ ମତେ ବଢ଼େଇଦେଲା।

"ଦେଖ, କେତେ ବ୍ଲାଇଣ୍ଡ୍... କେତେ ଠିକ୍..." ତା'ର ସ୍ୱର ଯେମିତି ଅନେକ ଦୂରରୁ ଆସୁଥିଲା।

କଭର ନଦେଖି, ନିମନ୍ତ୍ରଣ ପତ୍ରଟା ଖୋଲିଦେଲି । ୪୪୦ ଭୋଲ୍‌ଟର କରେଣ୍ଟ ମୋ ଦେହରେ ସଂଚରି ଗଲା...

ଆନିକୁ ଦେଖୁଥିଲି ବିକଳ ନୟନରେ। କ'ଣ କହିବି ତାକୁ ? ମୋ ମୁହଁରେ ଭାଷା ନଥିଲା। ତା'ର ନିଷ୍ପଲକ ଆଖିକୁ ଚାହିଁ କହିଲି, "ଇଏ କି ପ୍ରକାର ଜୁଆ ରେ ଆନି ? ?"

"ସବୁ ପୂର୍ବ ନିର୍ଦ୍ଧାରିତ। ସମୟର ସୁଅକୁ ଅଟକେଇ ହେବନି। କେବଳ ଭାସିରହିବାକୁ ହେବ। ଦେଖିବା ସେ ସୁଅ କୋଉ କୂଳରେ ଲଗେଇବ ନାଁ ସମୁଦ୍ରରେ ଛାଡ଼ି ଦେବ ! ସମୟର ସୁଅ ଅଣଲେଉଟା ଚୁନୁ ଭାଇ !"

"ହେଲେ ତୁ କେମିତି ଏମିତି କଲୁ ରେ ?" ପଚାରିଲି ତା'କୁ ଧୀରେ।

"ତମେ ତ ଅନୁଭବ କରିଛ, ମନ ପସନ୍ଦର କିଛି ପାଇବାର ଚାନ୍‌ସ କେତେ ଅନିଶ୍ଚିତ ! ମନ ପସନ୍ଦର ଜଣକ ସହିତ ଜୀବନର କିଛି ସମୟ ବାଣ୍ଟିବାକୁ ଗୋଟେ ସୁଯୋଗ ଆସିଲା। ଭାବିଲି ଚାନ୍‌ସଟେ ନିଆଯାଇପାରେ। ଗୋଟେ ବାଜି ମୁଁ ବି ଲଗେଇଦେଲି। କ'ଣ ହେବ, କେମିତି ହେବ ମୁଁ କିଛି ଭାବିନି। ଏବେ ସବୁ ତୁମ ସାମ୍ନାରେ... କ'ଣ କହିବ ତମେ ?"

"ମୁଁ ତ କିଛି ବି ଜାଣିନି। କ'ଣ କେମିତି ହେଲା ସିଧା କହନା...।"

"ଶୁଣ ତେବେ...

ତମେ NEHU ଚାଲିଗଲ। ଭୁବନେଶ୍ୱର ଉପରେ ରୁଷିକି ଯାଇଥିଲ ନା କଣ ! ସେଇଦିନଠୁ ଥରେ ବି ଆସିଲନି, ଚିଠି ନାହିଁକି ଫୋନ୍ ନାହିଁ। ଯୋଗାଯୋଗ ସଂପୂର୍ଣ୍ଣ

ବିଛିନ୍ନ। ଲଗ୍ନା ଅପା ବି ଜୀବନ ଉପରେ ରୁଷିକି ଚାଲିଗଲେ। ଠିକଣା ବି ଦେଲେନି। ଆସ୍ତେ ଆସ୍ତେ ତମ ଦି'ଜଣଙ୍କୁ ଭୁଲିଯାଉଥିଲି। ବି.ଏ, ଏମ୍.ଏ ସାରିଦେଲି। ଏବେ ହଠାତ୍ ଦିନେ ମାଉସୀ ଆସି ଆମ ଘରେ ପହଞ୍ଚିଲେ ଗୋଟେ ଭୁଲ୍ ଖବର ନେଇ। ତୁମେ ବାହା ହେବାକୁ ରାଜି ହେଉନଥିଲ ବୋଲି ସେ ଏଠୁ ସେଠୁ ଖବର ନେଉଥିଲେ। କେମିତି ସେ ଜାଣିଲେ ଆମେ ଦି'ଜଣ ସଂପର୍କରେ ଥିଲେ ବୋଲି। ଲଗ୍ନା ଅପା କଥା ତ କେହି ଜାଣିନଥିଲେ। ଆମେ ଦି'ଜଣ କୋଉଠି କେମିତି କଥା ହେବାକୁ କିଏ କ'ଣ ଭାବି ନେଇଥିଲା। ବୋଉକୁ କହିଲେ ଏକଥା। ବୋଉ ହସିଲା... କହିଲା... "ଚୁନୁ ଆମ ଘରର ପୁଅ... ଆନି ତାକୁ ପିଲା ଦିନୁ ବଡ଼ ଭାଇର ସମ୍ମାନ ଦିଏ। ଭୁଲ ଧାରଣା ଏସବୁ। ଚୁନୁ ସହିତ ଭାଗ୍ୟ ଗୋଟେ ଖେଳ ଖେଳିଦେଲା। ଲଗ୍ନା ପରି ଝିଅ ତାକୁ ମିଳି ବି ହଜିଗଲା। ଆମେ ବି ସବୁ ଦୁଃଖିତ ଲଗ୍ନା ଓ ଚୁନୁ ପାଇଁ।" ପୁରା କାହାଣୀଟା କହିଦେଲା ମାଉସୀଙ୍କୁ।

ମାଉସୀ ଲୁହ ପୋଛିଲେ। କ'ଣ ଭାବିଲେ କେଜାଣି, କହିଲେ- "ଆନି! ଇଆଡ଼େ ଆ'ତ ଝିଅ।"

ମୁଁ ତାଙ୍କ ସାମ୍ନାରେ ଛିଡ଼ା ହେଲି। ହାତଧରି ପାଖରେ ବସେଇଦେଲେ। ଦୁଇ ତିନି ମିନିଟ ଏକ ନଜରରେ ଦେଖି ମୋ ମୁହଁ ଦେହ ଆଉଁଷି ଦେଲେ। କହିଲେ- "ଯା'ରେ ମା' ଏଥର।" ମୁଁ ଆସିଲି ଆର ଘରକୁ। ମୁଁ ଶୁଣୁଥାଏ।

ବୋଉକୁ କହିଲେ, "ଭଉଣୀ। ଚୁନୁ ପାଇଁ ଗୋଟେ ଜିନିଷ ମାଗିବି ଦବ?"

ବୋଉ କହିଲା, "କୁହନ୍ତୁ।"

"ମୋର ଝିଅ ନାହିଁ। ଚୁନୁ ପାଇଁ ଆନିକି ଦେବ? ଚୁନୁ ତୁମ ଘରେ ପୁଅ ହେଇକି ରହୁ। ଆନି ମୋର ଝିଅ ହେବ...।"

ଏତେ ବଡ଼ କଥା ଶୁଣି ବୋଉ ତ ଗୋଟେ ଗୋଲକ ଧନ୍ଦାରେ ପଡ଼ିଗଲା। କ'ଣ କହିବ, କ'ଣ କରିବ ବୁଝିପାରିଲାନି। କିଛି ସମୟ ପରେ କହିଲା, "ଆନିକୁ ପଚାରିଲେ ଯାହା କହିବି।" ମାଉସୀ ମୋ ରୁମକୁ ଚାଲି ଆସିଲେ। ମତେ କୁଣ୍ଢେଇ ଧରି କାନ୍ଦି କାନ୍ଦି କହିଲେ- "ତୁ ମନା କରନି ଝିଅ। ଚୁନୁର ଜୀବନଟା ସଜେଇଦେ ଟିକିଏ। କାନି ପତେଇ ତତେ ମାଗୁଛି। ମୋ ଘର ତତେ ଅପେକ୍ଷା କରିଛି।"

ମୁଁ ବି ବୁଝିପାରିଲିନି କ'ଣ କହିବି। ବୁଦ୍ଧିବାଟ ମୋର ବଣା ହୋଇଗଲା....। କହିଲି, "ମୁଁ ତ ଏମିତି କେବେ ବି ଭାବିନି ମାଉସୀ! ହେଲେ, ଚୁନୁ ଭାଇ କ'ଣ କହୁଛନ୍ତି ଏ ବିଷୟରେ?"

"ସେ କିଛି ଜାଣିନି କି ଜାଣିବାର ଇଚ୍ଛା ନାହିଁ ତା'ର। ଶହେ ଥର କହିଲା

ପରେ ସେ କହିଲା- "ତୋ ଇଚ୍ଛା ହିଁ ମୋ ଜୀବନ। ମୋର କୌଣସି ଅଲଗା ଇଚ୍ଛା ନାହିଁ।" ମୁଁ ଜାଣେ ତା'କୁ, ସେ ମତେ କେବେ ବି ଏଡ଼େଇ ଯିବନି। ତୁ ଖାଲି ହଁ କରିଦେ'ରେ ମା !"

ନିଜକୁ ସମ୍ଭାଳି ପାରିଲିନି, ତାଙ୍କ କୋଳରେ ମୁଣ୍ଡ ରଖି କଇଁ କଇଁ ହୋଇ କାନ୍ଦିଲି। ମତେ ଧରି ସେ ବି କାନ୍ଦିଲେ। ବୋଉ ବି କାନ୍ଦିଲା।

କିଛି ସମୟ ପରେ ବୋଉ ବୋଧେ ମୋ ମନ କଥା ଜାଣିଦେଲା । କହିଲା, "ଟିକେ ଆମକୁ ସମୟ ଦିଅନ୍ତୁ। ତା' ବାପା ଆସନ୍ତୁ। ଆମେ ଆପଣଙ୍କୁ କାଲି କହିବୁ। ସତରେ ଯଦି ହୁଏ, ଆନିର ଭାଗ୍ୟ ବୋଲି ମୁଁ ଭାବିବି। ଇଶ୍ୱରଙ୍କ ଇଚ୍ଛା... ଆପଣ ଆଜି ଯା'ନ୍ତୁ। କାଲି ଆମେ ସନ୍ଧ୍ୟାବେଳକୁ ଆପଣଙ୍କ ଘରକୁ ଯିବୁ।"

ରାତିରେ ବାପା ବୋଉ ମତେ ସାମ୍ନାରେ ବସେଇ ପଚାରିଲେ- "କ'ଣ ତୋ'ର ଇଚ୍ଛା ? ଆମର ଜବରଦସ୍ତି ନାହିଁ କି ଆପତ୍ତି ନାହିଁ।"

"କାଲି କହିବି", କହି ପଳେଇ ଆସିଲି।

ରାତିରେ ଅନେକ ଚିନ୍ତା କଲି। ମୁଁ ସ୍କୁଲରେ ପଢ଼ିଲା ବେଳେ ତୁମେ କଲେଜରେ। ସେଇ ଦିନଠୁ ତୁମେ ମୋର 'ହିରୋ'। ୟୁନିଭର୍ସିଟି ଟପ୍ପର ବୋଲି କଲୋନୀର ସବୁ ପୁଅଝିଅ ତୁମକୁ ଭଲପାନ୍ତି, ସମ୍ମାନ କରନ୍ତି। ସମସ୍ତଙ୍କର ତମେ ଚୁନୁ ଭାଇ। କେବେ କେହି କିଛି ଭୁଲ ତୁମଠି ଦେଖିନଥିଲେ। ଆମ ଝିଅମାନଙ୍କ ଭିତରେ ମୁଁ ସବୁଠୁ ଦୁଷ୍ଟ ବୋଲି ସମସ୍ତେ କହନ୍ତି। ମୁଁ ତୁମ ସହିତ ଟିକେ ବେଶୀ ଥଟ୍ଟା ମଜ୍ଜା କରେ। ଥରେ ସ୍କୁଲକୁ ଗଲା ବେଳକୁ ମତେ ଥଣ୍ଡା ହୋଇଥିଲା। ନାକ ସଡ଼ ସଡ଼ ହେଉଥିଲା। ମତେ କହିଲ- 'ସିଂଘାଣୀ ନାକୀ'। ପିଲାମାନେ ବି ସେଇ ନାଁରେ ମତେ ଚିଡ଼ାଇଲେ। ବୋଧେ ଦଶମ ଏକାଦଶ ପର୍ଯ୍ୟନ୍ତ ତମେ ମତେ ଏଇ ନାଁରେ ଡାକୁଥିଲ। ମୁଁ ବି ତମର ଗୋଟେ ନାଁ ଦେଇଥିଲି- 'ବ୍ରିଲିଆଣ୍ଟ ଫୁଲ୍'। ସେ ପର୍ଯ୍ୟନ୍ତ ଦେଖିଥିଲି ତୁମର ପାଠପଢ଼ା, ତୁମର ସ୍ନେହ। କଲେଜରେ ପହଞ୍ଚୁ ପହଞ୍ଚୁ 'ଲଗ୍ନା ଅପା' ଆସିଗଲେ। ଦେଖିଲି ତୁମର ପ୍ରେମର ଆରମ୍ଭ ଓ ଅନ୍ତ। ଆଖି ପିଛୁଳାକେ ତୁମ ପ୍ରେମ କେମିତି ହଜିଗଲା, ମୁଁ ଦେଖିଲି ଅନ୍ତରର ବେଦନାର ସହ। ମୁଁ ବି ସମ ପରିମାଣରେ ଦୁଃଖୀ ହୋଇଥିଲି ତୁମ ଦି'ଜଣଙ୍କ ସହିତ।

ହଁ, ତମକୁ ଗୋଟେ କଥା ମୁଁ କହିବାକୁ ଭୁଲି ଯାଇଥିଲି ଲଗ୍ନା ଅପାଙ୍କ ବିଷୟରେ... ଲଗ୍ନା ଅପା ସେଦିନ କହିଲେ- "ଆନି। ତୁମଠୁ ବିଦାୟ ନେଉଛି ସତ। କିନ୍ତୁ କେବେ ଭାବିବନି ଲଗ୍ନା ଅପା ତୁମକୁ ଭୁଲିଗଲା। ଯାଜ୍ଞସେନୀର ତିନୋଟି ଗାରରେ ତମେ ବି ଅଛ। ତେଣୁ ତମେ ଦି'ଜଣ ମୋ ସହିତ ସାରା ଜୀବନ ରହିଥିବ। ଚୁନୁ

ଭାଇଙ୍କ ପରେ ମୁଁ ତୁମକୁ ସବୁଠୁ ବେଶୀ ଭଲପାଏ। ମୁଁ କିନ୍ତୁ ଇଚ୍ଛା କରେ ତମେ ବି ମତେ ଭୁଲିଯାଅ। ସେଇଥିପାଇଁ ତୁମକୁ ବି ଗୋଟେ ରୁମାଲ ଦେଉଛି। କଥା ଦିଅ, ଯେତେ ଦୂରରେ ଥିଲେ ବି ତାଙ୍କ ଖବର ଟିକେ ରଖିଥିବ। ଚୁନୁ ଭାଇଙ୍କୁ ପର କରିଦେବ ନାହିଁ।" ଏତେ ବଡ଼ ଦାୟିତ୍ୱ ମତେ ଲଗ୍ନା ଅପା କାହିଁକି ଦେଲେ ମୁଁ ଜାଣି ପାରିଲିନି।

ତମେ ଗଲ **NEHU**, ତା'ପରେ ଷ୍ଟାନ୍‌ଫର୍ଡ୍। ମୋ ମନ ଭିତରେ ଦୂର ଆକାଶରେ ତୁମେ ତାରା ହୋଇ ଝୁଲୁଥାଅ। କିନ୍ତୁ ଦିନେ ସେ ତାରାକୁ ଛୁଇଁ ପାରିବି ବୋଲି କଳ୍ପନା ବି ନଥିଲା। ସେଥିପାଇଁ ମାଉସୀଙ୍କ କଥା ନେଇ ଭାବିଲି, 'ତାରା ଛୁଇଁବାର ସୁଯୋଗ ଯଦି ଆସିଛି, ଭାଗ୍ୟ ପରୀକ୍ଷା କରିନେଲେ କ୍ଷତି କ'ଣ?' ମୁଁ ତ ନିଶ୍ଚିତ ଥିଲି ଯେ ତମେ ମାଉସୀଙ୍କ କଥାରୁ କେବେ ବାହାରି ଯିବନି। ତଥାପି ଭାବୁଥିଲି, ତମେ ନିଶ୍ଚିତ ଫୋନ୍ କରିବ, ପଚାରିବ ମତେ। କିନ୍ତୁ ସଂପୂର୍ଣ୍ଣ ନୀରବତା ତୁମ ତରଫରୁ। ମୁଁ କେମିତି ଜାଣନ୍ତି ତୁମ ମା' ପୁଅଙ୍କର ବିଶ୍ୱାସର କଥା? ତଥାପି ଦକ ଟିକେ ଟିକେ ଥାଏ। ଲଗ୍ନା ଅପାଠାରୁ ମୁଁ କୌଣସି ଗୁଣରେ ଉତ୍କୃଷ୍ଟ ନୁହେଁ। ତାଙ୍କୁ ହରେଇଲା ପରେ ମତେ କାହିଁକି ତମେ ଉଠେଇନବ? ଏତେ ବଡ଼ ସାହସ ମୋ ଭିତରେ ନଥିଲା। ତଥାପି ପ୍ରୋବାବିଲିଟି ଅଧିକା ଥିଲା ପରି ଲାଗିଲା।

ତା' ପରଦିନ ବୋଉ ପଚାରିଲା... ମୁଁ କହିଲି, "ତୋ ଇଚ୍ଛା"।

ସେଇଦିନ ସନ୍ଧ୍ୟାରେ ବାପା ବୋଉ ଯାଇ ତୁମ ଘରେ 'ହଁ' କରିଦେଇ ଆସିଲେ।

ତୁମେ ଏବେ କୁହ ମୋ 'ଜୁଆ'ରେ ସଫଳତାର ପ୍ରୋବାବିଲିଟି କେତେ? ବହୁତ ବେଶୀ ରିସ୍କ ନେଇନି ତ?"

ମୁଁ ନିର୍ବାକ ହୋଇ ବସିଥାଏ। କାଲିର ଫ୍ରକ୍ ପିନ୍ଧା ଝିଅଟା ମତେ ପ୍ରୋବାବିଲିଟି ଆଉ ରିସ୍କ ଆନାଲିସିସ ପଢ଼ଉଛି!!

"ମୋର କହିବାକୁ କିଛି ନାହିଁ। ମୋ 'ଜୁଆ'ରେ ରିସ୍କ କିଛି ନଥିଲା। ତୋ 'ଜୁଆ'ରେ ବି ନାହିଁ। ବରଂ ମୁଁ ଇଶ୍ୱରଙ୍କୁ ପ୍ରୋବାବିଲିଟି ଥିଓରୀର ଚାଲେଞ୍ଜ ଦେଇଥିଲି। ତାଙ୍କ ଅପେକ୍ଷା ବୋଉ ଉପରେ ମୋର ବେଶୀ ଭରସା ଥିଲା। ସଫଳତାର ପ୍ରୋବାବିଲିଟି ଥିଲା ୧୦୦%। ଏବେ କିନ୍ତୁ ଇଶ୍ୱରଙ୍କୁ କ୍ଷମା ମାଗିବାକୁ ଇଚ୍ଛା ହେଉଛି। ସବୁ କିଛି ଏଠି ପୂର୍ବ ନିର୍ଦ୍ଧାରିତ। ଏବେ ଚାଲ୍ ଆଗକୁ ବଢ଼ିବା।"

ବାହାଘର ପରେ ସେ ମତେ ଅନେକଥର ପଚାରେ "ମୁଁ ଲଗ୍ନା ଅପା ଜାଗା ନେଇଯାଇନି ତ?"

"କେହି କାହାର ଜାଗା ନିଏନି। ସ୍ନେହ ପ୍ରେମରେ କିଛି ସୀମା ସରହଦ ନଥାଏ।

ଯେତେ ଦେଲେବି ହୃଦୟ ଖାଲି ହୁଏନାହିଁ। ଲଗ୍ନା, ତୁ, ବୋଉ ସମସ୍ତଙ୍କ ପାଇଁ ଭଲପାଇବା ୧୦୦%। ଜଣକ ପାଇଁ ଆଉ ଜଣକର ଭଲ ପାଇବା କମ୍ ହୁଏନି।"

ଆନି ସିଲଂ ଆସିଲା। ବାପା ବୋଉ ବି କିଛି ଦିନ ପରେ ଚାଲି ଆସିଲେ। ବର୍ଷକ ପରେ ଆନ୍ୟା ଆସିଲା। ମୋ ସଂସାର ହସି ଉଠିଲା। ଜୀବନ ତା' ରାସ୍ତା ଖୋଜିନେଲା। ଲଗ୍ନା କୁଆଡ଼େ ଗଲା ଜାଣିପାରିଲିନି। ତା' ପାଇଁ ଈଶ୍ୱର ନିଶ୍ଚୟ ଭଲ କିଛି ରଖିଥିବେ! ଭାଇଭଉଣୀଙ୍କୁ ମଣିଷ କରିବା ଭିତରେ ସେ ଗୋଟେ ଦେବୀ ପାଲଟି ଯାଇଥିବ! ମୁଁ କିନ୍ତୁ ରହିଛି ସାଧାରଣ ମଣିଷଟେ ହୋଇ!

ସିଲଂରେ ଦଶ ବର୍ଷ... ଆନ୍ୟା କ୍ଲାସ୍ ଫାଇଭ୍‌ରେ ପଢ଼ିଲାଣି। ବାପା ଆମକୁ ଛାଡ଼ି ଚାଲିଯାଇଥିଲେ ଦି' ବର୍ଷ ତଳୁ। ବୋଉ ପାଖରେ ଥାଏ। ଆନି ଆଉ ଆନ୍ୟା ତା' ବଞ୍ଚିବାର ଉଦ୍ଦେଶ୍ୟ ବୋଲି ସେ କହେ। ହଠାତ୍ ଜୀବନ ଗୋଟେ ଭୟଙ୍କର ଖାଇରେ ପଡ଼ି ଯିବାକୁ ଥିଲା! ଗୌହାଟିରୁ କାର୍‌ରେ ଆସୁଥିଲୁ। ଗୋଟେ ଟ୍ରକ୍‌କୁ ରାସ୍ତା ଦେବାକୁ ଯାଇ କାର୍ ପାହାଡ଼ର ଗୋଟେ ବିରାଟ ପଥରରେ ପିଟି ହୋଇଗଲା। ଡ୍ରାଇଭର ଓ ମୁଁ ସାମ୍ନାରେ ସିଟ୍ ବେଲ୍‌ଟ ପିନ୍ଧିଥିଲୁ। ବନେଟ୍ ସଂପୂର୍ଣ୍ଣ କ୍ଷତିଗ୍ରସ୍ତ ହୋଇଥିଲେ ବି ଆମେ ଦି'ଜଣ ବାହାରକୁ ଆସିଗଲୁ। ପଛ ସିଟ୍‌ରେ ଆନି ସିଟ୍‌କୁ ଆଉଜି ବସିଥାଏ ଆଖିବୁଜି। ଆନିର କିଛି ହୋଇ ନଥିବ ଭାବି ଡୋର ଖୋଲି ଡାକିଲି- "ଆନି, ଆନି!" କୌଣସି ପ୍ରତିକ୍ରିୟା ତା'ର ନଥିଲା। ଚେତା ନଥିଲା। ହସପିଟାଲ୍ ନେଲୁ। ମୁଣ୍ଡରେ ମାଡ଼ ବାଜି ବ୍ରେନ୍ ହେମୋରେଜ୍! ଦୁଇଦିନ ପରେ ସେ ଆମକୁ ଛାଡ଼ି ଚାଲିଗଲା। ଗୋଟିଏ ମୁହୂର୍ତ୍ତରେ ମୋ ସଂସାର ଏପଟ ସେପଟ। ଆନ୍ୟା, ବୋଉ ସହିତ ରହି ବଡ଼ ହେଲା। ଆଇଆଇଟି ଗୌହାଟୀରେ ପଢ଼ିଲା। ଆସାମୀ ପିଲାଟିଏ ଦେଖି ବାହାହେଲା। ଦି'ଜଣ ଯାକ ଇଲିନଇସ୍ ୟୁନିଭର୍ସିଟିରୁ ମାଷ୍ଟର୍ସ କରି ସିକାଗୋରେ ରହନ୍ତି। ବୋଉ ହିସାବ କଲା ପରି ଆନ୍ୟା କଲେଜ ଯିବା ପର୍ଯ୍ୟନ୍ତ ରହିଲା। ତା'ପରେ ସେ ବି ରହିଲାନି।

ସିଲଂରେ ଥିଲାବେଳେ ଓଡ଼ିଆ ଚାନେଲ ମୁଁ ପ୍ରାୟ ଦେଖେ ଓଡ଼ିଶା ଖବର ପାଇଁ। ଆଜି ସନ୍ଧ୍ୟାବେଳେ ଟିଭିରେ ରାଷ୍ଟ୍ରପତି ପୁରସ୍କାର ପ୍ରାପ୍ତ ଶିକ୍ଷକ ମାନଙ୍କର ସାକ୍ଷାତକାର ଦେଖୁଥିଲି। ଘୋଷକ କହିଲେ- "ସୁଲଗ୍ନା ଦାସ୍... କୋରାପୁଟର ଘଞ୍ଚ ଜଙ୍ଗଲ ଭିତରେ ଏକ ସ୍କୁଲରେ ଜନଜାତି ମାନଙ୍କର ଶିକ୍ଷା ପାଇଁ ସମର୍ପିତା। ତାଙ୍କ ସ୍କୁଲରେ ବିଶେଷତ୍ୱ ଏଇ ଯେ ସାରା ପରିବେଶ ଗଙ୍ଗଶୀଉଳୀ ଫୁଲର ବାସ୍ନାରେ ବାସ୍ନାୟିତ...।"

ସୁଲଗ୍ନା କହିଲା- " ଜଣେ ବଂଧୁଙ୍କୁ କଥା ଦେଇଥିଲି ମରୁଭୂମିରେ ଗଙ୍ଗଶୀଉଳୀ

ଫୁଲ ଫୁଟେଇବି ବୋଲି। ଶିକ୍ଷାର ମରୁଭୂମି ଜଙ୍ଗଲ ଭିତରେ ଗଙ୍ଗଶୀଉଳୀର ସୁରଭି ସହିତ ଶିକ୍ଷାର ସୁରଭି ପ୍ରସାର କରିବା ପାଇଁ ଚେଷ୍ଟା କରୁଛି।"

ପଚିଶ ବର୍ଷ ପରେ ଦେଖିଲି ଲଗ୍ନାକୁ ଟିଭିରେ। ସେଇ ଶାନ୍ତ, ଆମାୟିକ ଚେହେରା। ବୟସ କେତୋଟି ସଫେଦ ରେଖା ଟାଣି ଦେଇଛି କେଶରେ। ସରୁ ଫ୍ରେମର ଚଷମା ତା' ବ୍ୟକ୍ତିତ୍ୱକୁ ଆହୁରି ଆକର୍ଷଣୀୟ କରିଦେଇଛି। ଆଖିରେ ତା'ର ସେଇ କମନୀୟତାର ଚମକ.... ଲଗ୍ନା ! ତୁମ ଗଙ୍ଗଶୀଉଳୀର ବାସ୍ନା ଏବେ ବି ମତେ ଘେରି ରହିଛି।

ଦୁଇବର୍ଷ ତଳେ ସେ ପଦ୍ମଶ୍ରୀ ସମ୍ମାନରେ ସମ୍ମାନିତ ହୋଇଛି ଭାରତ ସରକାରଙ୍କ ତରଫରୁ ଜନଜାତି ମାନଙ୍କ ପାଇଁ ବିଶିଷ୍ଟ ଶିକ୍ଷାବିତ୍ ହିସାବରେ।

XXXX

ଆଜି ଟାଟା ଲିଟ୍ ଫେଷ୍ଟ। ଛାତି ଦକ୍ ଦକ୍ ଭିତରେ ପହଞ୍ଚିଲି ଭେନ୍ୟୁ-ରେ। ପୋଷ୍ଟର ଲାଗିଥାଏ ନିମନ୍ତ୍ରିତ ଅତିଥି ମାନଙ୍କର। ମଲ୍ଲିକା ସରାଭାଇଙ୍କ ପାଖରେ- ପଦ୍ମଶ୍ରୀ ସୁଲଗ୍ନା ଦାସ୍- ପ୍ରଖ୍ୟାତ ଶିକ୍ଷାବିତ୍, ଜନଜାତି ଶିକ୍ଷାର (Prominent Educationist for Tribal Class)। ଅଟକି ଗଲି ସେଠି। ପୋଷ୍ଟର ସାମ୍ନାରେ ଛିଡ଼ା ହୋଇ କେତେଟା ଫଟୋ ନେଲି, ସେଲ୍‌ଫି ବି ନେଲି। ଗର୍ବ ଅନୁଭବ କଲି ତା' ପାଇଁ। ସେ'ତ ଏବେ ଆକାଶର ତାରା ହୋଇଗଲାଣି ! ଇଶ୍ୱର ତା'କୁ ଅନ୍ୟ ଏକ ଆକାଶକୁ ଆଲୋକିତ କରିବା ପାଇଁ ତିଆରି କରିଥିଲେ, ମୋ ଆକାଶଠୁ କାହିଁ କେତେ ଦୂରରେ ! ସବୁ କିଛି ପୂର୍ବ ନିର୍ଦ୍ଧାରିତ !

ପ୍ରୋଗ୍ରାମ ହ୍ୟାଣ୍ଡ ଆଉଟ୍‌ରେ ବି ତା'ର ଫଟୋ ସହିତ ସଂକ୍ଷିପ୍ତ ପରିଚୟ ଥିଲା। ମୁଁ କିନ୍ତୁ ଖୋଜୁଥିଲି ଗତ ଚାଳିଶ ବର୍ଷର କାହାଣୀ। ତା'ର ଅପରାହ୍ନ ଅଧିବେଶନରେ Panel Discussion ଥିଲା। ନଜର ପକେଇଲି ଦର୍ଶକ ମାନଙ୍କ ଆଡ଼କୁ। ପ୍ରଥମ ଲାଇନ୍‌ରେ ଅନ୍ୟ ନିମନ୍ତ୍ରିତ ଅତିଥିମାନଙ୍କ ସହ ବସିଥିଲା। ମୁଁ ଉଦ୍ଦେଶ୍ୟ ମୂଳକ ଭାବେ ଯାଇ ମଝିଆଡ଼କୁ ସାଧାରଣ ନଜର ନପଡ଼ିଲା ପରି ଜାଗାରେ ବସିଲି। ଦର୍ଶକମାନଙ୍କ ସହିତ ମିଶିଗଲି।

ପ୍ରଥମ ସେସନ୍‌ରେ ମଲ୍ଲିକା ସରାଭାଇଙ୍କ ପାନେଲ ଡିସ୍‌କସନ ଅତି ଚମତ୍କାର ଥିଲା। ମୁଁ କିନ୍ତୁ ଅପେକ୍ଷା କରିଥାଏ ଅପରାହ୍ନ ପାଇଁ ଉତ୍କଣ୍ଠିତ ହୃଦୟରେ। ସେ ଷ୍ଟେଜ୍ ଉପରକୁ ଉଠିଲା ଦର୍ଶକମାନଙ୍କର ତାଳି ସହିତ। ୪୦ ବର୍ଷ ପରେ ତା'କୁ ଆଜି ସଶରୀରେ ଦେଖୁଛି। ବୟସ ବେଶୀ ଛାପ ପକେଇ ପାରିନି ତା' ଚେହେରାରେ। ସେସନ୍ ସରିଲା, ସେ ଷ୍ଟେଜ୍ ତଳକୁ ଓହ୍ଲାଇଲା। ଅଟୋଗ୍ରାଫ ଓ ସେଲ୍‌ଫି ନେବା ପାଇଁ ଯୁବକ

ଯୁବତୀମାନଙ୍କର ତା’ ଚାରିପଟେ ଭିଡ଼। ସାମ୍ବାଦିକମାନେ ଇଣ୍ଟରଭିଉ ପାଇଁ ଟିଭି କ୍ୟାମେରା ଓ ବୁମ୍ ଧରି ତା’ ଚାରିପଟେ ଛିଡ଼ା ହୋଇଗଲେ। ହସି ହସି ସମସ୍ତଙ୍କୁ ଉତ୍ତର ଦେଉଥାଏ। ଯା’ ଭିତରେ ଚତୁର୍ଥ ତଥା ଶେଷ ସେସନ୍ ଆରମ୍ଭ ହୋଇଯାଇଛି। ସମସ୍ତେ ନିଜ ନିଜ ଜାଗାରେ ବସିଥାଆନ୍ତି। ସେଦିନର ପ୍ରୋଗ୍ରାମ୍ ସରିବା ପାଇଁ ଆଉ ଦଶ ପନ୍ଦର ମିନିଟ୍....। ଗୋଟେ କଫି ପିଆଯାଇପାରେ। କଫି କିଓସ୍କ ପାଖରେ କଫି ସିପ୍ କରିବା ଆରମ୍ଭ କରୁଛି। ପଛରୁ କିଏ କହିଲା- “ଏକୁଟିଆ କଫି ପିଉଛ ?”

ପଛକୁ ଅନେଇଲି। ସାମ୍ନାରେ ସେ....

“ଆରେ ଲଗ୍ନା ! ଭାବୁଥିଲି ପ୍ରୋଗ୍ରାମ ସରିଲେ ଦେଖା କରିବି। କିନ୍ତୁ ତମେ କେମିତି ଜାଣିଲ ମୁଁ ଏଠି ଅଛି ବୋଲି ? ଗ୍ରେଟ୍ ୟାର୍...”

“ମୋ ପାଇଁ ଗୋଟେ କଫି ମଗାଅ ତ ପ୍ରଥମେ !”

“ଭେରି ସରି.... ଜଷ୍ଟ୍ ଏ ସେକେଣ୍ଡ।” ଆଉ ଗୋଟେ କପ୍ କଫି ଆଣି ଧରେଇ ଦେଲି। କଫି କପ୍‌ଟା ସରିବା ପରେ କହିଲା- “ଏବେ ତୁମ ପ୍ରଶ୍ନର ଉତ୍ତର... ମୁଁ ଷ୍ଟେଜ୍ ଉପରୁ ହିଁ ତୁମକୁ ଦେଖି ନେଇଥିଲି। ଯା’ ହେଉ, ଏତେ ଦିନ ପରେ ଦେଖା ହେବାର ଥିଲା ! ଖବର କ’ଣ ତୁମର, ଚୁନୁ ଭାଇ !”

“କ’ଣ ଏଇ କଫି କପ୍‌ରେ ସବୁ ଖବର ପାଇଯିବ ?”

“ତୁମେ କୁହ କେମିତି ପାଇବି ?”

“ତୁମେ ତ ଏଠି ଗେଷ୍ଟ, ଜାଣିନି ତୁମର ପ୍ରୋଗ୍ରାମ୍। କିଛି ସମୟ ଦେଇପାରିବ କି ?”

“ଏବେ ଦଶ ପନ୍ଦର ମିନିଟ୍‌ର କାମ ଅଛି ହୋଷ୍ଟମାନଙ୍କ ସହିତ। କାଲି ସକାଳୁ କୋରାପୁଟ ଚାଲିଯିବି। ଆଜି ସନ୍ଧ୍ୟା ସାତଟାରୁ ନଅଟା.... ଚଳିବ ? ଏବେ ତୁମେ କୁହ କେତେବେଳେ, କେଉଁଠି ?”

“ସୋ ଗ୍ରେଟ୍ ଲଗ୍ନା ! ଭେନସ୍ ଇନ୍ ଓ୍ୟାନ୍ସ୍ ଏଗେନ୍ ... ଦୋଷା ସହ କଫି... ସମ୍ଭବ ହେବ ?”

ଶେଷ ସିପ୍ ନେଇ କହିଲା। “ଠିକ୍ ଅଛି। ଏବେ ଯାଉଛି କାଗଜ ପତ୍ର କାମ କ’ଣ ସବୁ ସାରିଦିଏ। ମୁଁ ପହଞ୍ଚିଯିବି। ବାଏ...”

ସନ୍ଧ୍ୟା ସାତଟାର ଟିକେ ଆଗରୁ ମୁଁ ପହଞ୍ଚି ଅପେକ୍ଷା କରିଥିଲି ପାର୍କିଙ୍ଗ୍‌ରେ। ସେ ଠିକ୍ ସମୟରେ ପହଞ୍ଚିଲା।

ରେଷ୍ଟୁରାଣ୍ଟରେ ବସୁ ବସୁ କହିଲା- “ଚାଳିଶ ବର୍ଷପରେ.... କେମିତି କେମିତି ଲାଗୁଛି !”

"ପ୍ଲିଜ୍, ବସ ତମେ। ଓନିଅନ୍ ମସାଲା ନାଁ ରାଓ୍ବା ?"

"ଆଜି ତୁମ ଇଚ୍ଛା। କିନ୍ତୁ କଫିଟା..."

"50:50". କଥା ଛଡ଼େଇ ନେଇ କହିଲି।

"ମନେ ରଖିଛ ତେବେ ଚୁନୁ ଭାଇ!"

"ତମେ ବି ତ ମନେ ରଖିଛ। ଏତେ ବଡ଼ ଭିଡ଼ ଭିତରେ ମତେ ଖୋଜିପାରିଲ!"

"ଭୁଲିବାର ତ କେବେ ମୋ ପଟରୁ ନଥିଲା। ତୁମେ ଭୁଲିଯାଅ ବୋଲି ଇଚ୍ଛା କରି ତୁମକୁ ରୁମାଲଟା ଦେଇଥିଲି। ସେଇଟା କାମ କରିବ ବୋଲି ଭାବିଥିଲି।"

"ଜମା ସେଇଟା କାମ କରିନି। ସମସ୍ତ ସ୍ମୃତି ତ ଏବେ ବି ସତେଜ। ଗୋଟେ କଥା ପଚାରିବି ?"

"ଏଇ ଚାଳିଶ ବର୍ଷର ବିବରଣୀ ତ ?"

"ହଁ"....।

"ଶୁଣ ତେବେ। ବାପାଙ୍କ ପରେ ଆମ ପରିବାର ଗୋଟେ ଭଉଁରୀ ଭିତରେ ପଡ଼ିଗଲା। ବୋଉର ଦେହ ଖରାପ। ସାନ ଭାଇଭଉଣୀ ମାନଙ୍କର ପାଠ ପଢ଼ା... ଭୁବନେଶ୍ୱରରେ ଘର ତ ନଥିଲା। ଗାଁକୁ ଚାଲିଗଲୁ। ଭଗବାନ୍ ବଡ଼ ଲୋକ। ବାପାଙ୍କ ଅନ୍ତେ ଏଜୁକେସନ୍ ଡିପାର୍ଟମେଣ୍ଟ ମତେ ଘରୁ ଡାକି ଗୋଟେ ଟିଚର ଚାକିରୀ ଦେଇଦେଲା। କିନ୍ତୁ ପୋଷ୍ଟିଂ କୋରାପୁଟ୍‌ର କେଉଁ ଅପନ୍ତରା ଜନଜାତି ଅଞ୍ଚଳ। ଭାଇଭଉଣୀ ଗାଁରେ ରହି ପଢ଼ିଲେ। ବୋଉର ପେନ୍‌ସନ୍ ଓ ମୋର ଦରମାରେ ପରିବାରଟା ବଞ୍ଚିଗଲା। ସବୁ ଭାଇ ଭଉଣୀ ପାଠପଢ଼ି ବାହାସାହା ହୋଇଯାଇଛନ୍ତି। ବୋଉ ନାହିଁକି ପରିବାର ପାଇଁ ଚିନ୍ତା ଆଉ ନାହିଁ।

ସରକାରୀ ଆଦିବାସୀ ପ୍ରାଇମେରୀ ସ୍କୁଲରେ ରହି ପାଖରେ ଗୋଟେ NGO ସହାୟତାରେ ଗୋଟେ ହଷ୍ଟେଲ ଖୋଲିଲି। କାଳକ୍ରମେ ସେଠି ହାଇସ୍କୁଲ ବି ଖୋଲିଗଲା ବିନା ସରକାରୀ ସହାୟତାରେ। ଏବେ ହଷ୍ଟେଲରେ ୩୦୦-୪୦୦ ଆଦିବାସୀ ପୁଅଝିଅ। ଏଇଟା ମୋ ପରିବାର। ରିଟାୟାରମେଣ୍ଟ ପରେ ହାଇସ୍କୁଲ ଓ ହଷ୍ଟେଲ ପରିଚାଳନା କରୁଛି ମୋର ନିଜର NGO। ଏଇମାନଙ୍କ ପାଇଁ ସୁଲଗ୍ନା ଦାସ୍ ଆଜି ଟାଟା ଲିଟ୍ ଫେଷ୍ଟର ଷ୍ଟେଜ୍ ଉପରେ ବସିଥିଲା...।"

"ସିଲଂରେ ଥିଲାବେଳେ ରାଷ୍ଟ୍ରପତି ପୁରସ୍କାର ଓ ତା' ପରେ ପଦ୍ମଶ୍ରୀ ସମ୍ମାନ କଥା ଜାଣିଥିଲି। ଟିଭିରୁ ତୁମ ଇଣ୍ଟରଭିଉ ବି ଦେଖିଥିଲି। ତୁମପାଇଁ ମୁଁ ଗର୍ବିତ। ହେଲେ ମୋ ପାଇଁ ତୁମର କିଛି ପ୍ରଶ୍ନ ଅଛି କି ନାହିଁ?"

ହସିଦେଇ ସେ କହିଲା- "ମୁଁ ସବୁ ଜାଣିଛି... ଷ୍ଟାନ୍‌ଫର୍ଡ, ଆନି, ଆନ୍ୟା, ମାଉସୀ ସବୁ କଥା ଜାଣିଛି। ମାସକ ତଳୁ ସିକାଗୋରୁ ଫେରିଛ। କେବଳ ଭୁବନେଶ୍ୱର ଆଡ୍ରେସ ଓ ମୋବାଇଲ୍ ନମ୍ବର ଜାଣିନି।"

ଆଶ୍ଚର୍ଯ୍ୟ ହୋଇ ତା'କୁ ଦେଖୁଥିଲି। କେମିତି ସମ୍ଭବ ଏମିତି ?

"କେମିତି ଏତେ କଥା ଜାଣିଲ ?"

"ପ୍ରାୟ ପନ୍ଦର ବର୍ଷ ତଳେ ତୁମ ୟୁନିଭର୍ସିଟିରୁ ପ୍ରଣତୀ ସାଇକିଆ ବୋଲି ଗୋଟେ ରିସର୍ଚ୍ଚ ସ୍କଲାର ଆସିଥିଲା ଟ୍ରାଇବାଲ୍ ଷ୍ଟଡିଜ୍ ପାଇଁ। ଆମ ହଷ୍ଟେଲରେ ରହି ଗାଁ ଗାଁ ବୁଲି ତା'ର କାମ କରୁଥିଲା। ତାକୁ ଆମେ ବହୁତ ସାହାଯ୍ୟ କରିଥିଲୁ। ସେ ତ ତୁମକୁ ଜାଣିଥିଲା। କିନ୍ତୁ ବିସ୍ତୃତ ଭାବରେ ଜାଣିନଥିଲା। ତା'କୁ ଅନୁରୋଧ କରିଥିଲି। ତା'ପର ଟୁର୍‌ରେ ସମସ୍ତ ଖବର ମତେ ମିଳିଗଲା। ସେଇଦିନଠୁ ମୁଁ ତୁମର ଫେସବୁକ୍ ପୋଷ୍ଟିଂ ଓ ତୁମ ୟୁନିଭର୍ସିଟି ସାଇଟ୍‌ରୁ ତୁମର ସବୁ ଖବର ପାଇଯାଏ।"

"ମୋର ଫେସ୍‌ବୁକ୍ ତମେ ଦେଖ ? ମୁଁ ତ କେବେ ତୁମ ନାଁ ବା ଫଟୋ ଦେଖିନି ?"

"ସେଠି ସୁଲଗ୍ନା ଦାସ ନାହିଁ। ଅଛି ପାରିଜାତ ଦାସ, ଯାହାର ପ୍ରୋଫାଇଲ୍ ଫଟୋ ହେଉଛି ଗୋଟେ ଗଙ୍ଗଶୀଉଳୀ ଫୁଲ ! ମୋ'ର କିନ୍ତୁ କିଛି ପୋଷ୍ଟିଂ ନଥାଏ ବା ଫ୍ରେଣ୍ଡଲିଷ୍ଟ ନଥାଏ। ମଝିରେ ମଝିରେ ସର୍ଚ୍ଚ କରି ତୁମ ପୋଷ୍ଟିଂ ଦେଖିନିଏ। ଖବର ତ ମିଳିଯାଏ। ଖୁସୀ ଲାଗେ। ଆନି ଖବର ଜାଣିଲା ପରେ କେତେଦିନ ଖାଇପାରିନି କି ଶୋଇ ପାରିନି। ମୋ ଦୁଃଖ ପାଇଁ କେବେ ଭଗବାନ୍‌ଙ୍କୁ ଦୋଷ ଦେଇନି। କିନ୍ତୁ ଆନି ପାଇଁ ମୁଁ ତାଙ୍କୁ ଅଭିଶାପ ଦେଇଛି। ତୁମ ପେଜ୍‌ରୁ ମୁଁ ଦେଖୁଥିଲି ଗତ କେତେବର୍ଷ ହେଲା ତମେ ନିୟମିତ ଟାଟା ଲିଟ୍ ଫେଷ୍ଟରେ ଉପସ୍ଥିତ ରହୁଛ। ଏମାନଙ୍କଠାରୁ ନିମନ୍ତ୍ରଣ ପାଇବାପରେ ଭାବୁଥିଲି ତୁମ ସହିତ ଦେଖାହେବ। ଭାଗ୍ୟ ଭଲ ତୁମେ ଆସିଲ।"

"ଏତେ କଥା ଜାଣିଛ। କିନ୍ତୁ ବିବାହର ପ୍ରଚ୍ଛଦ କଥାଟା ଜାଣିନଥିବ। ସେଇଟା ଫେସ୍‌ବୁକ୍‌ରେ ନାହିଁ ବା 'NEHU'ରେ କାହାକୁ ଜଣାନାହିଁ। ପ୍ରଣତୀ ସାଇକିଆ କେମିତି ଜାଣିବ ? ମୋ'ଠୁ ଜାଣିଲେ ତୁମେ ଆନିକୁ ଆଉ ମତେ ଭୁଲ୍ ବୁଝିବନି ତ ?"

"ଜାଣିବାର ଆବଶ୍ୟକତା ନଥିଲା ବା ଭୁଲ ବୁଝିବାର କାରଣ ନାହିଁ। ମୁଁ ତ ନିଜେ ଏମିତି ଭାବି ଆନିଙ୍କୁ ତୁମ କଥା କହିକି ଆସିଥିଲି। ସେ ଜାଣି ପାରିଥିଲେ କି ନାହିଁ ମୁଁ ଜାଣେନା। କିନ୍ତୁ ତୁମ ଦି'ଜଣକୁ ଏକାଠି ଦେଖିବା ମୋର ଏକ ଐକାନ୍ତିକ କାମନା ଥିଲା। ଯଦି ନିହାତି ଇଣ୍ଟରେଷ୍ଟିଙ୍ଗ୍ ଷ୍ଟୋରୀ ଅଛି କୁହ, ଆଉ ଟିକେ ଖୁସୀ ହେବି।"

"ଆମ ବାହାଘର ଗୋଟେ ଜୁଆ ଓ ମୁଁ ବ୍ଲାଇଣ୍ଡ୍ ଖେଳିଥିଲି। ଆନି ପ୍ରୋବାବିଲିଟି ହିସାବ କରି ଗୋଟି ଚଳେଇଥିଲା। ଭାବୁଥିଲି ଏହା ଘଟିଲା କେବଳ ବୋଉ ଓ ଇଶ୍ୱରଙ୍କ ପାଇଁ। ଏବେ ତୁମଠୁ ଶୁଣିଲି ତୃତୀୟ କାରଣଟା- ତୁମର ଆନ୍ତରିକ ନୀରବ କାମନା।"

"ଜୁଆ ପୁଣି କ'ଣ ?" ଆଶ୍ଚର୍ଯ୍ୟ ହୋଇ ପଚାରିଲା।

ସବୁ କଥା କହିଲି।

"ଯାହା ହେବାର ଥିଲା ହେଇଛି। ଆନି ମୋର ପ୍ରତିରୂପ, ମୋର ଛାଇ। ଏମିତି ନହୋଇଥିଲେ ବୋଧେ ମୁଁ ଶାନ୍ତିରେ ରହିପାରିନଥାନ୍ତି। ତୁମେ କହୁଛ- 'ସବୁ ପୂର୍ବ ନିର୍ଦ୍ଧାରିତ।' ତଥାପି ମୁଁ ନିଜକୁ ବୁଝେଇ ପାରେନା ଆମ ଜୀବନରେ ଏମିତି କାହିଁକି ହେଲା!"

ଦୋଷା ସରିଲା। କଫି କପ୍‌ଟା ହାତରେ ଧରି ପଚାରିଲା- "ଚୁନୁ ଭାଇ! ଆନ୍ୟା ତ ତା' ଦୁନିଆଁରେ। ତମେ ଭୁବନେଶ୍ୱରରେ କ'ଣ କରୁଛ ?

"ବିଶେଷ କିଛି ନାହିଁ। ଘରେ ବସି କିଛି ଲେଖାପଢ଼ା। ସନ୍ଧ୍ୟାବେଳେ ପୁରୁଣା ସାଙ୍ଗମାନଙ୍କ ସହିତ ଚା' ସିଗ୍ରେଟ୍, ଦୋଷା ଇତ୍ୟାଦି... ରାତିଟା କିନ୍ତୁ ବଡ଼ ଯନ୍ତ୍ରଣାଦାୟକ। ଟି.ଭିରୁ ମନ ଛାଡ଼ି ଗଲାଣି। ଭଲ ବହି କିଛି ମିଳିଲେ ହିଁ ଟିକେ ଭଲ ଲାଗେ। ବେଳେବେଳେ ଭାବେ, 'ଜୀବନର ନାମ ଯନ୍ତ୍ରଣା।' ମୋଟ ଉପରେ ଦେଖିଲେ, ମିସିଂ ସିଲଂ, ମିସିଂ NEHU, ମିସିଂ ଆନି ଅଲ୍ ଦି ଟାଇମସ୍। ମନେ ହୁଏ, GOD has played dice with me."

"ଗୋଟେ କଥା ମନ ଦେଇ ଶୁଣ ଚୁନୁ ଭାଇ! ମୋ ସ୍କୁଲ ବଗିଚାରେ ପ୍ରଚୁର ଗଙ୍ଗଶୀଉଳୀ ଫୁଲ। କୋରାପୁଟ ତ ସିଲଂର ପ୍ରତିରୂପ। ପାହାଡ଼, ପର୍ବତ, ଝରଣା, ଜଙ୍ଗଲ ସବୁ ଏଠି ଅଛି। ଇନ୍ଦ୍ରାବତୀ ରିଜର୍ଭୟର କୂଳରେ ଏକ ଉପତ୍ୟକାରେ ଆମ ସ୍କୁଲ। ତେଣୁ ତୁମକୁ ସିଲଂର ଲେକ୍ ବି ମିଳିଯିବ। ଆମ ହାଇସ୍କୁଲରେ ପିଲାଙ୍କ ସଂଖ୍ୟା ବଢ଼ିଗଲାଣି। ଆଖପାଖରେ କ୍ୱାଲିଟି ଏଜୁକେଶନ ପାଇଁ କଲେଜ୍‌ଟିଏ ନାହିଁ। ଭାବୁଛି ଗୋଟେ ନୂଆ ଧରଣର କଲେଜ ଖୋଲିବି ମୋ NGO ତରଫରୁ। ସରକାରୀ, ବେସରକାରୀ ସୂତ୍ରରୁ ଅର୍ଥର ଅଭାବ ହେବନାହିଁ। ମୋ ହାଇସ୍କୁଲ ଓ କଲେଜର ପିଲାମାନଙ୍କୁ ପଢ଼େଇବକି 'ଷ୍ଟାନ୍‌ଫର୍ଡ଼ ଲିଟରେଚର୍' ? ଆଉ ଗୋଟେ 'NEHU' ଏଠି ଖୋଲି ପାରିବ କି ??"

"ଆର୍ ୟୁ ସିରିଅସ୍ ?" ଆଶ୍ଚର୍ଯ୍ୟ ହୋଇ ପଚାରିଲି ତାକୁ।

"ଭେରି ସିରିଅସ୍...। ଜୀବନଟା ତୁମ କହିବା ଅନୁସାରେ ଗୋଟେ ଜୁଆରେ ସରିଗଲା। ଶେଷ କେତେଟା ଦିନ ପାଖାପାଖି ରହିପାରିବା କି? କଲେଜ, NGO ସବୁ ତୁମର। ସମସ୍ତ ସର୍ତ୍ତ ବି ତୁମର। ମୁଁ କେବଳ ତୁମ କଲେଜକୁ ଷ୍ଟୁଡେଣ୍ଟ ଯୋଗେଇବି। ସବୁଦିନ ସକାଳୁ ଗଙ୍ଗଶୀଉଳୀ ଫୁଲର ଗାଲିଚା ଉପରେ ବସି ଖବରକାଗଜ ପଢ଼ିବା। ଦିନସାରା ସ୍କୁଲ କଲେଜରେ ପାଠପଢ଼ା, ସନ୍ଧ୍ୟାବେଳକୁ ଗୋଟେ କପ୍ କଫି '50:50'। ତିନିଟା ଗାର ଥାଇ ଯାଜ୍ଞସେନୀ ବହିଟା ଏବେବି ମୋ ଆଲମାରୀରେ ରହିଛି। ଆନିତ ଆମ ସହିତ ରହିଛନ୍ତି, ରହିବେ। ମିସ୍ କାହିଁକି କାହାକୁ କରିବା?"

ମୁଁ ଭାବି ପାରୁନଥିଲି, ଏସବୁ କଣ ସମ୍ଭବ? ଚୁପ୍ ରହି ତା'କୁ ଶୁଣୁଥିଲି।

"କିଛି ତରତର ହେବାର ନାହିଁ। ଜୀବନଟା ପୁରା ଚାଲିଗଲା। ଯେତେ ସମୟ ତମେ ନେଉଛ ନିଅ। ତୁମ ପାଇଁ ମୋ ହଷ୍ଟେଲରେ ଗୋଟେ ରୁମ୍ ଖାଲି ରଖିଥିବି। ମୋ ମୋବାଇଲ ନମ୍ବର ରଖ। ଜଷ୍ଟ୍ ଗୋଟେ କଲ୍ ବା ମେସେଜ୍.... ନ'ଟା ବାଜିଲାଣି। ଷ୍ଟେଟ୍ ଗେଷ୍ଟ ହାଉସ୍‌ରେ ପହଞ୍ଚି କାଲି ସକାଳୁ ଯିବା ପାଇଁ ଜିନିଷ ପତ୍ର ଠିକ୍ କରିବାକୁ ପଡ଼ିବ। ଆଜିପାଇଁ କଫିରେ ଶେଷ କରିବା?"

ଦି'ଜଣ ଉଠିଲୁ। ଲଗ୍ନା କାର୍‌ରେ ବସିଲା ବେଳକୁ ଡୋର ଖୋଲି ଧରିଲି...

"ଚୁନୁଭାଇ! ଶେଷକୁ ମତେ ଏମିତି ଅପ୍ରତିଭ କରେଇବ?"

"ନାଇଁରେ ଲଗ୍ନା! ଜୀବନସାରା ଏଇ କାମଟା କରିବାର ଥିଲା। ଆଜି ସୁଯୋଗ ମିଳିଛି।" ଲୁହ ପୋଛିଲି...

"ମୋର ଭାଗ୍ୟ ଆଜି ଦିନ ପାଇଁ। ଆଶା ତ ନଥିଲା ଜୀବନରେ! ତମଠୁ ଏତିକି ମିଳିଲା, କୋଉ ଜନ୍ମର ପୁଣ୍ୟ ମୋର। ବିଦାୟ ଆଜି ପାଇଁ, କାଲି ପାଇଁ କିଛି ଆଶା ରଖି।" ଲୁହ ପୋଛିବାକୁ ରୁମାଲ ଖୋଜୁଥିଲା ତା' ବ୍ୟାଗ୍ରୁ।

ମୋ ରୁମାଲଟା ନେଇ କହିଲି, "ଏଇଟା ତୁମର ଲୁହ ପାଇଁ। ଗୁଡ୍ ନାଇଟ୍।"

ଆନି ସାମ୍ନାରେ ବସିଥିଲା। କହିଲା- "ଶୁଣ! ତୁମ ଗଙ୍ଗଶୀଉଳୀ ରାଜ୍ୟ ତୁମକୁ ଅପେକ୍ଷା କରିଛି। ତୁମର ହଜିଯାଇଥିବା ଖୁସୀତକ ତମକୁ ମିଳିଗଲେ ସବୁଠୁ ବେଶୀ ଖୁସୀ ମୁଁ ହେବି। ଲଗ୍ନା ଅପା ଓ ତୁମ ସହ ମୁଁ ସଦାବେଳେ ଅଛି। ଯାଜ୍ଞସେନୀ ବହି ଦେଖିଲେ ତୁମେ ଅନୁଭବ କରିବ, ତିନିଟା ଗାର ଅଲଗା ହେବାର ନୁହଁ। ସେମାନଙ୍କୁ ନେଇ ଆମ ସଂପର୍କର ନୀଳ ନକ୍ସା ଅଙ୍କା ହୋଇଛି ପୁସ୍ତକ ମେଳାରୁ ଚାଳିଶ ବର୍ଷ ତଳୁ। ଯାଅ ଏବେ...।"

ହଠାତ୍ ନିଦ ଭାଙ୍ଗିଗଲା... ସକାଳ ପାହି ଆସିଲାଣି।.....

ଗଙ୍ଗଶୀଉଳୀ ଓ 'NEHU' କୁ ପୁନର୍ବାର ଭେଟିବାର ଚାନ୍ସ ଗୋଟେ ନେଲେ ଅସୁବିଧା କ'ଣ ? ?

"ଥ୍ୟାଙ୍କ୍ସ ଗଡ୍ ! ଡୋନ୍ଟ ପ୍ଲେ ଡାଇସ୍ ଦିସ୍ ଟାଇମ୍..."

ମୋବାଇଲ୍ ନେଇ ହ୍ୱାଟ୍ସଆପ୍‌ରେ ଲଗ୍ନାର ମେସେଜ୍ ବକ୍ସ ଖୋଲୁଥିଲି...

■

('ଅପୂର୍ବା' ଅକ୍ଟୋବର ୨୦୨୪, ଶାରଦୀୟ ସଂଖ୍ୟାରେ ପ୍ରକାଶିତ)

BLACK EAGLE BOOKS

www.blackeaglebooks.org
info@blackeaglebooks.org

Black Eagle Books, an independent publisher, was founded as a nonprofit organization in April, 2019. It is our mission to connect and engage the Indian diaspora and the world at large with the best of works of world literature published on a collaborative platform, with special emphasis on foregrounding Contemporary Classics and New Writing.